Un barco cargado de arroz

Novela
Crimen y Misterio

Alicia Giménez Bartlett

Un barco cargado de arroz

Planeta

El papel utilizado para la impresión de este libro es cien por cien libre de cloro y está calificado como **papel ecológico**.

Ediciones Destino, un sello editorial de Editorial Planeta, S. A.
Avda. Diagonal, 662, 6.ª planta. 08034 Barcelona (España)
www.edestino.es
www.planetadelibros.com

Ilustración de la cubierta: Shutterstock
Fotografía de la autora: © L. M. Palomares, 2003
Primera edición en esta presentación en Colección Booket: abril de 2011
Segunda impresión: agosto de 2012
Tercera impresión: enero de 2014
Cuarta impresión: junio de 2015

Depósito legal: B. 7.777-2011
ISBN: 978-84-233-4421-5
Impresión y encuadernación: CPI (Barcelona)
Printed in Spain - Impreso en España

Biografía

Alicia Giménez Bartlett (Almansa, Albacete, 1951) vive en Barcelona desde 1975. Ha publicado, entre otras, las novelas *Exit*, *Una habitación ajena* (Premio Femenino Singular 1997), *Secreta Penélope*, *Días de amor y engaños* y el gran éxito *Donde nadie te encuentre* (Premio Nadal de Novela 2011). Con la serie protagonizada por la inspectora Petra Delicado se ha convertido en una de las autoras españolas más traducidas y leídas del mundo: *Ritos de muerte*, *Día de perros*, *Mensajeros de la oscuridad*, *Muertos de papel*, *Serpientes en el paraíso*, *Un barco cargado de arroz*, *Nido vacío*, *El silencio de los claustros*, *Nadie quiere saber* y *Crímenes que no olvidaré* (Premio Pepe Carvalho de Novela Negra 2015). Ha recibido los prestigiosos premios Grinzane Cavour en Italia y Raymond Chandler en Suiza.

Para Selley Godsland, Stewart King,
Jackie Collins, Nancy Vosburg, David Knutson,
Gianna Martella y Kate Quinn, también conocidos
todos ellos como «el grupo de Holloway»,
un montón de adorables profesores locos.
Con mi amistad

CAPÍTULO PRIMERO

Garzón no comprendía por qué aquel cadáver me impresionaba especialmente; tampoco lograba hacerse una idea de cuál era la índole de mi emoción. Según él, a aquellas alturas, ya habíamos visto más muertos que Napoleón y Nelson juntos, y tampoco el parque de la Ciudadela era precisamente el campo de Waterloo. Un simple mendigo tumbado en un banco, ése era todo el hallazgo. Casi parecía que el hombre estuviera dormido y aquella mañana no hubiera podido despertar. Pero no era así, lo habían apaleado hasta matarlo, si bien nadie había logrado borrar de su cara una serena dignidad. Manos largas, barba florida... era como el rey Lear dejado a su suerte en la tormenta, abatido por un injusto rayo, solo, inmóvil, recordando con su magnificencia que, incluso después de abandonado, seguía siendo un rey.

—Bobadas, inspectora... —me devolvió a la realidad mi subalterno—, un rey de la mugre quizá. ¿Quiere que le quitemos las botas y echa usted una ojeada a sus pies? Seguro que ningún rey apesta de esa manera.

¿Por qué todos consideramos que es más real lo feo que lo hermoso, lo visto que lo escrito, lo vivido que lo pensado? Un absurdo convencionalismo. Me esforcé por expresarme frente a Garzón; le tenía demasiado respeto como para no intentarlo al menos.

—Verá, subinspector, un vagabundo tiene una cierta grandeza, es como un santón, como alguien que hubiera alcanzado la sabiduría, o un nivel superior de conocimiento. Puede no dar importancia a las miserias que nos atormentan a los demás, vive libre, es superior. Por ejemplo, no paga hipotecas, ni ve programas de televisión, ni compra billetes de autobús… está por encima, carece de servidumbres, ¿me explico?

Garzón miraba con intensidad la cara del hombre, se hacía eco de mis palabras, las analizaba. Animada por esa reacción, proseguí:

—Es algo de tipo místico, ¿comprende? Como contemplar una gran catedral.

—La comprendo, sí. Me hubiera gustado verla hablando como abogada ante un tribunal, Petra, ¡lo hace tan bien!

—En un tribunal nunca podría haber dicho esas cosas, Fermín, me hubieran tomado por loca.

—Pues anda que aquí… ¡menos mal que se acababa de marchar el juez, que si no…! Porque todo eso de la mística y los billetes de autobús es muy bonito, pero a nosotros bien poco nos va a ayudar. Mire, a este santón le han dado una manta de hostias de mucho cuidado, los hechos son los hechos, y para catedrales, la de Burgos, de modo que…

¿Era necesario que intentara ser gracioso además de realista, que exhibiera aquel gracejo castizo tan típicamente español? No se le podía hacer otro reproche, porque en el fondo llevaba mucha razón. Una manta de hostias y la muerte. Después, el bullicio acostumbrado: acordonamiento, guardias preguntando en la vecindad, el juez, el forense y nosotros dos a cargo del caso. Un triste cortejo para un rey muerto.

—Para tantos golpes lleva muy poca sangre seca sobre la piel —dijo la forense, acercándose al cadáver de nuevo. Lo observó en silencio. Era una mujer joven y elegante, había dejado su bolso de fino tafilete sobre la acera.

—¿Hace mucho que murió? —pregunté.

—No me atrevo a decir nada. Está muy rígido, pero los golpes... En cuanto haga la autopsia se lo digo, inspectora, prefiero no arriesgar.

Garzón la miró alejarse mientras se acercaban los camilleros a levantar el cadáver.

—Hay que ver cómo son estos jóvenes, ¿eh, inspectora?, todo ha de ser exacto y oficial. Nosotros somos un poquito más flexibles, ¿no?

—Eso mismo decían los dinosaurios sobre las gacelas y ya ve.

No le hizo ninguna gracia mi comparación. Para él, los jóvenes parecían ser un hatajo de competidores desleales que venían al mundo con la única misión de desplazarlo de su lugar ganado en buena lid gracias al esfuerzo personal y las virtudes únicas de su generación.

Miré alrededor. Estábamos en una de las calles que limitaban el parque. En el parterre lateral había más bancos paralelos al nuestro, sobre los que fotógrafos de la policía habían almacenado su material. Levanté la vista hacia el antiguo edificio que había enfrente. Eran apenas las siete de la mañana, pero varios vecinos atisbaban desde sus ventanas cada uno de nuestros movimientos. Los guardias terminaban ya su ronda de preguntas en busca de testigos. Uno de ellos me dijo que sería difícil encontrarlos entre los habitantes de las casas. Se trataba de construcciones bastante antiguas en las que los dormitorios eran interiores. Todo el mundo debía de estar durmiendo cuando el mendigo fue atacado. Cada uno de mis enviados que regresaba me daba una nueva decepción. Nadie había oído nada. Me volví hacia uno de nuestros policías, que estaba quieto como un centinela junto a un hombre silencioso. Le pregunté a Garzón en voz baja quién era, y él me sopló con cierto estupor:

—El basurero que encontró el cadáver.

Volví a mirarlo y comprendí la sorpresa del subinspector. El basurero iba uniformado con un aparatoso traje fluorescente que lo acreditaba en su profesión sin ningún género de dudas.

Me acerqué a él. Parecía cansado, compungido, tieso de frío.

—Usted lo encontró.

—Sí, señora. Pasábamos en el camión y lo vi tumbado ahí.

—¿No pensó que estaba durmiendo?

—Yo soy de los que va colgado detrás, poniendo los containers en su sitio, ya sabe. Ese hombre tenía el brazo caído hacia el suelo y la cabeza colgando. Me extrañó. Le dije al compañero: «¿Qué te juegas que a ese tío le ha dado un arrechucho y se ha quedado frito ahí?» Entonces el compañero me contestó: «Sí, una buena cogorza de vino es lo que le ha dado.» Total, que yo me acerqué, y en seguida me di cuenta de que no era normal porque estaba muy señalado y no respiraba. Entonces pensé...

Cada ciudadano de este país, por muy bajo que sea su nivel cultural, lleva dentro de sí a un gran narrador que, al hablar, utiliza comparaciones, recrea diálogos, incluye pensamientos... un despliegue de estilo que para los interrogatorios resulta fatal. Sin embargo, antes de que pudiera impacientarme, un guardia nos interrumpió. Venía contento, casi sonriente, como un cazador que acaba la jornada con una ristra de perdices colgada del morral. Sus perdices en esta ocasión eran un joven que caminaba junto a él, la cabeza tapada por una capucha de chándal.

—Inspectora, es un testigo, dice que ha visto lo que pasó. Estaba escondido en un portal.

No conseguía verle la cara, se replegaba sobre sí mismo como un caracol.

—Acérquese y descúbrase la cabeza —le ordené.

—Ni hablar. Si me ven hablar con ustedes, uno de esos tipos vendrá a por mí. Quiero que me declaren «testigo protegido» y que me lleven a un hotel mientras los cogen.

Garzón intervino con una risotada llena de potencia y causticidad.

—¿Dónde has visto eso, tío, en una película?

Dio un paso al frente y se disponía a arrancarle la capucha de la cara, cuando se lo impedí tomándolo del brazo.

—Vamos a ver. No te vamos a llevar a un hotel, pero si quieres nos metemos en un bar y me cuentas lo que sepas, ¿de acuerdo?

Se quedó quieto, pensando si aquél era un adecuado nivel de protección, y su silencio me dio a entender que había captado cuál era la distancia entre las películas americanas y la realidad nacional.

—Está bien —accedió.

El policía que lo había encontrado estaba dispuesto a venir con nosotros, pero Garzón lo mandó seguir con su tarea sin muchas contemplaciones. No fue nada difícil dar con un bar. Era pequeño, cutre, lleno de botellas pringosas en exposición. Debíamos de ser los primeros clientes de la mañana. Pedimos café y nos instalamos en la mesa más lejana a la barra para no ser oídos por el dueño. Al fin, el monje misterioso se deshizo de la parte superior de su hábito. Ante nuestros ojos apareció un joven enclenque, de cara demacrada, con el pelo cortado a cepillo y teñido de blanco. El pabellón de una de sus orejas estaba adornado por al menos diez aros de plata. Me pareció un ser desarraigado y triste, un pobre perro mestizo débil y abandonado.

—Empecemos por el principio, ¿qué hacías tú en el lugar de los hechos?

—Yo, pues, yo me había sentado en los porches de la calle a descansar y, más o menos, me dormí porque eran casi las tres de la mañana.

Garzón sacó a toda prisa el bigote de su taza de café para decir:

—Te habías metido algo y estabas tan colocado que no podías ni andar, de modo que por eso te quedaste en los porches. Vamos mejor así, ¿no?

No tenía ánimos ni para protestar. Su mirada huyó del subinspector y erró por encima de la mesa.

—¿Tienen un cigarrillo? Se me han acabado.

Saqué mi paquete del bolso, lentamente, quería darle tiempo para reaccionar. Si Garzón iniciaba un acoso en contra suya, quizá se cerrara como un mejillón ante una alarma. Le encendí el cigarrillo. Mi ayudante continuó, implacable:

—¿Y por qué te has quedado metido en un portal toda la noche, tan colocado estabas? Porque si llevabas un ciego de impresión no sé si nos valdrá tu testimonio.

Tomé la palabra con suavidad:

—Se quedó toda la noche porque quería contar lo que ha visto, ¿me equivoco?

El pequeño ratón de ciudad me miró con la admiración que se experimenta frente a un sabio.

—Eso es, inspectora, usted lo ha dicho. Yo, ir a buscar a la poli, pues no, la verdad, no va conmigo. Y no sólo por seguridad, no crean, sino porque, en fin, no sé…

—Una cuestión de principios.

Se animó extraordinariamente al oírme; debió de pensar que conmigo sí era posible entenderse. Continuó con un visible alivio.

—Ni siquiera llamar por teléfono, tampoco estaba en condiciones. No me había metido nada como ha dicho su colega, pero estaba cansado. Una mala noche la tiene cualquiera, ¿o no? Pero claro, lo que he visto es tan fuerte, y esos hijos de puta son tan hijos de puta…

—¿Qué ha visto?

—Yo estaba en el porche, a lo mío, preparado para descansar un rato porque además estaba lloviendo un poco. En eso veo que llega un coche a la altura del semáforo y se para. Bajan dos tíos, dos skins, para ser más exacto, con las cadenas y la facha de cuero y todo lo demás. Y van y sacan a otro tío, ese que han encontrado muerto, y lo arrastran entre los dos hasta ese banco. Lo sueltan y el tío cae tumbado y allí se queda. Entonces, con un palo le pegan cuatro hostias en la cabeza y tiran el palo por encima de la verja del parque. Se vuelven al coche y salen cagando hostias. Y ya está. El pobre tío ni se defendió ni se quejó, yo creo que lo traían drogado o borracho, porque cuando lo arrastraban le colgaban las piernas. Es muy fuerte hacer eso, inspectora, muy fuerte. Así que yo me dije: «Si la poli me encuentra, se lo cuento, y si no, pues da igual, el tío ya está jodido…»

Garzón y yo intercambiamos una mirada de inquietud.

—¿Crees que el tipo estaba inconsciente cuando lo dejaron sobre el banco?

—Yo diría que sí.

—¿Viste la cara de los skins?

—¡Qué va, estaba lejos!

—¿Y el coche, recuerdas de qué marca era?

—No, yo de coches no entiendo nada. Era un coche pequeño y de color oscuro. No sé más.

Garzón le insistió un momento, lo presionó como pudo diciéndole que si sabía algo más de los agresores debía decirlo por su propio bien, pero no dio resultado. Yo hubiera jurado que aquel pobre tipo había contado estrictamente lo que vio. Nos acompañó, de nuevo bien metido en su capucha, hasta el lugar donde el palo citado había sido lanzado hacia el interior del parque. Los jardineros del ayuntamiento ya habían abierto la puerta de acceso a la Ciudadela. Con ayuda de nuestros hombres, no fue muy difícil encontrarlo. Era un bate de béisbol, de aspecto nuevo, con varias manchas de sangre.

Más difícil fue conseguir que nuestro testigo se aviniera a ser conducido frente al juez para declarar. Lo dejamos en un coche celular contándoles a los agentes la historia de que quería ser testigo protegido y que le dieran un hotel donde esconderse.

—El pobre diablo sueña con comer caliente —le dije a Garzón. Pero mi compañero estaba ensimismado en sus pensamientos. Rascándose compulsivamente la barbilla acertó a murmurar:

—Inconsciente y trasladado hasta aquí. Lo golpean y dejan el bate tirado. Es raro, ¿verdad?

—Todo es raro en la vida, Garzón.

—Ni que lo jure.

—Lo primero es averiguar quién es el muerto.

—No, inspectora, lo primero es informar al comisario Coronas. Me ha pedido que lo hagamos inmediatamente.

—¿Ve?, eso es raro también.

Homeless, «sin techo», vagabundo, *clochard*. Muchas denominaciones para una sola realidad. Nuestro cadáver encajaba de lleno en ella. No portaba carnet de identidad ni cualquier otro papel identificativo. Su torpe aliño indumentario era torpe de verdad: varios jerséis ajados superpuestos, un abrigacho negro tres tallas más grande que su cuerpo, un pasamontañas doblado en un bolsillo y un detalle que contrastaba poderosamente con todo lo demás: un par de botas nuevas de calidad excelente que sí calzaban a la perfección en sus pies. Bueno, si a eso le añadíamos un bolígrafo barato descargado y varios imperdibles que habían sido hallados en su ropa, bien podría afirmarse que murió ligero de equipaje. Todas sus pertenencias apestaban. Garzón se había puesto guantes de exploración para tocarlas. Formaban un montón sobre la mesa.

—Bueno, no parece que sus descendientes vayan a pelearse por la herencia —dijo mi compañero.

—Si es cierto que lo llevaron hasta el parque, sus cosas estarán en otro lado. Ya sabe cuál es la historia, todos los vagabundos arrastran consigo sus tesoros: un carrito, una mochila…

—¿Le parece que este hombre tenía algo en el mundo?

—Bueno, tenía unas buenas botas, quizá gastó todos sus ahorros en ellas, o quizá alguien se las regaló.

—¡Pobre tío! Mire, están casi nuevas, poco pudo aprovecharlas. Lo raro es que nadie se las robara mientras estaba tumbado allí.

En mi mano tenía un papel con la primera descripción que envió la forense: «Individuo de unos sesenta años. Raza blanca, complexión fuerte, uno ochenta de estatura. Sin marcas ni cicatrices. Piezas dentarias completas y sanas.» Con su historial médico no podíamos contar. Habría que encaminar nuestros pasos a los servicios sociales de la ciudad, lo cual no era moco de pavo.

—¿Quién se ocupa de los «sin techo» en Barcelona, Fermín?

—Bueno, ya sabe, los servicios sociales de la Generalitat y algunos del ayuntamiento. Lo malo es que también debe de haber centros de iniciativa privada. Lo cual quiere decir...

—Que en teoría todo el mundo se ocupa de ellos, pero se mueren en la puta calle.

—No, yo iba por otro lado, me mosquea la enorme pateada que vamos a tener que pegarnos sólo para saber quién era el pobre tipo. Y total, ¿para qué?, ¿qué puede aportarnos saber la identidad de alguien que no es nadie?

—Quizá tenga familia, amigos... de todos modos también podemos ir a los lugares donde suelen alojarse grupos de mendigos, preguntar...

—Es jodido. A lo peor es de los que iba solo por el mundo y se metía en la boca del metro para dormir.

Miré las botas, que resaltaban absurdamente entre todos aquellos andrajos. Eran mullidas, de aspecto cómodo y piel fina.

—También podemos visitar todas las zapaterías de Barcelona. No debe de ser un cliente fácil de olvidar.

—¡Sobre todo para el dependiente que tuvo que probárselas!

Le eché una mirada reprobatoria a mi compañero, que había acompañado su broma de mal gusto con una pequeña carcajada.

—¿No le da ni un poco de pena ese hombre, Garzón?

—En fin, inspectora, me daría más pena si fuera un honrado padre de familia con tres hijos. ¿A usted no?

—No, a mí, no. A mí, los honrados padres de familia me importan un carajo. Es más, opino que si se cargaran a unos cuantos de ellos todos los años la sociedad mejoraría.

El mal humor y la vehemencia de mi tono le sirvieron de aviso. Era mejor no contestar. Y en mi caso era preferible no seguir por semejante camino. La piedad que sentía hacia aquel desconocido en ningún momento debía convertir el caso en algo especial. Un cadáver es un cadáver, y todo lo que le interesa a un policía de él es exclusivamente saber quién lo ha matado y por qué.

—¿Ha pedido ya los archivos de skins?

—Ésa es otra papeleta, inspectora. ¿Por dónde empezamos? Con un archivo en la mano poco se puede hacer.

—De la información que tengamos, seleccione las pandillas que actúan en la zona.

Asintió sin ningún entusiasmo. Era evidente que no estaba animado, el planteamiento del caso debía de parecerle demasiado vulgar como para provocarle auténtica curiosidad profesional. Todo tenía realmente una pátina de obviedad: una pandilla de skins borrachos o pasados de coca se divierten con un pobre mendigo que acaban de encontrar. Lo muelen a palos y se lo llevan en coche. Después, dos de ellos lo sueltan al lado de un parque, lo rematan y se van. La brutalidad no necesita razones. Casos como aquél no era la primera vez que ocurrían. Y, sin embargo, había una mínima organización en el hecho que me parecía sospechosa. Desplazar a un hombre al que se ha golpeado en un coche demuestra un método, una especie de plan. También el hecho de dejar el bate al alcance probable de la policía era un tanto absurdo. Bien, de cualquier modo, habíamos recibido claras instrucciones del comisario: todo lo relacionado con la violencia de tribus callejeras genera alarma social. Eso significaba que debíamos ocuparnos exclusivamente de aquel caso y esclarecerlo cuanto antes. De no ser así, pronto tendríamos a un montón de periodistas dispuestos a vengar con la pluma al hombre asesinado. Garzón no tenía motivo para inquietarse, contábamos con el plácet oficial para patearnos las calles, para estudiar uno por uno los expedientes de skin heads fichados, para enseñar la foto del cadáver a todos y cada uno de los marginados de esta ciudad. Aunque no hubiera curiosidad, había al menos claras indicaciones de que debíamos seguir.

La cooperación entre los diversos cuerpos del orden no suele ser modélica en ninguna circunscripción, y en Barcelona pasa lo mismo. Me daba mucha pereza acercarme a los mandos de la Guardia Urbana para que me pasaran informaciones. Sabía que, en principio, iba a encontrarme con una cierta tendencia a la dilación y el desconcierto. Sin embargo, en esta oportunidad me recibió una joven guardia que constituyó toda una excepción. Lo primero que me dijo al verme fue:

—¡Vaya, la famosa inspectora Petra Delicado!

Me quedé de una pieza, la observé con reticencia, intentando averiguar si había utilizado la ironía en aquella exclamación.

—¿Famosa, por qué?

—Bueno, ya sabe cómo son esas cosas, se corre la voz.

—¿Y qué dice esa voz de mí?

—No sé, dicen que es usted muy original, que a veces no se comporta como sus compañeros ni habla igual que ellos.

Aquello era lo peor que podría haberme dicho. Aspiraba a no tener ningún tipo de reputación entre mis compañeros, ni buena ni mala, pero si encima me catalogaban de original, la cosa se complicaba. Uno exclama «¡qué original!» frente a un cuadro que considera en realidad espantoso, o en presencia de algo que no entiende del todo. Bien, lo único que cabía hacer era procurar no volver a oír nada de lo que se comentara sobre mí. Observé con detenimiento a la joven. Llevaba el cabello recogido con coquetería, los ojos levemente maquillados. Probablemente tendría un novio trabajador y serio con el que proyectaba casarse.

—Necesito unos datos sobre mendigos, agente.

—Me llamo Yolanda.

—Muy bien, Yolanda, quiero saber cómo funciona el mundo de los «sin techo». Si los tienen archivados o controlados de alguna manera. Si saben dónde se reúnen, qué hacen, en qué instituciones los acogen. Lo que podríamos llamar un poco de información general.

Levantó los ojos al cielo y dio un suspiro de resignación mientras se acercaba a su ordenador.

—¡Jo, inspectora, creía que se trataba de algo más interesante!

—Estoy investigando un asesinato, ¿le parece poco interesante un asesinato?

—No, un asesinato está muy bien, pero creí que me pediría cosas más comprometidas.

—Todo llegará. De momento, he de reconocer que no tenemos ni la menor idea de cómo es el mundo en el que vive esa gente.

—Ya, nadie lo sabe muy bien. De todas maneras, no cometen delitos normalmente, o sea que lo que figura en los archivos son datos muy generales.

Tecleó en el ordenador con desilusión evidente. Miró el reloj. Me pregunté qué demonio había esperado de aquella colaboración. De repente levantó la vista y me lanzó una pregunta a bocajarro:

—Oiga, inspectora, ¿es cierto que se ha divorciado dos veces?

Una luz roja parpadeó violentamente dentro de mí.

—Yolanda, encanto, voy a ser muy sincera. Comprendo que esté aburrida; la vida de un policía de cualquier cuerpo no es tan apasionante como la gente suele creer. En mi caso, tampoco, de verdad. De todos modos, si lo que le apetece es un poco de aventura, le recomiendo que la busque en su vida privada. Por ejemplo, follar mucho da excelentes resultados, ¿comprende?

El terso cutis de su cara se tiñó de rojo intenso. Abrió los ojos como si no pudiera creer lo que estaba oyendo y después se parapetó detrás de la pantalla del ordenador sin decir una palabra. La espera se volvió tensa, y respiré con alivio cuando la oí decir:

—¿Le imprimo la página?

—Por favor.

Leí el papel que me daba procurando no traslucir la incomodidad que sentía.

Los individuos denominados «sin techo» tienen a su alcance dos tipos de servicios: ambulatorios y residenciales. Se ocupan de ellos tanto las entidades públicas como las privadas, casi siempre vinculadas a la Iglesia. Existen albergues y centros de día. La estancia en los albergues no puede exceder de quince días. No suelen tener documentos de identidad y suele resultar imposible localizar a sus familiares. Presentan escasa conflictividad. Las detenciones que se realizan están generalmente relacionadas con el estado etílico en que algunos se encuentran y que puede generar situaciones incómodas, como increpación de ciudadanos, ocupación peligrosa de la calzada o molestias en vecindarios o comercios. No suelen presentarse cargos en su contra. Se recomienda su traslado inmediato a dependencias de Servicios Sociales.

Bien, aquello me servía para empezar, pero como los policías siempre andamos buscando una localización espacial en la que colocar los hechos, necesitaba saber dónde podía encontrarse a estos ciudadanos de tercera categoría. Yolanda atendió mi requerimiento con auténtica cara de susto.

—Bueno, inspectora Delicado, usted sabe que estos sujetos tienden a la dispersión y a vivir en solitario. Nuestra experiencia dice que a veces están en grupos que, aunque no tengan grandes contactos, se reúnen para dormir en algún descampado o propiedad ocupada, pernoctaciones que suelen coincidir con las de otros marginados de todo tipo.

—¿Tienen algunos de esos puntos localizados?

—Creo que sí. Voy a buscar el dato y en seguida se lo traigo. Con su permiso.

Salió escapada del despacho, probablemente deseando perderme de vista definitivamente. Había variado por completo su actitud y su manera de hablar. Ahora se expresaba como una instancia oficial. Eso era lo único que había ganado con mi mal humor y mi intolerancia. Y todo porque la chica quería saber un poco más sobre Petra Delicado. ¿Qué tenía de malo una pequeña mitificación de mi persona? Con un poco de inteligencia incluso podría haberla utilizado y disfrutar de ella: Petra Delicado, la policía original y diferente con un tormentoso pasado sentimental. Pero ya me lo decía a menudo Garzón: «Se le está haciendo a usted un carácter de general retirado, inspectora.» Y llevaba razón. Ahí estaba yo intentando preservar la intimidad de mis antiguas batallas como si de verdad le importaran a alguien. Me fijé en las cosas que tenía Yolanda sobre su mesa, todo ordenado y pulcro, dispuesto para una jornada de trabajo que yo acababa de estropear. Y bien, ya no tenía remedio, ¿qué podía hacer ahora?, ¿disculparme, asegurarle que la había casi enviado al infierno sin ninguna mala intención?

Volvió con un folio en la mano y me lo alargó respetuosamente.

—Me dicen que en el antiguo cuartel de Sant Andreu hay una colonia casi permanente de marginados que un día u otro tendremos que desmantelar. También se reúnen en un descampado que es terreno de Renfe, a la salida de la ciudad. Hay un par de vagones de tren abandonados y tres viejas casetas de obra que les sirven de abrigo. En este papel tiene usted direcciones y planos.

—Será suficiente por el momento. Quédese con la foto de este hombre por si alguien lo ha detenido o le ha prestado ayuda alguna vez. ¿De acuerdo?

—Sí, inspectora, descuide.

Le di las gracias casi de modo vergonzante, como si me asustara exhibir el más pequeño indicio de cordialidad o educación. Debía ser coherente al menos con la fatídica imagen que proyectaba sobre los otros, profundizar en mi antipatía.

Salí a la calle presa de un profundo malestar conmigo misma. Miré maquinalmente la hora y entré en un bar. Hacía tiempo que no tomaba una copa para librarme de mis fantasmas interiores, pero aquélla no era una mala ocasión para recuperar perdidas buenas costumbres. Pedí una ginebra con hielo y me la bebí a sorbos concienzudos, como se tragan los solitarios el dolor. No podía negar que la mía había sido una reacción curiosa. Una muchacha joven había intentado hacerme una pregunta en tono de complicidad y yo le había soltado una impertinencia: dedíquese a follar si quiere aventuras. Cierto, muy apropiado, quizá estaba recomendando la misma medicina que yo necesitaba. O quizá, más simplemente, estaba envejeciendo. De un modo reactivo y poco racional, me molestaba comprobar que la juventud y aquello que comporta seguía existiendo en los demás, mientras yo quedaba en la cuneta. La curiosidad y la diversión frente a todo mi escepticismo, cada vez más contumaz, más furioso, más nihilista. Me estremecí como si una araña de aspecto amenazante hubiera trepado hasta el dorso de mi mano; pero no cabía movimiento de rechazo, la araña era yo.

Sólo el sonido del teléfono me libró de los estragos de una segunda ginebra a aquella hora. El inoportuno salvador era Garzón.

—Inspectora, que estoy en ello, pero no tendré nada hasta bastante después.

Sin saber por qué, la voz me salió furibunda y despectiva:

—¿Qué pasa, subinspector, habla usted en clave, se trata de una abstracción filosófica? ¿Qué es «ello», qué es «nada», qué es «después»?

—¡Joder! —exclamó Garzón en voz muy baja, y luego volvió al tono normal para decir sin la más mínima sorpresa—: Lo que quiero decir es que estoy sobre la pista de las pandillas de skins operativas en la zona, pero que no tendré información hasta última hora de la tarde. ¿Me ha entendido ahora?

—Bastante mejor que la primera vez.

—¿Pasa algo, Petra, se ha cabreado con Coronas, van las cosas mal?

—¿Mal, por qué? ¿Acaso he necesitado nunca alguna buena razón para ser desagradable?

—¡Jamás!, en eso lleva mucha razón. Bueno, pues nada, ya la llamaré después y que no decaiga el desagrado, ¿eh?

¿Qué era preciso a aquellas alturas para escandalizar o inquietar a mi subalterno, que lo retara a un duelo, que me despelotara en medio de la plaza Cataluña? ¡Bah, daba igual! Al final, todo el mundo soportaría mis impertinencias de maniática madura como quien oye llover. No iba a ser aquel un buen día, podía jurarlo.

En el bolsillo llevaba una nota con el nombre del responsable de Servicios Sociales que debía visitar: el doctor Ricard Crespo. Un nombre más. No tenía ninguna prisa, caminaría hasta su oficina dando un paseo, acopiando un poco de aire para cuando el ambiente claustrofóbico de todas las oficinas del mundo me impidiera respirar. Me abroché la gabardina y apreté el paso como suele hacerse en las ciudades cuando se quiere pasar desapercibido.

A la altura de la calle Pelayo, una transeúnte me llamó la atención; supongo que en otras circunstancias ni siquiera la habría advertido. Era una mendiga que arrastraba un carrito. De modo instintivo la seguí. Era bastante vieja y andaba despacio. Una manta le cubría la espalda, y una boina raída, la cabeza. En seguida me di cuenta de que no iba a ninguna parte. Se detenía, miraba los escaparates de las grandes tiendas desde lejos, reemprendía la marcha cansinamente y paraba de nuevo. Me acerqué, y en uno de los gestos más injustificables que he hecho a lo largo de toda mi vida, la abordé enseñándole la foto del cadáver. En cuanto la tuvo frente a sus ojos vacíos, supe que lo que pretendía era rematadamente absurdo.

—¿Conoce a este hombre? —pregunté, ya en plena situación surrealista.

La mujer no miró la fotografía, sino que me miró a mí, y no me vio. Empezó a farfullar algo incomprensible y señalaba a los edificios altos que había junto a nosotras. Sin que pudiera percatarme, un hombre se había puesto a mi lado.

—No se esfuerce, esta pobre mujer está mal de la cabeza. Yo soy portero de ese inmueble y siempre la veo ahí, no razona, ya sabe. ¿Quería algo de ella?

Negué con fuerza, como cogida en falta, era peligroso satisfacer la curiosidad de aquel hombre diciéndole que llevaba a cabo una investigación policial.

Me alejé ante la mirada de desconfianza del portero. La mendiga no se había enterado de gran cosa, había dado media vuelta y sus pasos sin destino la encaminaban al punto de donde venía. No había sido tan inútil abordarla, ahora sabía algo que desconocía momentos antes: me había asomado al interior de sus ojos y el vacío de un precipicio sin fondo me aterrorizaba aún. Se trataba de una nada nebulosa, fría como la muerte, una tercera dimensión que no podía advertirse en el decurso de la vida normal. La calle Pelayo, llena a aquellas horas de compradores, paseantes y gente que hacía recados moviéndose a toda velocidad, se había convertido por unos instantes en un lugar apartado, fantasmal. Allí, en medio de tanta animación y realidad, se abrió para mí un desierto de hielo, de ausencia, de espectros silenciosos y dolientes sin rostro ni vida. Tuve miedo, un miedo espantoso, porque aquella mirada me permitió asomarme a un páramo terrible que también estaba dentro de mí. ¿No era ése el territorio que nos acompañaba siempre, agazapado tras las cosas cotidianas? ¿No estábamos en realidad todos a un paso de la llanura desolada? ¿Qué hacía falta para instalarse en ella, una enfermedad mental, un desengaño amoroso, la falta de fuerza para seguir adelante? ¿Cómo había llegado aquella mujer a convertirse en lo que era, qué había en su pasado, de qué modo saltó de una vida normal a la desolación que se veía en sus ojos? Alguna vez habría sido una mujer joven, habría amado, se habría comprado un vestido nuevo para estar hermosa. ¿Qué diablo cruel la había arrastrado a vivir en la escarcha?, ¿cuándo la arrastró y por qué? El corazón me batía hondamente. Lo que me espantaba de verdad es que había reconocido aquel paisaje de trasgos, ya que, de alguna manera, estaba también en mí.

Si me hubiera dejado llevar por el pánico, un montón de imágenes me hubieran golpeado la mente: yo sola y andrajosa, perdida en una ciudad incomprensible, sin familia, sin amigos... Afortunadamente me contuve, claro que sólo hasta cierto punto, porque tomé el teléfono móvil y llamé a Garzón.

—Subinspector, usted es amigo mío, ¿verdad?

Sin duda pensó que me preparaba para lanzarle una invectiva irónica y se puso en guardia.

—Inspectora Delicado, le aseguro que no resulta tan fácil como parece realizar una lista de skins. Hay muchos que nunca han sido detenidos, otros que...

Le interrumpí procurando no parecer impaciente:

—Le estoy hablando de amistad, no de trabajo.

Siguió sin creerme ni un ápice.

—Oiga, Petra, ¿por qué no dispara de una vez y así sé por dónde van a venir los tiros?

Y bien, aquél era el resultado de mi modo vitriólico de tratar a la gente. Ni siquiera con insistencia, mi más directo colaborador podía imaginar que no iba a lloverle una andanada. Daba igual, telefonearle había sido un impulso ridículo. Hice un último intento a la desesperada.

—Dígame una cosa, Garzón, cuando sea vieja y esté en una residencia de ancianos ¿vendrá usted a verme alguna vez?

Resopló escenificando paciencia infinita.

—Sí, inspectora, de acuerdo, iré, pero no creo que cuando le lleve la lista sea usted tan vieja. Total llevo unas horas en el tajo, no es como para ponerse en ese plan.

—¿Vendrá o no vendrá?

—Iré, iré, y además de la lista de skins le llevaré un pastelito de chocolate, ¿de acuerdo?

Su tono había sido cansado. Estaba hasta las narices de mí y de mi cinismo. No iría jamás a verme a ninguna residencia cuando fuera vieja, ni siquiera me visitaría en el hospital si al día siguiente me rompía una pierna. Yo lo había querido así. Mi independencia, mi deseo de soledad, los sarcasmos que solía gastarme, la aversión que a veces me provocaba la presencia de los demás me pasarían algún día factura. Y pagaría, ya lo creo que pagaría, quizá vestida con harapos y deambulando medio loca por la ciudad.

Volví a entrar en un bar y me aticé otra copa. Esta vez como absoluta terapia de choque. Luego salí a la calle y me dispuse a continuar trabajando, sin ninguna esperanza de hacerlo con un buen nivel de concentración.

La dirección que llevaba en el bolsillo me condujo hasta el hospital Clínico. El tal doctor Crespo trabajaba en el Departamento de Psiquiatría y era el responsable de los «sin techo» en los Servicios Sociales. Sin embargo, sólo un par de días a la semana aparecía por allí, y el resto de su tiempo laboral lo dedicaba a las tareas hospitalarias como psiquiatra. Debo decir que el ambiente y el aspecto del Clínico no contribuyeron en absoluto a mejorar mi estado de ánimo. Es una construcción vetusta y cascada, lúgubre como un centro de caridad decimonónico. Estudiantes, enfermos de clase humilde y tipos con bata blanca se entrecruzaban en largos pasillos necesitados de una mano de pintura. No fue fácil encontrar el Departamento de Psiquiatría y, una vez allí, tampoco lo fue localizar a Crespo. Una enfermera me informó en términos elásticos:

—Bueno, el doctor Crespo debe de estar por ahí. Si quiere puede esperarlo. No tengo ni idea de cuánto tardará.

—¿No tiene un horario fijo?

—Verá, el doctor es un hombre un poco… especial, pero vendrá, seguro que vendrá.

Me sonrió enigmáticamente. Bueno, no tenía prisa aún, de modo que me senté en un rincón de la animada recepción y esperé.

Fue un tiempo de espera entretenido, lleno de visiones a cuál más inquietante. Viejos acompañados de enfermeras, con aspecto de enajenación casi total, mujeres que esperaban como yo, con la vista perdida en el suelo. Un joven alelado emitía de vez en cuando un sonido lastimero, como el hipido de un cachorro, mientras su madre, sentada al lado, parecía demasiado acostumbrada al lamento como para hacerle caso. «¡Joder!», pensé, cualquier ambiente rufianesco era más llevadero que aquello. Empezaba a temer que los aledaños de aquel caso pudieran sumirme en la más negra depresión.

Tras una hora sentada allí, el tal Crespo no había dado señales de vida. Me levanté y reclamé su presencia a la chica que me había atendido.

—Pues sí que tarda el doctor hoy, es verdad.

—¿No puede avisarle por el busca o algo así?

Sonrió con extraña suficiencia.

—El doctor Crespo se niega a llevar busca. Ya le dije que era un poco especial.

Volví a mi sitio. Cerré los ojos, quizá para evitarme el espectáculo grotesco de la locura que me rodeaba. Entonces, el efecto del alcohol que había tomado, junto al olor narcótico que siempre flota en todo hospital, me adormeció. La primera vez que entreabrí los ojos vi que la enfermera y un hombre con bata blanca estaban mirándome. Me levanté de un golpe y llegué hasta ellos.

—Mire, acaba de llegar el doctor.

Me fijé por primera vez en él. Era alto y extremadamente delgado. Tenía las sienes plateadas y una mirada punzante. Llevaba la bata abierta y arrugada, la ropa que se veía debajo era informal: un jersey negro y pantalones de pana, ambos arrugados también.

—¿Cómo está, doctor?, soy Petra Delicado, quería...

Me interrumpió sin hablar, abriendo la puerta de su despacho. Con un gesto de la cabeza me invitó a pasar. El despacho presentaba un aspecto caótico. Los papeles se amontonaban por todas partes, en las estanterías, sobre la mesa, en el suelo. Dos ceniceros rebosaban de colillas malolientes. Se sentó y yo también lo hice, después de desembarazar la silla de carpetas.

—La enfermera me ha dicho que es usted comisaria de policía.

—Inspectora, sólo inspectora.

—Da igual, me impresiona lo mismo. ¿Puede enseñarme su pistola?

Me quedé estupefacta. ¿A quién me enfrentaba, a un psiquiatra loco, a un espíritu burlón? Titubeé.

—Bueno, verá, no es lo usual.

—Lo usual siempre es lo más aburrido, pero no crea que le pido algo raro. Nunca he hablado con alguien que lleve pistola. Tengo curiosidad.

No llevaba ningún guión preparado para aquella situación, me cogió desprevenida, y como una imbécil hice lo que me pedía, saqué la Glock del bolso y se la mostré en la palma de la mano. Crespo alargó el cuello y la observó como si fuera un animal vivo que de un momento a otro pudiera saltarle al cuello. Arqueó las nerviosas cejas y sonrió:

—¡Vaya!, ¿qué le parece? Guarda la muerte en el bolso junto con la polvera. Una vida peligrosa, ¿verdad?

Me sentí haciendo el tonto de una manera lamentable y le lancé una primera andanada llena de mal humor.

—Verá, doctor Crespo, no llevo polvera en el bolso y, aunque no se lo crea, nunca he matado a nadie de un disparo ni por cualquier otro método. Si ha saciado ya todas sus curiosidades, me gustaría explicarle por qué estoy aquí.

Ni se inmutó. Se limitó a mirarme de modo divertido, como si aquella estúpida conversación le satisficiera plenamente. O detestaba a la policía o estaba como una cabra.

—No, aún le preguntaría otras muchas cosas sobre la vida de una mujer policía, pero, claro, supongo que no le apetece contestar.

—Prefiero que conteste usted.

—¡Adelante!, lleva más de diez minutos en mi despacho y no me ha formulado ni una sola pregunta aún. Le advierto que yo también soy un hombre ocupado, aunque no tenga pistola.

Abrí la boca con incredulidad, hice un gesto de incomprensión y resignación al mismo tiempo y saqué la foto del cadáver. La plantifiqué delante de su cara con bastante violencia.

—¿Ha visto a este hombre, doctor, alguna vez en su consulta, en el servicio de psiquiatría?

La miró seriamente, su rostro perdió cualquier rasgo de juego o ironía. Encendió un cigarrillo.

—¿Lo han matado?

—Sí, al parecer a golpes.

—¿Saben quién ha sido?

—Para averiguarlo estoy aquí. ¿Puede responder, por favor?

—No lo había visto nunca, pero no visito sólo yo a los mendigos de toda la ciudad. Hay un par de psiquiatras más que están en mi organización. Si me da la foto, podemos escanearla y pasársela ahora mismo por correo electrónico.

—Sería lo mejor.

Se levantó y salió. Volvió al instante sin la foto.

—En seguida estará.

—¿Puede contarme algo de este tipo de personas?

—No representan un serio problema para nadie, si quiere que le diga la verdad. Se creó este servicio más de modo nominal que de modo efectivo. Así podemos decir que tenemos unos políticos preocupados por los *homeless*, como en Nueva York. Pero nadie reivindica nada especial para ellos, no forman un colectivo, no protestan…

—Cuénteme algo más.

—Muchos de ellos, no todos, tienen patologías mentales severas o problemas serios con el alcohol. Pero como ya puede imaginarse, resulta muy difícil tratarlos. Los traen y no quieren volver, no toman la medicación… sólo servimos para ordenar alguna hospitalización urgente.

—¿No tienen familia?

—Si la tienen, ya no guardan contacto con ella. A veces no saben su nombre ni su edad. Cada vez hay más, y cada vez va descendiendo la media de edad.

—Marginados del sistema.

—Si quiere estar en paz con su conciencia, puede pensar que se automarginan.

—¿Qué piensa usted?

—Los psiquiatras no pensamos, inspectora, somos una pared en blanco sobre la que rebotan los males ajenos.

—No sé si lo entiendo bien.

—Da igual, usted debe de ser algo parecido, ¿no? Un policía no analiza la raíz del delito, se limita a trabajar con él.

—Yo tengo mis ideas.

—No sirven para gran cosa, créame. Usted puede esclarecer cien homicidios, pero volverán a producirse otros cien. Yo puedo tratar a cien marginados, pero continuarán en su marginación. Tenemos una labor estéril.

—No resulta muy esperanzador.

—No lo es. Claro que yo siempre puedo paliar el sufrimiento, mientras que usted…

—Bien, no pretendo ser una samaritana universal, pero cuando averiguamos la autoría de un asesinato a veces los familiares de las víctimas se sienten reconfortados.

—Pues en este caso lo dudo mucho. Es casi seguro que ese hombre no cuenta con nadie que le llore ni a quien la justicia pueda consolar. Incluso puede que alguien se alegre de su muerte, al menos el Estado, un parásito social menos a quien esconder cuando llega una autoridad. No tiene a nadie, convénzase.

—Me tiene a mí.

Dio unas palmadas a modo de aplauso sarcástico:

—¡Bien, inspectora, bien!, un diez por usted. La vengadora solitaria de los pobres *homeless*. Dios probablemente se lo premiará, puede que incluso le reserve una plaza en el cielo.

Me puse en pie. No debía contestar a sus provocaciones, por aquel día ya había tenido suficientes broncas. Sonreí con suficiencia:

—Tengo que marcharme, doctor Crespo, asegúrese de que todos los médicos de su servicio ven esa foto, las enfermeras también, cuanta más gente la vea, mucho mejor. Y si no le parece que es una gestión baldía y estúpida, llámeme con cualquier resultado, aquí tiene mi teléfono.

—¿Puedo usarlo también para invitarla a tomar una copa?

Volví la cabeza con la puerta ya abierta y dije escuetamente:

—No.

¿Cómo podía concebirse que la salud mental de nadie, por más marginado que fuera, se hallara en manos de un tipo así? Un cínico, un prepotente, descreído, impertinente, medio loco además, con el despacho en un desorden asombroso, la ropa arrugada, el pelo revuelto... frívolo... Resoplé, al borde de la total indignación. Y ésos eran los ciudadanos respetables, los que forman la sociedad. No entré a tomar otra copa en un bar porque temí no controlarme y volver al Clínico para decirle a aquel fantasma lo que opinaba de él. ¡Así es la vida!, había demostrado mi mal humor con una encantadora guardia urbana y no había abierto el pico frente a un tipo que se merecía lo peor. No me sentía mínimamente orgullosa de mí misma, quizá aún estuviera a tiempo de intentar una rectificación, pensaría en ello cuando estuviera un poco más tranquila.

CAPÍTULO SEGUNDO

Dos días después del asesinato de nuestro *homeless* particular, nos encontrábamos como al principio. Garzón seguía sin poder completar una lista fiable de pandilleros y nadie había identificado la fotografía del muerto. Sólo contábamos con un análisis de huellas completamente negativo y con otro del rastreo del lugar, infructuoso también. No había aún resultados de autopsia. Sin embargo, era demasiado pronto todavía para que el comisario Coronas nos llamara a capítulo. Por eso nos sorprendió su deseo de «vernos inmediatamente» en su despacho. Garzón, avezado politólogo comisarial, en seguida dio una explicación plausible: los periódicos. Una vez más, los periodistas se habían lanzado a cultivar la llamada «alarma social» sobre las incontroladas bandas de skins que operaban en la ciudad. Yo también había leído las reseñas, pero no les di demasiada importancia. Sin embargo, Garzón, al parecer también avezado comunicólogo, esbozó una compleja explicación. La importancia de los temas concretos dependía mucho de la actualidad global. Si había noticias más enjundiosas que tratar, y por enjundiosas debíamos entender polémicas y alarmistas, entonces la crónica de sucesos pasaba a un segundo lugar.

Garzón era un sabio, un teórico emanado de la práctica diaria, porque como pude comprobar, todo lo que dijo estaba en la línea de lo cierto. Coronas había recibido un toque de atención del mismísimo jefe superior de Cataluña. Los skins eran asunto peliagudo que podía convertirse en una píldora política de envergadura. Si pasábamos mucho tiempo más sin encontrar culpables, llovería sobre nosotros la sospecha de ser tibios con aquellas pandas paramilitares que sembraban el terror entre los más desfavorecidos. Y de ahí a la acusación de connivencia policial sólo distaba un paso.

El comisario estaba cabreado, ¡cómo no!, pero el origen de su cabreo lo compartíamos varios sujetos. El jefe superior, por ceder ante la presión de los medios; los propios medios en sí, siempre metiendo las narices y magnificando los delitos, y, por supuesto, Garzón y yo, que llevábamos tres días con las manos en la masa sin conseguir siquiera la identidad de la víctima.

Algo subido de tono, pero sin llegar a la actuación operística de sus enfados oficiales, nos interrogó con su potente voz:

—¿Qué han estado haciendo en este tiempo?

—Lista de sospechosos y averiguaciones en el entorno de los «sin techo». Pero ninguna de las dos cosas está cerrada aún.

—¿Y la autopsia?

—Aún no se ha realizado.

—Mire, Petra, hasta ahora podían pensar que la cosa era un caso rutinario, pero ya ven que no es así, de modo que dejen cualquier otro asunto que lleven entre manos, los relevo. Eso significa que quiero resultados, los que sean, no más tarde de cuarenta y ocho horas.

—No sé si es tan fácil, comisario, estos vagabundos son gente de difícil seguimiento. Además, sin la autopsia…

—Hablaré con el juez para que le meta prisas al forense, y si no, vayan ustedes directamente al Anatómico y rajen al muerto. Me da igual.

—Comprendo que se haya creado alarma por la muerte de ese pobre hombre, jefe, pero lo cierto es que...

—¿Lo comprende?, ¿qué coño es lo que comprende? ¿Cree de verdad que a alguien le importa esa puta escoria?, ¿le importa a usted?

—A mí, sí, es un hombre.

—¡Vamos, no se me marque faroles humanitarios que no es lo que procede! A nadie le importa que revienten a ese tipo, ni al jefe superior, ni a los periodistas, ni por supuesto a la sociedad, a la sociedad menos que a nadie. Ni a ustedes tampoco, supongo, pero hemos de actuar como si fuéramos una ONG de las más reputadas. Trabajo y tacto, eso es lo que necesitamos.

Quedamos callados, y él se pasó la mano por la cara como hacía cuando algo le resultaba agobiante, cuando cumplía un deber en el que no creía demasiado.

—Y usted, Garzón, que no dice ni bestia. ¿Qué espera para entregar esa lista? Se trata de localizar a unos cuantos gilipollas, no de hacer una clasificación de los delincuentes más buscados por la Interpol. Quiero que me trinquen a cuatro pelados que podamos entregar a la prensa ¡ya! ¿Estamos? Para algo han de servirle los años que lleva en el tajo, ¿no?

—Estamos, señor. Sólo quería centrar bien el tiro, porque de lo contrario las sesiones de interrogatorios se hacen interminables e inútiles.

Se acarició de nuevo la cara. Estaba cansado, un auténtico cansancio existencial. Nuestro jefe comprendía perfectamente que el caso no era fácil, sabía que seguirle los pasos a un muerto sin nombre, familia ni relaciones sociales no podía resolverse en dos días, pero era su obligación apremiarnos en términos hoscos, y eso estaba haciendo. Supuse que ejercer la autoridad sin convencimiento era el gran mal de nuestro tiempo, que incluso los políticos sufren. Tiempos de desengaño asumido e institucionalizado.

Mientras deambulábamos por los pasillos de comisaría observé que Garzón estaba taciturno.

—¿Qué le pasa? —inquirí—. No me dirá que a estas alturas le preocupa una bronca del jefe.

—¿Se ha fijado en lo que ha dicho sobre mis años?

—Era una alusión positiva a su experiencia.

—¡Y una leche!, era una indirecta a mi edad. ¿No se ha fijado?, en comisaría la gente es cada vez más joven. Cualquier día querrán prejubilarme; en otras palabras, me echarán a la puta calle.

—Está usted fóbico con eso de la edad. Nadie ha insinuado que sea usted viejo, Fermín, al contrario, sus años...

—¡Déjelo ya, inspectora, queda muy bien pero no es verdad! Me hago viejo, ¡qué coño!, como todo el mundo, pero me jode, ¿qué le vamos a hacer? Y lo que más me jode es pensar que cualquier día uno de esos pipiolos descerebrados que navegan por internet ocupará mi lugar.

—Ese día no está cerca, relájese.

—¿De verdad cree en lo que dice? Es usted tan... ¡correcta!, como cuando le ha dicho al comisario que a usted sí le importa la muerte de ese tipo.

—¡Pero es que me importa, Garzón! Ya le comenté que...

—Sí, que los mendigos son como reyes, que es algo místico. ¡Menos mal que no le ha dicho eso al comisario, hubiera hecho alpinismo por las paredes!

Lo miré de través y enarqué las cejas en un gesto cínico-filosófico que sabía lo mal que le sentaba.

—¿Hay algo más de lo que quiera renegar o podemos ponernos al trabajo?

Cabeceó como una víctima de la injusticia del mundo y se largó pasillo abajo como un viejo perro enojado. Yo entré en mi despacho y me senté. Encendí el ordenador y leí las pocas líneas que había escrito sobre el caso. Cualquier reconvención que hubiéramos sufrido estaba justificada. En realidad, todas nuestras actuaciones habían sido erráticas y lentas. Parte de la culpa del fracaso la tenía el hecho de que desconociéramos aún la identidad del muerto, eso crea siempre confusión. Igual que constatar hasta qué punto se encontraba solo. No hay familia que exija responsabilidades, nadie reclama el cadáver... los rastros de existencia de aquel hombre eran mínimos, y si no hay existencia no hay muerte, ni por tanto asesinato. Comprendí que la única valedora real con la que aquel cadáver podía contar era yo. ¿Por qué no? En realidad, sí me importaba que lo hubieran matado, desde luego que sí. Mi fe en el ser humano era cada vez menor, pero justamente aquel tipo había sido expulsado o se había autoexcluido del mediocre círculo en el que todos nos protegemos, por tanto, merecía un respeto, un pequeño homenaje tutelar. Además, todos los quijotes son siempre varones, mientras que del lado práctico y realista se ocupa normalmente la mujer. Bien, esta vez iba a ser diferente. Por muy piltrafa humana que fuera aquel pobre sujeto, yo iba a dedicarle todo mi ímpetu guerrero, la mejor actuación policial de mi carrera.

Observé bien los datos con los que contábamos. Los lugares que nos había proporcionado la guardia urbana no me decían nada, ni siquiera podría haberlos identificado en un plano de Barcelona. Y lo dicho por el psiquiatra tampoco iba a ninguna parte, puede que más adelante nos sirviera de orientación, pero de momento eran cuatro estadísticas sin alma. Pensé en el psiquiatra, ¡vaya tipo estrafalario! Supongo que todos nos contagiamos del aire profesional en el que nos toca respirar. Sin duda, yo misma debía de tener, a aquellas alturas, un halo de bofia a mi alrededor. Nada que pudiera advertirse con facilidad, pero sin duda existente. Sí, un gesto duro, un rictus de suficiencia e impenetrabilidad.

Me puse en pie. Cuando se deja fluir el pensamiento sin ningún objetivo concreto suelen surgir pocas ideas interesantes. Es mejor actuar.

El Anatómico Forense no es un lugar al que me guste acudir, pero tenía la sensación de que aceleraría el proceso si conseguía dar con el médico al que hubieran encargado nuestra autopsia. Si no lo conseguía, mis órdenes eran rajar al muerto personalmente. Bien, ¿por qué no?, rajar muertos no era más ridículo que otras actividades, como, por ejemplo, tomar el té.

El forense de mis sueños era una mujer, la doctora Caminal. No puso ningún inconveniente en recibirme, y cuando me presenté me miró con curiosidad. No sé qué le llamó la atención en mí, ella sí era un ejemplar peculiar de forense. No debía de tener más de treinta años, era rubia, atractiva, peinada con estilo y naturalidad. Me pregunté qué demonio se le había perdido a aquella mujer en aquella siniestra profesión.

—Ya sé que no me ha llamado usted, desde luego doctora, pero mi comisario se ha puesto tan insistente que he pensado en la posibilidad de venir a pedirle que agilice usted el trámite.

Tenía los ojos clavados en mí con clara sorpresa. Sonrió, movió la cabeza como si no acabara de creerse lo que veía.

—¡Caray, inspectora!, me habían dicho que ese tipo de cosas las hacen los policías de la antigua escuela, y lo cierto es que usted no me parece para nada de la antigua escuela.

Solté un par de carcajadas falsas para demostrar que en efecto no era de la antigua escuela.

—Bueno, lleva razón, venir aquí para pedirle que me pase delante en la lista es ni más ni menos que una cutrez; pero la alternativa era rajar yo misma al muerto. Eso fue exactamente lo que me dijo mi comisario.

—¡Vaya!, su comisario sí que es de la antigua escuela.

—Más que Hércules Poirot. Así es como funcionan las cosas en la policía, ya puedes tener una alma progresista y novedosa, que si tu jefe es un individuo tradicional, no hay modo de saltarse su influencia.

Sonrió de nuevo. Se quedó en silencio, sopesando la posibilidad de aceptar mi petición.

—No hace mucho que estoy destinada aquí, de manera que si empiezo faltando a las normas… por otra parte, me apetece hacer algo un poco irregular. ¿Puede esperar una hora? Si se espera, me quedaré trabajando un rato más, y al menos podría salir con un primer informe.

La esperé. Por fortuna, no todo el mundo exhibía un mal humor como el mío. Aquella doctora no había sufrido aún el desgaste profesional suficiente como para ser incapaz de hacerle un favor a alguien sin motivo. Debía seguir su ejemplo, intentar sacudirme las malas pulgas que siempre me acompañaban en los últimos tiempos.

Cuando me tocó el turno, mc ofreció si quería estar con ella en la sala mientras trabajaba. No podía negarme, aunque era lo que menos me apetecía en el mundo.

Vi entrar el cadáver del mendigo y casi no lo reconocí. Lo habían bañado y peinado. Tenía un aspecto digno e imponente.

—Parece un hombre guapetón —dijo la médica—. ¿Quién es?

—No lo sabemos todavía. Vagabundeaba por las calles y, aparentemente, lo mataron a golpes unos skin heads.

—¿Con qué?

—Un bate de béisbol que hemos llevado a analizar.

—¡Qué hijos de perra! Cójanlos, inspectora, no los dejen escapar. Esa gentuza se merece un escarmiento que sirva de aviso para todo el mundo.

—Ya, justamente es eso lo que dice la opinión pública, de ahí las prisas del comisario.

—Me alegro de haberle dado prioridad.

Se calzó los guantes de exploración y miró al hombre desnudo que yacía frente a ella. Inmediatamente, su expresión cambió. Aquel joven rostro femenino que parecía tener siempre una sonrisa en los labios se convirtió en una cara reconcentrada y tensa. Utilizó una mascarilla.

—Debemos tomar precauciones con el Sida —dijo.

Sólo verla actuar, comprobar cómo manejaba sus manos, dónde las dirigía sin el menor titubeo, me di cuenta de que sabía muy bien lo que estaba haciendo. En ningún caso su juventud significaba desconocimiento o inexperiencia.

Me aparté unos pasos para no ver sus maniobras, nunca me las he dado de valiente frente a un cuerpo humano sin vida. Sin embargo, se volvió hacia mí y me hizo acercarme.

—Venga, inspectora, quiero que vea esto.

Como se dio cuenta de que dudaba, intentó tranquilizarme sin asomo de burla o suficiencia.

—No se preocupe, no he cortado nada todavía, no hay nada demasiado desagradable.

Ladeó la cabeza del hombre y me mostró una zona erosionada y tumefacta.

—Fíjese, aquí ha recibido un golpe fuerte con un objeto romo, probablemente el bate del que me habla. Sin embargo, si le damos un poco la vuelta... —Dobló el brazo derecho del cadáver y lo hizo girar de lado—. Observe, aquí, en la base del cráneo, tiene otra herida aún mayor. Yo diría que es una herida de bala. La sangre que hay alrededor y los bordes del orificio presentan una retracción y una coagulación más larga que en el golpe lateral.

—¿Y eso qué significa?

—Tendré que cortar y analizar tejidos para estar segura al ciento por ciento, pero yo diría que la herida más grave se la hicieron antes, incluso podría aventurar que dos o tres horas antes que la otra. Es casi seguro que fuera esa herida de bala la que lo dejó sin vida. Verá, para la contundencia del otro golpe hay poca sangre avecinada en la zona. Puede que recibiera ese segundo golpe estando ya muerto.

Asentí varias veces, mirando con horror aquella cabeza blanca y tumefacta que para la joven doctora parecía no tener secretos.

—¿Se da cuenta de lo que le digo?

—No, lo siento, soy incapaz de percibir lo que usted ve.

—Pero sí que se dará cuenta muy claramente de las marcas que tiene este hombre bajo los brazos. ¿Ve?, las dos axilas están rozadas. Tengo la impresión de que lo arrastraron con todo su peso agarrándolo por ambos brazos.

Vi con toda nitidez las señales a las que se refería.

—Un testigo vio a unos skins arrastrando al hombre

desde un coche hasta un banco del parque tal y como usted dice.

Mis palabras la hicieron reflexionar. Inspeccionó de nuevo las marcas.

—¿Ha estado usted en ese lugar?

—Sí.

—¿A cuántos metros estamos refiriéndonos, cien, doscientos?

—Apenas veinte pasos.

—No, entonces es imposible, estas señales no pudieron producirse en un trayecto tan corto. Lo arrastraron así más tiempo; es difícil determinar cuánto.

—Lo que está diciéndome es que a ese hombre no lo mataron en el parque con un golpe de bate, sino que llegó al parque ya cadáver.

—Creo que así es. Quizá le dieron ese último golpe para cerciorarse de que estaba muerto.

—Es posible, doctora, pero también puede ser que intentaran montar una falsa paliza identificable por algún testigo casual que pudiera observar la escena, dejar bien claro que eran skins, una especie de macabra marca de fábrica.

Sus ojos discretamente enrimelados me miraron por encima de la mascarilla.

—¿Cree tener alguna pista?

—Aún no, pero lo que me ha dicho es esencial.

—Supongo que aparecerá la bala, y más cosas, al final de la autopsia, también cuando mandemos los órganos a análisis. Voy a seguir.

Hubiera querido salir zumbando inmediatamente, pero me parecía poco educado dejarla después de que hubiera atendido mi petición, así que volví a una distancia prudencial. Sin embargo, aunque no viera nada, los sonidos me llegaban con demasiada nitidez. Oía las tijeras de podar cercenando costillas, los órganos blandos cayendo con un «flop» melifluo en las bandejas de acero inoxidable, algunos borboteos inclasificables... Para cuando la bella doctora acabó, yo necesitaba urgentemente un poco de aire y un poco de alcohol.

—Se lo agradezco mucho, doctora Caminal.

—Llámeme Silvia y hábleme de tú. Aquí tiene la bala, estaba alojada en el encéfalo.

—Parece una nueve milímetros del corto.

—Eso usted lo sabrá.

—¿Por qué no viene hasta el bar de la esquina para tomar una copa conmigo? Ese tipo de cosas también forman parte de la antigua escuela.

—De acuerdo, sigamos con las viejas tradiciones.

No bebía. Aquella mujer que acababa de enfrentarse con la parte más dura de la vida sólo tomaba zumo de frutas. No necesitaba de ánimos extra, ejercía simplemente su profesión. La pregunta que había estado evitando hacerle no pudo permanecer más tiempo en la recámara. Pasé a tutearla.

—Seguro que ya te habrán preguntado esto mil veces, pero es que viéndote actuar hoy...

—Sí, ya sé, lo que quieres saber es por qué una chica joven como yo se ha metido en algo tan espantoso como abrir en canal a la gente muerta. Soy buena en lo que hago, ¿sabes? Y creo que algún día seré la mejor. Saqué sobresaliente en todas las asignaturas de la especialidad. Tengo planes. Algún día estaré en la cúspide profesional.

—Tienes el futuro muy claro.

—Sí. También sé que no tendré hijos y no me casaré si se trata de un matrimonio que pueda hacer peligrar mi carrera. Ahora hay muchas mujeres que pensamos así, lo que pasa es que no suele decirse, queda mal.

Me miró con la misma inocencia que una niña de pecho.

—Tú también tienes que haberlo visto claro para ser policía.

—¿Yo? No sólo no lo vi claro al principio, sino que sigo viéndolo oscuro aún hoy. Y no se trata de algo sólo profesional, con el resto de mi vida me pasa lo mismo. Si hago A, tengo inmediatamente la sensación de que debería haber hecho B. Pero si rectifico, pienso que estoy dejándome influenciar por la opinión general. Cuando trato a alguien con rigurosidad, me arrepiento en seguida, pero si me muestro demasiado amable, creo haber permitido que se me suban a la grupa. En fin... que lo mejor sería no haber nacido nunca.

Me miraba con estupefacción, sin duda no esperaba una declaración de inseguridad semejante.

—¿Lo entiendes? —pregunté.

—No —contestó sinceramente—. Yo pensaba que las mujeres de tu generación erais duras como rocas. Al fin y al cabo, habéis abierto camino.

Apuré la cerveza con un gesto fatalista.

—No te engañes, sí, somos duras, pero para abrir camino, primero hay que escogerlo, y ahí está la verdadera complicación.

—Tengo la sensación de que ahora es más fácil.

—No lo sé, yo me las apañaría también ahora para hacerme un lío, las complicaciones son mi especialidad.

Nos miramos con simpatía. Nunca hubiera pensado que llegaría a caerme bien alguien que rehusara el alcohol y el tabaco, pero así era, el paso del tiempo también hacía mella en mí.

Observar las expresiones de Garzón mientras le contaba los primeros hallazgos de la autopsia me produjo un enorme placer. Pensaba intensamente, conjeturaba a toda prisa sin decir ni una sola palabra. Al terminar mi información, abrí los brazos pasándole el turno de palabra.

—¿Qué impresión le causa todo esto?

—Vamos a ver. Ordenemos los hechos. Si unos skins matan a un tipo y se toman la molestia de conducirlo a otro lugar, es porque no se trató de una acción sin premeditar. Lo conocían, aunque fuera de vista, y decidieron matarlo. Si después de pegarle un tiro le dan con un bate, es porque querían dejar bien sentado que eran skins.

—¿Cree que existía una relación previa entre ellos?

—Eso es mucho decir. Skins y vagabundos son como enemigos naturales. Los gatos no tienen más que un tipo de relación con los ratones, y los lobos sólo quieren a las ovejas para una cosa.

—Pero si no hay relación, ¿por qué tomarse tantas molestias?

—¿Cree que esos hijos de puta sólo matan en arrebatos pasionales? No, ni hablar, los creo muy capaces de escoger una víctima al azar y seguirla, incluso varios días, hasta que se presentara la ocasión de darle muerte. Piense que sus teorías se basan en eslóganes como «limpiar la sociedad de parásitos» y otras bazofias por el estilo.

—¿Eran una banda organizada que buscaba mendigos para hacerlos desaparecer?

—No necesariamente, inspectora. Pudieron verlo varios días en el mismo lugar, ¡quién sabe!, quizá donde uno de ellos vive o donde van a tomar copas, hasta que en una ocasión decidieron quitarlo definitivamente de ahí. Dentro de los skins hay críos que sólo juegan con la estética paramilitar, pero también hay cabrones con bastantes delitos a las espaldas. Espere a ver la lista que he elaborado, cualquiera de esos tipos podría llegar al asesinato.

—¿Y si no eran skins, Garzón, y si se disfrazaron y se dejaron ver junto al parque de la Ciudadela para que alguien los identificara como lo que no son? Eso justificaría los golpes innecesarios, el abandono de ese bate de béisbol tan de manual.

—¿Quiénes eran, entonces? Me cuesta creer que un mendigo movilice tanta preparación. Si no hay drogas ni dinero... Además, era de madrugada, que existiera un testigo no parecía previsible.

—Siempre hay testigos en un lugar abierto en medio de la ciudad. No podemos dejar de identificar a la víctima.

—No, por supuesto que no. ¿Preparo los interrogatorios de los skins?

—Sí, mañana por la mañana les daremos un buen repaso.

—Inspectora, ¿cómo consiguió que le hicieran la autopsia al cadáver si no le tocaba aún?

—Recurrí a los procedimientos policiales más casposos.

—Creí que no estaba de acuerdo con esos métodos.

—Y no lo estoy, pero me he dado cuenta de que hacer siempre lo acorde con tus propias ideas entorpece la acción.

—Ya —repuso escuetamente. No las tenía todas consigo, esperaba que de un momento a otro le saliera por peteneras proponiéndole algún jeroglífico existencial en el que no había pensado. Incluso se quedó quieto, aguardando la continuación. Adopté la suficiente seriedad como para dejar claro que no había en mi ánimo ninguna ironía.

—Dije que el asesinato de ese hombre me importaba. Y, ¿sabe una cosa, Fermín? Es verdad. De modo que voy a resolverlo aunque sea lo último que haga en mi estéril vida. Si para cumplir tal propósito tengo que adoptar procedimientos trasnochados, los adoptaré. Es más, si en algún momento no hay más remedio que saltarse la estricta legalidad, me la saltaré. De ahora en adelante, es como si no me conociera, Garzón, porque le aseguro que no me reconocerá.

Lejos de mostrarse sorprendido, su cara parecía traslucir conformidad. Sí, ahora le parecía más normal mi reacción. Según su criterio, ningún proyecto simple podía emanar de mí.

—El doctor Ricard Crespo quiere verla, inspectora, dice que ya lo conoce usted.

El guardia esperaba mi respuesta, pero estaba tan sorprendida que lo miré sin contestar.

—¿Le digo que pase o no? Ya le hemos pedido el carnet.

Me acordaba perfectamente de él, su aspecto desaliñado, el color plateado de las sienes... sólo le faltaba la bata blanca para completar la pinta de sabio tradicional. Me miró y se lanzó a darme la mano con la misma cordialidad de quien acude a una cita amistosa.

—¿Qué tal, inspectora, cómo está?

Tenía la mano fría, enérgica y nerviosa.

—Puedo sentarme, ¿verdad?

Se sentó antes de darle permiso, y sin pedirlo para fumar, sacó un cigarrillo y lo encendió. Me di cuenta de que, en vez de preguntarle qué hacía en mi despacho, estaba observándolo como si fuera una especie de espectáculo.

—Estoy contento de haber venido, inspectora Delicado, ya ve. Cuando me dio usted su tarjeta, pensé que no iba a utilizarla, pero luego me dije: «¿Por qué no?, ¡hay que colaborar con la autoridad!», ¿comprende?

Su estilo era atropellado y coloquial, en ningún momento daba a entender que se dispusiera a hacer una declaración.

—Si quiere que le sea franco, es usted la primera policía que veo en mi vida, y si quiere que siga con la franqueza, le diré que la figura del policía en sí nunca me ha caído demasiado bien. Me pregunto cómo es usted, qué carácter tiene, qué manías, cómo afronta su labor profesional. Ya sabe que la psiquiatría siempre se basa en una curiosidad sin límite.

Estaba convencida de tener bien abierta la boca a aquellas alturas. No lo podía creer, aquel tipo medio pirado se plantaba en mi despacho y empezaba una atolondrada conversación sobre mi modo de ser. No sabía por dónde tirar. Él no me dio muchas oportunidades, porque siguió hablando del modo más natural.

—¿Qué la llevó a ingresar en la policía?, dígame, ¿la necesidad de acción, un complejo de culpa no asumido?

Tuve que hacer un gran esfuerzo para no saltar del asiento y ponerme a gritar. Me contuve, no quería que aquel individuo hiciera sobre mí un diagnóstico precoz de histeria.

—Un momento, doctor, un momento. Supongo que no ha venido hasta comisaría para hacerme un test de personalidad, sino que tiene datos sobre la investigación que quiere contarme.

Se removió en la silla como un gusano acosado por un palo, pegó tres chupadas espasmódicas al cigarrillo y lo apagó formando unos pequeños fuegos artificiales en el cenicero.

—Sí y no. Quiero que sepa que me he tomado muy en

serio lo que me dijo. He mostrado la foto de ese mendigo a todo mi personal sanitario, a todos sin excepción. Lo malo es que nadie parece haberlo reconocido. Creemos que ese hombre nunca ha pasado por nuestros servicios. No, nos tememos que no.

—En ese caso…

—Claro que faltan por investigar las consultas ambulatorias de la Seguridad Social. Antes de enviármelos a mí, los médicos generales lo piensan dos veces, si no lo ven muy mal…

—Resulta poco probable que alguien se acuerde de este hombre de una consulta puntual. Los médicos de la Seguridad Social ven a mucha gente; es una gestión que no podemos abordar, hay pocas garantías de éxito.

—Sí, eso he pensado yo también. Pero lo que usted no sabe es que hay un pequeño dispensario en el barrio del Raval con el que solemos tener una colaboración muy estrecha. Si ven a algún «sin techo» que puede necesitar una medicación ligera sin internamiento, nos consultan a nosotros, le abren ficha y se la proporcionan. De ese modo, si empeora o recae, ya tenemos sus antecedentes.

—Bien, ¿le han dado ellos alguna información?

—Aún no he tenido tiempo de ir a verlos, la verdad.

De nuevo noté que la boca se me aflojaba por el lado inferior. Cabeceé, ya sin ganas de ocultar mi estupefacción. Él me observó con sus ojos penetrantes y continuó como si tal cosa:

—Quería informarla, que supiera cómo van las cosas, que vea que no me he olvidado en absoluto de sus preguntas.

Solté una risa falsa, y busqué mi mejor tono cortante para decir:

—¡Qué barbaridad, doctor Crespo!, si todos a los que

preguntamos sobre un caso reaccionaran como usted, la plantilla de policías descendería... Claro que habría que contratar a mucha gente para atender a quien viniera a informar. Imagínese, llevamos diez minutos hablando para nada en concreto.

Le resbalaban mis invectivas. Se rascó la barba de tres días y, sin ningún embarazo, prosiguió:

—Claro, lo comprendo, sé a qué se refiere. En ese caso será mejor que le diga lo más concreto que he venido a exponerle: ¿quiere cenar conmigo esta noche?

Me ganó. Me había ganado, ¿para qué negarlo? Nunca, nadie, jamás, había tenido los santos bemoles de plantarse en comisaría y pretextar el cumplimiento de su deber ciudadano para invitarme a salir. Recordé las palabras de la enfermera: «El doctor Crespo es un poco especial.» ¿A qué santo una ciudad europea y moderna como Barcelona dejaba en manos de un tipo como aquél la salud de sus ciudadanos aunque fueran *homeless*? ¿Y qué era aquel tipo, un gilipollas, un genio, un jeta con pátina intelectual? Sin embargo, me había ganado, porque mientras pensaba todo aquello ya había transcurrido un tiempo de reacción excesivo para una mujer mundana como yo. Reaccioné tarde y mal.

—Doctor Crespo, se lo agradezco, pero el trabajo de un policía no deja tiempo para la frivolidad ni para cenar con personas a las que no se conoce.

Me equivoqué, ¡vaya si lo hice!, calibré mal, porque el psiquiatra no era ningún descerebrado y sacó una ironía imprevista para decir:

—¡Ah, qué encantador! Es curioso cómo en momentos de tensión y desconcierto todos volvemos a los consejos infantiles para protegernos: «No hables con desconocidos.» Sí, encantador, no creí que fuera usted tan clásica,

Petra, otro punto a su favor. Los otros puntos positivos que tenía de usted eran demasiado superficiales. En realidad, era sólo uno: la encontré salvajemente atractiva, de verdad, uno de esos atractivos que no se esperan en un policía. Pero lo comprendo, si es usted del tipo clásico, tendré que perseverar.

Se levantó tan campante, hizo un amago de sarcástica reverencia y se marchó sin darme tiempo para una réplica salvadora. Tanto mejor, porque no la tenía. Me quedé sentada y estática como una imbécil. Intenté recapacitar. Me puse en pie, tenía ganas de pegar un berrido, que hubiera sido lo realmente saludable, aunque naturalmente no lo hice. ¿Estaba enfadada? No. ¿Humillada? En cierto modo, sí. Nunca ha sido mi costumbre permitir que el otro diga la última palabra. Claro que no había tenido elección, aquel hombre se movía y hablaba a una velocidad excesiva para mí. Otro gallo le hubiera cantado de haber estado en un contexto diferente, pero en plena comisaría, en mi despacho, con el ordenador encendido y un guardia en la puerta... ¡Dios! Un atractivo salvaje. Un atractivo salvaje... ¡qué gilipollez! Descubrí que se me había dibujado una sonrisa en los labios y entonces sí me enfadé, pero conmigo misma. ¿Qué había dicho?, ¿qué lugar común nauseabundo y hortera había utilizado? ¡Ah, sí!, la frivolidad. ¡Por todos los demonios, Petra, la frivolidad! Eso era mucho más lacerante que el no hablar con desconocidos. Finalmente había tenido suerte de que el psiquiatra no se hubiera fijado en mi mención de la frivolidad, ése sí era un trauma infantil.

CAPÍTULO TERCERO

Llegó el informe de balística. El proyectil que había matado a la víctima presentaba aspectos interesantes. La vaina estaba expandida y el pistón se había desplazado hacia atrás. En el metal se veían muescas y arañazos. El calibre parecía del nueve corto, pero no se descartaba que se hubiera manipulado la bala. Podía ser un nueve largo recortado, lo que hubiera producido la expansión y el desplazamiento. Según el informante, las manipulaciones en la munición eran algo corriente en armas adquiridas en el mercado negro.

Eran datos que debíamos guardar como oro en paño, pero con los que, por el momento, poco podíamos hacer. Seguí con el maravilloso plan que llevaba entre manos y que no constituía para mí la más mínima tentación: pasar siete horas de tu vida interrogando a miembros de bandas de skins es como pasarse siete horas tomando el té con ellos: un asco. Siento habitualmente una porción de respeto por todo el mundo, aunque sea muy pequeña, por todo el mundo menos por los miembros de bandas de skins. Sólo verlos me repatea. Reconozco que, siendo policía, debería haberme acostumbrado a tratar con todo tipo de escorias, pero no es así en absoluto. Los skins me soliviantan, me cargan, los desprecio. Ni siquiera me molesto tratando de ser imparcial. Es muy cierto que, en algunos casos, tengo la seguridad de hallarme ante pobres desgraciados que buscan un poco de sublimación en la miseria de sus vidas, pero ni aun siendo consciente de eso, soy capaz de sentir por ellos ni un rastro de piedad. A medida que iban pasando por la sala de interrogatorios, mis retinas se llenaban de imágenes detestables: botas de soldado alojando pies demasiado grandes, cueros cabelludos visibles bajo el pelo rapado, rostros inexpresivos y crueles.

A media mañana, Garzón y yo interrumpimos los interrogatorios para ir a tomar café. Mi compañero me hizo notar que me encontraba nerviosa e impaciente.

—Si tanto le revienta hablar con estos tíos, podría haberlo dicho y lo hubiera hecho yo solo.

—¿Desde cuándo se puede escoger el trabajo?

—Bueno, inspectora, no sería la primera vez que yo cargo con algo que a usted no le apetece.

—¡Vaya por Dios!, usted sacrificándose por mi bienestar y yo sin enterarme. ¡Menos mal que ha encontrado ocasión de soltarlo!

—Mire, Petra, si está de mal humor, será mejor que no hablemos. Pero de verdad le digo que si se dedica usted a pegarles bufidos a esos tipos y a interrumpirlos cuando hablan, no sirve para nada lo que estamos haciendo.

—Son una panda de descerebrados, ni siquiera saben hablar. He tenido que contenerme mil veces para no darles de hostias.

Garzón me miraba con curiosidad mojando su churro y su bigote en el café con leche.

—Es usted rara, jefa, igual un mendigo le parece un ser superior que uno de esos pelados se le antoja el demonio. Y ni lo uno ni lo otro, créame, todo en la vida es mucho más… tirando a normal.

—Cada uno ve la realidad como la ve y no hay más cáscaras. Por lo menos no soy una mediocre. ¿Cuántos pelados nos quedan por interrogar?

—Siete.

—No creo que pueda soportarlo.

—Hay uno que no ha querido soltar prenda si no es hablando con usted.

—¡¿Conmigo?!

—Bueno, él dijo «con su jefe». Igual sabe algo. Lo he dejado para el final.

Continuamos con aquella rueda de preguntas reiteradas y respuestas negativas. Era una tortura, casi todos contestaban con desgana, con impertinencia, con una grosería natural que ni siquiera pretendía ofender. Cuando llegamos al último, mis nervios estaban destrozados.

Se trataba de un ejemplar muy parecido a los anteriores, un tipo de veintipocos años que miraba de forma esquinada y aparentaba una gran dignidad. Se llamaba Matías Sanpedro.

—El subinspector Garzón me ha dicho que querías hablar sólo con su superior. Muy bien, adelante, yo soy la inspectora a cargo del caso, ¿sabes quién es ese hombre?, ¿lo has visto alguna vez?, ¿tienes idea de quién se lo ha cargado?

Me miró de arriba abajo con repugnancia, esbozó una sonrisa irónica.

—No me imaginaba que eras una tía, yo creí que los jefes de la policía...

No le dejé acabar, le descargué el dorso de la mano en la cara con toda mi fuerza. Se replegó como un gato, sus ojos lanzaban llamas.

—¡Háblame de usted, hijo de puta!

—No puede pegarme, no puede ni tocarme.

Me abalancé sobre él y seguí pegándole en la cara, en la boca, en las orejas. No era una reacción histérica; los golpes eran certeros, concienzudos, secos. La mano se me había dormido, pero continué, el ruido de los golpes sonaba en todo el recinto. Se escondió tras los brazos.

—¡Déjeme, yo no he hecho nada!

Retrocedí un paso con esfuerzo de voluntad. Me apetecía seguir atizándole, pero procuré retenerme.

—Dime deprisa todo lo que tengas que decir. Han matado a un hombre, ¿comprendes, basura?, muerto. Tú no puedes llegar aquí y empezar a perder el tiempo con juegecitos.

Tenía los ojos llenos de lágrimas de rabia, la piel se le había puesto colorada.

—¡Yo no jugaba a nada!, ¡usted ha empezado a pegarme antes de que...!

Rebusqué en el bolso deprisa, saqué la pistola. Le atenacé la nuca con una mano y le metí el cañón en la boca, chocando abruptamente con sus dientes. Ahí los ojos le cambiaron de expresión, tenía pánico. Empezó a lloriquear.

—¿Vas a decir estrictamente lo que sabes?

Asintió desesperadamente, un hilillo de sangre le caía por la comisura de los labios. Le saqué la pistola de la boca. Se echó a llorar.

—¡Habla!

Por primera vez miré a Garzón, que estaba quieto en una esquina, con la respiración contenida.

—Lo único que sé es que ese hombre no es del barrio. Yo lo había visto alguna vez en un descampado que hay al final de la Diagonal. Fuimos una noche y ese tipo estaba allí, durmiendo en el suelo.

—¿Y a qué fuisteis allí, eh, a buscar alguna víctima?

—Le juro que no. Puede que alguna vez hayamos pensado en darle una hostia a un tipo de ésos, pero matar no, nunca.

—Me das asco, tío, me das asco. Voy a ir a por ti, a la mínima que hagas yo sí voy a matarte, ¿me entiendes?, te mataré y luego amañaremos las pruebas para que nadie me acuse. Hay que limpiar de basuras esta ciudad, en eso lleváis razón. ¡Subinspector!, ¿de qué tiene antecedentes este bastardo?

La voz de Garzón, absolutamente serena y casual, sonó del otro lado de la sala.

—Robo con intimidación. Él y dos más le quitaron la cartera a una señora amenazándola con una navaja.

—¡No era una señora, era una puta de las que hacen la calle! —dijo el tipo, como si no comprendiera aún la acusación.

Le di un último golpe, esta vez con la pistola, calculando con cuidado no romperle nada, un golpe de refilón en el pómulo derecho. Vi que Garzón daba un paso hacia mí para detenerme. Me volví de espaldas, despacio.

—Que marque en un plano dónde está el descampado al que se refiere, Garzón, y que firme su testimonio.

El tipo dijo en voz baja:

—No eran skins los que mataron a esa basura, me hubiera enterado; están haciendo algo injusto.

Me dirigí a mi despacho caminando lentamente. Tomé aire varias veces. Me sentía bien. Ni respiración entrecortada ni palpitaciones, ni un solo pensamiento de culpabilidad.

Al cabo de un rato entró Garzón. Lo miré fijamente a la cara, de modo intimidatorio. Esperaba que no me lanzara ninguna perorata sobre lo que acababa de suceder. Se dio cuenta en seguida, no traslucía ninguna emoción.

—¿Ha señalado el lugar en un plano?

—No lo sabía muy bien.

—Ni nosotros tampoco, ¿verdad? No se preocupe, vaya preparando el coche, ya tengo una solución.

—Inspectora... con respecto a lo de ese chico...

—No quiero oír ni una palabra, ¿lo entiende, Fermín?, ni una palabra.

—Sólo quería decirle que varios inspectores lo han visto salir magullado del interrogatorio.

—¿Y?

—Quieren felicitarla.

—Dígales que no estoy para bromas. O mejor se lo digo yo. Ya puede marcharse, espéreme en la entrada.

La intención había sido clara, pero no pude zafarme del destino. Esperándome junto a la puerta estaba el inspector Fernández Bernal, uno de los seres más deleznables de la creación. Su picadura era mucho más venenosa que la de una cobra y todo bienestar se basaba en mantenerse alejada de él como primera condición. Me miró con una sonrisita sardónica pintada en la boca:

—¡Vaya, Petra!, por lo visto se te ha ido la mano con un sospechoso.

—Ni siquiera era un sospechoso.

—Vas muy fuerte por la vida. Claro que era un skin. Con ésos sí se puede utilizar ciertos métodos, ¿no? Parece casi democrático.

—Oye, Fernández, ¿has venido a decirme algo en concreto o sólo expresas pensamientos generales?

—He venido para felicitarte. Al fin y al cabo, parece que no eres tan diferente de los demás.

—Depende de quiénes sean los demás. De ti sí soy diferente, y no me hagas decirte por qué.

—Petra, la divina, ¡siempre por encima de la media!,

aunque no creas, de vez en cuando parece que te vuelves humana.

—Es una debilidad, Fernández, pero en cuanto me doy cuenta de en qué consiste lo humano, en seguida me retracto, no te preocupes.

Di media vuelta y me alejé muy altiva, oí cómo mi compañero se reía por lo bajo. Había sido un error prestarme a tener un pique con él, era justo lo que deseaba. Sin embargo, una serena felicidad me invadió por completo. No necesitaba la opinión de los demás para sentirme segura de lo que hacía, aun sabiendo que estaba mal. Si siempre hubiera obrado de la misma manera, a aquellas alturas sería una mujer feliz. De cualquier modo, mi actuación de policía violenta había servido para poco. Ninguno de aquellos abominables pelados había tenido nada que ver en el asesinato, y del testigo que teníamos apenas si me fiaba.

Llamé a la Guardia Urbana. La agente Yolanda se quedó bastante sorprendida, pero me brindó su ayuda sin dudarlo.

—Si he de cooperar con ustedes, necesito el permiso de mi jefe, inspectora.

—Claro, en seguida le llamaré.

Cuando le dije a Garzón que pusiera rumbo a la Guardia Urbana, no sospechó cuál era el motivo. Se lo expliqué:

—Nosotros no tenemos ni zorra idea sobre las costumbres de los *homeless*, ni siquiera sabemos dónde están sus campamentos. Le he pedido a alguien de la Policía Municipal que nos eche una mano.

Reaccionó como si una avispa le hubiera picado en la nariz:

—¿Cómo? ¡Vamos, inspectora, por favor, éramos pocos y parió la abuela! Usted sabe que ese tipo de ayudas dan un resultado fatal.

—No veo por qué.

—Lo último que necesitamos es un niñato que venga a tocarnos los cojones. Querrá saber más, preguntará, acabará creyendo que no resolveremos nada sin su ayuda.

Lo observé de reojo. Era incomprensible, ¿tan lejos llegaba su corporativismo? Hice una prueba.

—El agente es una chica, se llama Yolanda.

Lo miré de nuevo. La expresión de su rostro perdió toda agresividad. Dejó de protestar por completo. No era corporativismo, era algo mucho peor. Los hombres y sus normas de manada. Un macho joven no era bienvenido, amenazaba al macho de más edad. «No hay nada más primitivo que las reacciones de un hombre», pensé, ni siquiera el instinto maternal era peor; los hombres vivían con un pie en las cavernas. Pero no pensaba decirle nada; él hubiera aprovechado para echarme en cara mi forma violenta e irracional de conducirme con el skin. Era sano comportarse como un hombre alguna vez.

La agente Yolanda Santos sabía perfectamente lo que hacía. Se subió en la parte trasera del coche y empezó a hablar con su voz pizpireta y juvenil.

—Los dos emplazamientos que yo les señalé nos cogen de camino, pero si ya tienen un testimonio… Además, sé a qué parte de la Diagonal se refieren. Es una zona en la que pronto construirán, pero está sufriendo retrasos, y en cuanto eso sucede, empiezan a acudir los marginados y ocupan el terreno.

Aunque no fuera un macho joven, hablaba lo suficiente como para sacar de quicio a Garzón. La interrumpió con tono desabrido:

—Oiga, agente, ¿vamos bien por aquí?, lo digo porque, a lo mejor, con el fragor de la conversación, se le va el santo al cielo.

—¡No, qué va!, siempre llevo el santo al lado, ¿qué decía? ¡Ah, sí!, no esperen encontrar sólo mendigos en ese sitio. También hay inmigrantes sin papeles, y jóvenes drogadictos, gente sin trabajo… un poco de todo. Y no es por desanimarlos, pero será bastante difícil que contesten a sus preguntas sobre ese hombre. No suelen hablar: como no tienen nada que perder, prefieren no meterse en complicaciones, y cualquier cosa es una complicación para ellos.

Siguió charlando mientras Garzón levantaba los ojos al cielo. No llevaba razón, todo lo que decía resultaba interesante para el caso. O eso, o yo había decidido con magnanimidad hacer que aquella joven me perdonara mis anteriores reacciones desagradables.

Cuando llegamos al descampado de la avenida Diagonal, estaba anocheciendo. Yolanda nos hizo doblar un recodo y un espectáculo increíble se abrió a nuestros ojos. En una explanada, varias hogueras desperdigadas estaban encendidas. A su alrededor, hombres y mujeres envueltos en mantas o abrigos se movían sin destino aparente.

—En aquellas casetas de obra abandonadas hay más gente —dijo la guardia.

Nos acercamos. Despertábamos una curiosidad relativa a nuestro paso. Era como si todo el mundo estuviera adormecido, absorto en no hacer nada. Yolanda abrió la puerta de una de las casetas y pudimos ver a cuatro o cinco tumbados en el suelo. Olía a bebidas alcohólicas y a ropa húmeda.

—Si quieren, empiece usted por aquí, subinspector, y yo voy a la otra caseta. La inspectora Delicado puede interrogar a los que están al aire libre, no huelen tan mal.

Le dimos una foto y cumplimos su sugerencia. Mientras Garzón se dirigía a su labor, lo oí rezongar:

—¡Cojonudo, encima esta nena nos manda!

Aproximándome a una de las hogueras, me sentí como si el tiempo hubiera iniciado una vertiginosa vuelta atrás. Era como si no existiera la civilización, los asentamientos de hombres primitivos se calentaban a cielo abierto y no me hubiera sorprendido nada que salieran de caza. Había tres hombres y una mujer. Se apartaron un poco, me miraron como si nunca hubieran visto a nadie de mi raza. No sabía por dónde empezar, ni siquiera sabía si debía dar las buenas noches o resultaba ridículo. Saqué la foto y la exhibí en la mano:

—¿Alguien conoce a este hombre? Me han dicho que vivía aquí.

Nadie daba síntomas de comprender lo que estaba diciendo. Corría un aire helado. La mujer era joven, rubia, de aspecto nórdico. Los tres hombres parecían de origen pakistaní.

—¿Entienden el español? —pregunté, pero siguieron sin contestarme—. Por favor, les ruego que respondan. Sólo quiero saber si este hombre pasaba las noches en este sitio, si alguien lo conoce.

—¿Por qué está así? —dijo la chica con acento extranjero.

—Lo han matado. Le hicieron la foto cuando ya era cadáver, por eso está así. ¿Lo conoce?

Asintió imperceptiblemente. Tenía los rasgos finos, las pestañas rubias. Me pregunté qué estaba haciendo en un sitio como aquél una chica joven y hermosa.

—Vivía aquí hace dos meses, pero se marchó. Unos hombres vinieron en un coche a buscarlo y se fue con ellos.

—¿Quiénes?

—No lo sé.

—¿Habían venido otras veces?

—A lo mejor sí, a lo mejor no.

—¿Hablaron?, ¿cree que se conocían?

—Hablaron poco, creo que sí se conocían. Se marcharon como amigos. Él recogió sus cosas.

—¿Eran jóvenes?

Se encogió de hombros, esbozó una sonrisa perdida y volvió a encogerse de hombros.

—¿Sabe su nombre, sabe cómo se llamaba este hombre?

—No, no sé el nombre.

—¿Hablaba con él?

—No, yo pasaba y él me daba tabaco, un cigarrillo, dos. Siempre tenía tabaco. Me decía: pelo de sol. —Se señaló el cabello lacio y dorado.

La observé sin saber qué añadir. Sentía una enorme curiosidad.

—¿Qué hace usted aquí?, ¿no tiene casa?, ¿de qué país es?

—Soy de Lituania. Él es mi marido —dijo señalando a uno de los tres presuntos pakistaníes. El hombre me miró hoscamente. ¿Su marido? No lograba entender nada. No parecía haber ningún rasgo fácilmente deducible en aquellas vidas. Era obvio que no seguían las pautas ajenas. Una lituana con un pakistaní que le llevaba diez años calentándose en un descampado de la Diagonal. Supuse que, aunque me contaran todos los meandros que los habían llevado hasta donde estaban, no serían fáciles de comprender. El quid dc aquella gente no estaba sólo en la pobreza de sus países de origen, ni en los hechos que podrían haber vivido, sino en su personalidad. Fijé la vista en sus bonitos ojos.

—¿Cree que era español, le pareció que hablaba español sin acento?

Amplió su sonrisa y comprobé que le faltaban varios dientes, lo cual arruinaba por completo su belleza y le daba un aire desolador.

—Sí, hablaba bien español, era español.

Le di las gracias, reculé y por fin me di la vuelta y eché a andar. Tenía la sensación de dejarla al borde de un precipicio, a punto de ser devorada por un gran monstruo, en un peligro máximo y, sin embargo, no le prestaba el más mínimo auxilio, la dejaba allí. Así era en realidad. Todos vivíamos al lado de aquellas tribus abandonadas a su suerte y, sin embargo, nadie corría en su busca para llevarlos de vuelta al lugar seguro. Era así, y difícilmente podía cambiarse.

La agente Yolanda se percató de lo que me sucedía.

—Está impresionada, ¿verdad, inspectora? ¿Nunca había visto a la gente viviendo de esta manera?

—Es algo que se sabe, pero no se ve.

—Ahí está la diferencia, lleva razón. ¿Ha tenido más suerte que nosotros con los interrogatorios?

—Una mujer lo ha reconocido. Es cierto que vivía aquí, pero hace un par de meses unos tipos vinieron a buscarlo y se lo llevaron. No han vuelto a verlo.

—Extraño —dijo Garzón.

—Muy extraño. ¿Qué se puede pensar? ¿Lo secuestraron? ¿Lo han tenido en su poder durante dos meses y al final lo han matado?

—Cuesta creerlo. ¿Qué valor puede tener un mendigo como moneda de cambio en un secuestro?

—No lo sé, quizá sabía algo o había sido testigo de algo inconveniente.

—En ese caso, se le mata rápidamente y en paz. No me

parece verosímil. A lo mejor eran unos tipos cualesquiera con los que se cruzó por casualidad. ¿Qué comportamiento es normal en un hombre así? Hablaron, lo invitaron a unas cervezas y luego se marchó a vivir a otro lugar.

—También extraño, cualquier hipótesis resulta extraña. Hay que buscar los rastros de ese hombre como sea.

—¿Quieren que los lleve a los otros lugares que conozco? Si era un hombre al que le gustaba acampar en un sitio como éste, es lógico pensar que al mudarse buscara un alojamiento parecido.

—Buena deducción. Tenemos tiempo para que nos lleve a uno de ellos.

—De acuerdo, vamos al cuartel abandonado de Sant Andreu.

Un cuartel abandonado lleno de marginales no era mi idea de un plan maravilloso para pasar la tarde. Por primera vez desde que nos habíamos hecho cargo del caso, tuve dudas sobre mi capacitación para resolverlo. Desconocía por completo el ambiente en el que nos movíamos, el tipo de individuo tras el que andábamos y, encima, todo aquel mundo me deprimía. La fuerza con la que me había propuesto llevar a cabo la investigación empezaba a fallar. No iba a ser un caso corto y sencillo, sólo identificar al muerto podía durar semanas, quizá meses, y ¿por qué clase de antros me vería obligada a transitar?

El cuartel abandonado de Sant Andreu era una prueba para estómagos fuertes. Toda serie de okupas de diversos pelajes habían tomado el lugar al asalto. No había agua ni luz, pero cada uno de aquellos desheredados parecía empeñado en convertir algún rincón en su hogar. Vi habitaciones donde había incluso jarrones con flores. No parecía lógico ni normal que aquellos para quienes no existía una vida cotidiana con los mínimos necesarios desearan convertir su miseria en algo acogedor, pero así era. Los usos sociales tenían mucha más fuerza de lo que pudiera pensarse.

Pertrechados con las fotos de nuestro hombre, iniciamos una búsqueda incierta. Uno a uno, todos aquellos inmigrantes, jóvenes desarraigados, mendigos y viejos enfermos fueron interrogados. Las reacciones no eran demasiado variadas: miedo, incomprensión, indiferencia y extrañeza. Ninguno de ellos mostró violencia o indignación porque nos metiéramos hasta el centro de su precaria intimidad; habían perdido cualquier capacidad de rebeldía. Los más difíciles de abordar eran sin duda los mendigos tradicionales. Escuchaban sin oír y hablaban sin rendir tributo a la lógica. Podría haberse pensado que pertenecían a una raza diferente en la que nadie nace y es niño, crece y es joven, envejece y tiene recuerdos.

Tres horas más tarde salíamos de allí con las manos vacías. Nadie había visto jamás al hombre asesinado. Me preguntaba si aquellos testimonios eran fiables. Incluso sin mentir, la diferencia entre haberlo visto o no debía de ser mínima para ellos, una sombra más con la que se cruzaban en un deambular sin sentido.

—¿De dónde sacan el dinero para vivir? —le pregunté a Yolanda una vez en el coche.

—Mendigan, tocan instrumentos en la calle, reciben algunas pequeñas cantidades de la beneficencia. Con poco pasan, especialmente los *homeless*. Son los que suelen ir más asiduamente a los comedores de caridad, y una vez comidos… sus necesidades son pequeñas. No tienen esposa ni hijos… se limitan a vegetar.

—Cuéntenos cómo funciona la caridad institucional con estos hombres.

—Hay albergues para dormir, públicos y privados.

Cuando se cree que existe una posibilidad de reinserción, también realizan trabajo social. Creo que no pueden dormir más de quince días en el albergue, para que no se hagan «crónicos».

—¡Cojonudo! —soltó Garzón—. ¿Y si los echan tienen la seguridad de que se reinsertarán en la sociedad?

—No les dan facilidades. Además, cuando se van, dejan de verlos, y eso es lo más importante, se los quita de en medio. Lo tengo comprobado, siempre que nos piden algún servicio a la Guardia Urbana relacionado con marginados, es para hacerlos desaparecer: cuando hace demasiado frío en invierno, cuando alguien importante visita la ciudad o hay algún acontecimiento público... A veces el ayuntamiento les paga la mitad de un billete de tren para que se vayan a otra ciudad.

—Muy propio. Oiga, Yolanda, me temo que me veré obligada a hablar con su jefe otra vez. Pensé que no sería necesario recorrer todos los centros sociales de Barcelona, pero veo que no tendremos otro remedio. La necesitamos, sabe usted un montón de cosas sobre esta gente.

Sonrió, orgullosa, y miró al subinspector, para ver si también él estaba contento con su ayuda. Pero el jamelgo de mi subordinado se mostró serio y desabrido como siempre.

—Yo estoy encantada de investigar con ustedes, inspectora. Me apetece mucho más que el trabajo que hago normalmente.

Tal y como esperaba, al quedarnos solos, Garzón protestó:

—Me apetece más, ¿qué significa «me apetece más»?, ¿desde cuándo un trabajo tiene que apetecer como si fuera un helado o un merengue?

—¡Vamos, Fermín, debería usted besar el suelo que pisa esa chica! Ella estaba tan tranquila haciendo lo suyo y se ha prestado a ayudarnos sin rechistar.

—Porque le apetece investigar. Dicho así, suena como si lo que hacemos fuera una especie de juerga.

—¿De verdad cree que le apetece estar con un par de veteranos malcarados y pasados de todo como nosotros?

—¡Carajo, inspectora, ésa sí es una definición deprimente!

—Pero cierta. Entreténgase un momento en pensar cómo debe de vernos una chica tan joven. Nos queda muy poca ilusión por lo que hacemos, Fermín, y escaso buen humor además.

—No se me había ocurrido que para investigar un crimen hiciera falta algo como la ilusión. ¡Oh, qué ilusión, vamos a ver quién le ha hundido el cráneo a este tipo! ¡Me apetece, sólo pensar que me van a dar los resultados de la autopsia, ya me pongo de buen rollo!

—Es usted imposible, querido colega. Me resulta preocupante que no se dé cuenta de hasta qué punto nos estamos volviendo dos viejos osos con mal talante.

—¡Bah!, lo que pasa es que estamos en una sociedad blanda y estúpida, en una sociedad llena de mentiras. El trabajo te tiene que apetecer, lo importante es pasarlo bien, y hay que poner ilusión y alegría en las cosas. ¡Sonreír, siempre sonreír! En mi juventud, ni al demonio se le ocurría que currelar debiera ser divertido. Trabajabas porque no tenías más cojones. Si te gustaba, bien, y si no, a joderse.

—¡Ay, por favor, Fermín, no me dé la matraca realista! ¿Por qué no me invita a tomar una maldita cerveza, o quizá eso es demasiado festivo para usted?

Entramos en un bar proletario y bebimos cerveza. Después de lo que habíamos visto, el ambiente de trabajadores que tomaban el aperitivo después de la jornada me parecía tranquilizador. Eran gente sencilla que tenían una familia, un lugar donde vivir, una labor que desarrollar. Nada comparable con aquel descampado neolítico donde los hombres se calentaban con hogueras y comían lo que encontraban.

—¿Qué impresión tiene del caso, Fermín?

—No muy buena, la verdad. Damos tumbos de un lado a otro y no se ve ningún camino por el que avanzar. Si los periodistas dejan de ejercer presión, el comisario Coronas lo mandará al archivo.

—¿Es posible que ese hombre estuviera metido en algo feo, algo ilegal?

—Si no se tratara de un vagabundo, en seguida le diría que sí. El hecho de que unos tipos lo dejen muerto en un lugar y le peguen por si hay testigos parece típico de un ajuste de cuentas. Esos hombres con los que habla dos meses antes... pensaría en drogas, un camello de baja estofa, pensaría incluso en inmigración ilegal, un contacto... pero siendo el muerto un tío tan tirado...

—Sospechamos que no eran skins quienes lo mataron. Bien, ¿no podríamos también sospechar que él no era un *homeless*?

—Usted vio su aspecto, vio cómo vestía, cómo olía. No lo creo, inspectora, de verdad. Pudieron disfrazarlo, ponerle ropa sucia, dejarle crecer el pelo. Pero usted ya ha visto que a la gente que vive así acaba por grabársele la miseria en los rasgos. El cadáver la tenía grabada, y eso es difícil de imitar.

Llevaba razón. Los vagabundos llevaban marcada en la cara algo más que la pobreza. Se advertía a simple vista el abandono, la locura, la dejación final y definitiva. ¿Cómo se llega ahí?, ¿qué episodios biográficos son necesarios para que alguien alcance un punto en el que pueda decir: no me importo a mí mismo?

—¿Quiere que le diga algo, Garzón? No sé qué siento más con respecto a esos hombres, si compasión o curiosidad.

—No creo que ninguno haya sido de joven un príncipe encantado, si es eso lo que piensa.

—A todos nos hacen creer eso de jóvenes, sólo que no es verdad.

Garzón cabeceó filosóficamente, llamó al camarero y pidió más cerveza sin consultarme siquiera.

—Bebamos un poco más, Petra, veo que este caso la está poniendo melancólica.

En ningún momento se me ocurrió contradecirle. Había llegado a pensar que la influencia del trabajo era mínima en mi estado interior, pero aquel caso estaba revelando la falsedad de esa idea. Incluso un ogro gruñón como mi compañero se preocupaba por mi posible depresión hasta el punto de invitarme a otra cerveza. Mi desánimo resultaba evidente.

Nos despedimos media hora después y, mientras Garzón volvía a su casa, yo pasé por comisaría. La analítica del muerto sin nombre debía de estar sin duda sobre mi mesa. Nada más entrar, el guardia de la puerta vino hacia mí.

—Inspectora, aquel médico del otro día ha vuelto a venir hace un rato. Quería verla. Ha dejado su número personal para que lo llame.

Asentí varias veces poniendo cara de estar sumida en un embarazoso asunto de trabajo. ¿Por qué? Porque tenía la seguridad de que el doctor Crespo no quería verme para nada oficial. Aquel tipo estaba como una cabra, ¿a quién se le ocurre utilizar una comisaría como centro de operaciones para ligar? La idea me hizo sonreír. Entré en mi despacho, abrí el correo electrónico, revisé los papeles... Entonces me di cuenta de que no estaba enterándome de lo que leía. ¿Estaba allí el informe de la forense? Volví a mirar. Sí, allí estaba. Me encontraba distraída, no cabía duda, y no a causa del cansancio de un día agotador, sino por la noticia que acababa de recibir. Miré la hoja de libreta que me había dado el guardia: su número de teléfono personal, o sea, que debía de vivir solo. Un estrafalario psiquiatra que me encontraba con un atractivo especial. Sentía cierto halago. Hacía mucho tiempo que nadie me había atacado así. Claro que tampoco se trataba de alguien corriente. Quizá era un chiflado que intentaba ligar con todas las mujeres que encontraba por primera vez. Incluso podía tratarse de curiosidad científica. A alguien que se ocupa de la psique debía de interesarle indagar en las características de una profesión con la que no había tratado anteriormente. En fin, daba igual, prefería pensar que le había gustado un montón, que me encontraba fascinante, bella, interesante, un sueño de mujer. ¿Por qué no? En cualquier caso, no pensaba llamarlo, y le convenía a mi estado depresivo pensar que había hecho una conquista con una sola aparición.

Abrí las conclusiones de los análisis. Bien, al parecer, nuestro hombre no era consumidor de ninguna droga, lo que alejaba aún más la posibilidad de que se tratara de un traficante encubierto. Sus vísceras eran normales, todas excepto el hígado. Una cirrosis galopante hacía pensar a la forense que nos encontrábamos frente a un empedernido bebedor. Aquello entraba en el guión de los *homeless*. Justamente mi psiquiatra admirador había dicho que muchos de ellos estaban aquejados de alcoholismo severo. ¿Habría seguido tratamiento en algún dispensario? ¡Aquel anonimato recalcitrante empezaba a ser vergonzoso! ¿Cómo era posible que un hombre viviera en una ciudad sin estar censado en ninguna parte? Todas las prevenciones de los ciudadanos modernos sobre el excesivo control que las instituciones ejercen sobre ellos no contaban para aquél. Nuestro hombre no estaba en lista alguna, ni tenía domicilio fijo, ni pagaba impuestos, y seguramente nunca había utilizado un carnet de identidad. ¿Se lo permitían las autoridades? Era obvio que las autoridades sólo se interesan por censarte si pueden sacar algún partido de ti. Si no tienes dinero, no tienes nada. Hasta los perros figuran en un censo desde el momento en que les insertan un microchip en la oreja. Claro que un perro pertenece a alguien que lo quiere, lo cuida y lo lleva al veterinario cuando se encuentra mal. Nada parecido a un vagabundo. Aunque no sabía si lo que debía sentir por él era pura envidia. Un hombre libre como el aire.

Recogí mis cosas y salí del despacho. Llegar a casa antes de lo normal me sentaría bien. Estaba acostumbrándome a trabajar todo el tiempo, respetando cada vez menos los horarios de una persona civilizada. Si seguía de aquel modo, acabaría como uno de esos polizontes que carece por completo de vida privada y que sólo disfruta cuando está metiendo las narices en algún caso. Había conocido a unos cuantos así. Creo que todos huían de la triste realidad que los aguardaba al llegar a sus casas. Pero conmigo no sucedía eso, a mí me gustaba el regreso, siempre tenía cosas que hacer, cosas gratificantes, formativas, placenteras.

Por ejemplo, aquella noche pensaba prepararme una buena sopa de cebolla y abrir una botella de somontano que conservaba para alguna ocasión. ¿Qué ocasión celebraba? Sólo recordarme a mí misma que la guardia no debía ser bajada y que el disfrute personal se lo proporciona uno mismo.

Una vez plácidamente instalada en mi espacio, me serví una copa mientras empezaba a cocinar. Una sinfonía de Mozart me daba el ritmo para cortar la cebolla con rapidez. Todo estaba a mi gusto. Lo malo sería que, tras la cena, me pondría a leer y probablemente caería dormida. Llevaba demasiados días madrugando en exceso. Sí, estaba actuando con negligencia en lo que atañía a mi vida personal, y eso no podía permitírmelo. Debería haber invitado a alguno de mis amigos a cenar. Claro que, durante la semana, todo el mundo tiene su trabajo y nadie está dispuesto a dejar el descanso nocturno por una simple cena amistosa. Otra cosa sería si se tratara de una cena romántica. Yo misma podría haber organizado una cena romántica con el psiquiatra loco si hubiera querido. Una cena romántica es mucho decir, pero sí hubiera sido fácil improvisar un encuentro. Al fin y al cabo, quizá era interesante hablar con él, y resultaba halagador que alguien insistiera de aquel modo sólo para charlar conmigo. Metí la cebolla cortada en una cazuela y recapacité. Aún estaba a tiempo de llamarlo e invitarlo a cenar. Me limpié las manos bajo el grifo. Podía ser peligroso hacer algo así, un tipo no muy estable quizá imagine un ligue seguro si recibe semejante invitación. La cebolla estaba ya tomando un color agradable. ¿Desde cuándo era yo una mujer timorata de las que toman precauciones para que los hombres «no piensen mal»? Nunca me había privado de ninguna compañía masculina para evitar malos entendidos. Si esos malos entendidos se producían, lo que solía hacer era resolverlos yo misma diciéndole al encartado cómo era exactamente la situación. En caso de que el encartado se pusiera pesado, no tenía más que largarlo y en paz. Además, en un momento de emergencia, siempre podía usar mi pistola reglamentaria. Una sonrisa inconsciente me vino a los labios. Imaginé la cara del psiquiatra loco viéndose encañonado por mi Glock. Casi deseé que se produjera algo parecido. Solté una carcajada, ¡pobre doctor Crespo! En realidad, tenía aspecto de ser encantador, caótico, pero encantador. En una época de mi vida me habían gustado los hombres así: despistados, poco organizados y con un punto de locura. ¿Cómo me gustaban ahora? ¡Ni siquiera podía contestarme a eso! Hacía tiempo que no salía con nadie ni pensaba en ligar. Me encontraba demasiado absorbida por mi rutina y las responsabilidades del cargo. «De eso a la completa decadencia no hay más que un paso», pensé. Incluso cabía la posibilidad de que, dejando introducir en mi vida cotidiana algún escarceo galante, mis neuronas salieran beneficiadas. Más ánimo, más creatividad... mi trabajo mejoraría sin duda alguna. Eché agua sobre la cebolla ya bien frita. Aquello era el colmo, nunca, en todos los días de mi vida, había necesitado tanta justificación para llamar a un tipo por teléfono. Bajé la intensidad del fuego y fui con decisión hacia la sala.

—¿Doctor Crespo? Soy Petra Delicado, la inspectora de policía con la que habló.

—¡Hola, vaya sorpresa!

—¿Sorpresa? Usted dejó un aviso en comisaría para que le llamara.

—Sí, es verdad, pero no pensé que lo hiciera.

—No veo por qué no. ¿Algo nuevo sobre el caso?

—Nada importante.

—¿Pero algo?

—Pues... pensé que nuestra conversación sobre la psicología de los «sin techo» había sido incompleta y sesgada y que, en definitiva, se podía mejorar.

—Cualquier conversación se puede mejorar. ¿Por qué

no viene a cenar conmigo? Acabo de preparar una sopa que no está mal.

—¡Perfecto, justamente ya había cenado!

—En ese caso…

—No, qué va; cuando digo que he cenado significa que he añadido al hambre un poco de frustración. Lo mío no es la cocina. Mi menú de hoy ha sido una lata de atún, en sustitución de algo que he desistido de guisar.

—Bien, entonces le espero. Apunte mi dirección.

Mientras lo hacía, sentí el típico arrepentimiento que se experimenta después de haber obedecido a un impulso.

—¿Petra, está aún ahí?

—Sí, dígame.

—No piense que acepto su invitación por simples motivos gastronómicos. Aunque hubiera cenado un faisán, iría igual a su casa. De hecho, nunca llegará a saber si de verdad no he cenado un faisán en vez de la lata de atún.

Desaparecieron todos mis resquemores, tenía sentido del humor, y cuando alguien tiene sentido del humor, no se toma muy a mal verse apuntado por una pistola.

Definitivamente no había cenado un faisán; a medida que lo veía tragar todo lo que le ponía delante, la versión de la lata de atún iba tomando visos de realidad. Era un digno suplente del subinspector Garzón, si bien Crespo no hacía ningún comentario sobre la excelencia de los platos, amén de ir intercalando cigarrillos entre las dentelladas. Era divertido, burlón, tocado de un escepticismo que le hacía no tomar en serio casi nada. Me gustaba, por qué iba a negarlo, me gustaba. Cuando acabó la cena, nos tuteábamos, pero seguíamos sin saber gran cosa el uno del otro. Frente a una taza de café comenzó un registro más personal.

—Sigo preguntándome por qué una mujer como tú llega a hacerse policía.

—No pienso contestar a ninguna pregunta.

—Preguntar es mi deformación profesional.

—Y la mía también.

—Sí, pero sólo te interesan los vagabundos. No me has preguntado nada sobre mí.

—¿Qué me quieres contar?

—Nada que no quieras saber.

—Ya he descubierto algunas cosas de ti. Ésa es mi segunda deformación profesional.

—Es la segunda mía también.

—O sea que también estoy parcialmente descubierta.

—Veo que hay mucho en común entre policías y psiquiatras. ¿Quién empieza a cantar conclusiones, tú o yo?

—Empieza tú, a ti suelen pagarte tus interlocutores; los míos detestan saber lo que he aclarado sobre ellos.

—Bien, empezaré. No eres soltera, eso es obvio por tu talante y tu modo de obrar. Por tanto, eres divorciada. Además, hoy en día todo el mundo es divorciado si tiene el mínimo interés. Eres aparentemente fría, pero ocultas un lado pasional. Tienes fuertes contradicciones, eres impaciente, a veces colérica, sensible y amante de la soledad. Ahora te toca a ti.

—Vamos allá: bajo tu apariencia divertida hay un hombre que conoce la amargura. Supongo que eres divorciado, porque de lo contrario no te parecerían tan interesantes los que lo son. Te gusta la gente, pero puedes llegar a detestar que te hablen demasiado. Eres nervioso, inteligente, desprecias el modo de vivir de la mayoría… no sé, tienes un lado marginal.

Nos miramos con sonrisas amplias y sensuales, dentro ya de un abierto coqueteo.

—Petra, puestos a buscar paralelismos: ¿puedo pensar que me has invitado por la misma razón por la que yo he venido?

Iba deprisa, demasiado quizá, yo no estaba preparada aún, había perdido la costumbre, necesitaba otra cita, otra conversación, desaparecer en aquel momento, descansar, pensar. La voz casi no me salía de la garganta, pero la forcé para que sonara fuerte y decidida.

—Ricard, no creo que haya que ir demasiado lejos. Hemos cenado bien, hemos charlado…

Me interrumpió muy serio, radical:

—Puedo parecer un tipo atolondrado e infantil, pero no lo soy. No he venido aquí para irme a la cama contigo, y tú tampoco me has invitado con esa idea, pero ahora es justo lo que nos apetece hacer, y sería estúpido dejarlo pasar.

Se levantó, rodeó la mesa y vino hacia mí, me cogió de la mano y me impulsó a ponerme de pie. Cuando estaba a su altura clavó sus ojos en los míos y luego me besó con más hambre y más fuerza de la que nadie lo había hecho jamás.

—Si no me llevas a tu habitación, no tendré más remedio que arrastrarte hasta aquel sofá.

Lo llevé a mi habitación, aunque nos costó llegar. Tenía el cuerpo enjuto y ágil de un hombre de veinte años, pero actuaba con la sabiduría erótica de uno de cincuenta. Yo, por mi parte, no estaba para hacer cálculos sobre mi propia edad, perdí de vista la conciencia del yo, me fundí con su piel, con su boca, no fui durante un tiempo más que una partícula que formaba parte de una gran bola ígnea de placer.

Después de la sonada batalla, de la que salimos victoriosos los dos, me tumbé a su lado y empecé a oler el humo agradable de su cigarrillo. Sí, había pasado demasiados meses sin hacer el amor, o eso, o aquel tipo me gustaba muchísimo. Lo miré de reojo. Me sentía un tanto alarmada, porque suelo tomar yo la iniciativa sexual, y en aquella ocasión no había sido así. Cuando algo parecido ocurre, siempre tengo la sensación de haber sido tomada por sorpresa, me acomete un cierto complejo de Europa raptada por el toro y me repliego sobre mí misma. Como si hubiera adivinado mis pensamientos, Crespo dijo:

—¿Un intruso en tu cama?

—¿Eso parece?

—Sí, me miras por el rabillo del ojo como si te preguntaras quién soy.

—Es verdad, no sé quién eres.

—Soy un hombre de tu generación.

—¿Te pones a follar en seguida con todas las mujeres de tu generación que conoces?

Se echó a reír por lo bajo.

—¡Ay, querida inspectora!, por un momento había pensado que eras diferente de los demás; pero no, no lo eres, ¿por qué ibas a serlo?, y mucho mejor que no lo seas, desde luego.

Todas las fibras de mi cuerpo, aún relajadas y llenas de placer, se tensaron de pronto. Me aparté un poco para poder mirarlo a la cara.

—¿Puedes explicarte?

—A todos nos interesa ser únicos y especiales. Hacemos el amor como fieras, pero luego nos preguntamos si somos parte de un rebaño o el protagonista absoluto de una esmerada elección.

Me senté en la cama, la indignación que subía por mi pecho me dio la tregua suficiente como para pensar qué iba a contestarle.

—¿Estás elaborando algún estudio psicológico o te ha parecido un pensamiento lo bastante genial como para no callártelo?

—¿Te ha molestado que diga eso, de verdad te ha molestado?

Soltó una gran carcajada y se abalanzó sobre mí, derribándome, jugando, intentando besarme y hacerme cosquillas.

—¡Venga, Petra, no seas quisquillosa! No me digas que tú eres de las que aprecian los comentarios amorosos: «¡Oh, ha sido genial, creí que estaba en el cielo!»

—Aprecio la buena educación en cualquier circunstancia.

—¡Ah, eres deliciosa, en serio, la mujer valiente y experimentada que sin embargo cuida las formas! Me gustas, en serio, me gustas.

Estaba atenazada bajo la fuerza de sus brazos. Me sentía llena de furia, pero, al tiempo, no podía dejar de notar la atracción salvaje de su risa, el juego al que invitaba su ironía, el olor dulce a tabaco y a vida que emanaba de su pecho.

—¡Suéltame!, ¿te has vuelto loco?, ¡estás en la cama con una policía, sé kárate!

Sus carcajadas debían de poder oírse incluso desde la calle. Yo también empecé a reír, y aflojé la fuerza de mi rechazo. Entonces me besó con suavidad en los labios, y habló en voz baja:

—No, Petra, no me voy a la cama con todo el mundo. Te sorprendería saber qué pocas mujeres me han interesado en la vida. Pero tú me gustaste en seguida, mucho. Tú sí eres especial.

—Tengo ganas de mandarte al infierno, pero creo que lo dejaré para después.

Nos enzarzamos en un nuevo encuentro, más moroso esta vez, más sensual, sin urgencia, sin miedo, sin más objetivo que sentir con intensidad, con la fuerza interna de algo que no rozara el exterior, que naciera sólo de sí mismo.

No tenía ni idea de qué hora debía de ser cuando recuperé la conciencia de lo externo. Ricard empezó a acurrucarse a mi lado con los movimientos de quien busca la postura ideal para el sueño. Procuré no sobresaltarlo con la voz cuando le dije:

—Ricard, hay algo que quiero decirte y que espero que no te tomes a mal.

Se quedó muy quieto, en silencio, y cuando habló noté que se le había quitado el sueño de golpe.

—Adelante, ¿qué ocurre?

—Nada, una tontería. El caso es que no soporto despertarme en casa junto a la persona con la que… en fin, ya sabes, los buenos días, el desayuno… se trata de una manía, pero…

Hubo silencio. Pensé en la posibilidad de que se lo tomara a broma, pero no fue así. En tono absolutamente neutro, respondió:

—No te preocupes, dormiré un rato y luego me iré.

Así sucedió. Cuando me desperté por la mañana había desaparecido. Debió de marcharse con mucho sigilo porque no oí nada. Mi sueño había sido muy profundo. Salté de la cama y me desperecé. Tenía el cuerpo agradablemente dolorido. La ducha me pareció una hermosa cascada de agua termal y disfruté sobremanera del aroma del café y el color intenso del zumo de naranja mientras lo preparaba. ¡Hasta me apetecía llegar a comisaría! De modo incuestionable, podía deducirse que estaba de magnífico humor.

CAPÍTULO CUARTO

El subinspector Garzón, sentado a su mesa e inclinado sobre los papeles, me pareció la estatua votiva de alguna extraña religión.

—¡Buenos días, Fermín!, ¿cómo empieza la mañana?

—La mañana ha empezado hace rato, por desgracia.

—¡Vaya!, ¿tan tarde llego?, ¡no puede ser!, tendré que concienciarme un poco más.

—Celebro verla contenta, por lo menos me proporciona algo que celebrar.

—¿Ha pasado algo malo?

—Inspectora, queda muy mal que una policía pregunte algo así.

Mis niveles de euforia matutina no suelen admitir demasiados escollos, y el mal humor de mi subordinado estaba constituyendo un montículo excesivo. Torcí la boca para decir:

—¿Sabe una de las razones por las que he decidido mantenerme célibe de una vez por todas?

Garzón me miró con curiosidad y cierto aire de triunfo, creo que lo único que quería era hacerme saltar.

—Pues justamente para no aguantar la mala uva de nadie por las mañanas.

—Eso es fácil de decir, pero si usted llevara dos horas

como las que yo llevo, comprendería que tengo motivos para tener malo el racimo entero.

—Adelante, enumere y acabemos de una vez.

—Si va a escucharme como un mero trámite…

—¡Qué va!, voy a ponerme en estado alfa sólo para escucharle, a insonorizar el despacho, a clausurar la puerta para que nadie pueda interrumpir, ¿quiere contarme qué le pasa o no?

—No, así no contaré nada.

Se reintegró a sus papeles con un mohín de enfado pueril. No merecía la pena mi voto de soltería; con Garzón al lado, era como si tuviera un marido, un padre y un abuelo, también un hijo de corta edad. Empleé toda la paciencia que requiere tratar con semejante elenco de parientes.

—Subinspector, ¿empezamos otra vez?

—Como quiera, por mí…

—¡Buenos días, Fermín!, ¿cómo está?, ¿cómo le han ido las dos últimas horas de servicio?

—Fatal, me han ido fatal. Me ha llamado el comisario para meternos prisas. Hay una periodista que sigue publicando un artículo diario sobre el ataque de los skins al pobre vagabundo y la incapacidad de la policía para cazarlos. Es la típica tía que, a falta de algo mejor, ha hincado el diente en la noticia y no piensa soltarla, pero al jefe no le gusta su insistencia. Dice que, o le enviamos un paquete bomba o le damos algún resultado que mascar. No me he atrevido a decirle lo que haría yo. Después me ha llamado esa ayudante de la Guardia Urbana que a usted le parece tan imprescindible y se ha pasado dos horas al teléfono para contarme lo que iba a enviarme por correo electrónico. Dos horas, de verdad, ¿es posible tanta verborrea? Habla más que un sacamuelas, un defecto muy femenino, por cierto. ¿Se ha fijado en esos grupos de mujeres que se reúnen para tomar café? Nunca he logrado entenderlo, pero el caso es que hablan todas a la vez, todas a un tiempo. Asombroso pero cierto, ¿verdad? Bueno, pues Yolanda, la políglota, me pasa una lista por correo electrónico, lo único que tenía que hacer sin tanta preparación, y esa dichosa lista consta al menos de cincuenta lugares donde se da asistencia social a marginados. ¡Cincuenta! ¿No iba a encargarse ella de hacer una selección?

—Vamos a ver, Garzón, las cosas que le incomodan son tantas y tan variadas que mejor las pone en el Muro de las Lamentaciones y Dios ya se apañará. De todo lo que me dice, en lo único que veo solución es en la lista de centros sociales.

—¿Ah, sí, y qué solución ve?

—Visitarlos uno por uno.

—¡Pues vaya solución, ésa la veía yo también!

—¡Por fin una coincidencia! Partamos de ella y pongámonos a trabajar.

—Hacemos una investigación a bulto, inspectora, y a estas alturas deberíamos estar ya siguiendo pruebas.

—Cierto, pero ¿qué coño quiere que hagamos si esas pruebas no han abierto ninguna vía lógica? Habrá que seguir, ¿no?, perseverar. Bueno, prepárese, dentro de un rato salimos. Voy a pasar por mi despacho.

La visita matinal a mi compañero había conseguido cansarme como si llevara diez horas trabajando. Si todos dejáramos el elemento emocional fuera de nuestra oficina, se ganaría mucho tiempo. Claro que era justamente el elemento emocional lo que me había llevado aquel día a comisaría de un excelente humor. Recordé la noche anterior y se me erizó la piel. No, el elemento emocional no era tan malo: podía servir como acicate y dinamizador de una larga jornada.

Me senté ante el ordenador y abrí mi correo, pero en ese momento entró un guardia.

—Inspectora. Resulta que hace un rato han traído algo para usted.

—Bueno, muy bien, ¿y dónde está?

—Es que... verá, yo, por discreción, lo he metido en el lavabo en espera de órdenes suyas.

Aquella mañana todo el mundo parecía estar especialmente espeso. El guardia remoloneaba sin atreverse a continuar.

—¡Por Dios, Domínguez!, ¿qué demonio de cosa me han traído que requiere tanta discreción, un cadáver o algo por el estilo?

—Preferiría que lo viera usted.

Resoplando como una búfala, lo seguí hasta el lavabo. Abrió la puerta y me mostró el envío indecoroso. ¡Dios, aquel muchacho llevaba toda la razón al usar el disimulo! Lo que yacía sobre la pileta era un inmenso ramo de rosas rojas adornadas con una cinta de colores. Noté que me ruborizaba.

—¡Carajo! —exclamé de corazón.

—Verá, inspectora, me pareció que era un envío personal, y como en comisaría se organiza tanto cachondeo y tanto comentario...

—Ha hecho usted muy bien ocultándolo aquí, Domínguez, muy bien. ¿Sabe qué vamos a hacer? ¿Tiene usted esposa?

—Novia.

—Pues se las lleva a su novia y en paz.

—¡Ah, no, ni hablar, si me ven salir con eso, el cachondeo me lo chupo yo!

—Entiendo. ¿Hay alguna iglesia por aquí?

—Bueno, está la catedral.

—Pues que se las lleven a la Virgen. Que vaya el policía que esté de servicio en la puerta. Si alguien pregunta, es una dádiva de la comisaría, que tenemos mucha devoción.

Asentía un poco sorprendido de ver mi desparpajo para mentir. Cogí la tarjeta que acompañaba las flores y lo vi salir con bastantes resquemores, convertido en un florero de uniforme. Volví a mi despacho a toda prisa. Ya imaginaba de quién era el envío, pero abrí el sobre con curiosidad.

«Querida Petra: Rosas apasionadas para una maravillosa mujer. Alguna noche dormiré en tu casa, ya lo verás. Tuyo: Ricard.»

¡Aquello era el colmo! ¿Qué pensaba aquel pirado que era una comisaría, algo parecido a un *meublé?* ¡Ni al demonio se le hubiera ocurrido hacer algo así, mandarme rosas a mi despacho! El guardia había reaccionado con prontitud y más sentido común del que nunca le hubiera atribuido, pero aun así, no podía saber cuánta gente había visto aquel infamante ramo. Lo que menos me importaba eran los comentarios que pudieran hacer mis compañeros inspectores, pero se me ponía la carne de gallina sólo de pensar en la posibilidad de que hubiera visto las flores Garzón, ¡el propio Coronas! ¡Imaginaba las ironías que un hecho semejante me hubiera reportado, las pullas sangrantes del subinspector! Tenía dos maneras de tomarme aquel presente inoportuno: o bien Ricard lo había mandado como una auténtica provocación para ver hasta dónde podía llegar conmigo, o ni siquiera se había planteado la inconveniencia de su idea. Si se trataba del primer caso, el tipo era un auténtico cabrón; si me inclinaba por el segundo, tampoco salía muy bien parado. Un inconsciente que obra sin meditar resulta un peligro difícil de ser controlado. Di varias vueltecitas por la habitación intentando aclarar los conceptos. Debía andarme con ojo, lo que menos me interesaba en el mundo era que algún amago de complicación amenazara mi vida, y Ricard Crespo lo era. Un hombre a quien una colaboradora del trabajo calificaba como «muy especial» no era fiable en absoluto, demasiado impulsivo, demasiado seguro de sí mismo. Además, se hallaba relacionado con un caso, aunque lejanamente, y eso sí era como sentarse sobre un polvorín. «Algún día dormiré en tu casa, ya lo verás», ¡vaya rostro!, y sobre todo, ¡menuda arrogancia! Sí, podía estar seguro de que iba a dormir en mi casa, tumbado sobre el felpudo de la entrada, quizá. No me quedaba más remedio que abortar aquella relación incipiente. ¡Bah, para una vez que encontraba un hombre interesante...! Porque interesante lo era, y hacer el amor con él había estado mejor que bien, pero ya lo decían todas mis amigas, era un clamor general: los hombres son un desastre en los últimos tiempos. El que no liga para quitarse las frustraciones necesita hacer públicas sus conquistas o quiere que le hagas de madre, o hacer él de padre... no, el hombre buen compañero sentimental ha quedado como un recuerdo de épocas pasadas.

Cogí el teléfono para llamarle. Una pena, porque, al fin y al cabo, que te califiquen de «mujer maravillosa» no es algo que suceda todos los días. Sólo con que hubiera enviado aquellas rosas a mi casa en vez de a comisaría... Pero ¿qué estaba diciendo?, ¿desde cuándo homenajes tan decadentes como las rosas rojas conseguían emocionarme? Considero los envíos galantes una práctica anticuada, y si son rosas rojas, ya es el colmo. Prefiero que me manden doscientos gramos de jamón.

—Hospital Clínico, dígame.

—¿Puede ponerme con el doctor Ricard Crespo, por favor? Soy la inspectora Petra Delicado.

Esperé mirando la puerta con nerviosismo. Ya sólo me faltaba que Garzón me pillara in fraganti en medio de una ruptura amorosa. La voz de Ricard sonó vibrante al otro lado del hilo.

—¡Petra, qué alegría!, ¿cómo estás?

—Un poco sorprendida por tu envío.

—¡Bah, no tiene importancia!

—Tiene más de la que piensas, Ricard.

—En ese caso te mandaré un ramo todos los días.

—¿Puedes dejar que termine?

—Adelante, querida, te escucho.

—Pero ¿no te das cuenta? ¡No puedes enviarme flores a comisaría como si se tratara de un lugar normal y corriente.

—¿Por qué?

—Porque no lo es. Soy policía, por si no lo recuerdas, y éste es un trabajo muy serio, y muy especial.

—Una consulta de psiquiatría lo es también. No veo la relación.

—¡Justamente!, ¿qué te parecería si yo te enviara... no sé, unos calzoncillos a tu trabajo?

—Bien, me parecería bien; incluso podría parecerme un detalle muy íntimo y muy delicado. ¿Lo has hecho?

—¿Cómo? Oye, Ricard, aprecio tu sentido del humor, pero te aseguro que no estoy de broma. Que alguien intente banalizar mi faceta profesional mezclándola con la personal me suena a falta de respeto.

—Eso es una interpretación tuya.

—Lo es.

—Se supone que quien debe interpretar lo que hay detrás de las acciones normales soy yo, y ¿sabes qué interpreto?, pues que te dejas guiar por lugares comunes y etiquetas absurdas sin dar opción a pensar en lo más sencillo, que es: no lo había pensado, no se me ocurrió que una comisaría fuera un sitio tan… oficial.

—No hay nada más oficial que una comisaría.

—Está bien, está bien, ha sido un fallo, eso es todo. ¿Sabes qué haré para que me perdones? Invitarte a cenar esta noche.

—¡Ah, no, imposible!

—¿Por qué es imposible?

—Estaré de servicio hasta muy tarde, con mi compañero, el subinspector Garzón.

—Bueno, pues mañana.

El propio Garzón asomó la cabeza por la puerta. Me puse en guardia inmediata.

—Oye, tengo que colgar.

—Te llamaré después.

—No, no me llames, ya te llamaré yo.

No tuvo tiempo de decir nada más. La cara de mi subordinado estaba avinagrada como una ensalada de verano.

—Inspectora, si no nos vamos inmediatamente, no me hago responsable de mis actos.

—¿Qué pasa?

—La tal Yolanda está en mi despacho, y en vez de guardia urbana parece guardia forestal.

—¿Por qué?

—Por lo mucho que se va por las ramas.

—Si tiene usted humor para hacer chistecitos, nada es tan grave.

—Vámonos ya, Petra, por Dios, que esta chica me va a volver loco. Yo tengo más años que ella, ¿no?, y por tanto más experiencia acumulada. Pues bueno, es ella quien lleva dos horas contándome los casos que han resuelto en su departamento. ¡Hasta una vez que rescataron un perro en una riada me ha contado!

—Bueno, eso está bien, puede usted tomar ejemplo si se halla en la misma situación.

—Muy graciosa. ¿Nos vamos?

—Vámonos.

Me puse la gabardina y salí sin mirar atrás. Deseaba trabajar con el suficiente ahínco como para no recordar nada de lo que acababa de suceder.

Era cierto que a Yolanda le gustaba hablar, pero a mí no me importaba, incluso debo decir que era tranquilizador oír su voz joven y alegre. Probablemente los silencios que se originaron mientras visitábamos los centros sociales hubieran sido difíciles de soportar para mí. La visión de aquellos comedores llenos de gente sin futuro, de los destartalados dormitorios donde se alojaban mendigos e inmigrantes, tenía para nosotros una dimensión más trágica que para la voluntariosa guardia. Creo que, desde nuestra edad, veíamos algo de nosotros mismos en aquellas sobrecogedoras salas. Nadie cumple los cuarenta años indemne, en todo hombre o mujer que lleva media vida a la espalda surge la duda angustiosa: «Podría haberme sucedido a mí»; había algo propio en el fracaso de aquellos marginados, algo que compartíamos: los sueños que se han volatilizado, las frustraciones acumuladas, la indiferencia que va segregando nuestra mente para poder seguir viviendo sin un excesivo dolor.

Las casas de acogida del ayuntamiento contaban con un personal entusiasta y amable que nos recibió bien, pero la labor era muy complicada. Enseñar la fotografía del hombre muerto al personal empleado no resultaba suficiente, había que mostrarla también a todos los que paraban en el albergue, e interrogar a aquellos tipos era de verdad desalentador. Los que yo entrevisté me miraban con gesto ausente, como si no comprendieran mis preguntas, como si contestar o no hacerlo fuera lo mismo en realidad. Nadie solía preguntarles nada, su opinión o sus vivencias no tenían habitualmente ningún interés. No estaban acostumbrados a que sus conversaciones contaran para alguien. Vivían en otro planeta, hablaban otro lenguaje, no estábamos en el mismo plano de la realidad.

Yo sentía vergüenza al acercarme a ellos, la misma culpabilidad que puede experimentar un turista sensible de visita en el Tercer Mundo. No había sábanas en las camas, sólo mantas que parecían pertenecer al ejército. Junto a cada persona acogida, yacían sus pertenencias. Una de las encargadas nos contó que ninguno de aquellos hombres quería separarse de lo suyo.

—En esos bultos llevan todo lo que tienen en el mundo. Es inútil pretender que lo dejen en armarios o en un rincón. Quieren controlarlo todo el tiempo. Y no les faltan razones. Se roban entre ellos, naturalmente, porque ya me dirán ustedes quién más se va a interesar por esos pingos.

Me vino a la mente la imagen de todos los indigentes callejeros que había visto y, en efecto, a su lado siempre había una profusión de carritos, cajas o bolsas. «Por muy pobre que uno sea —pensé—, siempre hay algo que atesorar.»

En aquellas visitas comprobamos que, de entre los más desfavorecidos, los *homeless* eran el último estadio de la clasificación. En los jóvenes inmigrantes sin papeles palpitaba una esperanza de trabajo, de aceptación social, pero los viejos mendigos alcoholizados no parecían aspirar a nada, eran el final de la saga ciudadana e incluso daba la impresión, por lo que contaban las trabajadoras sociales, de que despreciaban la caridad.

—Si los echas a la calle, les da igual, encontrarán otro sitio. Y si les ofreces hacerles algún papeleo para que sean acogidos en un centro permanente te dicen que no. No quieren saber nada de compromisos.

—Son como príncipes orgullosos —solté.

La chica me miró con indiferencia.

—Algo así.

Ese comentario me valió, por supuesto, las ironías de mi compañero.

—¿Ya empezamos con sus historias místicas, inspectora?

—Las historias de hombres sin piedad las dejo para usted.

La pobre Yolanda no entendía muy bien aquel cruce de sables entre Garzón y yo, pero como era prudente, se quedó callada. Mejor, hubiera sido difícil explicarle que aquélla era una manera como otra de entenderse.

Tras seis horas de trabajo, el fantasma continuaba siéndolo, y cada vez con más niebla alrededor. En nuestra lista había nombres tachados, pero quedaban muchos más.

—Y eso que sólo hemos ido a los lugares oficiales, luego vienen los privados, ya verán.

—Oiga, Yolanda, ¿usted está aquí para animarnos?

—No se preocupe, subinspector, acabaremos con todos, y además, tengo la intuición de que esta vez daremos en el blanco, ya verán. ¿Ustedes nunca trabajan siguiendo una intuición?

—Sí, yo he intuido que…

Mi conocimiento intuitivo de Garzón me hizo interrumpirlo inmediatamente.

—Bien, en cualquier caso, es muy tarde ya, será mejor que continuemos mañana.

—Perfecto, he quedado con mi novio cerca de aquí. Me imaginé que éste sería el último sitio que visitaríamos. ¿Ve, inspectora, cómo ya me estoy acostumbrando a trabajar con usted?

—Sí, Yolanda, lo hace muy bien.

—¿Le he contado a qué se dedica mi novio, subinspector? Mañana se lo cuento, le gustará.

—Sí, seguro que me encanta —rezongó Garzón por lo bajo.

La vimos alejarse ligera como un soplo de aire. Me volví hacia mi compañero sabiendo lo que venía a continuación. No me equivoqué.

—¿Ha visto?, ¡me pone la cabeza como un bombo!, y se guarda las palizas para soltármelas a mí solo, a usted la respeta. ¿Por qué demonio quiere contarme a qué se dedica su novio?, dígame.

—Debe de recordarle usted a su padre.

—¡A su abuela debo de recordarle, lo que me faltaba por oír! Sáquela de la investigación, inspectora, no hace ninguna falta.

—Nos lleva a los centros sin dudar, domina la información municipal y también la ciudad como no lo hacemos ni usted ni yo.

—¡Sí, es como una niña exploradora!

—Piense que es una *sherpa* del Himalaya, si le gusta más, pero mientras tengamos que patearnos Barcelona, se quedará con nosotros.

Saqué mi teléfono móvil, que había mantenido desconectado todo el tiempo, y comprobé si había algún mensaje. En efecto, la desconexión no había sido una precaución excesiva. Tenía siete mensajes y todos provenían del número de Ricard. El tema de todos ellos no era variado: insistía en que saliéramos a cenar aquella misma noche. Volví a desactivarlo y, siguiendo un plan de rigurosa prudencia, le dije a Garzón:

—Para que deje de protestar todo el tiempo, le invito a cenar.

Se quedó descolocado, miró su reloj, me miró a mí, titubeó levemente al hablar:

—¿Ahora?

—Pues claro, no dejes para mañana lo que puedas cenar hoy. ¿Tiene algún compromiso?

—¿Compromiso?, no, no, pensaba que pasan por televisión un partido de fútbol que…

—¡No me lo puedo creer! Antes, si alguna vez le proponía cenar, aceptaba usted encantado sin dejarme siquiera terminar, y ahora prefiere el maldito fútbol a…

—¡Es usted quien no me deja terminar nunca lo que voy a decir! Iba a decir que hacen un partido interesante, pero que me apetece mucho más cenar con usted.

—No, si por mí no se preocupe, me voy a cenar sola y en paz.

—Petra, no insista, que parecemos amantes.

—Parecemos un matrimonio, lo cual es mucho peor.

—Por eso, vamos a cenar de una vez por todas. Además, soy yo quien la invita.

Debería haberme sentido culpable, porque en realidad estaba utilizando a Garzón. No quería volver a casa y tener que enfrentarme a un alud de llamadas de Ricard, y no me apetecía cenar sola en un restaurante. Pero para eso está la amistad, para que el otro se sacrifique por ti sin que sepa siquiera cuál es la razón.

Fuimos a un sitio muy exclusivo de cocina francesa. El discreto complejo de culpa que flotaba sobre mí me obligó a elevar la categoría del lugar. Como era previsible, el subinspector olvidó su frustración futbolística en cuanto se encontró frente a una mesa pertrechada de buenas viandas. Su adaptabilidad gastronómica era envidiable, se convertía en un discreto rumiante frente a un plato de ensalada y pasaba a ser un fiero depredador cuando se encaraba a un buen asado de carne. En realidad, debería haberlo invitado constantemente a cenar, porque verlo comer resultaba un espectáculo gratificante. Cuando salió del primer paroxismo de placer que siempre le producían los alimentos, me miró con curiosidad, como si me descubriera en su mesa de pronto:

—¿Celebramos algo, inspectora?

—No necesariamente, pero si usted tiene alguna idea…

—En este momento le aseguro que no tengo el cuerpo para celebraciones.

—¿Puedo preguntar por qué?

Me echó miradas dignas de un agente secreto, rebañó el plato a conciencia y pegó varios suspiros antes de empezar a hablar.

—No se lo hubiera contado de no ser por esta comida, pero el caso es que viene mi hijo a pasar unos días desde Nueva York.

—¡Ah, estupendo, qué bien!

—Viene con su pareja, a quien yo no conozco.

—Tanto mejor, una buena ocasión para conocerla.

Fijó la vista en la servilleta y empezó a hacerle dobleces cuidadosos, luego la dejó bruscamente a un lado y exclamó:

—Petra, la pareja es un hombre. Mi hijo es gay.

Ahora me miraba a mí esperando una reacción que se equiparara a la magnitud de su confidencia.

—Supongo que eso es algo que usted ya sabía.

—¿Yo?, ¡qué voy a saber! Estudió Medicina aquí con

toda normalidad, luego se doctoró en Estados Unidos y allí se quedó. Ninguna de las veces que nos hemos visto se planteó jamás el tema familiar. Cierto que no se casaba, pero yo tomé eso como lo más natural. Supuse que en nueva York la gente ya no hace esas cosas anticuadas. Bueno, pues me equivoqué. La gente en Nueva York sí se casa, todos menos los que son gays.

La conversación tomaba un giro imprevisto que me intranquilizó. ¿Qué esperaba el subinspector de mí, una de esas charlas reconfortantes sobre la normalidad de cualquier opción sexual? Aquel hombre tenía la virtud de implicarme en su vida, y siempre representando papeles absurdos que nada tenían que ver con mi personalidad. Pero estaba atrapada, así que me lancé, dispuesta a convertirme en la reina del terapéutico lugar común.

—¿Eso supone un problema para usted?, porque ha de saber que hoy en día ya no lo es para nadie.

—He llegado a la conclusión de que no se pueden escalar todas las cumbres, Petra.

—¿Qué quiere decir?

—Asumí en su día que la profesión de policía ya no es sagrada, que en esta época moderna debo cargar con un puto teléfono móvil y hacer mis informes en ordenador. He aceptado incluso, y usted me perdonará que ponga tanto énfasis, la igualdad absoluta de la mujer. Pero que mi hijo viva con un tío ya es demasiado para mí. Renuncio a comprender.

—Muy bien, acepte sin comprender, no es estrictamente necesario.

—De eso, nada. Mi hijo quiere que los aloje en mi casa mientras estén aquí.

Mis propósitos de ser correcta y morigerada me abandonaron de pronto.

—¡Coño, Garzón!, no va usted a ser tan bestia de ponerlos de patas en la calle…

—No, de eso no soy capaz. Al fin y al cabo, se trata de mi hijo. Lo que voy a hacer es largarme yo.

—¿Largarse, adónde?

—No sé, a una pensión. Les diré que les cedo mi apartamento porque es demasiado pequeño para los tres, y en paz.

—Se lo tomarán a mal, Fermín.

—No, cenaré con ellos algunas noches, los llevaré a visitar la ciudad, pero compartir el mismo techo, ni pensarlo.

—¡Pero es un prejuicio ridículo!

—No lo crea, inspectora. Ya ve que estoy dispuesto a recibirlos, a no organizar ninguna escena ni a mostrarme enfadado. Mi hijo es gay, de acuerdo, no haré comentarios. Pero una cosa es saberlo y otra verlo salir en pijama de la habitación con un tipo, saludarlos por la mañana mientras comparten desayuno charlando de sus cosas, captar que se miran como se miran las parejas y que incluso… me cuesta hasta decirlo, que incluso se dan un besito creyendo que yo estoy distraído.

Me acometieron unas terribles ganas de reír que mantuve bien controladas bajo un gesto neutro. En realidad, lo comprendía, comprendía lo que estaba diciendo, e incluso su discurso, exceptuado lo del besito, me movía a una cierta piedad. Garzón intentaba capear la situación sin comprometer en exceso la idea que de la dignidad propia tenía.

—No haga una tragedia de esto, Fermín.

—Es lo que estoy intentando. Cuando mi hijo me lo anunció por teléfono como si fuera la cosa más natural, así me lo tomé. Y le aseguro que me costó. Él decía todo el rato «mi pareja» y cuando, curioso, le pregunté cómo se llamaba su pareja y me contestó «Alfred», me quedé de una pieza, inspectora. Ya me dirá usted si son maneras de dar una noticia semejante. No se va por el mundo diciendo a los padres que vivimos con «Alfred» como si nada ocurriera.

—A veces el respeto genera miedos y después cada vez es más difícil decirlo. Pero ha encontrado la manera de hacerlo, aunque tarde. Ya verá, cuando esté aquí se lo explicará mejor. Tampoco el teléfono es un buen método para ese tipo de conversaciones.

—En fin, el caso es que viene con ese... americano, y yo me voy.

—¿Dónde se alojará?

—Volveré a mi antigua pensión. Me fastidia muchísimo porque ya estoy hecho a mi intimidad, y una pensión es deprimente. Además está lo económico, la visita me va a salir por una pasta. Tendré que pedirle un adelanto a Coronas: entre el alquiler, la pensión y las veces que los invite por ahí...

—¿Cuántos días se quedarán?

—Una semana.

Tomé mi copa en la mano, contemplé el vino rojo, irisado, consolador. Lo sentí fluir por mis venas con alegre suavidad. El vino es la única bebida que potencia la sensación de amistad, de cobijo, de pertenencia a la misma banda, la misma raza, el mismo corazón. Los alcoholes más fuertes degeneran en sensaciones abruptas. El vino, no, el vino acompasa las almas, las une.

—¿Por qué no se queda en mi casa, Garzón?

Levantó sus ojos de pan recién hecho hacia mí. En sólo un instante pude ver su sorpresa, su alegría, su gratitud.

—No puedo, inspectora, pero se lo agradezco, de verdad.

—¿No puede?, ¿por qué?

—Porque no es correcto, ni tampoco indicado. Usted es mi superior y, encima, una mujer.

—¿Piensa saltar sobre mí con propósitos lúbricos en cuanto me ponga el camisón?

—¡Qué cosas dice, inspectora, por Dios!

—Entonces no veo el motivo para que no acepte. Ahorrará dinero, estará tranquilo y quedará bien delante de su hijo. Dígale que se viene conmigo para trabajar en un caso con más intensidad y concentración.

—Pero usted es muy independiente, la incomodaré.

—Se trata sólo de una semana. Mi casa es un dúplex, como sabe muy bien. Abajo tiene una habitación y un baño para invitados, y yo duermo arriba. Ni siquiera notaré que está usted por allí.

—Pero es que yo…

—¡Basta, no se lo voy a rogar de rodillas!

—Está bien, inspectora, de acuerdo, iré. Pero si cambia de parecer sepa que…

Me esforcé por minimizar su complicado sentido de la cortesía. En fin, ya estaba hecho, algunos acuden a los países pobres como voluntarios de una ONG durante las campañas de vacunación, y yo alojaría una semana a mi subordinado. Algo hay que hacer por el mundo, ahora que las ballenas están en peligro de extinción. Cuando nos despedimos me plantó dos besos que resonaron en toda Barcelona. Esperé que no fuera una de sus costumbres cotidianas antes de irse a dormir.

Aparqué el coche frente a mi casa. Hacía una noche húmeda y negra. Poblenou estaba desierto. Caminé hacia la puerta sintiendo frío y ganas de llegar. Metí el llavín en la cerradura y noté que una mano se me posaba en el hombro. Hice sin dudar la maniobra que aprendí para estos casos: saqué la pistola del bolso, me volví, empujé al hombre que había en la sombra contra la pared y le planté el cañón en el pecho, atenazándolo con mi peso. Los ojos de asombro de Ricard Crespo brillaron en la oscuridad.

—¡Petra!, ¿qué haces?

El corazón me saltaba en el pecho, respiraba con dificultad.

—Pero, Petra, te he estado esperando. Sólo quería darte una sorpresa.

Me volví de espaldas sin decir una palabra. Abrí la puerta, lo invité a entrar con la cabeza. Encendí la luz, me quité el abrigo y lancé el bolso sobre un sofá.

—Vamos a ver, Ricard, de una vez por todas, entérate. No se le dan este tipo de sorpresas a un policía, ni tampoco se le mandan flores a un policía. Un policía no es una persona normal, ¿comprendes? Lo parece pero no lo es. ¿Me has entendido?

—Sí —dijo muy serio.

Giró sobre sus talones y se dispuso a salir. Me acerqué hacia él, le tomé por el brazo:

—No te vayas, perdona. Lo siento. Me he asustado, eso es todo. Una reacción normal por otra parte, ¿o es que yo no puedo asustarme?

—Acabas de decir que un policía no es una persona normal.

—Bueno, cuando se trata de miedo sí es normal. No te marches, me alegro de verte, en serio.

—Tienes una manera rara de demostrarlo.

—Tengo otra mejor.

Me acerqué a él y lo besé en la boca. Me pareció que olía bien, a medicinas y tabaco, a hombre, a piel, a pasión.

Nos derrumbamos sobre el sofá y empezó a susurrarme desesperadamente:

—Petra, no podía dejar de verte, te necesitaba, te quería a mi lado, verte, tocarte, olerte, no podía más…

El aliento de sus palabras me enloqueció y, por segunda vez en la noche, lo atenacé con el peso de mi cuerpo. Luego nos levantamos y tiré de él hacia la escalera, que fuimos subiendo peldaño a peldaño mientras nos sorbíamos el alma mutuamente. La cama se convirtió en el lugar más urgente del mundo. Nos arrancamos la ropa como si quemara. Ni un momento más, ni un momento más sin él, era mi único pensamiento. El momento fue corto, y lo recibí por fin dentro de mí como se recibe la esperada lluvia.

A las cinco de la madrugada, después de haber luchado y dormido y luchado otra vez, me preguntó en voz baja:

—¿Me quedo o me voy?

Sólo la maldita voluntad de permanecer fiel a mis principios me hizo pedirle que se fuera. No se enfadó. Lo vi vestirse en la penumbra. Hizo un ademán de despedida con la mano y dijo sonriendo:

—Adiós, policía.

A la mañana siguiente, Garzón me miró con curiosidad cuando le dije que tenía sueño. No consideraba que nuestra cena del día anterior fuera motivo suficiente para que desde primera hora me hinchara a café intentando despejarme. Cuando llegó Yolanda ya había tomado cuatro tazas. La observé con añoranza. Estaba fresca y rutilante como si acabara de nacer. Pensé que quizá también ella había pasado una noche de amor con aquel novio del que hablaba, pero sin duda su edad la hacía recomponerse sin problemas. Me pregunté si era acertado por mi parte tener un amante a salto de mata, si no me correspondía más una amistad amorosa bien reglamentada o incluso la castidad absoluta. Pero no era yo quien había insuflado tanta pasión y urgencia en aquella relación. Ricard no parecía un tipo moderado y susceptible de controles. El pequeño caos que arrastraba tras de sí me impedía tener una seria conversación sobre cómo y a partir de qué organizar nuestros encuentros. Ese pensamiento me asustó, porque no me gusta jugar a juegos cuyas reglas no he pactado antes. Con un esfuerzo arrastré el santo del cielo a la tierra, porque era semiconsciente de que Yolanda hacía un rato que me estaba hablando. No tenía ni idea de lo que había dicho, y parecía importante, porque de vez en cuando leía fragmentos de un papel que llevaba en la mano. Bien dicen que los asuntos de amor impiden a los guerreros concentrarse en la guerra. Eso mismo le pasó a Marco Antonio, que, encima, no era un simple policía, sino un general romano. Intenté reconducir mi despiste con disimulo.

—Bien, perfecto, será mejor que me haga un resumen de por dónde empezamos.

—Por donde usted diga, los comedores municipales nos quedan más cerca. Luego, si quiere, empezamos por Cáritas.

—Adelante, allá vamos.

No creo que el fingido entusiasmo que mostré lograra convencer a mi menguado equipo, pero al menos lo puso en movimiento. Nuestra activa guardia urbana se encargó de ponerle voz al trayecto. Hablaba sin parar sobre los problemas policiales que presentaba cada una de las zonas por las que pasábamos. A mí su charla me venía bien, podía pensar en mis cosas, revivir los momentos más fogosos de la noche anterior, pero noté cómo Garzón resoplaba discretamente. Peor para él, ahora que le había prometido alojarlo en mi casa lo tenía en mis manos, no creí que me diera la lata con sus protestas.

De nuevo se inició aquella rueda infernal de lugares desoladores. Recorrimos dos comedores de beneficencia sin ningún resultado, pero cuando estábamos en el tercero algo ocurrió. Era ya la hora en que servían el almuerzo, de modo que las mesas estaban preparadas y los hombres y mujeres empezaban a entrar. Yo miraba con una rara sensación las mesas sin manteles, las jarras metálicas de agua, cada una de un color, los trozos de pan dentro de las paneras. Olía a sopa y a café. Era un olor antiguo que recordaba de mi juventud en el colegio. Los nuevos tiempos no habían entrado allí. Garzón y Yolanda comenzaron a mostrar las fotos a los comensales y yo hablaba por cortesía con la trabajadora social que estaba al mando. De pronto, el subinspector se acercó a mí con la cara iluminada por la novedad.

—Inspectora, venga un momento, por favor. Allí hay un hombre que dice reconocer nuestra fotografía.

La trabajadora social preguntó quién era y Garzón señaló a un hombrecillo mayor que nos miraba sonriendo. La mujer torció el gesto.

—¡Huy, Anselmo! Es un habitual. Bebe como un cosaco y está como una cabra. No sé yo si será de fiar lo que les diga. En cualquier caso, no lo interroguen aquí, por favor. Pasen a mi despacho.

Anselmo nos presentó una objeción razonable.

—Pero es que ahora voy a comer. Si hablo con ustedes, me pierdo la comida. Además, no quiero ir al despacho de la directora. Ahí sólo se entra para que te echen broncas.

—¿Y si lo invitamos a comer en un bar?

—¿Con cerveza y carajillo de postre?

—Desde luego.

—Eso ya es otro cantar.

Al levantarse lo miré detenidamente. Era enjuto, menudo, vestido con un cascado anorak, pantalones de pana y zapatillas deportivas. Tenía unos ojillos pícaros y sonrientes, orejas largas y tiesas. Parecía un pequeño y listo ratón de experimento científico de los que siempre encuentran la salida del laberinto. Lo llevamos a un bar cercano donde servían comidas. Creí que era importante que se sintiera relajado y en plena confianza antes de empezar a preguntarle. Pidió el menú. Pensé que, como en las viejas historias de pobres, se lanzaría sobre la comida hasta devorarla por completo, pero sólo picoteaba un poco sobre el plato dejándolo casi intacto con la clásica inapetencia de los alcohólicos. El comportamiento con respecto a la cerveza era, sin embargo, diferente. Vació el primer vaso de un único trago y su cara cambió, adquiriendo un brillo de vida. Paladeó con su boca sin dientes:

—¡Ah, qué buena! En esos comedores del demonio sólo te dan agua para beber. ¿Dónde se ha visto? Un hombre necesita un poco de gasolina, sobre todo en invierno. Luego, claro, sales de allí y te apetece echarte algo al cuerpo. Pero si a mí me dieran un vasito de vino o una cervecita con la comida ya no necesitaría ni una gota en todo el día. ¿Puedo tomarme otra?

Asentí, pero me di cuenta de que si su metabolismo era el de un alcohólico, se emborracharía con poco que bebiera. Debíamos interrogarle deprisa.

—Oiga, Anselmo, ¿cómo se llama el hombre de la foto, quién era, dónde vivía?, cuéntenoslo todo sobre él, todo lo que sepa, hasta los detalles pequeños.

—Es Tomás *el Sabio*, ¡pobre!, yo ya me imaginaba que estaba muerto porque hacía días que no lo veía, pero que lo hayan matado me parece mal, ¿comprenden?, porque yo soy un hombre de orden.

—¿Tomás *el Sabio*?

—Le llamaban así porque era un sabio, un hombre muy instruido que sabía hacer problemas y cuentas, y hasta latín sabía.

—¿Dónde vivía?

—Aquí y allá.

—¿Dónde lo veía usted?

—Pues parábamos juntos en un sitio, pero ya no me acuerdo dónde.

—¿Cómo que no se acuerda?, ¿no paran más o menos siempre en el mismo lugar?

—Sí, parábamos siempre por un descampado de la Sagrera. Oiga, esa cerveza no llega.

La reclamamos al camarero. Observé cómo a aquel pobre hombre le temblaban las manos. Se lanzó sobre el segundo vaso como si fuera su salvación. Tomó impulso para seguir hablando.

—Yo, lo único que le pido a la vida, quiero decir, si alguien me dijera: «Pide lo que quieras», pues pediría tener un barco cargado de arroz.

Nos miramos los tres con la incomprensión pintada en el rostro. Garzón me hizo un pequeño gesto con los ojos para que le dejara intervenir.

—Vamos a ver, Anselmo, estábamos con Tomás *el Sabio*, que al pobre lo han matado. Tienes que ayudarnos para que descubramos quién ha sido y para eso nos tienes que contar todo, todo sobre él.

—Pues Tomás *el Sabio* me hizo un regalo. Era un hombre al que le gustaban los regalos. Y también me invitaba a una cerveza de vez en cuando.

—¿Manejaba dinero?

—Tenía botas nuevas, pero me decía que a él el dinero le daba igual porque el dinero no da la felicidad. Mi madre, aunque ustedes no lo crean, sabía jugar muy bien a los bolos, y siempre jugaba en una bolera de Barcelona que era muy elegante, y llegó a ser campeona de Francia. No de España, ¡de Francia!

Nos miraba con orgullo, un dedo elevado en el aire, los ojos vivos y burlones.

—Tomás, háblanos de Tomás.

—Tomás era un sabio como un rey que se llamaba Alfonso X el Sabio, y un día le querían robar las botas y dijo: «Déjalos, que no saben lo que se hacen.» Y eso también lo dijo Jesucristo. Yo un día a Jesucristo lo vi con mis propios ojos, iba vestido de amarillo y tenía el pelo con rizos y yo...

No era posible que se hubiera emborrachado tan pronto. Aquel estilo inconexo y delirante debía de ser su manera habitual de expresarse. Garzón intentó centrarlo de nuevo.

—¿Se veía Tomás con alguien, con hombres que fueran a buscarlo?

—Un amigo mío se construyó un cuarto de baño para él solo y le puso unos grifos con forma de serpientes.

Se alejaba cada vez más de nuestro objetivo, parecía perdido por completo en un discurso progresivamente alucinatorio. Pensé que si quizá le seguía la corriente durante un rato, llegaría a empalmar con lo que nos interesaba.

—¡Ah, qué interesante!, ¿un amigo que sabe construir cosas tan difíciles?

—Les voy a enseñar el regalo que Tomás *el Sabio* me hizo. Lo tengo aquí.

Nos quedamos quietos, con el aliento contenido, mientras el viejo rebuscaba en una mochila. Empezó a sacar pequeños objetos absurdos que colocaba sobre la mesa: una concha marina, un acerico, botones de colores... Creí que, una vez más, perdíamos el tiempo, pero de pronto esgrimió en la mano un papelito doblado que, por su aspecto, debía de llevar mucho tiempo dando vueltas por aquel bolso. Lo abrió cuidadosamente y me lo tendió. Escrita a mano se veía una operación matemática, quizá una ecuación, que mis escasos conocimientos de la materia me impedían identificar.

—Miren qué precioso. Estas cosas sabía hacer Tomás, y un día me dijo: «Esto es un poco de sabiduría que te regalo, porque en el mundo saber es lo más importante.» ¿Eh, qué les parece?

No sabía qué pensar. Eran sin duda los números de una persona culta. Miré a Garzón. El subinspector cogió al hombre por el brazo.

—Oye, Anselmo, ahora nos vas a guiar a donde vivía Tomás. Te llevamos en coche, ¿de acuerdo?

—¿Y qué me darán, un barco lleno de arroz?

—Otra cerveza, te daremos otra cerveza, y tú nos dejas un tiempo este papelito, sólo prestado.

—Bien, yo sé hacer un trato, y cuando alguien me dice «¿cómo estás?», yo nunca miento, y si estoy ese día mal, pues lo digo también. Digo: «Estoy mal, gracias, pero mañana estaré mejor.» Soy un hombre de palabra. Y quiero que me acompañe a casa esta chica, porque esta chica es como una hija preciosa de esas que la gente tiene y pone en fotografías en su casa.

Señalaba a Yolanda, y luego la cogió de un brazo, aparentemente con bastante fuerza. La miré por si se sentía incómoda o asustada, pero vi que sabía controlar muy bien la situación, se notaba que tenía cierta experiencia en tratar con mendigos. Le dio al hombre unos golpecitos cariñosos en la mano.

—¡Pues claro que te acompaño, como si fuera tu hija de verdad, y hasta puedes ponerme en una foto si quieres!

Fui a pagar a la barra, y le pedí a Garzón que me acompañara para cambiar impresiones.

—¿Qué le parece este tío?

—¡Joder, inspectora, está como un choto! Ya me dirá de qué manera vamos a saber qué hay de verdad en todo ese galimatías de palabras.

—Sí, pero entre todo lo que dice da la impresión de que hay cosas ciertas.

—Puede que sí y puede que no.

—¿Y el papel, qué le parece el papel? Yo diría que es una operación matemática de verdad, pero no estoy segura.

—Habrá alguien en comisaría que lo sepa. De todas maneras, ¿a qué conclusión nos lleva eso?

—Podemos deducir que Tomás *el Sabio* sabía matemáticas.

—Una deducción de escaso interés. ¿Quién es Tomás *el Sabio*?

—Tomás no es un nombre demasiado corriente. Habría que volver a pasar por todos los centros de salud y todos los centros sociales, incluyendo los comedores, buscando a todos los individuos que se llamen Tomás.

El subinspector puso los ojos en blanco, hizo como si tragara saliva con mucha ostentación e imitó la cara de un mártir para decir:

—¿Se da cuenta de que lo de Tomás *el Sabio* puede ser un apodo?

—Sí, y también me doy cuenta de que incluso puede habérselo inventado nuestro buen amigo Anselmo, pero le recuerdo que no tenemos nada más.

Suspiró con resignación forzada, las investigaciones que pasaban por descartar datos exhaustivos lo ponían enfermo, pero yo no quería dejar el más mínimo cabo suelto, por lo que, poniéndole la mano en el hombro, le dije tontamente:

—¡Ánimo, Fermín, ya se sabe que la vida del policía es azarosa!

—¿Azarosa?, más bien un coñazo, querrá decir. Mire, ahí viene Yolanda con el viejo. El tío no para de hablar, es el único que consigue callar a la chica, ¿por qué no lo incluye también en la investigación? Así podré descansar un rato.

El pobre hombre se tambaleaba un poco al andar. Empecé a dudar de que recordara dónde solía vivir. Iba a ser una excursión memorable.

En el coche se sentó en el asiento trasero junto a Yolanda y continuó con su discurso de dudoso sentido. Sin embargo, de vez en cuando, soltaba frases en las que mencionaba a Tomás *el Sabio*. Yolanda fue sacándole con habilidad el lugar hacia donde nos dirigíamos. Ni siquiera eso decía con claridad, aunque ella supo descifrarlo. Se trataba de un descampado en el barrio de la Sagrera, donde Renfe tenía unas instalaciones temporalmente abandonadas.

Volvimos a encontrarnos con aquel espectáculo insólito de marginados viviendo como tribus salvajes en medio de la ciudad. Al echar pie a tierra, Anselmo dejó de comportarse con ambigüedad y se dirigió muy seguro hacia un rincón del edificio. Bajo el hueco de una escalera tenía su feudo. Un montón de bolsas viejas y bultos informes era su ajuar. De entre las telas salió un gran perro mestizo de color negro y nos gruñó con fiereza. Anselmo le acarició la cabeza y el animal empezó a mostrarse amistoso.

—Éste es *Tristán*, mi perro. Gracias a él nadie toca lo mío. Estos sitios están llenos de chorizos, ¿saben? No te puedes fiar, y yo tengo aquí cosas que valen mucho. A *Tristán* nunca le falta comida. Le hago sopas con trozos de carne. A lo mejor yo sólo me como una lata de garbanzos, pero *Tristán* come caliente todos los días. Vive bien, *Tris-*

tán. El perro es el mejor amigo del hombre. Mi madre, que era más joven que yo, siempre me decía que el que no quiere a los animales es un mal nacido, porque los hombres también somos animales y también hijos de Dios. Los pájaros no son hijos de Dios, pero todos los demás animales, sí.

—Enséñenos dónde vivía Tomás, Anselmo.

—¡Huy, Tomás, pobre!; está muerto, he visto en una foto que está muerto. Hace mucho tiempo que no vivía aquí, pero venía a verme y me hacía regalos muy buenos.

—Sí, pero cuando estaba aquí, ¿dónde se colocaba?

—Allí, en el banco de piedra.

Señaló bajo los soportales de la fachada principal. Nadie ocupaba el banco al que se refería.

—¿No sabe dónde pueden estar sus cosas? A lo mejor le dejó algo a usted para que lo guardara.

—Cada uno tiene sus cosas, pero Tomás me hacía regalos. En Francia los regalos los trae Papá Noel, pero en España los trae el rey de bastos.

—¿Hay aquí algún otro amigo de Tomás, alguien con quien él hablara, alguien que lo conociera?

—Los amigos son la sal de la vida.

Se puso a rebuscar en sus bolsas, totalmente absorto, como si ya no estuviéramos con él. Garzón me susurró al oído:

—Es inútil, inspectora, ¿no ve la empanada mental que lleva? Vamos a preguntar a todos los que encontremos.

—Empiecen usted y Yolanda. Yo me quedo con él.

Se alejaron. Mantenía la esperanza de que Anselmo fuera tocado por la razón de pronto. Sus palabras no eran lo suficientemente incongruentes como para pensar que nada de lo que dijera tenía valor. Lo observé mientras se afanaba entre los trastos de su bolsa. El perro se aproximó a él y le lamió una oreja, pero estaba tan embebido en su tarea que ni se enteró. Pensé que era feliz, tan en su mundo, tan preservado, tan ajeno a deseos o ambiciones. ¿Qué habría hecho cuando era joven, se había casado alguna vez, había alguna vez pertenecido al mundo normal? Súbitamente sonrió con un aire de triunfo, elevó una caja metálica sobre su cabeza y exclamó:

—¡Ah, ya tengo lo que estaba buscando! Mire, mire qué cosa tan preciosa.

Abrió la caja y me mostró el contenido. Acerqué la cabeza y descubrí un montón de placas de metal barato. Parecían llaveros. Anselmo desenredó uno de entre la maraña y me lo puso en la mano con cuidado exquisito. Sí, eran llaveros, feísimos llaveros dorados que llevaban una inscripción.

—Lea, lea lo que pone.

Leí en voz alta:

—«La caridad es el placer del alma.»

—Bonito, ¿verdad?

—Muy bonito, sí.

—También me los regaló Tomás. Era un buen hombre, Tomás, siempre me hacía regalos. Ahora yo se lo voy a regalar a usted, porque usted también es una buena persona. Esa chica joven sería como mi hija, pero si yo me hubiera casado, mi mujer sería como usted.

No supe qué contestar. Era un bonito piropo, un piropo que me lanzaba aquel hombre estrafalario que no tenía dónde caerse muerto, pero lo aprecié.

—Es un regalo muy amable, Anselmo, lo llevaré siempre conmigo y a lo mejor me trae suerte.

—Le traerá la suerte de los ángeles, ya verá.

—¿Sabe de dónde sacó su amigo tantos preciosos llaveros?

—Un amigo es lo que uno necesita, y un perro también. Y si las cosas vienen mal dadas, una cobra. En el extranjero, las mujeres se ponen morenas tomando la luna por las noches en las azoteas, desnudas como su madre las trajo al mundo.

Comprendí que habíamos llegado al final de toda congruencia.

—Tengo que marcharme, Anselmo, supongo que siempre podemos encontrarlo aquí o en el comedor de beneficencia.

—Aquí, esperando algún día tener un barco cargado de arroz.

Di media vuelta y cuando me alejaba dejando a Anselmo en sus extraños delirios oí que decía con toda cordura:

—¡Inspectora, descubra quién ha matado a Tomás! Esos hombres son unos malos bichos.

Volví inmediatamente sobre mis pasos, lo tomé con firmeza de un hombro y le obligué a mirarme a los ojos.

—¿Qué hombres, Anselmo? Usted sabe algo, ¿verdad? Dígamelo, dígame lo que sabe y yo atraparé a los asesinos de Tomás.

Los pequeños ojos vivos refulgieron en sus órbitas. La cara perdió toda expresión.

—Márchese, tengo sueño, quiero dormir.

Era inútil, resultaba imposible mantenerlo en la coherencia. Busqué a Garzón y Yolanda por todo el recinto. No estaban muy contentos cuando los hallé.

—Nada, inspectora, o están todos locos o no quieren hablar.

—Yo diría que algunos lo han reconocido, pero ¿qué se les puede decir a esos desgraciados para que confiesen conocer a una víctima de asesinato? Unos no tienen papeles en regla para estar en el país, otros tiemblan de miedo sólo al ver un policía. No hay manera, inspectora, créame.

Subimos al coche en medio de una indisimulable frustración. Garzón dio un golpe violento contra el volante.

—¡Este caso es la hostia, no hay modo de avanzar un milímetro! Y es que, claro, no me extraña, no estamos entre gente normal, hablar con estos tíos es como estar en Marte. ¿Qué le ha dicho su maravilloso loco?

—Que le hubiera gustado casarse conmigo. Me ha regalado esto, fíjese. Tenía un montón dentro de una caja. Dice que se los dio Tomás *el Sabio*. ¿Cree que puede ser una pista?

—Una pista de patinaje, porque no hacemos más que dar patinazos. Pues claro que no, inspectora, un llavero de publicidad en manos de un chalado no es un indicio de nada.

—¿Publicidad? No hay ninguna marca comercial en la inscripción.

—Pues provendrá de una campaña de caridad, de una tómbola benéfica, ¡qué sé yo!, nada que pueda ayudarnos.

—Y, sin embargo, ese hombre... dice cosas sin sentido pero, de pronto, suelta algo que parece verdad.

—Está como una cabra, ésa es la única verdad.

Yolanda se dirigió respetuosamente a Garzón y le colocó una mano en la espalda.

—Relájese, subinspector, no hay que ser tan negativo. A nosotros siempre nos dicen que proyectar tu parte negativa sobre los asuntos de trabajo genera más problemas. ¿Quiere que le dé un pequeño masaje en las cervicales? He hecho por mi cuenta un cursillo de masaje y el profesor siempre nos dice que...

Había empezado a masajear delicadamente la espalda de mi compañero cuando éste saltó como un tigre y gritó:

—¡No quiero que nadie me dé ningún masaje en las

cervicales ni en ninguna otra parte de mi cuerpo, y tampoco quiero que nadie me diga nada de mi parte negativa, estoy muy orgulloso de mi parte negativa. Pero sobre todo, agente, no quiero que me cuente lo que le dice su profesor, ¿entendido? ¡Ni una palabra más!

Miré de reojo a Yolanda, que se encogió de hombros algo asustada. Pensé que quizá lo indicado era intentar una mediación cortés, aunque lo que de verdad me apetecía era reír. Opté por no abrir la boca, que se apañaran, para una vez que las quejas de Garzón no iban dirigidas a mí...

Ya en mi despacho, me preparé para el mal rato que suponía escribir el informe de unas gestiones que a nada habían conducido. Saqué el llavero de mi bolso y lo puse sobre la mesa. Al cabo de un momento entró Fernández Bernal a traerme unos papeles. Me extrañó que lo hiciera él, pero en seguida comprendí la razón.

—No sabía que eras tan devota de la Virgen, Petra. El otro día vi salir a un guardia de tu despacho con un ramo de flores y le pregunté por si necesitaba ayuda. Me dijo que debía entregarlo en la parroquia de tu parte.

Lo miré con una sonrisa que podría haber sido la preparación para un mordisco.

—Ya ves, una devoción como otra cualquiera.

—Ya veo, ya.

Con cara de pitorreo tomó el llavero y lo observó.

—¡Vaya horterada, Petra!

—Es un regalo.

—Puedes regalárselo a la Virgen también, si es que lo acepta, claro.

—Fernández, ¿tienes algo en concreto que decirme?

—No, no, ya me voy. Hasta luego, querida colega.

Resoplé en cuanto hubo desaparecido. ¿Era aquel tipo un enemigo? Y si lo era, ¿cómo me lo había granjeado?,

¿sólo por ser como era, por existir? ¿Cómo podía controlar uno el cerco de antipatía que proyectaba sobre los demás sin siquiera saberlo? Un problema de ese calibre debería haberme dejado indiferente, pero no era así en absoluto, me molestaba, me creaba una sensación un tanto paranoica. ¿Necesitaba un psiquiatra? Lo necesitaba, aunque fuera por otra razón. Marqué el número de Ricard.

—¡Petra, qué alegría, por fin eres tú quien me llama!

—Tenía urgencia de hablar con alguien agradable.

—¿Algo marcha mal?

—Cosas del trabajo. Ya sabes que el trabajo no siempre es lo satisfactorio que podría ser. Y, sin embargo, es por trabajo por lo que te llamo.

—¡Lo has estropeado!

—¿Por qué?

—Porque pensé que querías cenar conmigo.

—Una cosa no impide la otra.

—¿Y después de cenar podré ir a tu casa?

—Sí, Ricard, de acuerdo, pero ya sabes que…

—Lo sé, lo sé. Llegado el momento, Ceniciento coge su zapato y se va por donde ha venido, ¿OK?

—¿No te interesa saber para qué necesito tu ayuda profesional?

—Claro que me interesa, pero primero quería eliminar cualquier ansiedad. Ahora estaré mucho más concentrado. Venga, dispara, no en vano eres una agente de la ley siempre al servicio de la comunidad. ¡Temblad, delincuentes!

Tal y como se había desarrollado mi día, no estaba segura de si la broma me hacía gracia o no.

CAPÍTULO QUINTO

Llevar a Anselmo al consultorio de Ricard fue tarea más fácil de lo que pensaba. Prometerle cerveza obraba milagros en su voluntad. Tentar a alguien con una comida y un poco de alcohol me parecía de una enorme bajeza moral, pero no era momento para escrúpulos, cosas peores había hecho, y en las que aún me quedaban por hacer no quería ni pensar.

Se pasó todo el trayecto hasta el hospital Clínico errabundo por su mente confusa. Tanto, que pensé en la posible inutilidad de la visita que había concertado. Sin embargo, seguía pareciéndome necesario que hablara con Ricard. Si alguien podía saber cuáles de las cosas que aquel hombre contaba debían ser dadas por ciertas, era un profesional del extravío. De cualquier modo, sólo Anselmo había demostrado conocer a Tomás *el Sabio*, no podía dejarlo marchar así como así.

Ricard nos recibió en su caótico despacho. Lo encontré atractivo metido en su bata blanca en plan oficial. Los ceniceros seguían rebosando colillas y las pilas de libros y papeles habían crecido un poco más desde la vez anterior. Pensé que Anselmo se encontraría en su salsa metido en semejante berenjenal. No me equivoqué, en cuanto se sentó frente a la mesa, exigió su cerveza sin más dilación. Tuve que explicarle que comeríamos a la salida y, afortunadamente, se conformó. Ricard nos expuso el plan.

—Primero, charlaremos un rato Anselmo y yo, y luego entrará la inspectora y te hará unas preguntas. ¿De acuerdo?

No dio señales de acuerdo ni desacuerdo, sonrió tontamente y se rascó los ojos varias veces. Salí de la estancia y me senté a esperar en el pasillo. La recepcionista, solícita, me trajo una revista del corazón para que me entretuviera.

—No ponemos revistas para el público porque la gente las deja sobadas en seguida. ¡Pasa tanta gente por aquí! Ésta es mía personal.

—Muchas gracias.

—No las merece, tratándose de la novia del doctor…

—Perdone, creo que hay una confusión. Yo soy policía.

—Sí, ya lo sé.

—¿Le dijo el doctor que yo era su novia?

—Me dijo que la tratara muy bien y después me guiñó un ojo.

—Bueno, pues considérelo una broma del doctor.

Asintió sonriendo, sin estar muy convencida, y regresó a su puesto, mientras a mí me cegaba un súbito furor contra Ricard. Aquel tipo era un exhibicionista lamentable, un indiscreto o… quizá algo peor. Tenía una ocasión de oro para comprobar hasta dónde llegaba su ignominia. Me acerqué a la recepcionista.

—¿Puedo hacerle una pregunta?

—Sí, claro, ¿por qué no?

—¿Ha tenido el doctor muchas novias?

—Bueno, no sé si yo…

—Las dos somos mujeres, puede hablar.

Bajó la voz, procurando parecer lo más confidencial posible. Me miró divertida.

—Mire, cuántas novias ha tenido no le sé decir, pero

les gusta mucho a las mujeres. Ya ve, es curioso, ¿verdad? Yo creo que con esa pinta de despistado y como de desastrado que tiene a todas nos hace pensar que podríamos cuidarlo.

—Nos despierta el instinto maternal.

—¡Exacto! Parece usted psiquiatra también. Pues bien, le aseguro que más de una doctora ha perdido el oremus por él, y enfermeras... ¡para qué le voy a contar! Luego alguien dirá que es mujeriego, pero yo le aseguro que son ellas quienes le buscan.

—Me hago cargo.

—Pero nunca le había visto tan entusiasmado con ninguna como lo he visto hoy con usted. Así, querida, que ya sabe, no lo deje escapar.

Ahora era ella quien me guiñaba un ojo conspirativo. Ni me molesté en volver a negar relaciones sentimentales. Me senté y escondí la cara tras la revista, procurando hacer ejercicios mentales para que bajara mi indignación.

Una hora después se abrió la puerta y aquel donjuán de vía estrecha con pátina científica me hizo pasar. Cerré los ojos y me recordé a mí misma que estaba trabajando, nada personal debía interferir en eso. Observé con matiz profesional la cara de Ricard. No parecía demasiado contento, me hizo un gesto de duda que interpreté como falta de resultados claros.

—Vamos a ver, Petra, Anselmo está dispuesto a contestar tus preguntas.

—En realidad ya se las hice una vez, ¿verdad, Anselmo? Pero quizá hoy tiene la memoria mejor. Repasemos, usted me dijo un día que Tomás hablaba con hombres. ¿Quiénes eran, de dónde venían? ¿Se acuerda de su aspecto o de si él los mencionó alguna vez?

—Los hombres están en todas partes, pero las mujeres

también. Yo soy muy liberal, espero que lo comprendan, y eso quiere decir que igual soy amigo de un hombre que de una mujer.

Intervino Ricard, poniéndose frente a él, hablándole en voz baja:

—Eso está bien, es justo. Tomás era tu amigo, era un hombre, y había otros amigos que a lo mejor no eran buenos para él. ¿Has pensado que a lo mejor fueron ellos los que lo mataron?

—Yo, para ser feliz, sólo necesitaría un barco cargado de arroz. Con eso tendría suficiente, pero hay poco arroz este mes.

—Anselmo, intente recordar sólo cuál era el nombre completo de Tomás *el Sabio*. Con eso sería suficiente, de verdad, nos ayudaría mucho.

—A mí me pusieron Anselmo, y a mi hermano, Antón *el Rey de Roma*. Yo tenía un hermano que murió, a éste no lo mató nadie. A otros, sí, se tiran al tren, cosas malas. Inspectora, ¿no nos vamos ya a comer? Tengo una hambre que me comería una vaca entera.

Miré a Ricard con desánimo, él negó con la cabeza. Se levantó y abrió la puerta.

—Espera fuera a la inspectora, Anselmo, tenemos que charlar un rato ella y yo.

Obedeció y nos quedamos solos.

—Ya lo ves, eso es todo lo que puede decir.

—¿Está loco?

—No sé en qué medida, pero, obviamente, no es normal. Debe de arrastrar una de tantas patologías subsecuentes a años de alcohol y marginación.

—No es fiable nada de lo que dice.

—No creas, tú llevabas razón, de repente parece recobrar la cordura absoluta. Tiene miedo, eso es evidente, cuando has entrado tú se ha puesto más tenso y su discurso era más delirante.

—¿Oculta algo?

—¡Quién puede saberlo!, podríamos pasar meses hablando con él sin sacar nada en claro.

—Me pregunto si al menos conocía de verdad a la víctima.

—No es fácil saberlo.

—Bueno, pues habrá que renunciar; no tenemos tiempo para perderlo con un pobre loco. Me voy.

—Nos vemos esta noche.

—No creo que sea una buena idea.

—¿Cómo, por qué?

—Acabo de enterarme de tu éxito total con las mujeres. ¿Qué soy yo, una profesión exótica en tu lista de amantes? ¡Ah, y no vayas en seguida a echarle la bronca a la chica de fuera! He sido yo quien la ha hecho hablar. Tengo experiencia en ese tipo de cosas, pura deformación profesional. Hasta luego, ha sido un placer.

Salí a toda velocidad sin darle tiempo para ninguna reacción. Cogí a Anselmo del brazo y lo arrastré hacia la calle a paso ligero.

—¡Eh!, ¿qué pasa, inspectora?

—Tenemos prisa, se ha hecho muy tarde.

Caminamos lo suficiente como para estar un tanto alejados del hospital.

—¿Dónde vamos a comer? Tengo hambre.

Eché mano a mi bolso y le di treinta euros.

—Yo no puedo acompañarle. Aquí tiene dinero, pague usted mismo lo que quiera tomar.

Se quedó mirando el dinero detenidamente.

—Bueno, pero es que con esto no sé si me llega, porque iba a tomar dos cervezas y después...

Saqué diez euros más y los puse en su mano.

—Eso es lo único que le importa, ¿verdad? ¡El jodido dinero!, para eso no está usted loco. Tenga, que le aproveche.

Di media vuelta y me alejé deprisa. Estaba enfadada, frustrada, llena de rencor hacia el género humano en conjunto, hacia el género masculino en particular. Así que le había parecido maravillosa y por eso se lanzó tras de mí. Claro, igual que otras doscientas mujeres más. Detestaba el tipo característico del seductor, pero si se presentaba en público con todos los arreos de seducir: galantería, tono melifluo, cuidado arreglo personal, etc., aún le concedía cierta entidad. Lo que no podía sufrir era al individuo de aspecto despistado, indefenso e infantil, que juega a ser el preferido de las nenas. Pero ¡ya era suficiente!, ni un pensamiento más para aquel loquero vanidoso. Lo había pasado bien con él, eso era todo. Lo único que lamentaba era que me hubiera puesto de tan mal humor como para mandar al infierno al pobre vagabundo, que no estaba en sus cabales ni tenía culpa de nada.

Ya en casa, abrí la nevera y descubrí un bistec que había comprado el día anterior. ¡Perfecto!, me lo comería a las finas hierbas y abriría un buen vino para la ocasión. Después, un poco de lectura, música ambiental y sueño profundo para acabar el día. Si ése había sido mi plan ideal durante los últimos tiempos, no veía el motivo para variarlo. Limpié una lechuga y la corté a trocitos, entonces el teléfono sonó. Naturalmente, era él.

—Petra, tienes el móvil apagado.

—Ya lo sé. Lo he apagado personalmente.

—¿Y si llegan a llamarte por algo del servicio?

—Oye, deja de preocuparte por mis responsabilidades profesionales. Para eso y para todo lo demás me basto yo sola.

—Sólo me preocupaba por los ciudadanos. ¿Se puede saber a qué viene este cabreo?

—No estoy cabreada, simplemente quiero que comprendas que esto se acabó. No quiero formar parte de tu harén.

—¿De mi harén, pero de qué coño de harén hablas? ¿Por cuatro comentarios frívolos de una secretaria sacas semejante conclusión?

—Ricard, déjalo, no tiene importancia. Lo hemos pasado bien unos días y en paz.

—Pero ¿qué tipo de mujer liberada eres tú? En ningún caso pensé que fueras a exigirme un currículum perfecto para salir contigo. Por otra parte, no me has dado la más mínima opción a pensar un poco en serio. Tú te has encargado de demostrarme bien a las claras que esto era un pasatiempo. Un revolcón en la cama y adiós, vete pronto que molestas.

—¡Estábamos en una primera fase de conocimiento!

—¡Joder!, ¿y cuántas pruebas más había que sufrir para llegar al tesoro?

—Al menos yo pongo a mis ligues a competir consigo mismos, no contra un pelotón.

—Petra, ¿sabes cómo se llama tu actitud en psiquiatría?, pues se llama narcisismo herido... y también tontos celos inmaduros.

—¿Celos, celos yo? ¿Pero cómo puedes...? ¡Vete al carajo!

—Eso es una grosería.

—Los policías somos groseros, violentos y corruptos, ¿es que no ves la televisión? Adiós, Ricard, voy a cortar esta conversación absurda.

Colgué. ¿Estaba en mi sano juicio, de verdad aquella típica bronca a gritos la había protagonizado yo? Nunca dejaba de sorprenderme a mí misma, y en este caso no era para bien. Narcisismo herido… podía ser, pero ¿celos?, ¡hasta ahí podíamos llegar! Sonó el teléfono de nuevo, intenté recomponerme, carraspeé antes de hablar.

—¿Sí?

—Petra, si no eres capaz ni de escucharme, ni de darte cuenta de que tienes celos… ¿cómo puedo entenderme contigo?

—¡No necesitas entenderte conmigo, no vas a verme más!

—¡Petra!

Volví a colgar, en esta ocasión con una fuerza que no controlé. Respiré hondo tres veces, me puse en pie, ¿qué era lo que estaba haciendo antes de semejante follón? Recordé el bistec a las finas hierbas. Regresé a la cocina, aparentando tranquilidad ante mí misma y entonces el maldito teléfono sonó por tercera vez. Me lancé sobre el aparato que había cercano al fogón y empuñé, más que cogí, el auricular. Grité:

—¡Quiero un poco de paz!, ¿está claro?, sólo un poco de paz en mi tiempo de descanso. Creo que no es mucho pedir.

Hubo un largo silencio e, instantes después, oí una voz que conocía perfectamente.

—¡Coño, inspectora!, ¿qué pasa?

—Perdone, Garzón, la cosa no iba con usted.

—¡Pues menos mal! Me lo creeré, aunque ¿no tendrá uno de esos teléfonos en los que queda marcado quién llama, verdad?

—No, no lo tengo, lo que ocurre es que estoy de muy mal humor. ¿Me llama por un asunto de trabajo?

—No, es algo de tipo personal.

—En ese caso, si no le importa, hablaremos mañana; como le digo, hoy no es el mejor día.

—Sí, eso me estaba pareciendo, pues... buenas noches.

—Adiós.

Y bien, ya estaban todos los disparates perpetrados: ofensa innecesaria a un pobre viejo loco por causa del simple mal humor, discusión sentimental a gritos con un tipo que apenas conocía y omisión de ayuda a un compañero en un asunto personal. ¡Perfecto! ¿Qué me quedaba por hacer: dar una patada a un perro, arrearle un mamporro a una anciana, escupirle a un bebé? Miré el trozo de carne que esperaba paciente una resolución culinaria sobre la superficie de madera. Me pareció un lamentable guiñapo sanguinolento que no me apetecía ni tocar. ¡Al infierno con las delicias gastronómicas!, pasaría a la segunda parte del plan: whisky, música y lectura sentada en el sofá.

Me serví un whisky y puse la Séptima de Beethoven. Una gran sinfonía me haría olvidar las pequeñas miserias diarias. Empecé a divagar mentalmente mientras me serenaba poco a poco. ¿Tendría Beethoven semejantes complicaciones nauseabundas en su vida? Un hombre capaz de componer algo tan elevado como lo que estaba oyendo, ¿se preocuparía por las minucias cotidianas: el dinero, la relación social, el cansancio?, ¿se arrepentiría de los errores intrascendentes que cometiera?, ¿alguna vez se daría al alcohol en lugar de hacerse la cena? Daba igual, en cualquier caso, ya estaba muerto, y yo nunca compondría nada, ni siquiera una canción chusca para un carnaval. Fui sumiéndome en la lectura. Al principio, debía leer cada línea tres veces para llegar a comprenderla. Después, acompasé el entendimiento al acto mecánico de leer. Avancé y avancé en el libro hasta que, pasado un buen rato, me dormí.

El sonido del timbre de la puerta me sobresaltó de pronto. Puse mi cerebro a funcionar sin resultados brillantes. Recogí la pistola del bolso y salí a abrir. Antes de hacerlo, atisbé por la mirilla. Era Ricard. Cuando lo tuve frente a frente levantó las manos por encima de la cabeza.

—No dispare, inspectora Delicado, por favor.

—Yo no me comportaré como una policía si usted no me diagnostica, doctor Crespo.

—Trato hecho.

Nos echamos a reír. Me abrazó y le devolví el abrazo. Entró, y mentiría si dijera que alguno de los dos pensó en hablar. Sabíamos muy bien cuál era el itinerario y pusimos rumbo a mi habitación. Sin embargo, a las tres de la mañana, y de modo respetuoso, Ricard se vistió para marcharse. Esta vez evitó protestar, y se lo agradecí.

A la mañana siguiente salí con sueño de casa y llegué a comisaría a uña de caballo, pero estaba contenta. La enmienda de mis yerros parecía posible. Había puesto paz en mi relación con Ricard, olvidando los gritos descorteses que habíamos intercambiado. Un rato más tarde iría en busca de Garzón y le pediría disculpas, preguntándole qué tenía que decirme la noche anterior. En cuanto al desventurado Anselmo... ahí veía más difícil la rectificación, sólo esperaba que hubiera acabado lo suficientemente borracho como para no recordar mi destemplanza. Sin embargo, Dios, que en caso de existir es sin duda afable y generoso, me dio la oportunidad de corregir también aquel estrago. A las diez de la mañana estaba yo enfrascada en la redacción de uno de los informes que aborrezco, cuando entró el policía de la puerta en mi despacho.

—Inspectora, un hombre quiere verla.

Confieso que me asusté, porque era el mismo guardia que había recogido el ramo de rosas. Por un momento pensé en una visita sorpresa de mi amante, de modo que en plan muy casual, pregunté:

—¿Ah, sí?, ¿de quién se trata?

—Dice que se llama Anselmo no sé qué y que usted lo conoce. Pero le advierto que parece un pobre de los que pide limosna. Vamos, un indigente, quiero decir.

—Hágalo pasar inmediatamente.

¿Era posible tanta felicidad filantrópica? Sin duda venía para sacarme más cerveza, pero hoy lo acompañaría hasta el bar y, aunque no me apetecía después de mi noche loca, bebería con él procurando no humillarlo, y le aguantaría sus ensoñaciones sobre el barco cargado de arroz. Ver aparecer por la puerta su cara de labriego medieval me causó una gran alegría.

—¡Pase, Anselmo, por favor! ¿Cómo está?

—Pues le voy a decir con toda sinceridad lo que pensé después de que usted se marchó. Pensé: «Anselmo, eres un cabrito, porque esta mujer es una mujer más buena que las olas del mar, y has hecho que se enfade.» Porque usted se creyó que sólo quería dinero y a mí el dinero, le juro por el Dios que está subido a las nubes, a mí el dinero me da igual. Yo, por dinero, no voy ni de aquí a la esquina, ¿comprende? Porque mi padre, que era notario testaferro, ya me dejó todo el dinero que me podía gastar, y por eso me lo gasté.

No pude por menos que reírme. Pensé que quizá tuviera éxito haciendo monólogos en un show.

—Está bien, Anselmo, no estoy enfadada, de verdad. Si quiere nos vamos a desayunar al bar de aquí al lado y tomamos una cerveza.

Hizo un gesto negativo de hidalgo afrentado.

—No, de eso ni hablar. Nada de beber por las mañanas. Claro que si hace como ayer... quiero decir que unos pocos dineros para comer sí que me vendrían bien. Ya que he venido a pedirle perdón... ¿no le parece?

Asentí con indulgencia y fui a buscar mi bolso, que estaba colgado en el perchero. Saqué treinta euros y se los tendí:

—¿Tendrá suficiente con eso?

—¿Con esto? Con esto se comprarían todas las sábanas de un hospicio. Con esto Dios volvería a crear el mundo otra vez.

—Deje tranquilo a Dios, pero dígame una cosa, tengo curiosidad. ¿Por qué dice siempre que con un barco cargado de arroz sería feliz? ¿Qué haría con él?

Su cara se transfiguró, sonrió beatíficamente, como si una extraña luz lo iluminara.

—¡Ah, señora policía, si supiera lo que haría yo! ¿Sabe qué haría? Me iría a los mares del Sur y buscaría una isla llena de nativos y salvajes que no tuvieran ganas de pelear. Entonces les haría paellas, y arroces con tocino y arroz negro. Y ellos se lo comerían y serían felices y yo, de verlos a ellos, también, y nos quedaríamos tranquilos y satisfechos toda la noche mirando el mar.

A veces, la emoción nos atrapa y juega con nosotros como un gato furtivo. Los ojos se me llenaron de lágrimas y un nudo apretado se me instaló en la garganta sin dejarme hablar. Anselmo se dio cuenta y entonces, como tocado por una corriente eléctrica, empezó a gesticular con gran susto y escándalo:

—No, no llore, por favor, llorar no. Se lo diré, le diré lo que quiere saber, pero no llore. Se llamaba Tomás Calatrava Villalba y le daban de merendar en los jesuitas de Sarriá, allí deben de tener noticia de él. Y le juro que no sé nada más, se lo juro, inspectora, nada más. Pero no llore, por favor, no llore.

Pasé de la emoción al pasmo. Lo miré intensamente y supe en seguida que estaba cuerdo en aquellos momentos, que decía la verdad. Cogí mis cosas y salí sin decirle ni adiós. Me dirigí al policía que estaba en el pasillo.

—En mi despacho hay un hombre, Domínguez. No le deje marchar.

Fui en busca de Garzón y lo encontré en un pasillo, hablando con Yolanda, que acababa de llegar en ese momento.

—Andando, los espero en el coche, vámonos. Ahora les cuento.

Yolanda nos informó de que los jesuitas, como otras órdenes eclesiásticas, daban un bocadillo y una manzana a los pobres que esperaban en la puerta del convento a una hora determinada.

—Pero dudo que guarden un registro con los nombres —añadió.

—De acuerdo, pero pueden conocerlo, saber algo de este tipo en concreto, su dirección… ¿Conoce exactamente la dirección de ese convento, Yolanda?

—Por supuesto que sí.

Empezó a darle indicaciones a Garzón, que llevaba el volante. Fueron unas instrucciones tan detalladas y rigurosas que, tal y como me temí, Garzón discrepó de ellas y ambos se enzarzaron en una discusión absurda sobre diferentes itinerarios por los que llegar al punto de destino. Hasta que me harté:

—¡Señores, pónganse de acuerdo de una puta vez! No se trata de ganar un rally, sino de llegar cuanto antes mejor.

Garzón dio uno de sus cabezazos de callada protesta y Yolanda se quedó mirándome con desconsuelo. A aquellas alturas, la pobre ya había descubierto que tampoco era ninguna bicoca colaborar con la Policía Nacional.

Las organizaciones jerarquizadas ofrecen ventajas y desventajas en una investigación. La principal desventaja es que, antes de hablar con quien quieres, siempre debes pedir permiso a la figura superior. En el caso de los frailes, era el prior del convento. La ventaja viene después, porque el jefe sabe en seguida con quién debes entrevistarte a poco organizada que esté su comunidad. En el caso de los frailes, era el hermano Antón, que se ocupaba de sacar la merienda a los mendigos, exactamente a las seis. Era un vejete simpático y simplón cuyas tareas no ocupaban obviamente un primer rango. Miró la foto con cara de espanto y se santiguó:

—Dios nos libre de todo mal. ¿Se da cuenta, inspectora, de lo preservados que estamos aquí? Dios nos da una vida sencilla a los frailes, pero a la vez nos impide contemplar cosas tan malas.

Pensé que su estilo era tan retórico y con tantas menciones a Dios como el del pobre Anselmo.

—Pero ¿lo recuerda, padre?

—Hermano, llámeme hermano, por favor.

Reinstaurado el parentesco correcto, se puso a asentir. Noté que tenía acento aragonés.

—¡Vaya que si lo conozco, inspectora, vaya que sí! Casi todas las tardes venía a buscar la merienda. Y lo más curioso era que no le importaba merendar o no. A veces, hasta se dejaba la bolsa. Yo creo que venía más que nada para charlar con el hermano Salvador.

—¿Quién es el hermano Salvador?

—Se ocupa de la biblioteca.

—¿Puede llamarlo? Nos gustaría hablar con él.

—Necesito permiso del prior.

—Bueno, pues ya sabe cómo se soluciona eso.

—Esperen, ahora vuelvo.

Se alejó con los pasitos presurosos y furtivos de un ratón. Yolanda miró las paredes de la austera sala donde estábamos. Hacía frío.

—¡Vaya palo, vivir aquí!, ¿no?

—Al menos no pagan alquiler —repuso Garzón.

Intervine antes de que se liaran en otra polémica estéril:

—Es mucho más que no pagar el alquiler. No tienen que tomar decisiones, saben siempre cómo deben comportarse, no se meten en complicaciones amorosas, no pueden engrosar las listas del paro y, encima, cuando son viejos saben que alguien los cuidará. A mí me parece un destino más que deseable.

Yolanda hizo un gesto de obviedad despreciativa, y con todo desparpajo soltó:

—Sí, pero no pueden follar. Imagínense, con lo bueno que es follar.

Vi que la cabeza de Garzón giraba violentamente en dirección a la chica, y que sus ojos se abrían de par en par. Por fortuna, en ese momento entró un fraile alto y delgado que nos miró con preocupación, y la cosa quedó ahí.

—Señores, creo que quieren hablar conmigo. Soy el hermano Salvador.

—Hermano, yo soy Petra Delicado, inspectora de policía, ya sabe que…

—Ya me han dicho, ya… y estoy consternado, de verdad. ¿Saben por qué mataron a ese buen hombre?

—No sabemos por qué ni quién lo hizo, por eso cualquier cosa que recuerde nos puede ayudar mucho.

—Yo solía hablar con él. No con mucha frecuencia, pero de vez en cuando preguntaba por mí. Nos conocimos un día que el hermano Antón estaba enfermo y yo lo sustituí, y he de decir que siempre me llamó profundamente la atención.

—¿Por algún motivo especial?

—No se trataba de un mendigo como los que vienen por aquí. Era un hombre culto, inteligente. Me contó que había estudiado la carrera de economista y que había trabajado muchos años en una empresa.

—¿Qué empresa?

—No lo sé, nunca precisaba detalles ni daba nombres.

—¿Le dijo cómo había llegado a su lamentable situación?

—Una vez mencionó que lo había abandonado su esposa. Al parecer, eso lo trastornó hasta el punto de alejarlo de la vida normal que llevaba hasta entonces.

—¿Qué más le contó?

—¡Dios mío, no recuerdo mucho!, comentábamos generalidades de la vida, hablábamos de las desdichas del ser humano... Siempre pensé que le gustaba entrevistarse conmigo para poder hablar con una cierta elevación. Le aseguro que los ambientes que frecuentaba no eran de su nivel. Yo procuraba convencerlo para que buscara el consuelo en Dios, recuperara las riendas de su vida... pero era inútil, bebía demasiado y siempre me dijo que no pensaba ni por asomo en dejar el alcohol. Lo curioso era que no le faltaba dinero.

—¿Cómo?

—Siempre tuve la impresión de que si llevaba aquel tipo de vida era por una especie de voto privado, o por una cierta enajenación mental, aunque solía expresarse como un hombre cuerdo. De vez en cuando venía aquí y me daba dinero para que lo distribuyéramos entre los pobres.

—¿Cuánto dinero? —preguntó el subinspector sin poder contenerse.

—Bueno, no grandes cantidades, cuarenta, cincuenta mil pesetas.

—Eso es mucho para alguien que vive en la calle. ¿Le dijo de dónde lo sacaba?

—No, ni yo se lo pregunté. Pensé que aún contaba con algún ahorro de su vida anterior.

—¿Cuánto dinero sería en total?

—No sé, no quisiera equivocarme... cien, ciento cincuenta mil pesetas, no mucho más.

—¿Cree que el nombre Tomás Calatrava Villalba corresponde a su nombre real?

—Nunca se presentó con otro.

—¿Le dijo dónde vivía, o dónde se alojaba temporalmente?

—Creo recordar que una vez... una vez le ofrecí gestionarle un albergue temporal con Cáritas. Me contestó que no; prefería estar en la calle. Citó un edificio abandonado, pero no dónde estaba.

—¿Un edificio en la Sagrera o quizá el cuartel de Sant Andreu?

—Es inútil, no puedo acordarme, ninguno de los dos sitios me dice nada.

—¿Comentó alguna de sus actividades, o a qué tipo de gente trataba?

—No, en ningún caso. Era un hombre muy reservado.

—¿Diría usted que estaba loco?

—¿Loco?... Quién sabe, ni siquiera estoy muy seguro de en qué consiste estar loco.

—Yo tampoco, ésa es la verdad. Voy a dejarle nuestro teléfono. Piense, y cualquier cosa que recuerde, aunque parezca en principio intrascendente...

—Los llamaré, no lo duden, los llamaré. ¿Darán con el culpable?

Ninguno de los tres contestaba. El silencio duró demasiado. Por fin dije:

—Lo encontraremos, con absoluta seguridad.

Me pareció comprobar que Yolanda sonreía con cierto orgullo. Sí, tenía todavía la edad de creer en el jefe, de sentirse estimulada por la fuerza del grupo. Miré a Garzón, que, por el contrario, observaba el techo con cara de pasar por allí. Al salir del convento le dije a Yolanda que podía marcharse y me quedé a solas con mi compañero. No esperó siquiera un instante, en seguida soltó el trapo:

—¿Ha visto estas chicas de ahora?, ¡hablan de follar como si tal cosa! ¡Y en menudo sitio, además!

—¡Venga, Fermín, como si a usted le importaran demasiado el hablar académico ni los santos lugares!

—Hombre, no, inspectora, pero me choca que una chica tan joven se exprese así.

—Es desinhibida. Lo que ocurre es que a usted le ha dado por meterse con ella, y no comprendo por qué. Primero decía que hablaba demasiado, ahora no habla tanto pero se expresa mal. ¡En fin, tampoco la queremos para que nos haga de portavoz!

—¡Es entrometida! A veces parece que nos dirija ella.

—¡Ya salió la territorialidad del macho!

—¿Cómo, qué ha dicho? ¡Vaya por Dios!, no puedo creer que vaya a darle una explicación feminista al asunto.

—Doy una explicación, lo de feminista lo añade usted.

—¡No me joda, inspectora, por favor!

—Dejémoslo, con que se pelee con Yolanda hay más que suficiente. ¿Qué le parece si demostramos una cierta profesionalidad y hablamos del caso?

—Como usted mande.

—¿Qué me dice de la personalidad que acabamos de descubrir en nuestro amigo Tomás?

—Pues sorprendente. Un mendigo economista y que ejerce la caridad no es cosa que se vea todos los días. Me choca que tuviera pasta como para regalarla. A lo mejor estaba metido en algo feo.

—Eso he pensado yo también, aunque, por otra parte, de un hombre tan poco corriente puede esperarse cualquier cosa. Lo que dijo el fraile no va desencaminado, podía tener dinero guardado, y si era pobre por decisión propia...

Habíamos llegado a comisaría. Antes de dirigirme a mi despacho le dije a Garzón:

—Compruebe si tenemos algún dato policial con el nombre de la víctima. Yo voy a ver si le saco algo más al bueno de Anselmo.

—A sus órdenes, inspectora.

Como siempre que habíamos tenido algún escarceo a cuenta de la lucha de sexos, Garzón hacía notar que si me aguantaba era sólo por imperativo del cargo. Había sido una torpeza por mi parte provocarlo. Entré en el lavabo. Debía pensar un poco qué era lo que pretendía hacer con Anselmo. Ya que se mostraba sensible a la lágrima podía llorarle un poco más para ver si se guardaba algo en el tintero. Claro que, si era sensible de verdad, en su arrebato de sinceridad hubiera dicho todo lo que sabía. En fin, vería.

Para mi sorpresa, Anselmo no estaba donde lo dejé. Fui a buscar al policía que había recibido la orden de custodiarlo. Lo encontré frente al despacho de Coronas. Se adelantó, muy acelerado, antes de que me acercara a él.

—¡Inspectora, por fin ha llegado! El hombre aquel se marchó.

—¡Pero bueno!, ¿no le dije que lo vigilara?

—Sí, pero después de hablar con usted el comisario me hizo pasar a verlo un momento y luego, cuando entré en su despacho para decirle a ese hombre que esperara en el pasillo, ya no estaba. Lo busqué, pero se había escabullido.

—Es igual, no tiene demasiada importancia. Lo tenemos localizado.

En fin, a aquel tipo de cosas era a lo que la gente debe de referirse cuando habla de ineficacia policial. Nada grave, en el fondo, no tenía ganas de llorar ni pensaba que sirviera para mucho.

Llamé al inspector Sangüesa por el teléfono interno.

—¡Petra!, estoy encantado con el papelito que me diste para que lo desentrañara.

—¿Por qué?

—Estoy harto de complejas investigaciones económicas. Esto ha sido bastante más fácil. Es una simple ecuación de segundo grado.

—¿Ah, sí, y está bien resuelta?

—Lo está. Me hace gracia que no hayas sabido reconocer una simple ecuación de segundo grado.

—Pues ya ves.

—Las mujeres sois malas en matemáticas.

—No me toques las pelotas, Sangüesa.

Se echó a reír con enorme regocijo. Colgué. Había recibido mi propia medicina, y la verdad era que no tenía buen sabor. Quizá debía disculparme con Garzón, sin que se notara demasiado. En ese momento recordé que no le había preguntado cuál era la cuestión personal que intentó tratar conmigo. Lo haría aquella misma tarde sin falta, a lo mejor eso ya servía a modo de disculpa.

Bien, una ecuación de segundo grado que Tomás *el Sabio* le había regalado a su compañero de fatigas. Era lo que sabía hacer; si hubiera sabido componer poemas, el regalo hubiera resultado menos insólito. Pero la información de Sangüesa llegaba demasiado tarde, ahora ya conocíamos la titulación universitaria del muerto. Todo era extraño, hombres bien adaptados que pasan a la marginación y regalan un poco de sabiduría, vagabundos que no soportan ver llorar a una mujer. Quizá no nos encontrábamos en un mundo tan degenerado moralmente. Incluso podía pensarse que los vagabundos demostraban vivir con cierta libertad, con una elegancia básica que a nosotros nos faltaba.

Escribí el informe sobre los interrogatorios del día. Había comprobado que, si era regular proporcionando datos sobre nuestro trabajo, Coronas se mantenía aplacado y no me daba la tabarra. A medida que iba desgranando lo sucedido, viendo qué teníamos sobre aquel caso, me daba cuenta de que, hasta el presente, había sido todo enormemente lento y laborioso, y lo más llamativo: casi nunca habíamos formulado hipótesis. Normalmente era al revés, cada indicio que reuníamos daba lugar a un montón de posibilidades que teníamos que esforzarnos por no anticipar a las pruebas reales. Pero no aquí, en el caso de Tomás *el Sabio* acabábamos de determinar algo tan básico como su identidad, y sin que eso fuera muy prometedor. El asunto no olía a nada: ni drogas, ni pasiones... ninguna motivación tradicional. Sin embargo, no era tan inodoro como para quedarnos con la explicación inicial: unos skins quitan de en medio a un «sin techo» en un espontáneo acto de barbarie. Ni siquiera, a falta de sospechas, habíamos pensado en dar por buena aquella posibilidad. Había sido ejecutada con un método tan de manual que resultaba inverosímil.

Estaba cansada y la frustración empezaba a hacer mella en mí, de modo que cerré el ordenador y me dispuse a marcharme a casa. Antes, pasé por la mesa de Garzón cumpliendo con mi propósito amistoso, pero ya se había ido. Lo vería al día siguiente. En aquel momento sólo tenía la necesidad, cada vez más acuciante, de dormir. Apreté el acelerador.

Al salir del coche tuve la extraña impresión de que alguien me observaba. Miré a derecha e izquierda, pero mi calle estaba vacía. Sin embargo, mientras me acercaba a la puerta, volví a experimentar la misma sensación. Una íntima alegría me embargó. Mi psiquiatra loco hacía poco caso de las recomendaciones y quizá se disponía a salir de las sombras. Metí la llave en la cerradura y, en efecto, una mano se posó en mi hombro. Di media vuelta sonriendo al tiempo que un tremendo puñetazo me derribó. Dos individuos empezaron a darme patadas mientras intentaba cubrirme la cara. No podía levantarme ni responder, un alud de golpes se abatía sobre mí. Noté que me abandonaban las fuerzas, estaba mareada, pero procuré con el último aliento verles la cara. Era inútil, sólo pude descubrir dos siluetas vestidas con harapos, pelos largos, gorras en la cabeza. Me tumbé por completo en el suelo, me dejé ir. En ese momento noté que los golpes habían parado. Los dos individuos se alejaban. Con gran esfuerzo desenganché el bolso que llevaba en el hombro y saqué la pistola. Apunté como pude y disparé. Oí un grito. Los dos hombres corrían, uno de ellos cojeaba. Miré alrededor. No había nadie, estaba sola. Tenía un sabor cada vez más amargo en la boca, me costaba fijar la mirada. Pensé que iba a morirme allí, y me acometió la absurda idea de que era una pena, dos pasos más y podría haber muerto dentro de mi propia casa y no sola en la noche, como un perro sin dueño.

CAPÍTULO SEXTO

Recobré la conciencia tumbada en una camilla. Estaba desnuda bajo una bata de hospital. Miré alrededor, no había nadie. De pronto entró una enfermera y se dio cuenta de que me encontraba despierta.

—¡Vaya, por fin!, ¿cómo se encuentra?

—Bien.

La voz me salió apagada, tenía la boca seca.

—Claro, se encuentra bien porque le hemos inyectado Nolotil, pero ya le dolerá, ya. La pusieron como un mapa. ¿Se acuerda?

—Oiga, ¿dónde estoy, qué me han hecho? Tengo que levantarme y marcharme en seguida.

—No, tiene que esperarse. Está en un cubículo de urgencias, en el hospital del Mar. Ahora mismo aviso a la doctora. Ella le dirá. Pero de todos modos no se preocupe, sus compañeros ya están aquí y la esperan fuera. Cuando lo diga la doctora, podrán entrar a verla.

—¿Qué compañeros son, cómo se llaman?

—¡Huy, hija, usted pregunta mucho! Pues dos policías como usted. Porque me han dicho que usted es policía. ¡Vaya oficio, ¿no?!, siempre viendo desastres.

—Bueno, usted tampoco ve aquí películas de amor.

Se echó a reír. Cabeceó y vino hasta mí, me pasó la mano por la cara con una actitud maternal que agradecí enormemente.

—Ya tiene usted mejor color. ¡Si viera la cara que traía cuando la ingresaron! Voy a buscar a la doctora.

Me relajé y miré hacia la ventana. Hacía sol. Recordaba a la perfección lo que había pasado: los golpes, los dos hombres corriendo… tenía que hablar en seguida con alguien del servicio, había herido a un hombre y probablemente nadie lo sabía. Ya deberían haber empezado a buscarlo. Me removí, inquieta, en aquella camilla tan incómoda. Busqué mi ropa con la vista, pero no estaba. Entonces entró una médica joven, que me miró sin sonreír.

—Hola, ¿cómo se encuentra?

—Estoy bien. Oiga, me han dicho que mis compañeros están aquí. Tengo que verlos urgentemente.

—Sí, ahora entrarán. ¿No quiere saber cuál es su diagnóstico?

—Después, ahora déjelos entrar, por favor. Soy policía.

Se encogió de hombros, y con cara de escepticismo salió. Al cabo de un momento entraron Garzón y Coronas. Este último abrió los brazos con aire patriarcal.

—¡Joder, Petra, no nos da usted una digestión a gusto! ¿Cómo está hoy?

—Comisario, le disparé a uno de los hombres que me agredieron y le di, creo que en una pierna. Eran dos.

—Lo sabemos, lo sabemos, no se preocupe. Tenía usted su pistola en la mano cuando la encontraron y lo dijo entre sueños. Un vecino llamó a la policía. Ya están todos los hospitales alertados.

—¿Y qué?

—De momento, nada. Encontramos la bala junto al bordillo de la acera frente a su casa. Probablemente sólo lo rozó, y puede que no haya solicitado atención médica por miedo. Habrá que esperar un poco más.

—Eran dos. Parecían mendigos.

—¿Mendigos?

—Estoy casi segura de que vestían con harapos y ropa vieja.

Garzón, que no había despegado los labios, intervino por fin, muy angustiado:

—Bueno, Petra, pero ¿usted cómo se encuentra? Lo primero ahora es la salud.

—Déjese de chorradas. ¿Se sabe con qué me pegaron?

—Tendrá que visitarla el forense para determinar eso.

—Pues no sé a qué estamos esperando.

—A que le den el alta, por ejemplo —dijo Coronas.

—Comisario, estoy bien. No tengo fracturas ni heridas, la verdad es que no sé qué estamos haciendo aquí.

—No se puede salir del hospital si no es con el alta médica firmada.

—Dígales usted que tengo que marcharme, que me necesita urgentemente.

Se echó a reír, halagado.

—¿Cree que mi autoridad es universal?

—Eso suele parecerme.

—¡Vaya, ya lo ha estropeado! Hablaré con la médica, si realmente se encuentra bien…

Salió de la habitación mientras el subinspector me echaba una mirada furibunda.

—La médica ha dicho que tiene que estar al menos veinticuatro horas en observación. No me parece prudente que se largue por las buenas. Al comisario tres carajos le importa, es más, está deseando que vuelva, pero insisto, debería quedarse y pasar otra noche aquí.

—¿Va a quedarse junto a mí y arroparme como un padre? Porque le aseguro que ser huérfana no me parece tan malo.

—Es usted como una mula resabiada, inspectora, en cuanto uno se descuida, le suelta una coz.

—Soy una yegua con muchos años de trote. No se ofenda.

—¿Quién cree que le pegó?

—No lo sé, Fermín, pero desde luego me cuesta pensar que hayan sido dos mendigos auténticos. Corrían con un estilo olímpico que no suele encontrarse en el mundo marginal.

Entró Coronas con una sonrisita pintada en los labios.

—Bueno, arreglado. La médica dice que tendrá que firmar un papel conforme se va usted bajo su responsabilidad. Le dará una receta para que vaya tomando antiinflamatorios.

—Perfecto. Cuando quieran.

Se quedaron mirándome con cara de bobos.

—Cuando queramos, ¿qué?

—Cuando quieran salen de la habitación. La camaradería policial no incluye que me vean en pelotas.

—¡Qué barbaridad, qué bruta es usted, Petra! —exclamó Coronas enfilando la puerta, y Garzón, que le seguía de cerca, añadió cargado de razones y en tono muy audible:

—No lo sabe usted bien, señor.

La forense me miró con simpatía. Empezó a desenrollar la venda que envolvía mi muslo izquierdo.

—Esto debe de dolerte, ¿no, Petra?

—Empiezo a notarlo, sí.

—De todas maneras, me alegro, de todos los servicios que yo puedo prestarte, éste es el menos grave.

—No descartes hacer mi autopsia un día de éstos, cuando acabe de tomar todas las pastillas que me han recetado en el hospital.

Rió un poco, dejó al aire la zona tumefacta y le aplicó una fuerte luz. Observó en silencio absoluto. Por fin, silabeando y sin dejar de mirar informó o pensó en voz alta:

—Bien, o mucho me equivoco o… no, no creo equivocarme demasiado, de hecho estoy casi segura… segura por completo. —Levantó los ojos y los fijó en mí—: Todo está un poco hinchado aún, pero puede afirmarse que es un golpe propinado con una superficie bruñida. Si te fijas, a pesar de la rojez, se ve con claridad un entramado, un dibujo.

—El dibujo correspondiente a una suela de bota muy dura, ¿verdad?

—Sí, eso mismo diría yo.

—Es suficiente con eso, Silvia. No necesito más.

Garzón esperaba en el pasillo, adormecido por la calefacción y el cansancio.

—¿Quién tiene fácil acceso a su ordenador, Fermín?

—Pues… el mismo Castillo puede entrar si le doy la contraseña.

—Vamos a pedirle que lo haga y nos dé por teléfono una dirección. Así no perdemos tiempo.

Una gestión fácil, directa, que no se hizo esperar más de unos minutos. El subinspector recibió la información de Castillo cuando ya íbamos en coche, saliendo a toda prisa del Anatómico Forense. Estaba segura de lo que hacía.

Fui yo la que llamó a la puerta, y también quien contestó: «¡Policía!» a la pregunta de una mujer. Al abrir comprendí que debía de ser la madre: cincuenta años, aspecto corriente... una ama de casa más de un barrio obrero. Negó con la cabeza cuando le preguntamos por Matías Sanpedro.

—No está. Bueno, sí que está, pero en la cama, enfermo. Hoy no ha podido ni ir a trabajar.

—Ya. Se ha hecho daño en una pierna, ¿verdad?

Sus ojos empezaron a evidenciar miedo, rechazo, duda. En seguida optó por el ataque.

—Oigan, mi chico es un trabajador y, como comprenderán, si está de baja...

La interrumpí del modo más seco que pude, pero sin perder la serenidad:

—Señora, esto es serio. Si no nos deja pasar y hablar con su hijo, será mucho peor para él. Se la juega, así que usted verá. Si traemos coches, guardias y toda la historia, se enterará hasta el último vecino.

—Mi hijo no ha hecho nada malo, se torció un tobillo al salir del taller.

Metí un pie dentro del recibidor y comencé a avanzar con tiento. Al comprobar que la mujer no se oponía abiertamente continué con más seguridad. Garzón venía detrás, y la madre de mi querido skin cerraba la comitiva sin parar de hablar un momento. Abrí una puerta de la que salía música electrónica y allí estaba, con la pierna vendada y tumbado en la cama. Me miró con más miedo que odio.

—Volvemos a vernos —le dije.

—¿Qué quieren?

La madre se precipitó en la habitación, poniéndose cada vez más nerviosa.

—Mati, son policías. Les he dicho que has tenido un accidente, les he dicho que...

—Vete, mamá, que no pasa nada.

—Pero es que dicen que…

—¡Sal!

Comprobé que Garzón vigilaba muy alerta todos sus movimientos por si escondía una arma, pero el tipo seguía tumbado en la cama. Las sábanas tenían perritos estampados.

—Así que estás accidentado.

—Sí.

—¿En qué hospital te han curado?

—En ninguno, es una herida pequeña.

—Y estoy convencida de que tampoco te ha visitado un médico.

No respondió. Le temblaba la boca.

—Vístete, que nos vamos. Y no te olvides de ponerte las botas.

—¿Adónde vamos?

—A comisaría. Estás detenido.

—¿Por qué, yo qué he hecho?

—Levántate, mamón, quisiste devolverme las hostias que yo te había dado, pero veremos quién recibe el último.

—¡Yo no te pegué, fue el otro, yo no te pegué!

Garzón lo cogió del brazo con fuerza y lo obligó a levantarse.

—¡Andando, que aún puedes! En el coche nos dirás quién es el otro.

La salida del piso fue espectacular. Me había molestado inútilmente amenazando a la madre con romper la discreción, los alaridos que dio su hijo podrían haber alertado al barrio entero.

Lo metimos esposado en el coche y tomamos rumbo a comisaría. Bien, se había vengado de mí, pero con tanta torpeza que ahora iba a pagarlo. El muy imbécil lloriqueó desde su asiento.

—Sólo lo hice para que se dieran cuenta de que no todo el que se viste de skin es un skin, y para que dejen de cargarnos todos los muertos.

—Sí, eres un mártir de la causa. Quédate calladito, me duele la cabeza.

—No fue por venganza, le juro que…

Garzón se volvió violentamente y pegó un grito que consiguió darme un susto morrocotudo:

—¡Cállate!, ¿no has oído que a la inspectora le duele la cabeza, capullo?

Comprobé una vez más que, por mucho que yo me esmerara en procedimientos agresivos, el estilo de mi compañero siempre me superaba.

Nada más torcer la calle donde estaba situada la comisaría, quedamos sorprendidos al ver un grupo de personas arremolinadas en la acera de enfrente. Eran periodistas, que se abalanzaron sobre nosotros en cuanto paré el coche. Los policías de guardia vinieron a escoltarnos para que pudiéramos entrar sin ser arrollados por la caterva de fotógrafos que disparaban flashes a discreción. Nuestro detenido se había colocado la cazadora sobre la cara y avanzaba con dificultad mientras Garzón pedía paso con el típico tonillo policial. No lograba entender qué estaba pasando, y lo entendí menos aún cuando en el interior de la comisaría nos topamos de bruces con Coronas, que estaba situado junto a Yolanda. Los guardias se llevaron a Matías y el comisario hizo un gesto que nos dirigía hacia su despacho.

Lo primero que hizo al cerrar la puerta tras de sí fue pegar un respingo de rabia:

—¿Sabe que estaba usted ilocalizable en su móvil?

—Lo llevo apagado desde hace mucho rato, es verdad. Como estábamos en una acción… ¿qué querían todos esos periodistas, señor?

—Conteste antes de preguntar. ¿Quién es ese tipo al que han detenido?

—Es el que me agredió.

—¿Tiene algo que ver con el caso?

—Me temo que no.

—¿Cómo lo han cazado?

—La doctora Caminal me visitó. Vio el dibujo de una suela de bota en uno de los golpes.

—¿Y eso la guió hasta el culpable?

Miré a Garzón, que ponía cara de póquer, y a Yolanda, que estaba muy compungida en un rincón. Titubeé antes de hablar.

—Lo cierto es que… también lo olí.

—¡¿Cómo?!

—Ya había interrogado a ese tipo, y cuando me asaltaron reconocí el olor de su colonia. La huella de una bota típica de skin acabó de darme la certeza.

Coronas me miraba con incredulidad y una mezcla de cabreo e interés.

—Bueno, Petra, felicidades. Veamos ahora cómo aplica su olfato canino a lo que acaba de pasar.

Dio paso con la cabeza al turno de Yolanda. Noté que estaba aterrorizada, y que la voz le temblaba al hablar.

—La Guardia Urbana encontró a Anselmo muerto, inspectora. Lo han asesinado.

Garzón y yo dimos un sincronizado paso al frente.

—¿Asesinado?

—En el propio sitio donde vivía. Le metieron la cabeza en una bolsa de plástico y se la reventaron de un tiro. La policía científica está inspeccionando ahora el lugar. Nadie ha visto nada, por supuesto, ya saben el tipo de gente que anda por allí. Habían revuelto todas sus cosas.

Coronas retomó la palabra en plan «digno líder policial»:

—Tengo entendido que ese hombre estuvo aquí ayer mismo.

—Así es.

—Pues ya tienen ustedes el lío formado, inspectora.

—A veces los mendigos se roban entre ellos y pueden llegar a matarse —dijo el subinspector sin mucha convicción.

—¡No me joda, Garzón, si esto no está relacionado con el caso que llevan entre manos, que venga Dios y lo vea! De modo que ya se hacen una composición de cómo están las circunstancias. Jodidas, ¿no? Con todos esos cabrones de periodistas encantados de la vida, dando caña. Imagínense lo que seguirá: que si un asesino en serie de mendigos, que si la policía descuida a los marginados porque no son contribuyentes... incluso podría escribir yo mismo los artículos. Pónganse a trabajar inmediatamente y no aparezcan delante de mi vista hasta que no tengan un culpable. ¿Entendido?

En otras circunstancias hubiera soltado una ironía, me hubiera defendido de algún modo ante aquella salida de tono clásica de un jefe tradicional, pero estaba demasiado traumatizada por lo que acababa de saber. El pobre Anselmo había muerto, ¿por qué?, ¿qué habíamos removido sin darnos cuenta siquiera?, ¿dónde andaba metido?, ¿qué sabía?, ¿tan valiosa era la simple información que nos había dado como para que lo quitaran de en medio? ¿Qué hacía de Tomás *el Sabio* un hombre con importancia estratégica? ¿Sabía Anselmo quién lo había matado? La cabeza me daba vueltas y no lograba pararla en ningún lugar. Yolanda se puso a mi lado:

—Ya me he enterado de su agresión, inspectora, ¿cómo se encuentra?

—¿La agresión?, ¡ah, sí, la agresión! Estoy bien, gracias.

En ese momento empecé a notar el dolor en todo el cuerpo. Anduve como un autómata hacia mi despacho, seguida de Yolanda y Garzón. Domínguez, el policía, me salió al paso.

—Inspectora, lo siento. Ha sido culpa mía que mataran a ese hombre, ¿verdad? Debería haberlo vigilado mejor.

—No, yo lo hubiera dejado marchar un rato después. Hágame un favor, Domínguez, tráigame un vaso de agua.

Me senté en el sillón, intentaba pensar. Garzón empezó a sonreír.

—¿Es cierto eso que ha dicho, inspectora?, ¿de verdad reconoció la colonia del tipo?

Lo miré como si nunca lo hubiera visto, no sabía con claridad qué me estaba diciendo. Entró Domínguez con el agua. Saqué una pastilla de las que me habían prescrito y me la tragué. Después de beber, fui plenamente consciente de la situación.

—¿Pueden decirme qué hacemos aquí sentados? Vamos al lugar del crimen inmediatamente.

Domínguez se volvió:

—Inspectora Delicado, un hombre llamado Crespo ha llamado un montón de veces preguntando por usted.

—Sí, me lo imagino.

Salimos a la carrera. Encendí el móvil. Había varias llamadas perdidas de Coronas, también de Ricard. Estaba tan absorta que Yolanda se preocupó por mí:

—No esté angustiada, inspectora. Han dicho que el inspector Fernández Bernal y el subinspector Iniesta han ido a hacerse cargo de la situación mientras ustedes aparecían.

¡Fernández Bernal!, maldije mentalmente. Yolanda me miraba a la cara con la expresión de una madre solícita. Exploté:

—¡¿Que no esté angustiada?! ¡Y a usted quién coño le ha dicho que estoy angustiada! En el trabajo no tolero ninguna apreciación personal, ¿entendido? ¡Ninguna!

Se quedó estupefacta. A Garzón la sonrisa satisfecha le bailaba en los labios. Observé de reojo cómo al subir al coche miraba a Yolanda, enarcaba las cejas y se encogía de hombros como diciendo: «No todo es orégano en el monte Delicado, muchacha.» Lo odié, odié también a aquella chica inexperta y demasiado emotiva, pero, sobre todo, me odié a mí misma por haber permitido que mataran a un hombre loco e inofensivo.

La zona de edificios abandonados estaba acordonada por la policía. Fernández Bernal me recibió disimulando con poca habilidad su regodeo.

—¡Vaya, Petra, creíamos que se te había tragado la tierra!

—Al grano, Fernández, no estoy de humor. Cuéntame qué ha pasado aquí.

—A la inspectora la han agredido. Estaba en el hospital —terció Garzón para que el otro se sintiera culpable. Lo consiguió, a Fernández se le mudó la cara.

—¡Joder, Petra, lo siento, no tenía ni idea! Perdóname la broma.

—Olvídalo.

Garzón era un genio de la psicología, porque aquella culpabilidad de mi compañero le hizo relatarnos todo lo que sabía en vez de seguir lanzándonos estúpidas invectivas.

—Ya se han llevado el cadáver. Veremos qué dice la autopsia, pero a primera vista al pobre diablo lo han dejado hecho un Cristo. Tenía la cabeza destrozada por un disparo. Le encajaron una bolsa de basura, seguramente para no salpicarse de sangre.

—¿Alguien ha visto algo?

—¿Estás de broma? Aquí ni Dios suelta prenda. El que no tiene antecedentes está ilegal en el país, y los otros son una panda de borrachos y locos; así que tú dirás.

—¿Ya ha acabado la científica?

—No, aún andan buscando pelos por ahí; pero en un sitio abierto como éste, y además lleno de gente, no creo que sirva para mucho.

—¿Y las cosas del muerto?

—Ahora nos las llevaremos. Estaban esparcidas todas las mierdas que tenía, el que se lo cargó estuvo registrándolas, supongo que no sería para robarle ningún tesoro.

—Enséñamelas.

—Los de la científica ya han estado buscando pruebas, así que hasta podemos tocarlas.

Había un policía junto al hueco de la escalera que ocupaba Anselmo. Custodiaba un amasijo de ropas, bolsas y cajas diseminadas por el suelo. Entonces descubrí al perro del mendigo, atado en un rincón. Estaba tumbado, en completo silencio. Me acerqué a él y le toqué la cabeza.

—Ya se ha cansado de aullar, el pobre. Daba pena de oírlo —comentó el policía.

—De poco le ha servido a su amo —dijo Garzón.

—Le ha llorado, que ya es mucho —repliqué—. ¿Qué harán con él?

—Llevarlo a la perrera del ayuntamiento.

—¿Lo quieres para ti, Petra? —me preguntó Fernández.

—No, gracias, no me merezco amigos tan fieles.

Empecé a registrar las menguadas y caóticas pertenencias de Anselmo, que constituían un auténtico bazar de objetos absurdos: ropa vieja, calendarios de años remotos, bolígrafos sin carga, gafas sin cristales, cinturones sin hebilla... cosas que alguna vez habían tenido su uso, pero que resultaban inservibles después, como a su mismo dueño debió de sucederle. De repente me di cuenta de que una de las pocas propiedades que yo le conocía ya no estaba allí: la caja con los llaveros de latón que Tomás *el Sabio* le había regalado.

—¿Alguien se ha llevado algún objeto?, ¿la policía científica, quizá?

—No, lo han revisado, pero nadie se ha llevado nada.

Les pedí a Yolanda y a Garzón que me ayudaran a buscar por si yo no era capaz de orientarme entre tal variedad de cosas. Describí la caja para ellos y sometimos aquellos restos a una nueva batida.

—¿Qué buscáis? —se interesó Fernández Bernal.

—Nada, nada en especial, una cajita que nos pareció ver cuando estuvimos aquí.

Él sabía que debía abstenerse de hacer más preguntas si quería que aquel encuentro acabara bien. Para evitar nuevas tentaciones de curiosidad, le dije:

—Gracias por todo, Fernández. Si queréis podéis marcharos ya. Nosotros nos quedaremos hasta que acabe la científica.

Cuando estuvimos solos me volví inmediatamente hacia el subinspector:

—Falta la caja con los llaveros.

—Pudo tirarla él mismo.

—Ni hablar; era uno de sus tesoros más valorados.

—No sé, inspectora, tratándose de un tipo tan zumbado, cualquier cosa puede ser.

—Le recuerdo que falta el único objeto que perteneció a Tomás *el Sabio*.

—¿Qué ponía la inscripción?, no lo recuerdo.

Busqué en mi bolso el llavero que Anselmo me regaló. Apareció entre briznas de tabaco y pañuelos de papel.

—«La caridad es el placer del alma» —leí.

—¿Cuántas instituciones de caridad hay en Barcelona, Fermín?

—Ni idea.

—Yo creo que tengo una lista en la oficina de la Guardia Urbana, mañana la puedo traer... bueno, si usted quiere que siga en el caso, inspectora.

—Sí, quiero que siga.

Yolanda sonrió. No comprendí qué era lo que la motivaba a desear integrarse en un pequeño equipo como el nuestro, donde la tratábamos tan mal. Observé el llavero en mi mano.

—Sí, eso es, volveremos a hacer otro interrogatorio aquí e indagaremos en las instituciones de caridad.

Pero no estaba pensando en lo que decía; en realidad, la mente se me había ido hacia Anselmo. «El pobre loco ya nunca tendrá su barco cargado de arroz», pensé, y me apiadé de sus tristes huesos, y del perro, único heredero de su memoria.

Estaba destrozada cuando llegué a casa, no sabía si a causa de la paliza o de la tensión. Los brazos me dolían tanto que maniobrar para aparcar el coche me hizo ver las estrellas. Cuando me acerqué al portal vi que había un hombre sentado en el escalón de la entrada. Sacó un pañuelo blanco y lo agitó en el aire.

—¡No dispares, Petra, soy yo!

Ricard me miraba con preocupación. Le sonreí desmayadamente.

—¿Qué te ha pasado? He estado todo el día intentando contactar contigo y no ha habido manera. Además, en tu comisaría nadie quería darme noticias tuyas. Estaba muy inquieto.

Comprendí que una de las razones por las que me gustaba vivir sola era no tener que dar explicaciones al llegar. Ni siquiera intenté ser amable.

—Ha sido un día muy malo, Ricard. Ayer me agredieron unos skins y tengo el cuerpo magullado, de modo que esta noche no estoy para excesos de ningún tipo. Quizá mañana me encuentre mejor.

Su cara se convirtió en una máscara de extrema dureza. Apartó la mano que tenía colocada sobre mi hombro. Me habló en un tono de voz que no conocía en él:

—¿Tú crees que yo vengo aquí sólo a follar, es eso lo que crees? Tienes un concepto muy pobre de mí, Petra, tanto que no comprendo cómo has aceptado mi compañía ni una sola vez. Buenas noches.

Dio media vuelta y empezó a caminar. Lo seguí:

—Ricard, vuelve. No me obligues a pedirte disculpas. Sólo diré que te ruego que te quedes conmigo, por favor.

Lo tomé de la mano y él se dejó conducir hasta el interior de mi casa. Me quité el abrigo y fijé la vista en el suelo, abatida. Me abrazó.

—Estoy jodida porque han matado a un viejo loco que sólo quería tener un barco lleno de arroz. ¿Tú lo entiendes?

—Sí.

—Y estoy jodida por su perro, ¿también entiendes eso?

—Sí.

Aquella noche dormimos los dos juntos, en absoluta paz. Cuando llegó la madrugada él no se marchó, y yo no le pedí que lo hiciera.

CAPÍTULO SÉPTIMO

A las siete de la mañana sonó el teléfono. «Poco dura la alegría en la casa del pobre», pensé. Era el subinspector Garzón.

—Petra, disculpe que la llame tan temprano, pero he imaginado que ya estaría levantada.

—Por supuesto que sí —dije sacando una pierna de entre los muslos de Ricard.

—Tenía que decirle una cosa personal, ¿recuerda?, pero luego nos liamos con el trabajo y no se presentó la ocasión.

—Es verdad, dígame.

—Hoy mismo llega mi hijo desde Nueva York, acompañado tal y como le comenté y… en fin, como usted me indicó que… aunque le aseguro que lo he pensado y será mejor que me vaya a una pensión.

—No, Fermín, no se preocupe. Me acuerdo muy bien de lo que le ofrecí y sigue en pie. Le dejaré una nota a mi asistenta para que prepare la habitación de invitados.

—No sé cómo agradecérselo, sinceramente.

—Déjese de cumplidos. Nos vemos dentro de un rato.

Ricard se desperezaba a mi lado. Miró el reloj con sobresalto.

—¡Coño, si es tarde, me tengo que levantar ya mismo! ¿Te duchas tú primero o me ducho yo?

—Dúchate. Yo iré preparando el desayuno. Tú no sabes dónde están colocadas las cosas en mi cocina.

Mientras hacía el café se me representó claramente lo ridículo de la situación. Por fin tenía un amante al que permitía quedarse a dormir justo en el momento en que el subinspector se alojaría en mi casa. «¡Cojonudo! —pensé—. Puede que la Providencia vele por nosotros, pero lo hace sin el menor sentido de la oportunidad.»

El informe de balística no ofrecía lugar a dudas. Nos encontrábamos de nuevo frente a una bala llena de muescas y disparada con una sobrepresión. Todas las muescas coincidían. Anselmo había sido asesinado con la misma pistola que Tomás *el Sabio*. Ya nadie podía argumentar que ambos casos no estaban claramente interconectados.

Volvimos al lugar donde encontraron a Anselmo muerto. El interrogatorio de eventuales testigos y la posibilidad cada vez más remota de que surgieran familiares de Tomás *el Sabio* eran las únicas opciones que teníamos. Yolanda no vino con nosotros. Se quedó buscando datos sobre instituciones de caridad, pero nos informó de que la Guardia Urbana había recibido orden del alcalde de desalojar el caserón de okupas y mendigos después de lo sucedido, de modo que no teníamos demasiado tiempo para actuar.

Nuestros compañeros de la científica habían acabado ya de recoger presuntas pruebas. Pero su trabajo, con ser exhaustivo, no podía compararse con el cansancio infinito que provocaban aquellos interrogatorios inciertos, sobre todo cuando se acometían por segunda vez.

La vida del lugar no se había alterado demasiado, quizá se veía menos gente deambulando que en la ocasión anterior. Volvimos a empezar. De nuevo se desarrolló ante nosotros la infame rueda de ojos ciegos, oídos sordos y lenguas que no querían soltarse. Dos horas más tarde, quién y cómo había asesinado a Anselmo era un misterio tan oscuro como antes.

—Busquemos un bar y tomemos un café, inspectora. Ya no puedo más.

Nos metimos en un bar miserable muy cerca de allí. El café era áspero y fuerte como la piel de un elefante, pero se podía beber. Había muy pocos parroquianos a aquellas horas, así que en cuanto entró un joven negro y se sentó en la barra a nuestro lado nos dimos cuenta en seguida de que había algo extraño en su actitud. Miró a Garzón, luego me miró a mí y se removió a disgusto en su taburete mientras pedía una agua mineral. El subinspector y yo intercambiamos un gesto de entendimiento. Me volví y ofrecí sonriendo:

—Pida también un café, le invitamos nosotros.

El dueño del bar no entendía muy bien qué estaba pasando, pero con cierta desconfianza, puso la taza delante del negro.

—Gracias, el café es bueno aquí —dijo en un pasable español—. ¿Nos sentamos en ese lado? —añadió, señalando una mesa retirada de la posible curiosidad. Bien, estábamos en el buen camino. Intenté allanarlo un poco más.

—Ha venido siguiéndonos, ¿verdad?

—¿Sois policías?

—Sí.

—Ya sé. He visto cosas y quiero hablar, pero aquí, no en la calle con tantos policías.

—Perfecto, muy bien. Adelante.

—Quiero hacer un cambio, una cosa por otra. Yo digo cosas y vosotros me dais papeles para estar en España, ¿sí, de acuerdo, sí?

Tenía la piel profundamente negra, los ojos alucinados y huidizos. Garzón reaccionó al instante.

—Pero bueno, tío, ¿tú estás tonto o qué? ¡Qué coño de cambio ni qué narices! ¿No te das cuenta de que podemos detenerte por lo que acabas de decir?

El joven no pareció impresionarse demasiado. Negó con la fuerza de su potente cabeza.

—Si me echan del país, yo vuelvo a entrar, pero vosotros ya no sabéis lo que he visto.

—¡Serás cabrón, haz el favor de soltar en seguida lo que sabes si no quieres que…!

Ni el menor temor, ni la más mínima reacción ante la salida de mi compañero. Pensé en cambiar de táctica:

—Mire, el caso es que… ¿Cómo se llama?

—Da igual mi nombre.

—El caso es que no tenemos la posibilidad de darle papeles. Eso depende de los jueces, de las autoridades de inmigración, de mil cosas en las que nosotros no influimos en absoluto. Lo que sí podríamos hacer es firmarle un documento conforme usted ha demostrado su buena fe para con este país colaborando con la policía en el esclarecimiento de un crimen. Si alguna vez se estudia su caso para concederle la residencia, eso siempre contará a su favor.

Estuvo pensándolo un buen rato. Le parecía mejor que nada. De repente introdujo un complemento imprevisto.

—Sí, pero quiero algo más.

—¿Qué?

—No sé, algo más.

De repente comprendí.

—Podemos darle veinte euros, como pequeña gratificación.

—No, cien.

—Cien es demasiado.

Intervino Garzón bastante fuera de sí:

—Pero bueno, inspectora, ¿no se da cuenta de que este tipo tiene la obligación legal de hablar? Déjelo de mi cuenta, que voy a apretarle las clavijas a ver si le parecen bien.

—Treinta euros, ni uno más —solté.

—Cincuenta.

—De acuerdo.

Hizo una señal de asentimiento y esperó a que le diera el dinero. Se lo entregué. Garzón bullía junto a mí como una olla al fuego.

—Vi a dos hombres que daban un disparo al viejo. Luego buscaron en sus cosas y cogieron sólo una. Se la llevaron.

—Dinos más cosas de esos hombres. ¿Los reconocerías?

—No, era de noche y llevaban cascos de moto.

—¿Eran jóvenes, altos, fuertes?

—Eran normales, altos.

—¿Hablaron con él?

—No, sólo el disparo, sin hablar.

—¿Llegaron en moto?

—No lo sé. Se fueron a pie, sin correr.

—¿Alguien más los vio?

—No. Yo estaba detrás de una carcasa de camión. Tenía miedo.

—¿Puede ser una caja lo que se llevaron?

—Puede ser, era pequeño.

—¿Los oíste hablar?

—Poco. Sólo oí: «Aquí está.»

—¿Hablaban en español?

—Sólo: «Aquí está»; después, en una lengua rara.

—Está bien. Voy a darte nuestra dirección para que vengas a recoger el informe positivo por tu cooperación.

—No, es igual, me voy ya.

Salió a toda prisa del bar. Me hizo gracia su falta de interés por el documento prometido. Se lo comenté a Garzón, pero a mi compañero nada de lo que acababa de ocurrir parecía divertirle lo más mínimo.

—Ésas son las ganas que tiene de integrarse en este país.

—¡Joder, Garzón!, ¿qué quiere, que cante el himno nacional? El tío está jodido, puteado desde que nació. Además, no es tonto, y sabe que le estoy ofreciendo papel mojado.

—Sí, vale, pero el papel moneda está seco, ¿no?

—Me sorprende su candidez, de verdad.

—Candidez la suya, que va largando dinero por ahí a todos los desheredados de la fortuna, y luego estoy seguro de que ni siquiera se lo pasa como gastos a Coronas.

—Es mi actividad caritativa, como no pertenezco a ninguna ONG... Bueno, ¿hablamos de algo interesante o seguimos divagando?

—De acuerdo, ¿cree que la información que ha comprado vale la pena?

—Como prueba objetiva, puede que no, pero como subjetiva no tiene precio.

—¿Puede explicarse?

—Con sumo placer. Le comunico solemnemente que ahora estoy segura de que Tomás *el Sabio* andaba metido en algo sucio que tiene relación con este llavero que tengo aquí. ¿Una falsa institución de caridad, una banda de timadores? No lo sabemos aún, pero por primera vez desde que empezó este jodido caso, creo que vamos hacia alguna parte.

—Puede que sí, pero si un tío tan arrastrado como Tomás se metió en algo sucio, ¿por qué no salió de la miseria?

—No quería salir, pero estar en algo sucio le daba un mínimo remanente para ir tirando y, encima, podía hacer donaciones a los monjes capuchinos.

—Como usted, que también hace donaciones a todos los colgados.

—También podría darse el caso de que se viera forzado a cooperar por algún tipo de chantaje.

—¿Y quién querría chantajear a un tío así?

—Le recuerdo que era sabio. Un economista puede rendir buenos servicios en un negocio irregular.

—Todo esto empieza a parecerme una alucinación, inspectora: mendigos que dan limosnas y presuntas instituciones de caridad que roban... El mundo al revés.

—El mundo siempre está al revés, Fermín; sólo está al derecho en la mente del hombre.

—Ya es algo.

Los periodistas empezaron a inventar historias entretenidas y alarmantes para el lector. Un grupo de skin heads se dedicaba en plan justiciero a limpiar de mendigos la ciudad. A falta de información oficial, llenaban páginas con las características ideológicas de las formaciones neonazis europeas. De vez en cuando, el propio Coronas ofrecía un comunicado de prensa vacío de contenido y repleto de tópicos: «Estamos tras algunas nuevas pistas, se estudian varias vías de investigación, no daremos más datos para no entorpecer la labor de los investigadores.» Sin embargo, no se concedió al caso ninguna prioridad especial ni se pusieron a nuestra disposición ayudas extra. Era obvio que el hecho de que mataran mendigos generaba en la opinión pública un deseo vago de justicia social, pero no un sentimiento de amenaza. La gente podía seguir paseando tranquilamente e ir a trabajar. No estaban en peligro sus hijos ni su seguridad, de modo que todo permanecía bajo control. En semejantes circunstancias, no parecía necesario echar la casa por la ventana. Aun así, y ya que las secciones de sucesos continuaban dando información sin datos, Coronas siguió ejerciendo sobre nosotros una soportable presión. Me visitó en mi despacho al final de la tarde.

—Oiga, Petra, ¿qué le parece si les digo a los medios que tenemos a un skin en chirona?

—No tiene nada que ver con el caso, comisario.

—Ya lo sé, pero si les vamos dando algún hueso a los chicos de la prensa, tendrán algo que roer.

—Es un poco exagerado, la verdad. Cargarle la sospecha de dos muertos a un desgraciado…

—¿Le importa el buen nombre de un cabrón que la ha agredido?

—Tiene familia.

—Carne de cañón, igual que los mendigos, todos por el estilo…

—Haga lo que quiera, pero quizá sea peor. Lo mismo nos acusan de crear falsos culpables.

—No sé, ya iré pensando qué es lo más conveniente. De momento, dejaré las cosas tal como están. ¿Cree que cerrarán pronto el caso?

Me miraba fijamente a los ojos, pero sin aparente intención intimidatoria, sólo con curiosidad. Le eché coraje y contesté con temeridad disimulada:

—No lo dude. Es cuestión de días.

—Cuantos menos sean, mejor. Aparte de la puta opinión pública, me jode tenerlos a usted y a Garzón metidos sólo en este caso de los mendigos. Y, encima, Llorente está de baja y… ¡en fin, el demonio debe de pasearse por esta comisaría!

Se alejó hablando entre dientes y mirando al suelo. Estaba cansado, harto probablemente de luchar. Se le veía en un momento bajo; seguro que por eso había estado menos autoritario que de costumbre.

Ya era hora de marcharse. Cerré el ordenador y recogí mis cosas. De pronto, me acordé de Garzón. Si los planes seguían según lo acordado, aquella noche debía ir a dormir a mi casa. Fui a buscarlo y lo encontré trabajando aún.

—¿Aquí todavía?

—Estoy haciendo tiempo. He quedado a cenar con mi hijo y su…

—Pareja.

—Eso es, su pareja.

—No hace falta que le diga, Fermín, que puede disponer de mi casa no sólo para dormir. Aquí tiene un duplicado de la llave. Vaya, descanse, ponga la televisión, entre en la cocina y asalte la nevera cuando quiera… durante una semana use esa casa como suya, sin preocuparse por mí. ¿De acuerdo?

—Es usted una jefa fuera de lo normal.

—Es la única alternativa con un subordinado como usted.

—Prefiero no averiguar qué ha querido decir.

Salí con una carcajada. El pobre Garzón, tan tradicional, tardaría bastante en comprender que la inclinación sexual de su hijo no era algo de lo que debiera avergonzarse. Una vez en la calle, llamé a Ricard.

—¿Qué te parecería si saliéramos a cenar esta noche?

—Justo y necesario.

—Paso a recogerte e invito yo. ¿Qué más puedes pedir?

—Ir a tu casa después.

—Era una pregunta retórica.

—A la que yo he dado contestación.

Me reí tontamente, aquel hombre era especial, me caía bien, un poco caótico, pero el caos siempre lleva aparejados elementos de diversión.

Cenamos maravillosamente en un restaurante libanés y, a la salida, me dispuse a cumplir lo prometido. Mientras hacíamos el trayecto hasta mi casa en coche me vi en la obligación de advertirle sobre la situación.

—Hoy no puedes quedarte a dormir.

De reojo observé que su cara se tensaba con un rictus de mal humor.

—¡Vaya, he perdido muy pronto mis privilegios!

—Tengo un invitado y no me apetece que te vea por la mañana.

—Pensé que habías superado ciertos prejuicios.

—Se trata del subinspector Garzón, mi más cercano compañero de trabajo. Pasará una semana en mi casa y no me apetece darle explicaciones.

—Está bien.

—¿Lo comprendes o sólo te conformas?

—¿Esa diferencia significa algo para ti?

—Ricard, no creemos un problema donde no lo hay.

—Me sorprende que una mujer liberada como tú…

—No voy a defender mis decisiones ante ti.

—Es verdad, no tienes ninguna obligación.

Se instaló entre nosotros un silencio incómodo y culpable. Empecé a pensar en lo difícil que era llevar una relación carente de tensiones entre hombre y mujer. Ricard debió de leer mi pensamiento.

—No me gustaría que vieras mi presencia como un incordio, perdóname.

—Olvidemos el asunto, ¿quieres?

—Todas estas cosas no pasarían si decidiéramos vivir juntos.

—Pasarían otras mucho peores.

—¡Qué va! Yo te limpiaría las pistolas todas las mañanas como si fuera un cabo de artillería!

La risa borró cualquier mal ambiente que pudiera haberse creado y apartó muy oportunamente la cuestión que Ricard acababa de plantear. Era demasiado pronto para ponerse a pensar en ningún tipo de convivencia de largo recorrido.

A la una de la madrugada, tras un intenso *round* amoroso, oímos abrirse y cerrarse la puerta de la calle desde mi cama.

—¿Es tu colega? —susurró Ricard.

—Sí.

—Espero que no venga a saludarte militarmente ni nada por el estilo.

—No es su costumbre.

Nos abrazamos riendo y procurando no hacer ruido. Después caí en un sueño denso, agradable, despreocupado. A una hora indefinida noté que Ricard se levantaba, pero no fui lo suficientemente consciente como para lamentarlo. Sin embargo, poco más tarde lo fui de golpe. Unos infames bramidos me causaron la impresión de haber sido arrancada de mi propio cuerpo. Salté de la cama sin saber qué ocurría y corrí hacia el exterior. Miré al piso de abajo, pero sólo había silencio y oscuridad. Empecé a reaccionar aún sin mucha coherencia.

—¿Quién anda ahí?

Encendí la luz y ante mis ojos apareció una escena que por mucho que viva nunca podré olvidar. Ricard estaba con las manos en alto en medio de la habitación y Garzón le apuntaba con una pistola. En seguida advertí el malentendido, lo cual no aplacó la furia que empecé a sentir contra aquellos dos intrusos.

—Señores, por favor, ¿qué demonio hacen?

Balbuceaban ambos como colegiales cogidos en falta.

—Yo bajaba la escalera y, como se colaba un poco de claridad desde la calle, no encendí la luz, y entonces, al llegar al piso de abajo…

—Lo siento, lo siento mucho. Cuando llegué me senté un momento a descansar en el salón y me había quedado traspuesto. Vi a un hombre cruzando la habitación en la oscuridad y… bueno, el primer instinto fue coger el arma.

—De acuerdo, de acuerdo, señores, todo ha sido un lamentable error como suele decirse. Comprenderán que no sea la ocasión para presentaciones. Todos somos gente de paz, eso es lo importante. Ven, Ricard, te acompañaré a la puerta.

—Yo me retiro a mi dormitorio, inspectora. Siento lo ocurrido, de verdad, no era mi intención asustar al caballero ni…

Tomé a Ricard por el brazo y lo conduje hacia la salida. Por primera vez me di cuenta de que estaba en pijama, descalza, despeinada y, probablemente, ojerosa. No pensaba dar pie a ninguna cortesía más. Ricard me señaló con un dedo en cuanto nos quedamos solos. Cuchicheó:

—Sería maravilloso poder venir a tu casa sin que nadie me apuntara con una pistola.

—Ya se sabe que la vida del amante es arrastrada.

—La mía empieza a convertirse en una historia de terror…

—Yo diría que más parece un vodevil barato. Anda, lárgate, ya te llamaré mañana.

Lo besé levemente en los labios nerviosos y finos antes de empujarlo hacia la calle. Dejé pasar un minuto para estar bien segura de que Garzón había desaparecido. Miré en el salón… nadie. Subí la escalera, apagué la luz y me metí en la cama. Un ataque de risa inconmensurable me sobrevino sin que intentara evitarlo. Tuve que sofocar las carcajadas bajo la almohada.

La mañana siguiente me quitó cualquier deseo de reír. Garzón esperaba en la cocina perfectamente duchado y vestido como si hubiera pasado una larga noche de sueño exenta de cualquier contratiempo. Tener que hablar con alguien de buena mañana y en mi propia cocina me supuso un trauma difícil de expresar. El subinspector se privó de hacer comentarios sobre las movidas escenas nocturnas, pero aun así, después de saludarnos cortésmente y mientras me ayudaba con solicitud a preparar el café, yo tenía la incómoda sensación de deberle alguna explicación. Pensé que no asumir ese tipo de implícitas obligaciones, que nadie parece reconocer abiertamente pero que pesan como losas, era otra de las razones por las que me gustaba vivir sola. Los tranquilos desayunos solitarios, el olor del café mezclándose con ideas desordenadas, los sonidos habituales: tazas y platos, el cuchillo cortando el pan… y todo sin necesidad de preguntar: «¿Qué tal has dormido hoy?» ¡Ah, un placer cuyo disfrute añoraba hoy frente a mi compañero de trabajo! Desayunar con un extraño es, además, un modo de comprobar hasta qué punto los adultos vivimos de pequeñas manías deleznables: yo, el café muy cargado, yo mojo las galletas, yo no puedo soportar empezar a comer sin un vaso de agua… manías reivindicadas con total autocomplacencia. Un asco. Garzón no era excesivo en ese aspecto. Se sentó alegremente frente a mí y empezó a devorar con el mismo ímpetu que tenía por costumbre.

—¿Qué tal la cena anoche, Fermín?

—¡Bah, no sé qué pensar!

—¿Y eso?

—Llevaba un pendiente.

—¿Su hijo?

—No, el otro.

—Oiga, si quiere dejamos de hablar sobre el tema.

—¿Por qué?

—Porque esto parece el interrogatorio de un sospechoso: muchas preguntas para poca información.

—Es que no hay gran cosa que contar. El otro se llama Alfred y trabaja como publicitario en una empresa. Habla bastante bien español.

—¿Es simpático?

—Se ríe demasiado.

—Los americanos son alegres, tienen muy buena fe.

—Eso dicen. Pero éste se reía demasiado y llevaba pendiente. Afortunadamente estuvo discreto, no montó ningún numerito.

Me había propuesto no saltar, pero salté:

—¡Venga, Garzón, no fastidie! Supongo que no es de los que creen que todos los gays van de locazas y de *drag queens*.

—A mí me da exactamente igual de lo que vayan o dejen de ir. Yo me he limitado a expresar que el tal Alfred llevaba pendiente. Y a mí que mi hijo, un hombre hecho y derecho y cirujano, además, viva con un señor que lleve pendiente y se ría sin parar me choca, ¡qué le voy a decir!

—Es un prejuicio.

—¿Usted no tiene prejuicios, inspectora?

—¿Yo? Ya ve que no. ¡Mi casa estaba anoche llena de hombres paseando como si fuera la Puerta del Sol!

Puso cara neutra de estar esperando el autobús y se relimpió la boca con la servilleta como un educado huésped de pensión.

—Fue un incidente lamentable —dijo lacónicamente.

Me di cuenta de que era yo quien estaba deseando darle alguna explicación, de modo que me autocensuré a toda velocidad poniéndome de pie.

—Marchando, es tarde.

—Voy a limpiar estas tazas.

—Déjese de coñas, mi asistenta lo hará.

El pobre quería resultar útil, quizá para paliar su entrada con mal pie. Al recoger el abrigo pasé frente a su habitación y vi que había hecho primorosamente la cama. Debía esforzarme por ser amable y acogedora con él, al fin y al cabo, le había invitado yo.

En comisaría nos aguardaba una agradable sorpresa: se había presentado una hermana de Tomás *el Sabio*: Teresa Calatrava Villalba. Vivía en Sarriá y era la esposa de un respetable ingeniero de caminos. Una amiga la había informado con retraso de que el primer mendigo hallado muerto era su hermano. Había dejado sus datos para que yo la interrogara. La llamé por teléfono y la cité en comisaría. Llegó con toda puntualidad y le pedí a Garzón que estuviera presente en la entrevista.

Era una dama discreta y elegante, de unos cincuenta y tantos, que entró en mi despacho con cara de susto. Le ofrecí un café para que se relajara y en seguida aceptó. Estaba visiblemente nerviosa. Comencé ateniéndome a un pautado guión oficial:

—Lamentamos mucho lo de su hermano.

—Gracias —musitó.

—¿Hacía tiempo que no se veían?

—Dos o tres años.

—¿Qué le pasaba a su hermano, señora Calatrava?

—Llámeme Teresa, por favor. —En ese momento, de

modo imprevisto, se echó a llorar con lágrimas silenciosas—. ¡Dios mío, yo... perdónenme, yo...!

—Tómese su tiempo.

Tal y como solíamos hacer en caso de emoción familiar, Garzón y yo empezamos a mirar al techo mientras ella se recomponía y se sonaba la nariz sin hacer ruido.

—Lo siento, pero sólo hace un par de horas que lo sé, ni siquiera he podido avisar a mi marido. Mi amiga pensaba que me había enterado por los periódicos y empezó a comentarlo en la conversación, entonces...

—¿Quiere que continuemos después, se encuentra mal?

—No, no, ya estoy mejor. Pero compréndanlo, mi hermano, asesinado como un perro en la calle. ¡Era tan inteligente, tan brillante!

—¿Qué le ocurrió para un cambio semejante en su vida?

—Estaba mal. El médico le diagnosticó un brote de esquizofrenia, y a partir de ahí... hacía cosas raras, empezó a descuidar su trabajo. Después, Magda, su esposa, lo dejó. No podía soportar el deterioro de su relación. Entonces se hundió del todo, hasta llegar a los extremos que ya conocen. Al principio, mi marido y yo procuramos ayudarle, pero era inútil, nos rechazaba por completo. Llegó un momento en que yo me limitaba a quedar con él y darle un poco de dinero. Iba viendo cómo estaba cada vez peor, cómo se iba convirtiendo en un vagabundo. Un día me dijo que no necesitaba mi dinero, que tenía trabajo como contable en una empresa pequeña. ¡Imagínense la fantasía! Les aseguro que intenté ingresarlo en alguna institución psiquiátrica, lo cual hubiera sido lo mejor para él, pero se negaba, y no sólo eso, sino que un día reaccionó violentamente. Me dijo que quería encerrarlo como a un loco, que no volvería a verlo nunca más. Y así fue, desapareció.

—¿Hizo usted algo por encontrarlo?

Negó con la cabeza, compungida, y se le llenaron los ojos de lágrimas.

—No, ¡Dios mío!, me desentendí de él, era más cómodo, y ahora lo han matado, solo y tirado en la calle.

—No se culpe, señora, no se podía hacer mucho por él —dijo Garzón con buen estilo consolatorio.

—Hábleme de su esposa.

—¿De Magda? Es una buena chica. No seré yo quien cargue ninguna responsabilidad sobre ella. Hay quien tiene carácter para aguantar el sufrimiento y quien no. Ella no podía soportar a un marido que había perdido la cabeza. Se vio delante de una montaña y no pudo superarlo.

—¿Dónde está ahora?

—Conoció a un médico francés y vive con él, ni siquiera ha hecho la separación legal de mi hermano. Está en Lyon.

—Teresa, ¿su hermano tenía bienes, dinero?

—Vendieron el piso que pertenecía a los dos y supongo que de eso iba viviendo mi hermano. Pero nada más, todo el dinero que tenían en sus cuentas se lo dio a Magda, como no tuvieron hijos…

—No cabe, pues, la posibilidad de que por interés…

—¿Quiere decir si alguien sale beneficiado con su muerte? No, en ningún caso, no.

—También me refiero a… es difícil decirlo, pero ¿cree que su hermano pudiera estar pidiendo dinero a su ex mujer, molestándola de alguna manera?

—¡No, no, pensar eso es absurdo! No volvieron a ver se más, que yo sepa, claro..

—¿Tiene su dirección en Francia?

—Por supuesto, ¿la harán venir?

—No lo sé, aún no hemos decidido nada.

—¿Tienen pistas sobre quién fue?

—Hay abiertas varias líneas de investigación.

—Nunca hubiera pensado que el hombre al que aludían los periódicos en un primer momento fuera mi hermano. O quizá no quise pensarlo. Al parecer, su nombre apareció después.

Por tercera vez afloraron sus lágrimas.

—Tendrá que ir a identificarlo a la morgue. Con la fotografía no es suficiente desde el punto de vista legal.

—Lo sé. Luego podremos enterrarlo, ¿verdad?

Asentí y la acompañé hasta la puerta. Estaba realmente afectada, aunque pensé que probablemente la muerte de su hermano constituiría un alivio para ella. Alguna noche fría debía de pensar en él, o en alguna ocasión temería encontrárselo mientras iba de compras o a la salida de un cine. Garzón cabeceó con gravedad.

—Nunca hubiera pensado que una señora tan distinguida como ésa pudiera tener un hermano *homeless*.

—Ya ve usted, querido compañero, en todas las familias hay cosas inconfesables.

—Dígamelo usted a mí.

Capté a la primera aquel pretendido hermetismo y deduje que su mancha familiar estaba relacionada con la homosexualidad de su hijo. Con toda probabilidad era conveniente que hablara con él sobre el tema, que le ofreciera aliento racional, pero el aire de desgracia que le confería a aquel asunto me resultaba intolerable. Era su hijo quien debería estar quejoso por tener un padre tan carcamal como él. Nunca he sido muy indulgente con los defectos, pero con los prejuicios soy mucho peor. De modo que, dados los problemas con los que tenía que enfrentarme, era preferible que la terapia psicológica se la hiciera a sí mismo el propio Garzón.

—Acompañe a esa señora al depósito, Fermín. Creo que usted la tranquiliza.

Pensó un momento, intentando encontrar dardos ocultos en mis palabras, y como no lo logró, salió a cumplir la orden con cierta frustración disimulada. La visita de aquella dama llorosa nos había servido para corroborar que Tomás *el Sabio* era un esquizofrénico diagnosticado, de modo que no podíamos calcular que todos sus actos fueran lógicos. Brindó un dato que sin duda apunté: «Trabajaba como contable en una pequeña empresa», ¿una fantasía, como ella afirmó, o había algo más tras aquello?

Me esperaba Yolanda, fresca y hermosa como siempre, con una lista de instituciones de caridad en el bolsillo de su uniforme impecable.

—Ya está —dijo como una niña aplicada en cuanto me vio—. Hay varias instituciones en la ciudad, inspectora, pero quien tiene más información general y corta más bacalao es Cáritas. He llamado al director y me ha dicho que estará toda la mañana en su despacho, que en cualquier momento puede recibirnos.

La observé con atención y le sonreí:

—Le gusta lo que está haciendo, ¿verdad?

—Nunca me había divertido tanto en la Guardia Urbana.

—¿Por qué no se pasa a la Policía Nacional?

—Creo que lo voy a pensar. ¿Podré trabajar con usted?

Aquel halago me cogió desprevenida. No negaré que me gustó, pero al mismo tiempo hizo que me sintiera mayor, maternal, y ninguna de las dos opciones me tentaba. Reaccioné con cínica brusquedad:

—Sí, trabajará conmigo y nos condecorarán por buenos servicios, por hacer que resplandezca la verdad. Todo será maravilloso.

Se encogió de hombros sin darle importancia a mi salida intempestiva. ¿Qué debía de pensar de Garzón y de mí, que éramos dos oxidados mecanismos que chirriaban sin remisión? Le daba igual, ella estaba llena de vigor y de ganas de entrar muy en serio en el juego de la vida. Me pregunté si alguna vez yo había sido así, tan directa, tan carente de dudas, tan llena de ilusión. Concluí que no.

El director de Cáritas en Barcelona era un hombre de sesenta años, moreno y racial como el rey de un emirato. Me dio la impresión de que se encontraba de vuelta de todo y afrontaba esta circunstancia dotando a sus palabras con la obviedad de lo inevitable. No se inmutaba, que hubieran asesinado a dos mendigos le pareció casi natural, porque entre lo que habría visto durante su vida se contarían algunos casos más duros con toda seguridad. Aun así, se pasó diez minutos manifestando su escándalo ante los modos de vida actuales en un discurso que me pareció mil veces pronunciado. Era lo normal, pero pensé que en algunos negociados, como la caridad, siempre esperamos que las cosas sean inusualmente humanas y sinceras. Un error, todo tiene sus lugares comunes. La verdad es que casi conseguí sacarlo de la especie de sopor de cotidianidad en el que vivía al preguntarle si había visto un llavero como el mío alguna vez. No esperaba una pregunta tan tonta.

—Pues no.

—¿Puede tratarse de una campaña para recaudar fondos de alguna institución de caridad?

—Puede tratarse de cualquier cosa. Las ONG llevan a cabo ese tipo de ventas de objetos alguna vez, y las parroquias, y grupos de jóvenes cristianos... Un llavero así puede provenir de mil sitios distintos: estudiantes para su viaje de fin de curso, asociaciones de amas de casa... ¡Vaya usted a saber! Hasta podría ser un simple timo.

—¿Hay picaresca en el mundo de la caridad?

—Sí, la hay, siempre la ha habido: mendigos con falsas disminuciones físicas, ciegos de pega..., es un clásico. Ahora el alza de valores como la solidaridad ha reverdecido estas prácticas. Son más modernas, claro: tipos que recogen ropa en nombre de instituciones inexistentes y luego la venden, espabilados que se montan falsas tómbolas benéficas...

—¿Alguna vez se ha perseguido ese tipo de timos?, usted lo sabrá mejor que nosotros.

—Supongo que no, son cosas pequeñas que acaban desmontándose por sí mismas. Nosotros sólo dimos parte a la policía en una ocasión, unos individuos pedían dinero por las casas en nombre de Cáritas. Se trataba de una usurpación y creo que ahí ustedes investigaron.

—¿Qué pasó?

—No lo recuerdo bien, nada muy sonado. Eran un par de desgraciados y la cosa no llegó siquiera a juicio.

—¿Puede indicarme las fechas en que eso sucedió?

—Buscaré en nuestros expedientes.

Se levantó cansinamente y llamó a una secretaria tan poco despierta como él. Hablaron en un conciliábulo del que nada pude oír y la secretaria, con pinta de flor seca, desapareció sin lanzarnos ni una simple mirada de curiosidad. Pensé que ver diariamente la cara miserable del mundo debe de vacunar contra las reacciones de pasión. Luego volví a pensar y me pregunté de qué manera se puede ejercer algo como la caridad si no es con cierto deseo vehemente de justicia o de amor al prójimo o de...

—La caridad es una mierda —le dije a Yolanda cuando salimos de allí con sólo una fecha en el bolsillo. Me miró con cara asombrada.

—¿Por qué?

—No es una buena solución.

—Pues no veo por qué no. Si todos hiciéramos un poco de caridad, no habría tantos pobres.

Hablaba sinceramente y no quise contradecirla. ¿Para qué? Ella partía de la base de que el mundo es como es, y yo había llegado a la misma conclusión después de mucho tiempo pensando que podía cambiarse. Sólo nos separaba en realidad el descreimiento resultante de toda frustración, nada sobre lo que se pudiera elaborar una teoría convincente.

—Puede que lleve razón —dije para finalizar, y acto seguido eché de menos a Garzón, de quien quizá me separara un océano de creencias y razones, pero al que me acercaba la experiencia, el más claro de los argumentos que pueden ponerse en común.

—¿Qué hacemos, inspectora?

—Yo voy a comisaría, quiero localizar a estos pequeños timadores, quizá ellos sean capaces de darnos más información.

—Pero ¿y si el director de Cáritas lleva razón y el llavero lo hicieron unos escolares para el viaje de fin de curso?

—Los hombres que asesinaron a Anselmo no querían llevarse los llaveros de unos escolares, Yolanda. Además, sólo a un gilipollas se le puede ocurrir que a unos adolescentes de hoy en día les vaya a dar por hacer llaveritos de caridad.

—Es verdad, no lo había pensado. Ya veo que esto de investigar es tener bien fijadas en la cabeza sólo las ideas importantes y borrar las demás posibilidades.

—Esto de investigar es un follón, Yolanda, créame. Ande, siga usted sola visitando las instituciones de caridad. Le doy el llavero, pero ya sabe, no se despegue de él. Hoy por hoy, es una de las pocas cosas sólidas con las que contamos.

Le referí el menguado resultado de nuestras pesquisas al subinspector.

—¿Pequeños timos, inspectora? Yo creo que los pequeños timadores de un mundo tan cutre como éste no se cargan a dos tíos por las buenas.

—Cuanto más cutre es el asunto, más inculto es el medio en el que se da, y cuanto más inculto es el medio, más violencia gratuita.

—Entonces es que los periodistas están en lo cierto y andamos tras un tío que mata sin motivos, un *serial killer* de mendigos.

—Ni *serial killer* ni pollas en vinagre. En todo *affaire* económico, por pequeño que sea, siempre hay motivos para matar, y me juego cualquier cosa a que estamos frente a un móvil económico.

—Inspectora, ¿y no sería más honesto reconocer que no tenemos ni puta idea?

—Tomás *el Sabio* andaba metido en un asunto feo, y al pobre Anselmo lo mataron por si sabía algo y se llevaron la caja de llaveros que Tomás le regaló. Estamos siguiendo un hilo.

—Un reguero de muertos.

—Los muertos hablan, Fermín, y es la obligación de un policía saber escucharlos.

—Muy bonito, pero a estos muertos no hay quien les saque palabra.

—Ya se soltarán.

—Voy a ver qué puedo hacer con estos datos tan vagos que le han dado en Cáritas. Espero que la estafa sea de los tiempos de la informatización, porque si no me jubilaré buscando.

Podía detectar a un kilómetro los problemas personales de Garzón en su desánimo laboral, siempre le ocurría así. Deseé que su hijo regresara pronto a Estados Unidos y lo dejara tranquilo con su rutina diaria.

Al cabo de un rato regresó a mi despacho, mohíno y refunfuñón.

—Ya han empezado a buscar, pero no sé yo si...

—Oiga, Garzón, si ha venido expresamente a desmoralizarme, prívese; sabe que no suelen hacerme falta estímulos para eso.

—No, sólo venía a invitarla a un café.

Cruzamos a La Jarra de Oro. Yo estaba convencida de que Garzón quería hablar, y no podía hacer nada por evitarlo. Sin duda caerían sobre mí nuevas quejas sobre el desparpajo gay del americano, o quizá algo peor. No me equivoqué.

—¡Joder, inspectora, estoy desesperado! Esta noche mi hijo y... el americano quieren que los acompañe a un espectáculo de flamenco.

—Puede estar bien.

—¡Sí, cojonudo! No sólo tengo que hacer de suegro de un... bueno, de un tío, sino encima oficiar de turista en mi propia ciudad. ¿Por qué no nos acompaña?

—¡Ah, no, ni hablar!

—¿Lo ve?

—¿Qué es lo que tengo que ver?

—Bueno, ya sé que no tiene ninguna obligación de venir; pero seguro que si le hubiera propuesto cenar sólo con mi hijo hubiera aceptado.

—Ve usted más fantasmas que un médium de pega. Lo que ocurre es que yo, esta noche, ya tengo un compromiso para cenar.

—¿Con aquel caballero que...?

Le interrumpí con una fiera mirada.

—Sí, con él.

—Me dio la impresión de ser muy simpático.

—Eso le pareció mientras le apuntaba con su pistola, ¿verdad?

—Fue un accidente. De manera que usted está bien, ¿verdad, Petra?

Puse cara de palo, aunque sabía muy bien adónde quería ir a parar.

—¿Es que de pronto me ha visto rutilante?

—No, quiero decir que… bueno, inspectora, no sabía que tenía novio.

Podría haberme puesto como un basilisco y saltar salvajemente sobre él, pero me contuve y sonreí, aunque con la sonrisa de un psicópata asesino.

—Querido subinspector, yo estoy bien, usted está bien, todos estamos perfectamente. Pero quisiera recordarle que el hecho de pernoctar en mi casa no le da derecho a meter ni una sola fosa nasal en mi vida. ¿De acuerdo?

—¡Cómo se pone!, total, por un simple comentario sin importancia.

—Creo recordar que a este café invitaba usted.

Podía ver una media sonrisilla en sus labios mientras pagaba. Sí, conocía mi secreto sentimental y eso le producía un placer difícil de explicar. Era como una demostración de que yo tenía en efecto un lado humano, que sería como decir «un flanco vulnerable» en boca de un estratega.

Para que lo que le había dicho a Garzón no fuera mentira pensé en improvisar una cena con Ricard, pero antes de que yo le llamara ya me había llamado él. Le informé de que, si quería que esa noche hiciéramos el amor, debía ser en su casa. No tenía ganas de más intromisiones de mi compañero.

—Bueno, no veo ningún inconveniente. ¿Qué día de la semana es hoy?

—Martes.

—¡Mierda!, hoy no viene mi asistenta. Oye, Petra, quizá lo veas todo un poco desordenado. Además, no vivo en una bonita casa restaurada como la tuya, sino... bueno, en un piso antiguo del Ensanche.

—No voy a comprar tu casa, sólo pienso visitarte.

—Está bien, será un placer recibirte. Compraré flores. Es más, creo que hasta podemos cenar allí. Haré de cocinero.

Me gustó su reacción. A lo mejor, bajo la capa algo cínica y ausente de Ricard, se escondía lo que las mujeres hemos dado en llamar «un hombre tierno». Quizá que lo fuera me decepcionaría un poco, porque debo decir que su actitud de profesor despistado pero cínico no estaba nada mal.

Cuando me arreglaba para asistir a la cita me alarmé. Había salido de comisaría a toda velocidad sin preguntar por los hipotéticos avances del caso. Ni siquiera había telefoneado a Yolanda para preguntarle por sus pesquisas. Además, mi mente estaba llena de preguntas como «¿qué vestido me pondré?», desconectada por completo del contexto policial. ¿No estaría enamorándome de Ricard? Porque el enamoramiento sólo es el comienzo de un montón de situaciones imprevisibles, y no estaba entre mis planes ningún tipo de complicación que alterara el ritmo bien pautado de mi vida. Aunque, ¡calma!, según mi experiencia, uno se enamora cuando existe previa disposición y, en mi estado actual, en medio de un complicado caso que avanzaba a trancas y barrancas, los riesgos eran mínimos.

Ricard vivía en la calle Mallorca, en un piso antiguo de escalera elegante e historiada. Me abrió la puerta ataviado con un delantal que llevaba una leyenda en el peto: «Las mujeres, a la oficina. Los hombres, a la cocina.» Un mal detalle para comenzar. Ningún soltero que no sea una especie de ligón profesional tiene un delantal así en su casa. Miré a derecha e izquierda con curiosidad.

—Vaya, ¿tu asistenta practica montañismo?

No fue un simple comentario mordaz, sino más bien una observación a vuelo de pájaro. La casa de Ricard, grande, oscura y demodé, era una réplica barroca de su despacho. Papeles apilados, periódicos viejos y revistas médicas atrasadas poblaban cada rincón. Todos los ceniceros rebosaban de colillas, expuestos como ofrendas budistas. De vez en cuando, un detalle de vida animaba el bodegón: corazones de manzana roída que habían sido olvidados en cualquier lugar, el envase vacío de un yogur... Alguna prenda de vestir diseminada aquí y allá completaba el cuadro que un atrezzista de teatro hubiera compuesto para recrear la explosión de una bomba.

Ricard se dio cuenta de que mi mirada se posaba con insistencia en el caos de su hogar.

—Soy muy desordenado, ya lo ves, pero es mi modo de vivir. De hecho, sé que soy desordenado porque me lo dicen los demás, yo no me doy cuenta. Pero si decidiéramos vivir juntos me reformaría, es cuestión de voluntad.

—A tenor de lo que veo, necesitarías algo más que voluntad. Un lavado de cerebro quizá fuera suficiente, aunque no estoy muy segura.

—No puedo creer que la inspectora Petra Delicado sea tan convencional. ¿Cómo podré vivir con una mujer que valora tanto el aspecto exterior de las cosas? Tú también tendrás que cambiar un poco.

—Creo que tengo la solución para eso, haré un período de prácticas conviviendo con mis amigos *homeless*, ahora los tengo a mano.

Me miró sonriendo. Cogió mi mano y me condujo entre la devastación de su piso.

—Esa respuesta quiere decir que estás considerando seriamente que vivamos juntos.

—Era una réplica divertida, nada más. Es uno de mis defectos, si se me ocurre una réplica ingeniosa, tengo que soltarla, aunque no piense lo que digo.

Nos sentamos en el sofá después de apartar varias fichas médicas. Me trajo una cerveza. La abrió y se sentó frente a mí con cara circunspecta. Su voz se puso grave de repente.

—Petra, tú piensas que no hablo en serio, pero te equivocas. Nos gustamos, nos entendemos, estamos solos los dos. No tenemos edad de hacer un planteamiento demasiado romántico, pero eso no le quita interés al asunto. Yo creo que lo pasaríamos bien conviviendo, nos acoplaríamos con facilidad el uno al otro. Tú trabajarías en tus cosas, yo en las mías y luego haríamos una plácida vida común, sin tensiones, sin cambios bruscos: paz y amor.

—Parece la felicitación de Navidad de unos grandes almacenes.

—¿Eso es también una réplica ingeniosa que no has podido evitar?

—Perdóname, pero es que no comprendo por qué de repente surge la necesidad de pensar en otro estatus para nuestra relación. ¿No estamos bien así?

—No. Yo quiero verte más. Pienso en ti, quiero estar contigo al regresar a casa, hacer planes juntos…

—Pero si hace cuatro días que nos conocemos.

—La praxis psiquiátrica y el consiguiente acercamiento al carácter humano me lleva a saber que no son necesarias grandes intimidades para empezar a vivir en pareja.

—Por desgracia, mi praxis profesional me lleva a concluir que no hace falta mucho para llegar a detestarse e incluso a matar.

Se levantó violentamente y casi tiró su vaso de cerveza al hacerlo.

—¡Ya es suficiente de frases ingeniosas! Te comportas como una niña mimada que fuera incapaz de tomarse las cosas en serio. ¡Estoy harto de gente inmadura! Cuando salgo de mi consulta he pasado el día entero hablando con gente incapaz de enfrentarse a su vida con realismo, sólo aspiro a encontrar personas con más fuste después.

Me puse en pie y busqué mi abrigo con la mirada.

—Petra, ¿adónde vas?

—Me voy a mi casa. Hoy hemos empezado con mal pie, otro día saldrá mejor.

—No te vayas, siento haberte gritado.

—No tiene importancia. Adiós.

Enfilé el pasillo mientras oía un objeto estamparse contra el suelo y la exclamación «¡mierda!» tras de mí. Tomé un taxi. No estaba inquieta ni nerviosa, sólo triste y cansada. Él llevaba razón, me había comportado como una gilipollas: frasecitas graciosas y contestaciones teatrales. Pero ¿por qué meterle prisas a una relación que acababa de empezar? Bueno, daba igual, a lo mejor yo era una de esas personas inmaduras de las que hablaba Ricard, incapaz de darse cuenta de dónde tenía una salida para ser feliz.

Dentro de mi casa había luz. Entré en la cocina y descubrí al subinspector batiendo unos huevos. Se quedó sorprendido de verme, igual que yo a él.

—Buenas noches, inspectora. Con su permiso, estaba haciéndome una tortillita.

—Proceda, Fermín. ¿Pero no se iba hoy de cena?

—Tomé el aperitivo con ellos, pero cuando el espectáculo empezó les dije que me dolía la cabeza y me marché. Es que lo mío nunca ha sido el flamenco, yo soy más bien de jota aragonesa.

—Ya.

—¿Y usted?

—Yo detesto el folclore.

—No, quiero decir que tampoco cenó fuera.

—Tenía un compromiso pero se suspendió.

—¡Ah, pues le hago una tortilla también! Me salen muy buenas.

—No se moleste.

—Al contrario, así no estoy solo.

Me senté a la mesa y vi cómo Garzón se las apañaba para darme de comer. Había adquirido trazas de buen amo de casa y ya conocía la colocación de todos los artefactos de mi cocina. Bien por él, porque estaba tan cansada que necesitaba cuidados especiales. Aliñó unos tomates, partió un poco de queso y puso frente a mí una bien cuajada tortilla y una cerveza helada.

—Dios es bueno —dije.

—Dios no ha tenido nada que ver en esto. Todo es pura sabiduría humana.

Me eché a reír. La verdad es que llegar a casa triste y encontrarse con alguien que te cocina una amistosa tortilla no estaba nada mal. Claro que no hubiera llegado en ese estado de no haber tenido una complicación sentimental. Bebí un buen trago de cerveza y probé la obra de Garzón.

—¡Carajo, subinspector! De todas las tortillas que he probado en mi vida, ésta es la mejor con diferencia.

Su mirada, sardónica y bondadosa, me traspasó.

—¿Sabe lo que me pasa con usted, Petra? Que siempre tengo miedo de que haya una ironía detrás de lo que dice.

—¿Tan mala soy?

—Digamos que no es sencilla.

—Pues le aseguro que me gustaría serlo. La complejidad me fastidia cada vez más. ¿Sabe cuál sería mi ideal para ser feliz? Pues vivir en el campo, en una pequeña cabaña, rodeada de perros, gatos y libros, y alguna botellita de vino de vez en cuando.

—Ése es su barco cargado de arroz.

—Que nunca conseguiré.

—Porque no existe. Nunca existe la realidad que imaginamos. Porque si de verdad usted se retirara a una cabaña algo pasaría que rompería esa situación ideal: los perros y los gatos se pelearían, o habría mosquitos o le entraría un aburrimiento del copón.

—Puede ser.

—¿Qué hubiera hecho el pobre Anselmo con su barco cargado de arroz?

—No lo sé. Lo han matado, ahora ya da igual. Todo es una mierda, Fermín.

—¡Joder!, creo que hubiera estado más alegre en el tablao flamenco.

Llamaron a la puerta. Nos miramos con sobresalto.

—¿Espera usted a alguien, inspectora?

Recapacité durante un momento.

—Creo que sé quién es. No saque su pistola, por favor.

En efecto, Ricard me miró desde el quicio de la puerta como un perro que implorara adopción.

—Lo siento, Petra, mi sentido de la hospitalidad no ha sido modélico hoy.

—Pasa, el mío, por el contrario, es tan espléndido que ya tengo un invitado, pero creo que llegas a tiempo para la cena.

Los presenté por segunda vez. Garzón en seguida se ofreció a preparar otra tortilla, pero Ricard, quizá intentando paliar la impresión de desastre doméstico que podría haberme producido, se empeñó en cocinársela él mismo. Decidí no intentar llevar airosamente las riendas de la situación, de modo que tomé asiento y asistí a un espectáculo bastante estrafalario. Ricard inició la ceremonia gastronómica siempre ayudado por el subinspector, que, de modo amable pero metódico, empezó a hacerle puntualizaciones sobre lo que debía o no debía hacer: «¿Está seguro de que hay aceite suficiente en la sartén?», «¿Ha batido bien los huevos?», «Espere, si pone el plato ahí se manchará…». Ricard se defendía de aquella agobiante asesoría sin dar su brazo a torcer: «Sí, no me gusta grasienta», «No hace falta batirlos más», «Deje, si mancho algo, después lo limpiaré». Comprendí que asistía a una clara batalla territorial. El cansancio que sentía se quintuplicó.

Cenamos emitiendo tópicos educados, y cuando ambos caballeros iban ya a enzarzarse en una discusión sobre quién arreglaba la cocina me cuadré.

—Ni pensarlo, señores, esto se queda así. Mi asistenta viene mañana y no soporta que nadie se meta en su trabajo.

El subinspector se despidió no sin cierta resistencia pasiva.

—Bueno, habrá que irse a dormir, que mañana hay que madrugar. ¿Usted también madruga, Ricard?

—Sí, yo también me iré pronto.

Cuando nos quedamos a solas, mi amante soltó a media voz:

—¿Hasta cuándo se queda aquí esa especie de Daniel Boom con su carabina?

—Es mi amigo.

—Pues parece tu padre, o tu hermano mayor.

—Me cuida, piensa que si tuviera otra jefa quizá le iría peor. Además, está agradecido porque le he prestado mi casa.

—Desde luego, tratándose de alguien tan celoso de su intimidad como tú, es un detalle muy de agradecer. Lo siento, no quería decir eso. Lo que quería decir es si puedo quedarme a dormir.

—Sí, ¡qué más da!, puedes quedarte a dormir. Mañana haré yo el desayuno para que no os peleéis sobre quién calienta la leche.

Resultó agradable que se quedara a dormir y también sus disculpas, sus caricias y sus besos. Fue muy conmovedor oírle decir que había hablado con un trapero para que vaciara su casa de trastos inútiles.

CAPÍTULO OCTAVO

Nuestro contacto estaba en lo cierto, casi nadie denunciaba asuntos relacionados con la caridad, donde, si era verdad que existían delincuentes, estaban poco perseguidos. Por eso, a uno de los tipos envueltos en el asunto de Cáritas lo teníamos, en efecto, fichado, y encontrarlo no suponía mucha dificultad. Era un tal Juan de Dios Llorens, un timador de menor cuantía que había sido detenido más de una vez por robo y faltas sin demasiada importancia. Garzón fue a buscarlo al domicilio que figuraba en nuestros archivos. Creí que iba a quedarme sola un rato y que podría dedicarme a pensar, a recapitular sobre el caso; aunque lo cierto es que, en cuanto intentaba darle vueltas al asunto, mi mente se desviaba sin remisión hacia un tema recurrente: Ricard. ¿Era tan descabellado que empezáramos a vivir juntos?, ¿tal convivencia tenía alguna posibilidad de éxito? ¿Me gustaba tanto aquel hombre como para dar un paso semejante? ¿Era de verdad tan trascendental compartir la vivienda con un señor? Las voces que mi conciencia había elaborado en otros tiempos saltaron inopinadamente sobre mí: «No vuelvas a intentarlo, Petra, sola estarás siempre bien.» Dos matrimonios fracasados eran una marca suficiente como para sospechar que tenía una tendencia al desastre amoroso. Encima, podía concluirse que no debía de ser fácil vivir conmigo porque a mí me parecía difícil vivir con los demás. Claro que en esta ocasión no me arrastraba la pasión, sino que, por vez primera, me hallaba considerando con frialdad los pros y los contras de una nueva organización de mi vida. El amor suele saltar por encima de los inconvenientes aunque los vea con claridad. Siempre se piensa que la propia voluntad de que todo vaya bien bastará para limar las asperezas. La teoría es buena, pero a la hora de la verdad, uno descubre que su propia voluntad flaquea, y que no sabe de dónde sacar los ánimos para que siga funcionando como un potente motor.

De Ricard no estaba enamorada con un amor apasionado. Me gustaba, me halagaba el homenaje de sus atenciones y veía que quizá vivir con él pudiera representar algunas ventajas: por ejemplo, tener a alguien con quien charlar, por ejemplo, tener a alguien con quien hacer el amor y, por ejemplo, tener a alguien sobre cuyo hombro descansar la cabeza cuando rondaba algún momento de depresión. En definitiva, tener a alguien. La gente se casa con papeles, arreos y convite nupcial por motivos mucho menos contundentes. Sin embargo, si hacíamos la prueba y le dejaba pasar una temporada en mi casa, perdería aquellos maravillosos momentos de soledad a los que estaba acostumbrada, y lo malo es que podía perderlos para siempre si la cosa funcionaba medianamente bien. Los motivos para decir no a la prueba me parecieron emocionalmente miserables, como los de una soltera egoísta de mediana edad que no quiere sacrificar a nadie sus tazas de té y sus ratos de lectura placentera. Pero los motivos para decir sí eran igualmente prosaicos, como los de una viuda que ha dejado atrás la juventud y no quiere conformarse con decirle palabras cariñosas al gato. Pensé un poco más y ambos ejemplos me parecieron clichés lamentables ante los que no podía sucumbir. Debía reflexionar con madurez. Afortunadamente, la entrada de Yolanda en mi despacho impidió que hiciera algo tan aburrido. Llevaba el pelo atado en una coleta y la cara limpia de maquillaje. La envidié, porque sólo tenía un novio que quizá fuera el primero de su vida y porque a lo mejor nunca había dudado de que quisiera casarse con él.

—Inspectora. Tengo algo. A lo mejor es una tontería, pero usted dirá.

—Siéntese, Yolanda, no habrá perdido el llavero…

—No, aquí lo tiene. ¡Qué poco se fía de mí! Bueno, en relación con el llavero le diré que un administrativo de Cristianos Unidos lo reconoció. Me dijo que dos chicos fueron hace unos meses para ver si les compraba unos cuantos cientos para distribuirlos en su organización.

—¡¿Cómo?!

—Sí, dijeron que eran de un grupo de caridad sin muchos medios ni infraestructura, pero el administrativo no podía acordarse de cuál. Dice que existen muchos, que cualquiera sabe. Le dieron un teléfono de contacto por si decidían ayudarlos.

—Pero lo ha perdido.

—No, es éste, aún lo conservaba.

—¡Coño, Yolanda, haber empezado por ahí!

Casi le arranqué el papel de la mano. La chica me miró con incomprensión:

—Igual hubiera tenido que explicarle todo lo demás.

Pedí que nos localizaran el nombre del usuario y su dirección, y llamé a Garzón para que viniera inmediatamente a comisaría. Así fuimos tres los que nos sorprendimos al comprobar quién era el titular de aquel teléfono: Tomás Calatrava Villalba. El domicilio que figuraba en la compañía de teléfonos estaba situado en la calle Princesa.

Envié a Yolanda para que averiguara si el piso era de alquiler o pertenecía a Tomás *el Sabio*. Me puse la gabardina y miré a Garzón, que continuaba sentado.

—Vamos, movilícese.

—Ahí fuera tengo a Juan de Dios Llorens, ¿qué hacemos con él?

—Que espere. Luego le pegamos un repaso. Y dígale al agente que no lo deje marchar, que no hay sitio menos tutelado que esta comisaría.

El piso de Tomás *el Sabio* estaba en un inmueble antiguo, pero bien conservado. El vecindario no presentaba signos de marginalidad. La viejecita que vivía en el rellano frente a Tomás nos recibió en su casa muy amablemente y nos hizo pasar hasta el salón. Tenía dos gatos que nos miraban de través.

—¿Quieren café? No me cuesta nada prepararles una cafetera.

Viendo la lentitud con la que se desplazaba hacia la cocina, me arrepentí de haber aceptado: podíamos pasarnos toda la mañana allí. Garzón no perdía de vista a los gatos.

—Miran tan fijamente que me ponen nervioso.

—Hábleles, los gatos responden mucho a la voz.

—No sabría qué decirles.

—¡Joder, Fermín, no hace falta darles conversación!

Se levantó y se acercó a uno de los animales tomando distancias y precauciones. Intentó acariciarlo y el gato saltó de improviso y derribó un jarroncito horrible que había en una mesa. Se rompió en tres trozos limpios.

—¡Mecagüen su sombra! Y ahora, ¿qué hacemos?

—No se preocupe, le diré a la señora que tiene usted un temperamento infantiloide, que no se le puede llevar a ninguna parte.

—Muy graciosa, pero…

—No se ahogue en un vaso de agua, espere.

Me levanté, cogí los fragmentos de cerámica y los escondí tras el sillón.

—Ya está.

—¡Inspectora, cómo es usted!

—¿Qué pasa?

—No sé, no me parece… ético. Esta pobre señora que nos recibe en su casa y nos invita a café… Luego dice usted que siente piedad por los débiles, pero…

—Y es verdad, suelo apiadarme de todo el mundo, pero hacer algo por ellos es un paso más. No me apetece pedirle disculpas, pasar media hora dándole coba al tema del jarrón. La gente es muy pesada.

Volvió la anciana portando una primorosa bandeja con el servicio de café.

—Me alegra mucho que estén ustedes aquí. Vivo sola y no recibo muchas visitas. Siempre es un placer poder hablar.

Garzón me lanzaba aviesas miradas de culpabilidad mientras yo decía:

—Lo malo es que no tenemos mucho tiempo, señora. ¿Querrá usted contestar a nuestras preguntas?

—Colaborar con la policía es un deber ciudadano.

Más miradas de Garzón.

—Pues vamos allá. ¿Qué puede usted contarnos de su vecino de enfrente?

—¿Mi vecino? Nunca supe si era uno o dos o bien un grupito de gente. Había personas diferentes que entraban y salían. A veces llevaban paquetes, y nunca dormían ahí. Llegué a pensar que era una especie de oficina, o de almacén.

—¿Habló usted con ellos alguna vez?

—Creo que sólo una. Yo volvía de misa y en el rellano

me encontré con un chico. Le pregunté qué tal le iba, si vivía a gusto aquí, pero creo que no quería hablar conmigo, porque en seguida me despachó con cuatro tonterías de esas que se les dicen a los viejos. Yo ya me di cuenta de que no tenía ganas de charla, porque aunque soy vieja no soy tonta. La gente piensa que cuando eres viejo en seguida te pueden engañar, pero les aseguro que yo me doy cuenta de todo.

Las miradas de mi compañero alcanzaron un punto supremo de arrepentimiento y censura. Le mostré la foto de Tomás *el Sabio* a la anciana.

—¿Vio usted a este hombre entrando o saliendo alguna vez?

—¡Dios mío!, ¿está muerto?

—Me temo que sí.

—La verdad es que no podría reconocer a nadie de los que venían porque... sé que lo que voy a decir a lo mejor les parece mal, pero... yo sólo los veía a través de la mirilla de mi puerta. No piensen que soy una fisgona, pero si alguna vez iba por el pasillo y oía ruidos, pues me acercaba para comprobar.

—¿Le parecieron gente extraña, sospechosa?

—No sé qué decir, cuando salgo a la calle todo el mundo me parece raro ya: cómo visten, cómo hablan... pero sí, eran sólo hombres; eso ya es raro. Quiero decir que ahí no vivía una familia normal.

—Entiendo. ¿Hay algo especial que recuerde, algún detalle, algún movimiento que le pareciera fuera de lo común?

Sus ojos nublados por la vejez miraron el aire en busca de recuerdos. Estaba apurada, como si desconfiara de sí misma. De repente su rostro se concentró con obstinación.

—¡Ay, sí, me acuerdo, pero no me acuerdo! Calle, espere. Sí, el día que hablé con aquel chico me dio algo. Me hizo un regalo, sí, una cosa que llevaba en el bolsillo. Me la dio para que me callara, para que lo dejara en paz, de eso me acuerdo muy bien, que tonta ya les digo que no soy, pero... no recuerdo lo que me dio.

Garzón y yo nos miramos en suspenso. Abrí mi bolso y saqué el llavero de latón.

—¿Era algo como esto, señora?

Lo cogió y lo mantuvo en su palma arrugada y frágil:

—¡Jesús, sí, era una cosa como ésta! ¿Qué pasa, inspectora, he hablado con un asesino? Dígamelo, por favor, que soy una mujer que vive sola.

—No, no se asuste, por favor. Seguramente es una coincidencia sin más. ¿Conserva ese llavero?

—Nunca tiro nada a la basura, así que debo de tenerlo por ahí, lo que pasa es que... espere, con un poco de suerte, en mi dormitorio...

Volvió a levantarse y salió. Garzón se movió, nervioso, en su silla.

—Inspectora, creo que deberíamos decirle lo del jarrón, ¡es tan buena mujer!

—¡Deje el jarrón en paz! De modo que en ese piso de ahí delante se cocía algún asunto que obligaba a varios tíos a entrar y salir con paquetes. Bien, vamos bien. Creo que va a ser muy interesante entrar. Hay que pedir orden al juez para abrir el piso. Voy a llamar para que manden a un policía de custodia.

—¡Lo he encontrado!, estaba en una cajita de nácar que tengo en mi habitación. Cuando viene a verme mi hijo siempre me dice que no debería guardar tantas porquerías. Ahora le podré decir que mis porquerías han servido para las investigaciones de la policía.

Nos entregó un llavero exactamente igual que el nuestro. Lo metí dentro de un pañuelo de papel, pediríamos un análisis de huellas. Me levanté con buen ánimo, estábamos en el camino de la resolución, no me cabía ninguna duda. La señora nos acompañó hasta el recibidor, sintiéndose protagonista y ciudadana ejemplar. Una vez allí me quedé de una pieza cuando oír decir al subinspector:

—Verá, casi se me olvidaba comentarle que mientras esperábamos, su gato…

Comprendí lo que iba a suceder y le di una palmada en el hombro a Garzón.

—Le espero abajo, subinspector. Tengo que hacer una llamada urgente.

Abrí la puerta y salí sin mirar la cara de mi compañero. Allá se las compusiera con su ética caritativa. En la calle llamé por teléfono a comisaría pidiendo un hombre que se quedara de guardia, pero ante mi estupefacción me contestaron que no era posible.

—Hoy estamos muy mal de gente, inspectora. Dice el comisario que hasta la una no puede ser.

Renegué un rato antes de colgar y llamar al móvil de Yolanda.

—Venga a la calle Princesa número diez, tiene que quedarse un rato de guardia. ¿Qué ha averiguado?

—Todo, que es poco, por desgracia. El piso lo alquiló la agencia Hispania a Tomás Calatrava Villalba. Firmó contrato y pagó en persona las primeras mensualidades, pero nadie se acuerda de él. Luego el dinero del alquiler siempre se depositaba dentro de plazo, pero no desde una cuenta determinada, sino cada vez desde una diferente sucursal bancaria de La Caixa, así que imposible saber quién efectuaba las transacciones.

—Bueno, es suficiente, venga para acá en seguida.

Garzón aún tardó diez minutos en bajar. Al verlo llegar, un tanto alterado, le sonreí:

—¿Qué, ya ha hecho su buena acción de hoy? Por el rato que ha estado, creo que esta acción va a servirle para todo el mes.

—Con todos los respetos le diré, inspectora, que tiene usted más cojones que el caballo de Espartero.

—¡Ja!, no lo sabe bien; el caballo de Espartero era un eunuco a mi lado.

—No me venga con más cuentos sobre la piedad y la caridad porque ya nunca la voy a creer.

—Mi querido Garzón, la piedad sucede dentro de nuestra mente, pero para hacer caridades hay que actuar, implicarse con las personas, hablar y aguantar que te den las gracias. Demasiado para mí, sobre todo que me den las gracias, es algo que no soporto. ¿Qué le ha dicho la señora?

—Que no tiene importancia lo del jarrón, ¡qué me va a decir!

—¿Y usted qué le ha contestado?

Abrió el bolsillo de su abrigo y me mostró el interior. Allí estaban los tres fragmentos del jarroncito roto.

—Le he dicho que le compraríamos otro, pero es un ejemplar único que su marido le regaló, de modo que intentaré recomponerlo pegándolo.

Solté una carcajada:

—¡Ah, es usted un filántropo, Fermín!

—Lo malo no es pegarlo, sino tener que aguantar otro rollo de una hora cuando venga a traérselo.

Solté más sinceras carcajadas. El subinspector me miraba intentando parecer enfadado, pero la risa bailaba también bajo su bigote.

—Me alegro de que haya recuperado su buen humor, querido compañero, estaba usted bastante antipático, la verdad.

—Pues no creo que tenga muchas razones para ponerme contento. Es curioso, pero esta visita de mi hijo no deja de plantearme conflictos.

—¿Qué pasa ahora?

—Ayer estuvo hablando conmigo en privado. Dice que parece que me avergüence de él, que rehúyo su compañía, que no los he presentado a casi ningún amigo, que no la ha visto a usted, que es la única de mi ambiente a quien conoce. En fin, que toda la complicación de irme a su casa no ha servido para nada.

—Creo que su hijo lleva razón. ¿Por qué no hacemos una fiesta en mi casa? A los americanos les gustan esas cosas, una recepción en honor de Alfred.

—No sé, inspectora, me parece un poco fuerte, es como reconocer públicamente que…

—Oiga, Fermín, alguna vez tendrá que aceptar los hechos. Su hijo tiene una pareja, y a usted debe darle igual que sea un hombre, una mujer o una cabra.

—Las cabras no llevan pendientes.

—¡Nunca pensé que las apariencias fueran tan importantes para usted!

—Si son discretas, no me importan, pero no me gustan los que sobresalen de entre los demás.

—Entonces debería ponerse un pendiente también.

—No me joda, inspectora.

En ese momento vimos a Yolanda bajando de un taxi. Llegó hasta nosotros justo para oír cómo yo le decía al subinspector:

—No se preocupe, haremos una fiesta en mi casa y todo funcionará muy bien.

—¿Una fiesta? ¡Yo también quiero ir! —dijo la chica con un entusiasmo encantador. Garzón la miró como si quisiera estamparla contra alguna pared.

—¿Por qué no? Un poco de gente joven le dará esplendor a la fiesta, ¿verdad, Garzón? Estaré encantada de que venga usted también.

—Sí, seguro que será una fiesta cojonuda, pero podríamos seguir trabajando, ¿no? Yolanda, la cuestión es que debe quedarse aquí custodiando el segundo piso izquierda hasta que manden a alguien desde comisaría para que la sustituya. ¿De acuerdo?

—Aquí me quedaré con los ojos bien abiertos, descuiden.

Garzón y yo nos fuimos entre sus comentarios maliciosos:

—Con los ojos abiertos y la boca cerrada estaría mucho mejor. En mi época, a los jóvenes nos obligaban a ser bien educados. No nos autoinvitábamos a las fiestas así como así.

—Si continúa negándose a vivir en el presente, acabará usted convertido en un viejo dinosaurio, Garzón.

—Nadie les prestará a mis huesos tanta atención como a los de un dinosaurio.

—Ésa será la única diferencia, créame.

Rezongó cosas inaudibles que no sonaban nada bien. Era terrible reconocerlo, pero me encantaba oírlo renegar. Resultaba divertido que oficiara como conciencia crítica de las nuevas generaciones, aunque eso no pensaba confesárselo nunca.

—Vaya en busca de una orden del juez, Fermín. Yo pasaré por comisaría para ver si hay más datos sobre el alquiler de esa casa. Nos encontramos después en la calle Princesa, ¿OK?

—«OK» es una expresión ridícula, y extranjera, además.

Le guiñé un ojo mientras subía al coche.

—Adiós, amado brontosaurio. Espero que le den una sala del museo para usted solo.

Invocó calladamente a algún dios de la paciencia y lo vi desaparecer entre los transeúntes. Él llevaba en el fondo razón, pasada una cierta edad, los usos sociales en auge se van volviendo progresivamente ajenos a nosotros. Pero hay dos maneras de reaccionar: pensando que el mundo ha perdido el norte o sospechando que el modelo de brújula que tenemos empieza a necesitar una renovación.

Al entrar en comisaría, el policía Domínguez saltó sobre mí.

—Inspectora Delicado, hoy no se me ha escapado el sospechoso.

—Apúntese un tanto, Domínguez. Le recomendaré para un ascenso.

Señaló con la cabeza a un tipo cutre que se sentaba en un banco del pasillo. En aquel momento no tenía la más mínima idea de quién era. Recapacité. Juan de Dios Llorens, el timador de Cáritas. Haber recordado su nombre no me sirvió de mucho. ¿Qué demonio había pensado preguntarle a aquel hombre?, ¿por qué estaba allí? Creo que le hice pasar a mi despacho más por premiar la hazaña de Domínguez que por auténtico interés policial. Cuando lo tuve delante lo observé sin decir ni palabra. Tenía una pinta innoble: enjuto, teñido de rubio oxigenado y con un pendiente en la oreja; por fortuna, no estaba presente Garzón. Pensé que no era necesario hablar, él saldría por algún lado. Así pasó.

—No hay derecho, inspectora. La policía siempre igual, por un perro que maté, mataperros me llamaron. Y yo hace tiempo que estoy limpio. Trabajo honradamente y me gano el sustento con mi esfuerzo. Soy mensajero en una empresa, pero mensajero de los que llevan furgoneta, no de los de moto. Desde que me cazaron en aquello no he vuelto a meterme en nada feo, de verdad.

Levanté una ceja en ademán inquisitivo y dije algo tan vago como:

—Ah, sí, ¿eh?

—¡Pues sí!, pero si ahora empiezan a aparecer por mi empresa a meter las narices, ya me dirán qué va a pensar mi jefe. Le aseguro por Dios que no he metido la mano en nada, de verdad. Y si no me cree, le contaré que me hice honrado por necesidad. No le voy a decir que yo era un santo, que no lo he sido nunca. Pero el negocio de la caridad es algo en lo que ya no puedes andar haciendo bromas. Ya no. Ahora hay unas mafias que te cagas, con perdón. Entonces me di cuenta de que no iba bien por ahí, porque a mí ganarme un poco de pasta a mi aire, bien, pero que venga un tío y te diga lo que tienes que hacer…

—¿De qué estás hablando?

—De timos organizados, inspectora. Pedir dinero para una ONG que no existe y cosas así. Ahora ya son profesionales, mafias, ya le digo.

—Dame datos.

—Datos no tengo ni uno, pero algunos colegas me advirtieron: cuidado dónde te metes, muchacho, que es terreno minado. Ahora, no me pregunte si son las mafias rusas o las de Villapalos, que yo no lo sé. El caso es que pensé: «Coño, para cuatro chavos que saco y encima ahora hay que meterse en organizaciones que si no cumplo igual me arrean cuatro hostias sin comerlo ni beberlo…» Total, que lo dejé.

—¿Quién dice que hay mafias?

—No sé si mafias o qué, pero aquí y allá me fueron previniendo. Esas cosas se saben, inspectora.

—¿Concretamente quién te avisó?

—Nadie en concreto, se lo juro, son comentarios que se oyen. El caso es que ahora sólo me ocupo de mi camioneta, y voy bien tranquilito repartiendo paquetes aquí y allá.

—Juan de Dios, tú no tienes nada que ver en el tema, de acuerdo, lo he entendido y lo acepto. Pero justamente por eso nadie irá a pedirte explicaciones si me das alguna orientación de a quién recurrir, un pequeño contacto, una pista.

Quedó callado un momento, se miró las manos, estiró los dedos para poder fijarse con detenimiento en las uñas. Comprendí que estaba valorando pasarme algún dato importante. Contuve la respiración.

—Ya van dos hombres muertos, pobres hombres que casi no tenían qué comer. ¿Cómo se puede ser tan cabrón como para matar a tíos así?, dime.

—¿Y yo cómo voy a fiarme de la policía?

—¿Qué quieres que te garantice?

—Que nadie sabrá que he hablado con usted.

—Hecho.

—Vaya al bar La Gàbia, la dueña sabe cosas, allí a lo mejor va gente. Pero yo ya me he librado de todo eso, inspectora, si ahora me vuelven a meter en la mierda, será culpa suya.

—Te he prometido que no voy a abrir la boca y así será. Pregunta por ahí si Petra Delicado es fiable o no.

—¡Sí, ahora mismo voy a hacer una encuesta, ¿no te jode?! Estos riesgos los corro por tener sentimientos. Cuantos más sentimientos tienes, mucho peor.

En eso estábamos de acuerdo, pero compartir filosofía

con un ex delincuente no me escandalizó, esas coincidencias humanas suelen darse cuando se acumula una cierta experiencia.

Entré a buen paso en comisaría, pero no pude llegar a mi despacho porque me llamó Coronas con urgencia. «Bronca habemus», pensé al mirarlo a la cara.

—Vamos a ver, Petra, vamos a ver si nos aclaramos porque esto es la hostia en verso. Acaba de llamarme desde Francia la ex mujer de Tomás Calatrava Villalba. Me preguntaba si va a tener que venir a Barcelona o no. Estaba muy alarmada, su cuñada la había avisado de que a lo mejor la llamaban a declarar a esta comisaría.

—Sí, ya.

—¿Cómo que sí, ya? Me he metido desde mi ordenador en sus informes del caso y de eso no dice ni media palabra.

—Ya lo sé, señor, pero es que es una vía de investigación abierta que no creo que vayamos a proseguir.

—Pues cuando se toma una decisión de ese tipo hay que reseñarlo en el informe, porque de lo contrario yo me quedo in albis y en pelotas, y un jefe siempre debe saber lo que pasa.

—Todo depende del estilo del informe, comisario, tenemos muchas vías de investigación abiertas que, en última instancia, podrían reabrirse sin más.

—Ya lo he visto. Más que vías abiertas, su informe parece un nudo ferroviario donde no hay dios que se aclare. ¿Y sabe qué suele suceder en esos casos?, pues que los trenes chocan. Está llevando esta investigación sin método, Petra.

—No estoy de acuerdo, comisario. Lo que llamamos

falta de método suele ser únicamente un sistema que no se acopla al método convencional.

—¡Basta, no me líe!, es usted más peleona que un borracho con mal vino. Lo que yo le digo es que el informe…

Sonó mi teléfono móvil. Coronas me hizo una indicación para que contestara. Era Garzón. Asentí varias veces. Colgué, miré con gravedad al comisario.

—Me temo que tengo que irme, señor. Ha pasado algo imprevisto un tanto desagradable.

—¿Sería una aspiración excesiva que me dijera qué es?

—Han agredido a Yolanda Santos, la agente de la Guardia Urbana que nos ayuda en el caso.

—¡Lo que faltaba! Dentro de un rato tengo al jefe de la Urbana al teléfono pidiéndome explicaciones.

—Discúlpeme, comisario.

—En cuanto vuelva quiero un informe detallado, ¿me oye? ¡Y por el método tradicional!, aunque eso sea indigno de su inspiración. No me importa si esta noche se queda sin dormir.

—Desde luego, señor, desde luego, así lo haré.

Un par de policías y el subinspector me esperaban en la calle Princesa. A Yolanda se la habían llevado al dispensario más cercano para que la curaran. Al parecer, mientras esperaba en el portal, dos hombres tapados con cascos de moto la habían golpeado en la cabeza hasta hacerle perder el sentido. No había podido defenderse. La puerta del piso que custodiaba estaba abierta.

—¿Cómo se encuentra la chica?

—Magullada, pero bien. Ha podido contárnoslo todo sin dificultad.

Entramos en el piso, los dos policías se quedaron abajo. Algunos vecinos curioseaban en la escalera. Garzón los hizo marchar. Mis ojos se abrieron por completo para poder abarcar el vacío de lo que vi. El lugar había sido despejado por completo, no había nada, absolutamente nada, ni una silla, ni un objeto, ni un papel.

—Creo que no sólo lo han vaciado, sino que también lo han limpiado. Huele a lejía, ¿lo nota?

—Sí. Es evidente que siempre han estado siguiéndonos los pasos: interrogamos a un mendigo y se lo cargan, localizamos una vivienda y la deshabitan.

—Con una ligera anticipación. Pero si estaba ya vacía, ¿para qué se han arriesgado a volver ahora?

—Debieron de dejarse algo, querían comprobar que alguna cosa perdida no estaba aquí…

—Sin duda algo tan importante como para atreverse a arrearle a una policía.

—Cualquier cosa es importante cuando se está intentando borrar pistas.

—Estamos ante algo muy gordo, inspectora, ya no tengo la menor duda.

—Ni yo tampoco, Fermín. Que precinten el piso, y mande un equipo de huellas, aunque dudo que sirva para nada.

Inspeccionamos toda la vivienda. Era como si hubiera pasado un grupo de mudanzas dejándolo todo listo para el próximo inquilino.

—Pregunte a los vecinos, alguien habrá visto cómo se llevaban los muebles días atrás.

—Ya lo he hecho. Nadie ha visto nada. Imposible, pero cierto.

—Probablemente no había tales muebles. La anciana de delante lo dijo: era una especie de almacén. Resulta muy fácil irse llevando cosas en cajas por la noche, con todo sigilo y discreción.

—Puede ser. Preguntaremos a los vecinos de los inmuebles de alrededor.

Pasamos cerca de tres horas haciéndolo. Por desgracia, no había comercios ni talleres alrededor. Cuando existen tiendas abiertas al público, los dependientes pasan muchas horas mirando la calle. Fue inútil, en un lugar de viviendas nadie había visto a hombres cargando bultos. Regresamos al piso. Allí, junto a los guardias, nos esperaba un empleado de la limpieza municipal. Hacía un par de horas, había visto a dos hombres salir casi corriendo de la casa. Llevaban una bolsa de basura en la mano. Se fijó porque pensó que la echarían en un container, pero la llevaron consigo. Se fueron a pie, aunque ambos llevaban cascos de motorista que les tapaban la cara por completo. Eran altos y atléticos y, por sus movimientos, el empleado estaba casi seguro de que se trataba de hombres jóvenes.

—Elemental —dijo Garzón—. Eso es lo que vinieron a buscar: una simple bolsa de basura que habían olvidado después de la limpieza general. Podía contener papeles, objetos llenos de huellas... Una prueba de oro cuando no se quiere dejar ni rastro. En estos momentos, inspectora, siento tal frustración que me suicidaría.

—Pues prívese. Tengo cosas que contarle en el coche. He tenido una conversación interesante con Juan de Dios Llorens.

—¿Adónde vamos?

—Primero, al hospital; quiero ver a Yolanda. Luego iremos a un restaurante que se llama La Gàbia.

—Será muy tarde ya.

—Pues entonces iremos mañana, el restaurante estará en el mismo lugar, y de lo que le pase a esa chica me siento responsable.

Salimos al descansillo y la puerta de enfrente se abrió. Apareció la figura endeble de nuestra amiga la anciana vecina. Sonrió al ver a Garzón.

—¡Subinspector, no me diga que ha venido tan pronto a traer mi jarrón arreglado!

—¿Su jarrón?

Mi compañero se llevó la mano al bolsillo recordando de pronto. Sacó la orden del juez y, después, de su americana empezaron a emerger minúsculos trocitos de cerámica, bastante más pequeños que los resultantes del primer accidente.

—Me temo que no, señora, pero lo arreglaré. Aunque sea la última cosa que haga en la vida, lo arreglaré.

Yolanda ya no estaba en el hospital, le habían dado el alta y se había marchado a casa. Siguiendo el modelo tradicional, vivía con sus padres hasta que se casara. Según constaba en su ficha, su padre era taxista y su madre trabajaba en una tintorería. Una familia humilde que no tenía problemas de dinero. Me gustaría pensar que nos recibieron bien, pero creí notar cierto reproche en el ambiente. No era tan peligroso pertenecer a la Guardia Urbana como estar en el grupo de Homicidios de la Policía Nacional. Probablemente su familia se preguntaba qué estaba haciendo la chica con nosotros. Es cierto que corría más peligros y, debo reconocer mi egoísmo, porque nunca había observado el asunto bajo aquella luz. Entramos en su habitación y los padres se retiraron. Me quedé muy sorprendida al ver que los muebles estaban llenos de muñecas y osos de peluche. ¿Cuántos años tenía Yolanda, veinticinco? ¿Qué demonio pintaba en su dormitorio toda aquella decoración infantil?

Llevaba algunos parches de gasa en la cara pero, al parecer, donde había sufrido más daño era en el hueso occipital.

—¿Cómo está?

—No pude verles la cara, inspectora. Salieron del ascensor y, antes de que pudiera darme cuenta, los tenía encima. Llevaban la cabeza tapada con cascos de motorista y entonces se abalanzaron y…

—Ya lo sé, no se preocupe, sólo le pregunto cómo se encuentra.

—Estoy bien. Creo que eran dos tipos jóvenes porque…

—Oiga, Yolanda, ahora lo que tiene que hacer es coger una baja y reponerse, no pensar en el trabajo, descansar.

—Inspectora, no puede hacerme eso. No puede dejarme ahora fuera del caso, he trabajado con ustedes desde el principio y quiero seguir hasta el final. ¿Qué había en el piso, han descubierto algo? Cuénteme, por favor.

—Está bien, tranquilícese.

La puse al corriente de todo. Suspiró profundamente y se echó sobre las almohadas.

—Estamos a punto de cazar a esos asesinos, lo presiento, lo sé, ¿no tienen ustedes la misma sensación?

—Nos acercamos, nos vamos acercando —dijo Garzón más por amabilidad que por convencimiento.

Dieron varios golpecitos en la puerta y un instante después entró un joven. Era alto y fuerte, muy rapado, con pinta de bruto, labios carnosos y enormes ojos verdes, un guapo de barrio tremendamente sensual. Se precipitó sobre la cama sin siquiera saludarnos.

—¿Qué ha pasado?

—Nada, Sergio, tranquilo.

—¿Tranquilo?, ¿qué coño tranquilo? ¡Mira cómo te han puesto!

—Es mi novio —se volvió hacia nosotros Yolanda; pero el chico no parecía dispuesto a iniciar presentaciones corteses.

—¿Por qué la han metido en esto? ¡Ya me hacía poca gracia que fuera urbana como para que ahora ande haciendo de mujer policía!

—¡Sergio, cállate!

—¡No me digas que me calle porque llevo razón! Ellos ya tienen sus propios polis, ¿no?, pues que se apañen con ellos.

Yolanda estaba desolada, al borde de las lágrimas, casi histérica. Pensé que lo más prudente era una desaparición.

—Muchachos, no se peleen. Nosotros ya nos vamos. Cuídese, Yolanda, nos veremos más adelante. La llamaré para saber cómo está.

—¡Inspectora, un momento, espere!

Salimos al pasillo y vimos cómo en el comedor la madre lloraba, consolada por su marido. En el dormitorio de la chica se había reiniciado la discusión. Busqué la puerta con clara precipitación y solté un «adiós, señores» que sonó estúpidamente festivo.

El aire de la calle me confortó.

—¡Joder, se ha armado una especie de tragedia griega!

Garzón exhibía una sonrisilla de estar de vuelta de todo. Dijo con suficiencia:

—Es normal.

—Es excesivo. ¿Ha visto cómo berreaba ese energúmeno? ¡Y la madre, llorando como si su hija estuviera de cuerpo presente!

—Lo que ocurre es que usted es de clase alta, inspectora.

—¡Vaya, lo que me faltaba por oír!

—Es la verdad. Tiene estudios superiores, está acostumbrada a otros ambientes.

—¡Claro, usted y yo solemos movernos entre la *jet set*!

—No, en el trabajo ve usted normalmente las capas

más marginales de la sociedad, y cuando acaba el día vuelve a su mundo sofisticado con libros por todas partes y discos de Chopin. Va de un extremo a otro, pero le falta por conocer al pueblo llano.

—¡No me joda, Garzón!

—Es así. El pueblo llano no tiene más tesoro que sus hijos, ni más aspiración que vivir con tranquilidad.

—Parece usted un telepredicador barato.

Lejos de ofenderse, se mostraba plácido y autosuficiente.

Sonrió con superioridad soterrada.

—Sé lo que me digo, inspectora.

—De acuerdo, conoce la materia, es usted un paria de la tierra y tiene un hueco en la famélica legión. Me largo, subinspector, estoy harta de tanto cuento.

—¿Adónde? Es muy tarde ya.

—A comisaría, a hacer una labor sin importancia. Como soy una miembro de la oligarquía ociosa, voy a redactar unos informes que Coronas me obliga a terminar hoy. Nada, un capricho de niña rica.

Me alejé viendo de reojo cómo reía. Aún tuvo tiempo para levantar su mano carnosa y gritar:

—¡No llegue muy tarde, la espero en casa!

Estuve revisando los informes del caso que había redactado hasta el momento. Resultaban tan farragosos y herméticos como una novela experimental. Intenté darles mayor coherencia, pero no era fácil. Tal y como había detectado el comisario, los cabos sueltos abundaban. Sin embargo, un informe no pertenece a la ficción, y los acontecimientos eran como eran, nada podía ser alterado por las buenas. Todas las pistas que teníamos confluían en una dirección, pero ese destino, contrariamente a lo que solía suceder, permitía pocas y endebles hipótesis. Es obvio que, sin hipótesis en las que basarse, sólo se puede avanzar a impulsos de los acontecimientos, y esos acontecimientos venían presentándose de modo raro, imprevisible. Eran hechos sobre todo desmedidos. Si estábamos hablando de simples timadores, ¿por qué nos enfrentábamos a delitos tan graves? Dos asesinatos relacionados entre sí no son cosa corriente. Matar una vez tiene muchas explicaciones: un exceso de dureza en un ajuste de cuentas, un arrebato que luego se intenta tapar o cargar sobre otros... pero dos crímenes sólo pueden cometerse cuando la causa que los motiva es poderosa. ¿Quién asesina a dos hombres para dejar enterradas las pistas de un timo tan cutre como vender llaveros de una ONG fraudulenta? ¿Qué pequeño delincuente organiza un intento de despiste policial tan elaborado como el de los skins que golpean a un Tomás *el Sabio* ya muerto y lo abandonan en un parque? Por no pensar en el último riesgo corrido por los dos «motoristas» que se atreven a golpear in situ a un representante policial. La sospecha de que tras aquella historia inconexa había algo importante no dejaba de ser más que eso, una sospecha. ¿Y cómo puede haber algo importante en un caso donde las víctimas son vagabundos sin un céntimo? No, no veía el modo de dotar a mi informe de más lógica, de una apariencia metodológica redonda y cabal. Añadiría otro apartado con la agresión a Yolanda y en paz. Me ponía a ello cuando sonó el teléfono.

—Inspectora, ¿va a tardar mucho rato en volver?

—Parece usted un marido, Fermín.

—No, es que tiene usted una visita. Está aquí su amigo Ricard.

—Póngale una cerveza, en seguida llegaré.

¡Joder, lo que me faltaba, Ricard y su manía de presentarse por sorpresa! Es obvio que un policía tiene dos opciones en su vida personal: o cuenta con una familia perfectamente organizada donde todo obedece a un orden o carece de familia por completo. Yo me había decantado por la segunda posibilidad, pero si seguía acumulando hombres en mi casa, aquello tenía visos de convertirse en un harén masculino. Puse precipitado punto final en el ordenador y acudí a casa preguntándome con qué iba a encontrarme.

La estampa no resultaba demasiado sugestiva ni original, tampoco demasiado inquietante. Ricard Crespo y Fermín Garzón veían aburridamente un partido de fútbol en la tele. Sobre la mesita descansaban un par de cervezas a medio consumir. Los saludé con más emoción de la que sentía.

—¡¿Qué tal, caballeros, cómo están?!

Respondieron con un par de desvaídos monosílabos. Entonces Garzón, comportándose como el hombre de la casa, se ofreció a traerme una cerveza. Pero, ante mi pasmo, Ricard terció en el ofrecimiento.

—Mejor un té, ¿no? Creo que Petra suele preferirlo a estas horas.

—¿Un té antes de cenar? No me parece muy adecuado.

—Bueno, quizá no lo sea en teoría, pero cuando Petra está cansada siempre le gusta tomar un té.

—¡Hombre, amigo Ricard!, la inspectora y yo llevamos trabajando juntos muchísimo tiempo. ¡Anda que no hemos tomado tés, cafés, cervezas y todo tipo de bebidas!, y yo le puedo asegurar que…

Levanté la voz intentando sonar lo más coloquial posible:

—No, no se preocupen, en realidad, lo que me apetece es un zumo de tomate que voy a ir a prepararme yo misma.

—No es eso —dijo Ricard—. Me fastidia que por la insistencia del amigo Garzón tengas que prepararte tú misma algo cuando llegas cansada.

—Oiga, Ricard, si es ése el problema, ya se lo prepararé yo, porque ha de saber que…

Me puse en pie de golpe y en un movimiento rápido tomé el bolso y el abrigo. Fui deprisa hasta la puerta de la calle. Di la vuelta y pude observar cómo ambos contendientes me miraban con expresión de estupor.

—Amigos, he cambiado de parecer. Lo que me apetece es tomar un whisky doble en un bar de copas y, desde luego, en estado de total soledad. Buenas noches, siéntanse como en su casa.

Sonreí y cerré procurando no dar ningún portazo. Mientras caminaba hacia la Villa Olímpica me acometió un ataque de risa. Sí, las caras que habían puesto me parecieron todo un poema. Afortunadamente, la noche era joven aún. No tomé ningún whisky, pero me comí una deliciosa hamburguesa casi cruda y después entré en los cines Icaria. Vi un documental sobre las grandes migraciones de pájaros a lo largo y ancho de todo el mundo. Bajo las silenciosas bandadas se veían las inmensas estepas rusas, solitarias, los enormes montes americanos, solitarios, los paisajes gélidos de Noruega, solitarios también. Me encantó aquella sobreabundancia de soledad.

A la una de la madrugada regresé a casa reconciliada con el mundo, que no acababa en las estrecheces de mi sala de estar. Todo estaba en silencio y a oscuras. Di gracias a Dios por aquel regalo de paz. Sin embargo, el olor del tabaco de Ricard impregnaba fuertemente el ambiente. No debía de hacer mucho que se había marchado. Fui a la cocina y me serví un vaso de leche. Entonces apareció Garzón y me dio un susto morrocotudo. Llevaba un pijama estampado con pequeños motivos heráldicos y una elegante y nueva bata de seda azul que no me cupo la menor duda de que había comprado para estar en mi casa.

—¡Caray, subinspector, ¿qué hace despierto?!

—La he oído llegar y… en realidad, Ricard acaba de marcharse.

—¡Ah, perfecto!, ¿han estado practicando boxeo?

—Creo que le debo una disculpa. Él también ha dicho que le debe una disculpa.

—¡Magnífico!, pues es importante que cada uno me la pague por separado, no vaya a ser que se pongan a discutir sobre qué disculpa me conviene más.

—¡No, qué va, ahora somos amigos! Encima ha ganado la selección española. Ha estado muy bien. Lo que ocurre es que los dos nos hemos comportado como unos imbéciles. Bueno, mucho más yo.

—Él ha estado a su altura, no crea…

—Sí, nos hemos dado cuenta de que intentando ayudarla lo único que conseguimos es que se sienta incómoda.

—Ya me imaginaba que con una pequeña indicación sutil como largarme de casa llamaría su atención sobre ese punto.

—Insisto en que la culpa es mía, me acoge usted aquí y sólo se me ocurre ponerme impertinente con otro de sus invitados. Creo que lleva usted razón, Petra, estoy convirtiéndome en un viejo fósil.

—Yo dije un dinosaurio.

—Lo mismo da.

—¡No vaya a comparar!

—En fin, me voy a dormir. Por cierto, inspectora, el jabón y las lociones que tiene en el lavabo huelen como las que usaba mi mujer y me traen muchos recuerdos. No sé si buenos o malos.

—¿Quiere que los quite?

—No, no, está muy bien así. Buenas noches.

En ese momento llamó Ricard por teléfono. Quería disculparse, se sentía el hombre más ridículo de la creación, el más miserable, el más absurdo. Se sentía como Adán vestido sólo con calcetines, como Freud con un *piercing* en la nariz. Me eché a reír y quedamos citados para el día siguiente.

Permanecí bebiendo la leche en silencio. «Los hombres son extraños —pensé—, territoriales y olfativos como las alimañas, pero capaces de una gran ternura y afectividad. A veces se comportan como cachorros de cocker y otras como lobos enfurecidos.» Pero era inútil sacar sobre ellos un balance negativo, porque la verdad era que me resultaban más fascinantes que cualquier otro ser vivo, excepción hecha del colibrí.

CAPÍTULO NOVENO

A las ocho de la mañana ya había recibido un mensaje amoroso en mi móvil. Ricard atacaba sin tregua. Sería ridículo decir que no me hizo ilusión, empezaba a tener una edad en la que ese tipo de urgencias provocan un halago inmediato; pero quizá justamente a causa de mi edad, también me había vuelto enormemente desconfiada. ¿Por qué aquel psiquiatra experimentado y ligón insistía tanto en que viviéramos juntos? Ninguno de los dos parecíamos embarcados en una pasión amorosa irrefrenable, ¿no sería entonces un simple apaño lo que tentaba a mi pretendiente? Algo así como verse de repente viviendo de modo solitario y vulgar y ser consciente de que un cambio de planes a tiempo es a veces una victoria. Justo, y yo crucé en ese momento por allí, Ricard me miró, pensó que no estaba mal y decidió reclutarme para la nueva etapa de su existencia. Y bien, ¿qué había de malo en ese planteamiento? Pues, en principio, resultaba poco reconfortante para mí. A pesar de que madurar significa contener el narcisismo que hay en nosotros, a mí seguía importándome la impresión que causaba en el otro. ¿Por qué no intentaba centrarme en lo que quería y sentía yo? Peor, si pensaba en eso, el lío se me antojaba mayúsculo. Ya no era una jovencita de las que pintan corazones en el margen de las libretas. Bien podía haber descartado el amor romántico de la lista de mis prioridades, pero me resistía a hacerlo. Hasta los que han decidido vivir sin amor rechazan reconocerlo de modo abierto, porque es terrible, es como renunciar al mayor protagonismo que la vida puede brindarnos. Pero el tan cacareado realismo, que no es sino la aceptación de la fealdad de la vida, me obligaba a considerar si sería agradable volver a convivir con un hombre. ¿Daría mi brazo a torcer a aquellas alturas?, ¿vendería mi soledad por un plato de lentejas compartidas?, ¿qué primaría: el descanso de poder contarle a un compañero que algo ha ido mal a lo largo del día, o la sensación autosuficiente de capear en solitario los pequeños temporales cotidianos? ¡Dios!, ¿cuándo queda uno libre por completo de las sombras y dudas que proyecta el otro sexo sobre nosotros, a los ochenta años, tras una mala experiencia, después de haber pasado por un desastre natural? Nunca, supongo. Ni la vejez, ni el fracaso, ni un terremoto devastador son capaces de hacer caer de la mano del diablo la manzana más lustrosa del mundo.

Todo esto lo cavilaba a primera hora frente a mi ordenador, justo en los momentos en los que debería haber estado entregada a una planificación perfecta de los siguientes pasos de mi trabajo. Por eso cuando el comisario Coronas metió la cabeza en mi despacho me invadió la misma oleada de culpabilidad que si hubiera estado consultando una página erótica en internet. Intenté recuperarme a toda velocidad, probablemente a una velocidad excesiva, porque en cuanto Coronas me espetó:

—No sé si está indicado darle los buenos días.

Yo le solté de corrido:

—Sí, ya sé, comisario, los periodistas atacan y nosotros seguimos igual, todo va lento y ahora, encima, han agredido a Yolanda, y sus padres han presentado una reclamación en mi contra. Pues bien, ¿qué quiere que le diga? Todo eso ya lo sé.

Frunció los ojos hasta que parecieron maliciosos y profundos y sonrió con suficiencia.

—¡Diga que sí, inspectora, la mejor defensa en un buen ataque! Como Agustina de Aragón, un francés le dice *«bonjour»* y usted le arrea un cañonazo por si acaso. Bueno, pues se equivoca, ya ve, o se equivoca en parte. Es verdad que los periodistas siguen agobiando y el caso está en pelotas aún, pero de reclamaciones paternas, nada de nada. No sólo eso, sino que, además, acaba de llamarme el jefe de Yolanda en la Guardia Urbana. Esa chica ha pedido el cambio al cuerpo de la Policía Nacional con vistas a ser destinada al grupo de Homicidios. ¿Qué le parece, eh?

Estaba tan ufano como si se encontrara en la fiesta de graduación de un hijo muy querido. Yo no entendía bien cuál era el objetivo de aquella conversación.

—¡Ah!, pues eso es bueno, ¿no?

—Me fastidia reconocerlo, pero me siento orgulloso de usted. Creo que esa chica la ha tomado como modelo, y que la gente joven se pase a nuestro cuerpo es algo que nos prestigia y demuestra las posibilidades de futuro que tiene la policía. Está muy bien.

—¡Pobre chica!, y eso considerando que participa en un caso del que no logramos salir.

—Pero saldrán, inspectora, saldrán, tengo muchas esperanzas depositadas en ustedes. ¡En fin, no dirá que hoy he venido a pegarle la bronca! ¡En esta comisaría somos un buen equipo, vaya que sí! ¡Sigan trabajando sin desfallecer!

Dio media vuelta con aire atlético, incluso insinuando unos leves saltitos al andar. No podía salir de mi asombro.

¿De verdad creía en todo aquello de nuestra proyección de futuro y nuestro prestigio entre la juventud? ¡Qué barbaridad, debía de estar envejeciendo! ¡Y aquel tonillo de político en campaña, de padre satisfecho en la sobremesa dominical! Pensé en lo inelegante que era mostrar públicamente un sentimiento de orgullo, en realidad, cualquier sentimiento, fuera del tipo que fuera. De pronto volvió a asomarse por la puerta.

—Como usted no suele enterarse de nada, le recuerdo que esta noche es la cena de comisaría en honor a nuestro santo patrón.

—¿Y quién es nuestro patrón?

Soltó una carcajada divertida.

—Me gusta su estilo, Petra, aunque es verdad que nunca se entera de nada. Hasta luego.

Me di cuenta de que prefería a mi jefe cuando se dedicaba a ladrar agresivamente. ¡Vaya por Dios!, aquella cena institucional era justo lo que me faltaba. Todos los años me olvidaba de ella y todos los años alguien me daba la desagradable sorpresa de que el homenaje a nuestro santo era inminente. No me cupo la menor duda de que aquél era uno de los motivos a los que debía achacar la euforia paternalista de Coronas. Se entrenaba para los discursitos nocturnos, para representar con propiedad el papel de cabeza visible de nuestra comunidad de guripas. ¡Otra distracción más del trabajo, como si no tuviera suficiente con mis dudas sentimentales acerca de Ricard! En ese momento comprendí que debía avisarle, quedaba descartada cualquier cita esa noche. Tomé el teléfono para hacerlo pero entró Garzón, como siempre, sin llamar.

—¿Qué coño hace, inspectora? La estoy esperando. ¿No había prisa por ir a ese restaurante?

Me puse la gabardina y eché a andar. Lo mío consistía

siempre en enfrentarme a rompecabezas: personales, profesionales… y eso que cuando era pequeña no me gustaba jugar con ellos, reconstruir algo ya hecho con anterioridad me parecía perder el tiempo. Claro que yo tenía fama de niña práctica y segura de sí misma, cualidades que he ido perdiendo con la edad.

La Gàbia era un bar colosal, uno de esos restaurantes baratos inaugurados hace un montón de años, que llenaba todos los días su inmensa nave central con obreros que iban a comer. Una barra de tamaño en consonancia se extendía en un lateral. Me inquietó ver que había al menos tres mujeres trabajando allí. ¿Cuál de las tres sabía algo que nos interesaba? Me precipité en mi inquietud, la que debía hablar con nosotros era la de más edad, deduje que la esposa del patrón, una chicarrona fuerte y de gestos enérgicos que nos invitó a sentarnos. Llevaba el pelo recogido en un moño y aún no se habían borrado de su rostro todos los trazos de la belleza que alguna vez debió de tener. Se secó las manos en el delantal, nos miró abiertamente a la cara. Su boca no dibujaba ni un atisbo de sonrisa.

—De modo que son policías ¿Quieren un café? ¡Clara, tráenos tres cafés!

No fue necesario preguntar, ella empezó a hablar con estilo franco, seco y decidido:

—Miren, antes de cualquier cosa quiero que sepan que éste es un bar muy normal. Lo heredé de mis padres, y mi marido y yo llevamos veinte años sirviendo comidas aquí. Como ustedes comprenderán, un negocio que no sea legal o donde pasan cosas raras no lleva tanto tiempo funcionando, ¿me explico?

—Se explica muy bien.

—Eso no quiere decir que aquí no entre mucha gente, y que entre toda esa gente siempre pueda haber algún mangante.

—Está perfectamente claro. Hemos venido porque Juan de Dios Llorens...

No me dejó terminar. Calló mientras nos ponían los cafés y continuó con la energía y las dotes de mando que me hubiera gustado tener a mí.

—Para empezar, les diré que conozco a ese subnormal de Juan de Dios porque fue novio de mi hermana hace muchos años. Afortunadamente, ella lo largó porque era un don nadie y un desgraciado. Pero no es mal tío. Se pasó un tiempo haciendo el burro, pero no servía ni para timador profesional. Lo engancharon a la primera. Ahora hace un trabajo honrado, una mierda de trabajo, pero no está metido en nada malo.

—¿Es eso lo que le ha pedido que nos diga?

Se recompuso una mecha de cabello que se le había salido del moño y negó en el aire con una mano desgastada por la lejía y el trabajo duro.

—No se equivoque, inspectora. A mí, Juan de Dios me importa tres pitos, como todo lo que no sea este restaurante y mi familia. Viene por aquí, come, paga, se va y en paz. A veces se toma un café en la barra y hablamos cinco minutos, no más. Como yo sabía que él había estado metido en aquel asunto de Cáritas, pues por eso le comenté lo de aquel tío, pero...

—La verdad es que Llorens no tiene la menor importancia para nosotros. Cuéntenos lo de ese tipo.

—Bueno, lo de ese tipo a lo mejor no resulta como para contárselo a la policía, pero el caso es que, en fin, venía por aquí un hombre, de unos cuarenta y tantos, bien vestido, bien puesto de brillantina. Alguna vez lo acompañaba alguien, algún otro tipo como él. Yo, mientras les servía, pues me iba quedando con algo de lo que decían. Una vez lo oí comentar: «Os digo que esto de la caridad da más que las gasolineras, ni tarjetas de crédito, ni nada.» Me olió mal. Para colmo, un día que iba al mercado de la esquina lo vi en el callejón con un pobre. Le estaba dando dinero. Pensé que sería una limosna, pero no, porque el pobre lo estaba contando, y uno no cuenta las limosnas delante de quien te las da. Estoy segura de que este tío andaba metido en algo feo. Por eso, para meterle miedo, se lo conté a Juan de Dios y le dije que eran tíos de la mafia, que se dejara de timos de caridades porque el terreno estaba minado. Creo que funcionó.

—¿Se acuerda de cómo era ese pobre de la calle? —preguntó el subinspector.

—Sí, grandote, con barba, como un vagabundo.

—¿Era éste? —puso la foto de Tomás *el Sabio* frente a nuestra testigo.

—¡Dios, sí, era éste! ¿Qué le pasa en la foto?

—Lo asesinaron.

—Oigan, supongo que no corro ningún peligro por hablar con ustedes; porque también tendría gracia, al fin y al cabo, para lo que sé…

—¿Ha vuelto a venir ese tipo por aquí?

—Hace meses que no lo veo.

—¿Alguna vez alguien mencionó su nombre?

—No.

—¿Pagó en alguna ocasión con tarjeta de crédito?

—No admitimos, es norma de la casa.

—¿Lo reconocería si lo viera?

—A lo mejor me convendría más decir que no, pero ¡al cuerno!, todos nos pasamos la vida protestando de que haya tantos chorizos por el mundo y luego, a la hora de la verdad, nos encogemos de hombros cuando podemos colaborar a que los cacen. Sí, lo reconocería, ¡vaya que sí! También me di cuenta en seguida de que era un pelanas, por mucho traje y mucha corbata que llevara, se hurgaba los dientes con palillos... Además, si hubiera sido un hombre con clase, no hubiera venido a comer aquí, a no ser que fuera para despistar, claro.

—Tendrá que venir a nuestro archivo para intentar identificarlo viendo fotografías, señora.

—¡Jo, pues lo que me faltaba a mí! Que no sea jueves, eso sí, los jueves damos paella y hay que hacerla al momento.

Se alejó airosamente y antes de haber llegado a la barra comenzó a dar las primeras instrucciones de trabajo. Garzón soltó un silbido:

—¡Caray, lo tiene todo claro, la señora!

—Debe de ser ella quien regenta por completo el bar. Hay muchos casos así, la más activa es la mujer, y el marido resulta imprescindible como colchón social.

—¡No sé por qué se me habrá ocurrido hablar!

—Relájese, Fermín, en nuestro caso el colchón debo de ser yo, porque estoy hecha un lío, en serio se lo digo.

—Un poco colchón sí que parece. Vamos a ver, inspectora, yo creo que las cosas empiezan a pintar mucho mejor.

—¿Ah, sí? Explíquese, soy toda colchón.

—El individuo en cuestión se tenía montado un chiringuito para sacar pasta con la caridad. No me pregunte la forma de ese chiringuito porque aún no la sabemos, pero más o menos debían de timar a la gente de buena fe con falsas ONG o tés de caridad o vaya usted a saber qué invento. Tomás *el Sabio* formaba parte de esa organización y, por alguna razón, les falló. Hubo un ajuste de cuentas. Es una concatenación perfecta de acontecimientos.

—Demasiado simple. ¿Cómo un tipo presuntamente cutre, tal y como lo describe esa señora, se atreve a matar, y no una, sino dos veces? Usted sabe que los timadores de tres al cuarto no suelen correr los riesgos que un asesinato comporta.

—Las situaciones se escapan de las manos, inspectora, y no hay nada que hacer una vez que eso ocurre, sólo se puede seguir cometiendo barbaridades en un intento desesperado de enmendar los errores.

—Vamos, vamos, tiene dos matones jóvenes y musculosos perfectamente entrenados, todo debía de estar muy calculado ahí.

—Todo cálculo se estrella contra el devenir de la vida normal, mi querida inspectora.

—¡Carajo, eso es filosofía!

—Sólo quería demostrarle que no soy un colchón.

El archivo fotográfico de timadores fichados por la policía de Barcelona es ingente, como cualquiera puede suponer. Debíamos llevar a cabo un cuidadoso trabajo previo de selección antes de proponer la lista de sospechosos a la señora del restaurante. De lo contrario, su paella se malograría con toda seguridad. Empezamos a hacer descartes por edad, tipo de delito, defunción, estancia en la cárcel... en seguida comprendí que aquello nos llevaría un tiempo precioso, y eché de menos a Yolanda. Se lo comenté al subinspector. Me dejó sumamente sorprendida su respuesta:

—Sí, yo también la extraño, no crea. Y además me da pena pensar que va a casarse con aquella especie de animal. La vida está mal organizada. ¿Sabe qué pienso hacer hoy? Pasarme por su casa antes de ir a la cena del patrón. Le llevaré unas flores.

—¡Garzón, eso sí es una novedad!

—Debo reconocer que siempre estuve desagradable con ella, y total, sin motivo. Además, la chica se ha marcado un tanto con lo de pasarse a la Policía Nacional.

Los misterios del alma humana son insondables, pero los del alma del subinspector entraban dentro de los enigmas más cerrados del universo. Podía pasar el resto de mis días junto a él, pero jamás llegaría a saber qué pasaba por su cabeza rapada al dos. En cualquier caso, aquélla era una iniciativa que yo aprovecharía en propio beneficio.

—Pensándolo bien, mientras usted hace esa visita yo iré a solucionar unos cuantos recados. Ya continuaremos mañana con este coñazo de las fotos.

—De acuerdo, nos vemos a la hora de cenar.

Salí disparada y busqué un rincón tranquilo para llamar a Ricard.

—Ricard, ¿qué me dices de dejarlo todo y venir a mi casa? Sólo tengo un par de horas y esta noche no podremos vernos.

—Estoy con un paciente pero... creo que lo arreglaré. Ahora mismo voy para allá.

Bueno, que un hombre lo deje todo por ti como si fuera un acérrimo seguidor de Jesucristo representa una especie de alegría íntima que extiende un suave calor por tus mejillas. Fue algo que comprobé con placer.

Llegué a casa y, como presa de un ataque de locura, me cambié de jersey, tiré los pantalones al armario y me puse una falda ligera. Después, tomé un cepillo y me lo pasé por el cabello con tanta furia como si quisiera arrancármelo. Un chorrito de perfume en el occipucio completó lo que pretendía ser una seductora preparación. Demasiado rápida, porque cuando Ricard entró olisqueó el aire como un perro en busca de un rastro.

—¡Ah, te has puesto perfume!

Me pareció una entrada tan poco adecuada y desmitificadora que procuré que no volviera a hablar estampándole un beso en la boca. Creo que mi rectificación le gustó, porque se abalanzó sobre mí como un león hambriento. Paso a paso hacia la habitación, nos buscábamos, nos trabábamos, nos quitábamos el uno al otro las prendas de vestir tirando de ellas con rabia. Supongo que llegamos a la cama, pero no estoy segura, porque cuando noté su piel caliente tocando la mía ya no tuve noción del espacio ni el tiempo, y sólo el propio centro de mi cuerpo me sirvió como guía.

Volvimos a ser conscientes del mundo exterior entre risas. Soltamos auténticas carcajadas, aquellas con las que se festeja la plenitud del gozo, la satisfacción de estar vivo por medio del sexo, una especie de alegría por la travesura fantástica que significa follar, un corte de mangas a la tristeza y a la muerte. Miré a Ricard y lo encontré atractivo, con el pelo revuelto y los ojos llenos de luz.

—¿Qué pasa contigo, eh, inspectora? ¿Qué modo es ése de recibir a un caballero?

—¿Te ha parecido mal?

Se echó a reír de nuevo, negando con la cabeza. Me puso una mano en el hombro.

—Vivamos juntos, Petra, es una buena idea.

Le sonreí, me senté con las rodillas pegadas al pecho.

—¿Crees que eso es tan importante?

—Sí, lo es.

—¿Y no sería necesario que hubiera surgido entre nosotros más locura… no sé cómo expresarlo, más pasión momentánea?

—A nuestra edad, las cosas no pueden ser formalmente como cuando tienes veinte años. Pero da igual.

—Me da miedo pensar que haríamos lo conveniente para nosotros y no lo que deseamos hacer.

—Eso suena a cuestión teórica.

—Todo se vuelve una cuestión teórica cuando la meditas en soledad.

—Especialmente si piensas demasiado en ti mismo.

—Nunca he conseguido dejar de pensar en mi propia vida. Hubiera dado cualquier cosa por ser como una de esas científicas que dedican todo su tiempo a la investigación. Creo que por eso dejé mi carrera como abogada y me hice policía. Creí que el trabajo absorbería mi mente por completo, pero ya ves que no ha sido así.

—Yo te impediría estar tan pendiente de ti misma.

—Eso también me da miedo. Si pienso tanto en mí es porque me gustaría entender mi vida, ¿comprendes?, las razones de las cosas que he hecho hasta hoy.

—Entonces nada mejor que un psiquiatra.

Le tiré a la cara una prenda que encontré a mano, creo que era mi sostén, y me puse en pie corriendo.

—Nunca he visto a nadie menos serio que tú, Ricard.

—La vida no puede tomarse demasiado en serio, eso es lo único que se debe entender. Yo veo mucho sufrimiento diariamente y te aseguro que nuestra vida nada tiene de dramática.

—Todo lo que me cuentas es muy interesante, pero tengo que largarme.

—¿Una peligrosa misión?

—La cena cutre anual del patrón de los polis.

—Tened cuidado de que no salga un mafioso con metralleta del pastel y mate a la plana mayor.

—No es mala idea. Quédate aquí, si quieres. Hay comida en el frigorífico.

—¿Para encontrarme después con tu escudero el de

los trajes de enterrador? ¡No, ni hablar, es capaz de arrearme una hostia!

—Ten paciencia, ya queda poco, el lunes se va. Por cierto, daremos una fiesta de despedida en honor de su hijo. Espero que vengas.

—Si se larga el paleto, será la mejor fiesta a la que haya asistido.

—Bien.

Ya vestida, le envié un beso volado y entonces dejó de sonreír, enarcó las cejas y bajó la voz.

—Petra, esta vez piénsalo en serio, ¿de acuerdo?

Recogí su rictus severo y contesté:

—Sí, te lo prometo.

Y no estaba mintiendo.

La cena del dichoso santo tutelar de la bofia se venía celebrando en la gran sala del sótano de la propia comisaría. Antes se hacía en un restaurante, pero Coronas decidió cortar con esa historia por seguridad. Debía de imaginarse una noche de San Valentín, como muy bien había conjeturado Ricard. Realmente la oportunidad de cargarse a una buena batería de polizontes de un solo golpe parecía evidente, pero todos pensábamos que motivos de orden económico contaban también. La comisaría se ahorraba una pasta de esta manera. Largas mesas con manteles de papel, vasitos de plástico y platos de cartón daban albergue a un catering discreto que encargaba Coronas en un restaurante popular. El menú era el típico: tortillas de patata, calamares, chorizo y jamón, croquetas frías como témpanos y pan untado con aceite y tomate a discreción. Una horterada, en fin, aunque lo que me parecía más indigesto eran los comentarios de mis compañeros sobre la mala calidad de los alimentos, sobre su excesiva humildad. Ilustraban a la perfección el nuevo síndrome de las clases medias españolas: todo el mundo es conocedor de vinos y sabe distinguir a la perfección un *foie entier* de un *micuit*. En fin, algo realmente lamentable en un país en el que hace cuatro días todo el mundo le pegaba a la lenteja como único remedio contra el hambre. Mis compañeros no eran excepciones en esa tendencia general. En el aperitivo que precedió a la cena, menudeaban los comentarios jocosos sobre la comida. Yo me paseaba de un lado a otro con mi copa de cava tibio, realmente espantoso, intentando encontrar inútilmente a Garzón. ¿Dónde coño se había metido? En estas ocasiones lo necesitaba de verdad. Mis contactos con los otros inspectores se limitaban a lo profesional, y siempre me costaba encontrar temas de conversación que resultaran corteses y educados. Pero el puñetero subinspector no aparecía. Por si todo no pintaba lo suficientemente negro, de pronto se me acercó Fernández Bernal.

—¿Qué tal, Petra, cómo vas?

—Ya ves, homenajeando al santo.

—No creas, a mí este tipo de cosas tampoco me van demasiado.

—No sé a qué te refieres, yo lo estoy pasando muy bien.

—¡Venga, Petra, no fastidies, tú estás por encima de todo esto! Seguro que cenas todas las noches caviar.

—Oye, Fernández, ya es suficiente. No te voy a tolerar ni un cachondeo más sobre si soy sofisticada, una niña bien o si tengo mayordomo con librea. Yo vengo aquí a currar y tú también, ¿no?, pues dejemos las cosas como están y no mareemos más la perdiz.

Di media vuelta y lo dejé literalmente con la boca abierta. Posiblemente me había excedido, pero estaba hasta las narices de las insinuaciones de aquel gilipollas.

Entonces me autodisculpé en silencio como siempre suelo hacer cuando he sido salvajemente desagradable: ¿por qué sonreír siempre?, ¿por qué estar eternamente implicado en la farsa social? ¿Es tan esencialmente malo decir alguna vez lo que se piensa? ¿Resulta de verdad tan necesario que los demás tengan buen concepto de nosotros cuando ese buen concepto está basado en el disimulo? Tras aquella batería de preguntas retórico-exculpatorias, me sentí bastante mejor. Para demostrarme a mí misma que no era un monstruo, me acerqué a Eva y a Begoña, dos compañeras inspectoras más jóvenes que yo. Con las mujeres resulta más fácil. Siempre se puede hablar de un cambio de color en el pelo, de lo bien que te sienta una blusa que acabas de estrenar. Ya lanzada a la placentera frivolidad de la charla estética, de pronto vi a Garzón. Tuve que abrir muy bien los ojos porque no lo podía creer. Llegaba en ese momento vestido como para una boda rural y del brazo llevaba a una joven novia modosa y con la cara tumefacta: ¡Yolanda!

Pasaron cerca de mí sin darse cuenta de mi presencia y se dirigieron directamente hacia Coronas. Éste le hizo grandes fiestas a la chica. Se formó un pequeño grupo en torno a ellos al que me acerqué solapadamente. Tomé del brazo al subinspector y nos echamos a un lado.

—¿Le ha ordenado Coronas que fuera a buscar a Yolanda?

—No, se me ocurrió a mí solo. ¿Qué le parece?

—Raro.

—Pues eso no es todo, le he pedido que no deje de venir a su fiesta, aunque se encuentra aún un poco baldada.

—¡Vaya!, ¡no salgo de mi asombro!

—Esa muchacha se lo merece, inspectora.

—Sin duda, sin duda se lo merece.

No acababa de comprender aquel cambio tan repentino de mi compañero, pero no quería sospechar, puesto que el cambio era para bien.

La cena, lenta, espasmódica, convencional, insufrible, se desarrolló según el rito anual milimétricamente idéntico a sí mismo. Surgieron las consabidas bromas sobre los aumentos de sueldo, los chistes de gusto dudoso, las anécdotas jocosas del servicio, los momentos emotivos en recuerdo de los que ya no estaban con nosotros. En fin, podría decir que a mi sensibilidad quisquillosa no le fue ahorrada ninguna humillación.

A los postres, mientras se posaban sobre la mesa unas tartas semejantes a sombreros de inspiración *kitsch*, el comisario golpeó su copa con la punta del tenedor para reclamar silencio. El *speech* parecía inevitable.

—Señores, ya sé lo que estarán pensando: nos sirven una cena cochambrosa y encima ahora el jefe nos suelta la paliza de siempre.

Hubo una armónica carcajada general con la que el orador ya contaba.

—Pero debo decirles que esta vez se equivocan... y no en lo de la cena cochambrosa, de la que doy fe...

Esta vez hasta yo me reí, debía reconocer que el comisario tenía cierta clase para la improvisación.

—Sino en lo de que pienso soltarles un rollo prefabricado igual que el del año anterior. ¡Nada de eso, señores! Hoy casi no hablaré, pero lo que diga va a ser muy original, y no por mis dotes para los discursos, sino por el tema que tocaré.

Hubo un murmullo de expectación general.

—Hoy quiero presentarles, para quienes no la conozcan, a Yolanda Santos, la joven agente que ven ustedes aquí. Pues bien, esta guardia urbana que la inspectora Petra Delicado requirió para una colaboración en un caso complicado ha estado trabajando con nosotros un corto tiempo, es verdad. Sin embargo, ha dado muestras de un valor del que, por desgracia, ven ustedes aún marcas en su rostro. Tal cosa no sería sorprendente en sí misma, porque todos conocemos la valentía y experiencia de los compañeros de la Policía Municipal. Lo que sí debemos destacar y festejar esta noche es que Yolanda, aun a pesar de los riesgos corridos, ha decidido pedir su ingreso en la Policía Nacional y hacer que su trabajo quede siempre entre nuestras filas. Señores, eso no es cosa baladí, que la juventud piense de esa manera, que escoja un terreno tan duro como el que nosotros pisamos habiendo visto con anterioridad que no es un camino de rosas ni una idealización, demuestra que la labor que llevamos a cabo puede ser a veces incomprendida por la sociedad, pero tiene un sentido profundo, y eso es algo que debe llenarnos de orgullo. Ése es nuestro auténtico espíritu. Nada más, buenas noches a todos.

El auditorio en pleno se puso en pie. Aplaudían, gritaban, se emocionaban, estaban entregados de verdad. Me levanté con prudencia y aplaudí yo también. Inconcebible, nadie estaba fingiendo, aquella reacción era auténtica. No podía entenderlo. ¡Cuánto me hubiera gustado creer así en algo, lanzarme yo también a tumba abierta por la senda del sentimentalismo, la profesión y el sagrado deber! Sin embargo, sólo sentía una gran estupefacción al comprobar con qué facilidad era posible enardecer a un grupo de gente que ni siquiera había bebido alcohol de calidad.

Alguien pidió que Yolanda tomara la palabra y al cabo de pocos segundos la petición se convirtió en clamor. La muchacha se puso tímidamente en pie, transfigurada en heroína imprevista. Carraspeó:

—La verdad es que lo que hizo la inspectora Delicado cuando habló conmigo por primera vez fue enviarme al infierno... —Risas, manotazos en la mesa y miradas de pitorreo me hicieron casi enrojecer—. Pero luego fue muy paciente conmigo y me dio la oportunidad de conocer mi verdadera vocación. Gracias, inspectora, de verdad.

Ser de pronto el centro de aquella orgía de autocomplacencia y pestilente euforia me pareció como vivir el peor sueño que podría haber tenido jamás. Algún malintencionado gritó: «¡Que hable Petra!», y la chusma policial coreó: «¡Que hable, que hable!» Era mejor no negarse. Me puse en pie.

—En fin, queridos colegas, ¿qué voy a decir? Empezar a tratar con alguien mandándolo al infierno no es lo normal, suele ser más común terminar así. Y eso es algo que no descarto aún si la agente Santos sigue en el caso que llevamos Garzón y yo. Tendrá que trabajar duramente, como todos hacemos, y al final puede que no la envíe al infierno, al menos sola, ya que lo más probable es que el comisario nos mande allí a los tres.

Bueno, no estuvo mal, tuve mi éxito también. Entonces alguien se levantó y empezaron a correr botellas de whisky, y se levantaron todos y empezó a sonar una música, y aproveché la confusión para, escabulléndome entre la gente, salir de allí. En la calle aspiré tres bocanadas profundas de aire y empecé a caminar. ¿Qué tal debía ser vivir en una isla, en un cenobio, en un refugio nuclear, en un faro? Seguro que se estaba muy bien.

Tomé un baño largo y perfumado con aquellos olores que tanto perturbaban a Garzón. Es el viejo sistema de intentar borrar de nuestra piel al menos una primera capa de lo que en realidad somos. Una añagaza inocente pero que me sentó bien. Luego me puse un pijama de inspiración marroquí para rematar la benefactora alienación y me dormí tras haber leído tres líneas. Pero daba igual, ni aun disfrazada de buzo me iban a permitir olvidar mi vida y circunstancias. A una hora indeterminada me despertó un estruendo espantoso en el salón. Me levanté de golpe y asomé la nariz por la escalera. Era mi invitado, naturalmente, que batallaba en la semioscuridad para poner derecha una lámpara de pie que había derribado. Pulsé el interruptor y allí estaba, enredado en el cable.

—¡Por Dios, inspectora, disculpe, por no querer encender la luz... ya ve, ha sido peor! Es que fuimos unos cuantos a tomar una copa después de la cena y... en fin, se ha hecho un poco tarde.

Como mis buenas maneras van más allá incluso de un susto en mitad de la noche, hice una inclinación de cabeza y respondí:

—No se preocupe, Fermín, no tiene la menor importancia.

Para mis adentros pensé que detestaba estar tan bien educada. Por fortuna, aquella convivencia contra natura tocaba a su fin. La fiesta de despedida del hijo de Garzón iba a ser la más celebrada que hubiera dado jamás.

El trabajo que habían llevado a cabo en el archivo fotográfico de sospechosos para ayudarnos a avanzar era minucioso y exhaustivo. En una lista que abarcaba desde el año 1998 hasta la actualidad, tiempo razonable para una identificación, aparecían unos treinta individuos que habían tenido problemas con la justicia como timadores. Todos ellos cumplían los requisitos de edad coincidentes con la descripción de la dueña del restaurante La Gàbia.

—Por cierto, Fermín, ¿tuvo usted la precaución de preguntarle su nombre a la señora?, a mí se me olvidó.

Garzón, que presentaba aspecto resacoso pero se había despertado a las siete sin dilación alguna, echó mano de su libretita de apuntes.

—Genoveva Pardo.

—¡Buen nombre! Hágala venir. ¿Es jueves hoy?

—No, ¿por qué?

—Recuerde que el jueves toca paella.

Mientras llegaba nuestra testigo empecé a ojear las fotos en el ordenador. Los cargos que se imputaban a todos aquellos individuos no tenían nada que ver con la caridad. La mayor parte de aquellos hombres de pinta vulgar habían sido detenidos por casos relacionados con venta fraudulenta de inmuebles, usurpaciones de personalidad, falsificación de documentos, emisión de cheques sin fondos, compras con tarjetas de crédito robadas... Todos aquellos delitos tenían una relación directa con temas de dinero puro y duro. Sin embargo, ¿quién iba a tejer una mafia a gran escala basada en algo como la caridad?, ¿tan grande era la caridad de los españoles?, ¿existía ahí realmente un campo sobre el que extenderse? Bueno, una de las características de los malhechores de todas las épocas es que tienden a innovar para coger a la sociedad desprevenida. Quizá íbamos a enfrentarnos a grandes timadores «caritativos» ahora que soplaban tiempos solidarios.

Un rato más tarde llegó Genoveva. No venía contenta. Aquel día no había paella en el menú, pero habíamos entorpecido la confección de un sustancioso caldo gallego. Yo tenía confianza absoluta en aquella mujer. De hecho, estaba prácticamente convencida de que, si el asesino estaba entre los tipos de la lista, por muchas metamorfosis que hubiera sufrido, ella lo detectaría. Genoveva era como una personificación del sentido común femenino. A su alrededor se extendía ese realismo compasivo que sólo las matronas suelen detentar. Si el filósofo más profundo e intrincado tuviera una conversación con alguna de ellas, se entenderían sin necesidad de muchas palabras. Por eso había dado crédito a su testimonio que, en puridad, no hubiera tenido que considerar más que como una simple sospecha intuitiva.

Despierta, escueta en la expresión y con la piel tersa y lavada propia de alguien más joven, se sentó frente al ordenador y dijo: «Vamos allá.» Los primeros rostros patibularios empezaron a pasar frente a sus ojos. Garzón le propuso:

—Cuando haya acabado de inspeccionar cada imagen, me lo dice y yo le daré a la tecla para saltar a la siguiente.

Lo miró como si fuera un insecto caído de un árbol.

—Oiga, que no soy tonta. Dígame qué tecla es y ya me las apañaré.

Garzón se lo indicó y me miró suspirando. Debía de estar haciendo alguna consideración general sobre las mujeres tratadas en su conjunto. Genoveva empezó a emitir negativas con toda seguridad.

—No, éste, no. Este otro, ni hablar, parece un muerto de hambre y el hombre que yo digo tenía buena pinta, no era de los que van pidiendo favores.

Comprendí que, de sus comentarios, saldría una identificación mucho más perfilada de la que nos hizo en su bar. Se lo indiqué a Garzón en voz baja para que fuera tomando notas. Entonces me llamaron por teléfono. Era Domínguez.

—Inspectora Delicado, hay una senora en comisaría que insiste en hablar con usted urgentemente.

—¿Cómo se llama?

—A ver, déjeme ver... Magdalena Prieto de Latour o algo así, suena a francés.

—¿Sobre qué...?

De repente recapacité sobre el nombre que acababa de oír y me acerqué instintivamente al auricular.

—Dígale que voy inmediatamente, Domínguez. Y sobre todo que no se marche, ¿entendido?

—Siempre le estoy cuidando a sus sospechosos, ¿verdad, inspectora?

A veces tenía la impresión de que cualquier discapacitado mental representaría mejor el papel de policía que los que de verdad lo eran.

Entré en mi despacho casi corriendo, a punto de perder la compostura mínima que me he propuesto siempre mantener frente al mundo. Las perspectivas que creaba para mí aquella visita eran enormes. Habíamos desestimado llamar a la ex esposa de Tomás *el Sabio* para que declarara, pero ahora estaba allí, y había viajado muchos kilómetros para verme. Nadie hace algo semejante con la intención de aportar un dato banal. Además, mezclada al ansia de saber, notaba en mí misma la innegable curiosidad de conocer a quien había estado casada con un hombre tan singular.

Se encontraba sentada en una de las butaquitas frente a mi mesa y no volvió inmediatamente la cabeza para mirarme. Vi antes su cabello matizado en suaves colores grises y olí su perfume de esencias florales.

—Hola, señora De Latour, soy Petra Delicado.

Levantó, para estrechar la mía, una mano frágil y hermosa, en la que se veían discretas joyas auténticas.

—¿Cómo está, inspectora? Quizá no sepa quién soy.

—Creo que sí, la ex esposa de Tomás Calatrava, ¿me equivoco?

—¿Ex esposa?, ¡en fin!, es un término ya casi pasado entre nosotros dos. Estuvimos casados, sí. De hecho no nos hemos separado legalmente; pero…

A pesar de la edad, tenía el rostro sereno y armonioso de quien ha sido muy bella. Resaltaban unos ojos azules llenos de luz pero profundamente melancólicos. Iba vestida con el buen gusto y la originalidad de los que sólo son capaces las mujeres francesas. Tomó aire para hablar.

—Lo que tengo que mostrarle podría habérselo enviado desde mi hogar en Francia, pero he querido explicarme personalmente. Quería que la policía española comprendiera bien por qué en un principio pensé en no decir nada y ahora he cambiado de opinión. Como usted sabe bien, el corazón humano antepone sus razones a las de la razón.

—Sí, lo sé.

—Cuando mi cuñada me informó de su muerte, pensé en no venir a España porque Tomás era ya una sombra para mí después de tantos años. La noticia no me sorprendió, tampoco el hecho de que le hubieran asesinado. ¿Qué se puede esperar de un hombre que vive en la calle, tirado, sin casa, sin familia, sin juicio? Me extrañó incluso que no le hubieran matado antes: una borrachera, una riña entre mendigos… Pero mi cuñada me dijo que se estaba llevando a cabo una investigación porque no se tenía ninguna pista sobre quién era el asesino. Entonces llamé a su comisario y le pregunté si debía venir a declarar. No lo hice de buen talante, lo reconozco. Me parecía un abuso verme envuelta en un asunto así al cabo del tiempo, pero… recapacité, reflexioné, le enseñé la carta a mi marido actual y ambos decidimos que, en efecto, era más fácil no hablar.

Incluso nos preguntamos si esa carta tenía algún significado viniendo de quien venía, pero…

—¿De qué carta me habla, señora De Latour?

—De ésta, de esta carta. La recibí más o menos un mes antes de que mataran a Tomás.

Sacó del bolso un sobre y me lo dio. Lo abrí con la respiración contenida. Dentro llevaba una carta escrita a mano con la caligrafía incierta de un hombre deteriorado. Leí en silencio:

Querida:

Salgo de la basura un momento para acercarme a ti. Quiero que sepas que nunca te he olvidado, que sé cómo has sufrido por mi culpa. Lo siento, de verdad. Nunca fui digno de estar a tu lado. Soy un loco y mi sitio es la mugre en la que estoy. Pero quiero que sepas que voy a hacer algo importante. Me metí en un asunto grave y ahora voy a salir. Hablaré y caerá gente muy influyente. Será algo de lo que oigas comentarios incluso en Francia. Quiero que sepas que todo esto lo hago para que estés orgullosa de mí, para que veas que no soy un desecho total. No te volveré a molestar más. Que seas feliz. ¡Viva Argentona!

TOMÁS

—¿Viva Argentona?

—Sí, su abuelo era originario de allí. Ya ve, ¡cosas de Tomás!, no estaba en sus cabales, el pobre.

—¿Él tenía su dirección?

—Yo creía que no, pero debió de pedírsela a su hermana, o le quitó la agenda del bolso, no sé.

—¿Le había escrito otras veces?

—No, nunca, jamás. Por eso me impresionó esta carta,

por eso la guardé. Nunca hubiera pensado que, para él, era una despedida de la vida.

—¿Qué pensó usted al leerla?

—Pues nada, ¡qué iba a pensar, que el pobre Tomás estaba como un cencerro! Sólo ahora he sospechado que podía tener alguna relación con su asesinato. ¿No lo cree usted, inspectora?

—Probablemente, sí. Le agradezco que finalmente haya venido.

—Me dije: «¡Dios mío, ¿tan poco te importa ya ese hombre que no vas a contribuir a que castiguen a quien le mató?» Peor que un perro ha muerto. Y créame, inspectora, antes de enloquecer era un hombre brillante, inteligente.

—No me sorprende. ¿Sabe cómo le llamaban sus compañeros *homeless*? Tomás *el Sabio*, así era conocido.

Debería haberme guardado el dato, porque en ese momento la emoción hizo mella en aquella dama tan contenida y se echó a llorar. Me maldije mil veces. ¡Para una vez que tenía un testigo sin tendencia a dramatizar y lo estropeaba yo misma! En fin, le alargué uno de los pañuelos de papel que guardaba para estos casos y le propiné los minúsculos golpecitos en el hombro que eran de rigor.

—Tranquilícese, señora De Latour, tranquilícese.

—¡Ah, mi querida inspectora, *la vie en rose*! Cuando venimos al mundo nadie nos cuenta cómo es de verdad la vida, y luego… ¡qué decepción!

—Y, sin embargo, todos queremos seguir vivos, ¿no le parece?

Me miró con sus ojos azules cristalizados en lágrimas y dijo quedamente:

—*Oui*.

Logré que se marchara sin mucho más que informarla

sobre su obligación de declarar ante el juez y su disponibilidad de volver a España para otro eventual interrogatorio.

Y bien, la carta era importante. No abría caminos nuevos en principio, pero ratificaba aquellos por los que nos movíamos ya. Y dibujaba un claro móvil: a Tomás se lo habían cargado porque iba a cantar. Mencionaba a gente importante. ¿Era fiable todo aquello en un hombre loco y adicto al alcohol? Excepto el extemporáneo «¡Viva Argentona!», todo lo demás parecía obra de un momento de lucidez. ¿Quién dice que los locos están locos todo el tiempo? ¿Quién dice que los cuerdos no tenemos momentos de enajenación total?

Corrí de nuevo en busca de Garzón. Estaba derrumbado junto a Genoveva, que seguía hipnotizada por la pantalla de ordenador y ni siquiera me oyó llegar. Evidentemente, ya fuera su tarea realizar una identificación o cocinar una paella, el caso es que se entregaba a la misma en cuerpo y alma. Me senté al lado del subinspector y le cuchicheé las novedades. Sólo así conseguí hacerlo despertar.

CAPÍTULO DÉCIMO

Tras una larga hora y media, cuando yo ya estaba a punto de darme por vencida y pedirle a la ilustre cocinera que siguiéramos al día siguiente, ésta soltó por fin:

—¡Aquí lo tienen!

Garzón y yo nos agolpamos a sus flancos con impaciente avidez. Sólo vimos un rostro, nada más, pero quizá estábamos contemplando a quien nos conduciría hasta el final del caso. El tipo de la fotografía tenía unos cuarenta años, ojos claros, cabello ralo y aspecto corriente.

—Éste es el hombre. Mírenlo, con la misma cara de sabelotodo que ponía en mi bar.

Llevaba razón, aun siendo una foto oficial, aquel individuo tenía una ligera sonrisa de suficiencia pintada en el rostro.

—El típico tío que anda sobrado, que perdona la vida a los demás. No sé en qué estaba metido, pero para mí que este desgraciado no ha sido capaz de matar a nadie. Y no lo digo por defenderlo porque sea cliente, ¿eh?, pero estoy convencida de que los asesinos no son así.

Advertí que nos acechaba un pequeño peligro de intromisión, por lo que le di las gracias a Genoveva al tiempo que movía sutilmente su asiento. Pero era batalladora.

—No pensarán largarme sin decirme siquiera cómo se llama. Tampoco me importa demasiado, pero que me usen y luego me quiten de en medio sin una pequeña explicación... soy humana, tengo curiosidad.

Garzón y yo nos miramos estupefactos ante aquella reacción imprevista. ¿Había algún inconveniente en que supiera el nombre? Probablemente, no. El subinspector se sentó frente al ordenador y abrió la ficha. Luego nos miró muy serio y dijo:

—Arcadio Flores Aragón. Así es como se llama.

Pensé que Genoveva era capaz de atreverse a pedir más pormenores, pero no fue así. Hizo un gesto rotundo de asentimiento, como si el nombre de aquel sujeto lo expresara todo con claridad y se dispuso a marcharse de modo razonable.

—Bueno, eso ya es otra cosa. Es que me fastidia que me utilicen como si fuera un objeto, la verdad, como cuando te mandan cortar la cebolla, pero no te dicen el resto de la receta. Me fastidia, yo quiero saber qué papel hará la cebolla en el conjunto. Soy una cocinera, no una pinche, por eso debe de ser.

La despedimos con todos los honores. Cuando hubo salido miré a Garzón.

—¿Qué le parece la señora? Todo un carácter, ¿no?

—Sí, más que cortar la cebolla es de las que cortan el bacalao. Hay que fiarse de lo que dice. Vamos a ver qué tenemos aquí.

Abrió por completo la ficha de Arcadio y se puso a leer con interés.

—Está fichado por un timo muy usual: vendió un mismo piso a dos personas a la vez. Naturalmente, el piso ni siquiera era suyo, sino de una hermana, que también lo denunció junto con los dos timados. Fue acusado de estafa y falsificación de documento mercantil. No llegó a estar en la cárcel más que un par de meses.

—¿De qué fechas estamos hablando?

—De 1999.

—¿No tiene nada más?

—Nada más. Nunca fue detenido ni antes ni después.

—¡Joder!

—Ésa es una buena exclamación. ¿Vamos a casa del tal Arcadio?

—Sí, y llame al juez que instruyó el caso para que vaya buscando el expediente.

—A la orden, inspectora.

—¿A qué viene tanta marcialidad?

—Estoy contento, inspectora, creo que estamos en la recta final, y cuando estoy contento me pongo marcial.

—Sí, yo también estoy contenta, pero recuerde que hay rectas muy largas.

—Usted cuando está contenta se pone en plan cenizo, ¿verdad? ¿Qué hace cuando está deprimida?, ¿predice el apocalipsis?

—Yo soy prudente, Fermín, y la prudencia no conoce estados de ánimo.

—¡Joder!

—Ésa es otra buena exclamación. ¿Nos vamos?

La dirección que estaba en nuestra ficha nos llevaba a la calle Padilla, un barrio de clase media baja completamente impersonal. El número 39 era un inmueble sin ninguna característica propia y, naturalmente, Arcadio Flores ya no vivía allí. Tuvimos que desplazarnos hasta la agencia inmobiliaria que en su día le alquiló el piso para encontrarnos con un resultado muy poco esclarecedor: había sido un inquilino formal que pagó siempre con toda puntualidad, y cuando desocupó la vivienda no dejó ninguna dirección. Paradero desconocido, ésa era la circunstancia de la que debíamos partir, algo tan esperable como desesperanzador.

Al día siguiente, una de las ayudantes del juzgado número 11 nos comentó el expediente de Flores con toda amabilidad.

—Este señor robó la escritura de un piso de su hermana, María Flores Aragón, y falsificó el nombre poniendo el suyo propio. Luego cobró una paga y señal de setecientas mil pesetas a dos compradores distintos. Lo denunciaron ambos, y su hermana también. Le cayó una sentencia de seis meses de prisión, pero como era su primer delito y la pena no llegaba a un año, el juez dictaminó que podía salir en libertad tras dos meses de reclusión siempre que restituyera el dinero a los perjudicados y pagara a su hermana una indemnización de quinientas mil pesetas por los daños sufridos, todo en el plazo de treinta días.

—¿Pagó?

—Sí, pagó en fecha… fíjese, sólo una semana después de la sentencia, debía de tener el dinero del timo guardado.

—¿Figura en el expediente la dirección de su hermana?

—Sí, y la de los otros dos perjudicados también. ¿Se las apunto?

—Por favor.

En la calle, Garzón me miró serio como la muerte.

—¿Usted se cree eso de que tenía el dinero del timo guardado?

—No es una reacción muy en el perfil de un estafador.

—¿Y la indemnización?, ¿de dónde sacó el otro medio millón?

—No lo sé, Garzón, lo tendría en el banco.

—¡Bah!, un tipo que está tan desesperado como para intentar sacar dinero por medio de una falsificación y resulta que no sólo tiene cuenta en el banco sino que encima no se gasta lo que estafa... no me cuadra.

—Tampoco me cuadra a mí. Hay que interrogar a todos estos perjudicados como dice la ayudante del juez. Creo que nuestros destinos deben bifurcarse aquí: usted se entrevista con los dos timados y yo con la hermana del timador. Ya sabe lo que hay que preguntar: dónde lo conocieron, en qué circunstancias, si actuaba solo o había alguien con él y, por supuesto, si tienen alguna idea de dónde está.

—No soy un novato, Petra. Pero... ya casi es la hora de comer.

—Mucho mejor, así la gente no estará trabajando.

—Casi todo el mundo come fuera de casa hoy en día, ¿no sería mejor tomar algo y después...?

—Subinspector, le prometo una merienda de lujo en La Jarra de Oro, pero...

—Está bien, está bien, no me haga quedar como un tragaldabas sólo porque intento ser un poco organizado.

—¿Tragaldabas? ¡Nunca hubiera pensado eso de usted!

No esperaba un recibimiento con fuegos artificiales, pero tampoco ver estallar sobre mí el resplandor de las bombas, y eso fue prácticamente lo que encontré. La hermana de Arcadio y su esposo comían en el salón cuando llamé a la puerta. Ella fue quien abrió. Me presenté como policía y comprobé cómo la mujer se quedaba muda y con expresión de miedo. Inmediatamente apareció el marido.

—¿Qué demonio pasa?

—La señora es inspectora de policía.

—Quisiera hablar un momento con ustedes sobre Arcadio Flores Aragón. Es su hermano, ¿verdad?

Al tipo le faltó tiempo para decir:

—¿No puede venir a una hora en que no estemos comiendo? Soy taxista y me paso el día en la calle, de manera que…

Le interrumpí con firmeza:

—No vengo para una visita de cortesía ni soy una encuestadora. Es un asunto oficial.

Me dejaron pasar de mala gana. En su comedor estaba la mesa puesta y la televisión encendida. Dos platos de sopa dejarían de humear sin remisión. Me dirigí a María.

—Señora, su hermano…

Interrumpió mis palabras con angustia:

—¿Le ha pasado algo?

El mal humor del marido no había amainado.

—¿Qué coño le va a pasar? Se habrá metido en otra, ¿o es que creías que de repente se había vuelto un angelito? ¿Qué es lo que ha hecho esta vez? —preguntó volviéndose hacia mí.

—He venido para preguntarles si saben dónde está.

—¿Nosotros?, nosotros qué vamos a saber. ¿Le parece poco lo que nos hizo? Le robó a mi mujer las escrituras de un piso que tiene y las falsificó para poder venderlo. ¡El muy cabrón!, después de aquello no hemos querido saber nada más de él. Así que, si se ha metido en algo feo, aquí no va a encontrar ninguna información.

Le dirigí una gélida mirada y le pregunté de nuevo a su mujer:

—¿Y usted, María, sabe algo de él?

Estaba aterrorizada, casi a punto de llorar.

—No sabemos dónde está.

—¿Pues no se lo estoy diciendo? A ver si se cree que después de la jugada que nos gastó vamos a estar pendientes del hermanito. ¡No, hombre, por Dios!, y no hay derecho a que, si se ha metido en otro lío, venga la policía a molestarnos a nosotros.

—¿Ha hecho algo malo? —inquirió la hermana con un hilo de voz.

—Puede, pero no lo sabemos con seguridad, por eso necesitamos hablar con él.

—¡Seguro que ha falsificado otra cosa, o ha timado a alguien… estaba seguro de que volvería a las andadas! Por eso le dije a ésta: «No vuelvas a dirigirle la palabra nunca más, ¿me oyes?, nunca más, y si se presenta un día por aquí lo echas escaleras abajo.»

—¿No les dejó su dirección o su teléfono la última vez que le vieron?

—¿De verdad se cree que se le hubiera ocurrido aparecer por esta casa? ¡No, hombre, no!, pero si es un cobarde, ya sabe él adónde no tiene que volver.

—Está bien, los dejo que acaben de comer tranquilos, pero si saben algo…

La hermana se levantó para acompañarme, mientras el cónyuge me despidió con un gruñido. En la puerta giré sobre los talones y la miré con fijeza:

—Señora, si llega a saber algo, si…

Una llamada imperiosa llegó desde el comedor:

—¡María!, ¿vienes a comer o qué?

—Adiós —me dijo precipitadamente y cerró en seguida la puerta tras de mí.

Al otro lado de la calle había un pequeño bar resplandeciente en su cutrez. Pedí una cerveza y me senté junto a la ventana. Media hora después vi salir al taxista hurgándose los dientes con un palillo. Desapareció calle abajo. Esperé un momento más y me dirigí de nuevo a la casa. Llamé al timbre. En cuanto María Flores me vio, se echó a llorar amargamente.

—Entre.

—María, no quiero crearle problemas, pero me ha dado la impresión de que no podía hablarme con libertad.

Se enjugó los ojos con tristeza. Me hizo pasar al salón, donde ya no quedaban restos de la comida. Nos sentamos en un tresillo con tapizado de flores chillonas.

—Mi marido no es un mal hombre, un poco bruto nada más. Lo que pasa es que cuando se trata de mi hermano... yo lo comprendo, de verdad, fue muy fuerte lo que nos hizo. Claro que mi hermano tampoco es malo, ha tenido mala suerte, eso es todo. Mis padres nos dejaron en herencia dos pisos pequeños, uno para cada uno. Él en seguida vendió el suyo. Ha frecuentado malas compañías, amigos que vivían por encima de sus posibilidades, y por querer seguirlos... pero no es malo. Yo no quería denunciarlo a las autoridades para que todo quedara en familia, pero mi marido se empeñó y...

—¿Ha tenido más noticias de él?

Miró a su alrededor como si temiera que los ojos del marido la contemplaran desde algún lugar.

—Yo...

—Nadie tiene por qué saber que ha hablado conmigo.

—¿Qué le harán?

—Nada, María, sólo hay sospechas, pero si sabe algo debe decírmelo, por el bien de su propio hermano.

—Hace ya casi un año me llamó por teléfono. Quedé con él en un bar. ¡Si Manolo se enterara, sería capaz de matarme!, pero es mi hermano, tenía que ir, saber qué le había pasado después de tanto tiempo. El pobre sólo quería pedirme perdón por lo del piso. Se sacó doscientas mil pesetas del bolsillo metidas en un sobre e insistía en que me las quedara. Le dije que no, que no podría justificar tener ese dinero delante de Manolo. Le pregunté de dónde lo había sacado. Me dijo que era todo legal, que ahora se ganaba muy bien la vida trabajando para un hombre que tenía una… institución.

—¿Una institución, qué tipo de institución?

—No sé, no me haga caso, a lo mejor no dijo una institución, pero creo que sí. De todas maneras, yo estaba muy nerviosa, llorando, ¡ya se puede imaginar!

—¿Le dejó su dirección, un teléfono?

—No.

—¿Hizo algún comentario sobre dónde estaba esa… institución, sobre el nombre de su dueño?

—No, inspectora, no dijo nada. Tuve que pedirle que no me llamara más si no quería buscarme follones con Manolo. Mire qué triste es eso para una mujer, tener que escoger entre su marido y su único hermano. A veces pienso que me alegro de que mis padres estén muertos, así no pueden ver dónde ha ido a parar nuestra familia.

—¿Se despidieron para siempre?

—No ha vuelto a llamar más, se lo juro por Dios. El pobre se empeñó en que me quedara el dinero. Se lo di a nuestros hijos, tenemos dos hijos que ya viven por su cuenta. Cien mil pesetas a cada uno, y les pedí que no se lo contaran a su padre.

—Está bien, señora, pero si por casualidad su hermano volviera a ponerse en contacto con usted… aquí está mi tarjeta. Tomaré su información como confidencial.

—La llamaré, se lo prometo, no quiero que mi hermano vaya por mal camino y que le pase algo malo de verdad.

Puse rumbo hacia La Jarra de Oro y desde allí telefoneé a Garzón. Me dijo que llegaría al cabo de menos de media hora. Tomé otra cerveza mientras lo esperaba. Una institución. ¿Qué diablos era una institución? ¿Había entendido bien aquella mujer?, ¿era sólo una excusa de Flores para justificar el dinero que le estaba entregando?, ¿de dónde sacaba tanta pasta aquel pájaro?

Garzón casi no me saludó.

—¿Ha comido, inspectora?

—Estaba esperándolo.

—No sé cómo puede pasar sin comer, ¿hace yoga o algo por el estilo? Yo estoy que no me tengo en pie, hasta me notaba mareado.

Nos sentamos a una mesa y pedimos el menú, pero ya era muy tarde y se había agotado.

—Pues dos huevos fritos con patatas y jamón, y un platito con aceitunas mientras esperamos, necesito llevarme algo a la boca.

—¿La información que trae no le ha alimentado?

—No he tenido esa suerte, ni comida ni información.

—¿Ha podido entrevistarse con ambos perjudicados?

—Sí, y ha sido tiempo perdido. Ya se puede imaginar, gente sencilla sin ni puta idea de nada. Y como todo timado, con un fondo de avaricia. Flores les ofreció el piso a un precio muy por debajo del mercado. Y picaron, claro, le dieron la paga y señal. A ninguno de los dos se les pasó por la cabeza ir a verificar los datos al registro de la propiedad ni pedir consejo a ningún abogado… ¡nada, a aprovechar la ocasión de comprar barato y en paz! Hasta que se descubrió el pastel.

—¿Han sabido algo más de Flores?

—Figúrese, a pesar de haberles devuelto el dinero, el uno dice que si vuelve a verlo lo machacará. El otro era menos compasivo, de modo que… no creo que Flores se les acerque nunca en la vida.

Trajeron los huevos fritos y Garzón se abalanzó sobre ellos como si hubiera sido Robinson Crusoe en su primer ágape decente tras el naufragio.

—¿Qué cuentan esos dos sobre su timador?

Entre las enérgicas masticaciones pude entender:

—Pues que era un tipo muy fino, con mucha labia, con cultura... según ellos, claro. Bien vestido, con un buen reloj, bolígrafo de oro, calculadora último modelo...

—Eso completa un poquito el retrato.

—Muy poco, ya ve. ¿Qué tal le ha ido a usted?

Le conté la historia de la institución. Levantó un momento la vista del plato para considerar el dato en todo su valor.

—¿Era una mujer culta esa tal María?

—No demasiado.

—Entonces lo de la institución puede ser cualquier cosa: una agencia de seguros, un banco... y si encima dice que no estaba muy segura... pudo escoger una palabra al azar, una que le pareciera respetable.

—Hay que pedir orden de busca, Garzón, puede que ayude.

—También tenemos que volver a las instituciones de caridad, que no se diga que no hemos agotado esa vía... ¿Sabe qué me tomaría ahora, Petra?

—¿Otros dos huevos fritos?

—¡Ha acertado!, pero como no hay tiempo para eso, voy a pedir un flan con mucha nata. ¿Y usted?

—Con los huevos he tenido suficiente, sólo café.

Llamó al camarero con gesto impetuoso y después de hacer su pedido me miró con cierta turbación.

—Inspectora, no quisiera parecer un jeta pero... mañana ya es sábado.

—¿Y?

—Mi hijo se va el domingo por la mañana.

—¡Joder, Fermín, perdóneme, se me había olvidado! Mañana por la noche haremos la gran fiesta.

—Dígame qué necesitamos e iré yo a comprar.

—No se preocupe, iremos los dos. También haremos juntos la lista de invitados.

—¿La lista?

—Es una gran fiesta, ¿no?

Era verdad que se me había olvidado por completo la solemne despedida. Realmente tenía pocas ganas de dar aquella fiesta, pero me sentía en deuda con mi ayudante. Suponía que él lo hubiera hecho igualmente por mí, que es lo que suele suponerse cuando no se encuentra una buena razón para hacer algo por los demás. De cualquier modo, hacía años que no organizaba nada en mi casa, y en esta oportunidad yo también tenía un invitado importante: Ricard. Si era cierto que alguna vez íbamos a vivir juntos, no resultaba descabellado comprobar cómo se desenvolvía en mi ambiente. Pero ¿podía pensarse que mi ambiente lo constituía aquella lista de invitados?: las hermanas Enárquez, el juez García Mouriños, el hijo de Garzón y su remota pareja, la pobre Yolanda y el propio subinspector. Había visto fiestas muraras, pero aquélla prometía ser una auténtica pieza de museo. Aunque de eso se trataba, de dar una apariencia de normalidad a una situación chirriante en su conjunto.

El sábado por la mañana tenía una cita con Garzón. La orden de busca y captura estaba ya en marcha, así que dedicamos el día a la preparación de la fiesta. Habíamos decidido encargar en un establecimiento abundantes bandejas de canapés y varias carnes frías. Nosotros confeccionaríamos las ensaladas en casa. Mi petición de pagarlo todo fue desatendida por Garzón, que insistió en hacerse cargo de la mitad de los gastos. No íbamos a pelearnos y la cosa quedó así, parecía justo.

De la singularidad de la fiesta éramos una buena muestra mi compañero y yo, yendo de compras como una pareja bien avenida. Naturalmente, el subinspector ni siquiera consideró la posibilidad de lucir un atuendo informal en una mañana como aquélla; al contrario, se encapsuló en uno de sus trajes de rayas más emblemático como si hubiera decidido ser amortajado con toda pompa.

Hacía sol y por la Rambla de Cataluña había gente paseando y comprando con la típica despreocupación de un día libre. Nos miraban, por supuesto que sí, y debían de hacer todo tipo de conjeturas sobre el nexo que nos unía. De pronto, el subinspector se quedó mirando a una pareja que llevaba tres niños pequeños cogidos de la mano.

—¡Qué hermosa familia! —dijo en un rapto idílico.

—No se deje engañar, los niños dan el coñazo y los padres están llenos de estrés. Las familias no son un invento para la ciudad.

—¿Usted cree? Yo siempre había pensado que tener una familia era deseable.

—Es un mal menor. La gente tiene miedo, y viviendo como manda la mayoría se encuentra más protegida.

—Ya. Pues a mí me hubiera gustado que me hicieran abuelo, fíjese.

—¡Garzón, por favor, ese comentario es de una decadencia impropia de usted!

—¿De veras? No veo la razón, es el ciclo de la vida, y darte cuenta de que estás integrado en él resulta tranquilizador.

—Mentiras, todo mentiras. La gente intenta olvidarse por todos los medios de que pertenece al reino animal y le pone mística a las simples etapas biológicas: el amor, la paternidad, la familia... nombres sublimes para el apareamiento, la reproducción, el grupo...

—Más a mi favor. ¿Y si le digo que yo sólo aspiro a cosas animales?

—Los leones no tienen nietos.

—¡Joder, inspectora!, ¿por qué es usted tan desagradable?, ¿hay algo en el mundo que le parezca bien?

—A ratos, sí. Pero detesto las mentiras que todo el mundo sabe y acepta.

Se echó a reír haciendo que se hinchara su chaleco, que más parecía un refajo.

—En el fondo me hace usted gracia, Petra, siempre a la greña con la vida, con la realidad… demuestra ser optimista, un pesimista no sería capaz de analizar así las cosas, se moriría de desesperación.

—La desesperación quema demasiadas energías. Además, hay que ser muy valiente para sentirla por completo, y yo no lo soy. ¿Sabe qué pienso?. Que cada vez me hago más cobarde.

—¿Por qué dice eso?

—No sé, apreciaciones, pero es así. Fíjese que el otro día hasta estaba planteándome vivir con alguien, romper con la soledad.

Se quedó muy callado. Digirió su sorpresa en silencio y después preguntó de modo casual:

—¿Con quién, con el psiquiatra?

—He dicho con alguien, sin personalizar.

—¡Ah!

Me arrepentí inmediatamente de haberle hecho semejante confesión, y antes de que pudieran plantearse preguntas incómodas, di un giro brusco llevándolo al presente.

—Oiga, Fermín, estoy hasta las narices de andar dando vueltas por la calle. Le propongo un plan: ya tenemos encargado el catering. Ahora bajamos hasta la Boquería y compramos verduras para la ensalada. Después me invita a tomar una cerveza en la plaza Real. ¿Qué le parece?

—Nada que objetar, es un plan perfecto.

El mercado de la Boquería lucía en todo su esplendor y me resultó difícil ir arrancando a Garzón de la admiración contemplativa que demostraba frente a todos los puestos que exhibían mercancías infrecuentes: setas, frutos tropicales, verduras exóticas... Era como un turista en pleno tour. Ni que decir tiene que su traje causó sensación entre las deslenguadas vendedoras que, para atraernos, no dudaron en usar con mi compañero epítetos como: hermoso, elegante, bien plantado y hasta *playboy*. Confieso que me sentí aliviada cuando salimos de allí, y que cuando pedimos un par de cervezas en una terraza de la plaza Real y me senté de cara al sol, perdí aquel funesto optimismo analítico que me había endilgado mi adjunto. Pero toda felicidad es efímera por definición. Aún tenía los ojos gozosamente cerrados cuando oí:

—¿Está enamorada de él?

—¿Cómo?

—Ya sabe, del psiquiatra, de Ricard.

—No sé, no me lo he planteado.

—¿No se lo ha planteado y está pensando en que vivan juntos? No lo entiendo.

—No hay nada que entender. Es un hombre amable, culto, bien parecido y le gusto un montón. Sería una convivencia fácil. Así, si un día llego a casa de mal humor, a lo mejor se me quita hablando con él.

—O al revés. Yo creo que los planes de futuro tan racionales no pueden funcionar.

—¿Funcionan mejor los irracionales?

—Me parece imprescindible el amor.

—¿Estaba usted enamorado de su esposa?

—No.

—Y vivió treinta años con ella.

—Es muy diferente. En mi época se hacía todo por respetar las costumbres. Si encontrabas a una buena chica y estabas cerca de los veinticinco, tenías que casarte, era así.

—Pues usted parece seguir igual, haciendo las cosas para respetar la costumbre.

—¿Qué quiere decir?

—Tiene usted un hijo estupendo, inteligente y brillante en su profesión, pero como la costumbre es que se case y le dé a usted muchos nietos, es incapaz de aceptar su homosexualidad.

Su cara se puso seria.

—Eso ha sido un golpe bajo, Petra.

—¿Golpe bajo?

—Estábamos hablando de usted, además, el que ha tocado es un tema difícil y muy personal en el que ando luchando con bastante sufrimiento.

—¿Piensa que el hecho de plantearme vivir con alguien para eludir los momentos duros de la soledad es una tontería para mí? ¿Cree que el pánico ante un tercer matrimonio fracasado me provoca un sentimiento fácil de aguantar?

—Lo siento, no debería haber empezado esta conversación.

Un silencio resentido se instaló entre los dos. Llegó el camarero y con una cantinela estúpida preguntó:

—¿Otra cervecita, señores?

—No, gracias, está bien así —respondió el subinspector educadamente.

Le puse la mano en el brazo:

—¿Lo dejamos en tablas, Fermín? Lamento si lo he ofendido.

—No, perdóneme usted a mí. No me ha ofendido porque lleva razón.

—¿Por qué no nos olvidamos de la jodida vida privada? ¿Se da cuenta?, esta puta sociedad nos influye para que lo único que nos importe sean nuestros malditos sentimientos personales. Deberíamos preocuparnos por otras cosas.

—¿Como por ejemplo?

—¡Algo más general! La contaminación del medio ambiente, el peligro nuclear, el hambre en el mundo…

Garzón miró con escepticismo a nuestro alrededor, donde gente alegre y despreocupada tomaba el aperitivo.

—Justamente la falta de hambre es la razón de que nos preocupen tanto los sentimientos. Nuestros abuelos tenían que pasarse la vida trabajando de sol a sol en el campo para poder comer un mal potaje, ¿y qué, pensaban en sus traumas, los tenían siquiera? Por cierto, inspectora, todo eso del hambre me recuerda que deberíamos comer algo antes de ir a su casa a emplearnos a fondo como cocineros.

—¿Comer?, ¡pero si esta noche cenaremos una barbaridad! Un bocado ligero, si acaso.

—¡Joder, me somete usted a unos ayunos que ríase de los de Gandhi!

Nos levantamos riendo los dos, pero teníamos un pequeño nudo en la garganta que tardaría un buen rato en deshacerse. Demasiada intimidad, o poca hambre, que hubiera dicho Garzón.

Durante toda la tarde comprobé que el subinspector había hecho muchos progresos en su carrera culinaria desde que nos conocimos. Sabía perfectamente cuánto tiempo deben hervir los huevos para ponerse duros, y troceaba la cebolla con un movimiento de muñeca tan mecánico y reiterado como un tic. Se notaba, además, que disfrutaba mucho con sus nuevas habilidades, e incluso se permitía alguna sugerencia innovadora que no sonaba a herejía, como añadir alcaparras a la mayonesa o sésamo a la ensalada. Nada que ver con la primera comida que había preparado junto a él hacía un montón de años, cuando aún vivía en una pensión. Se lo hice notar y se puso tan orgulloso que temí que se cortara un dedo al exhibirse con más destreza.

—¡Todo ha cambiado, Petra! Usted y yo ya hace lo menos siete años que colaboramos. Nos conocemos muy bien.

—Por eso podemos hacernos daño con lo que decimos, ¿verdad?

—No creo que ni usted ni yo lo pretendamos.

—Puede estar seguro de eso.

Se quitó el delantal que le había prestado e hizo una pirueta eufórica sobre sus talones.

—Pues bien, para celebrar cosas tan hermosas y para que las buenas costumbres no se pierdan, y abusando de la confianza ya que estamos en su casa, ¿no cree que va siendo hora de que nos arreemos un copazo? No todo va a ser «ora et labora», ¿no le parece?

—Ha hablado usted con más discernimiento que el mismísimo san Agustín. Ya sabe dónde está el mueble bar.

Bebimos a la salud de varios santos y de algunos mártires también. Pensé que Garzón le atizaba al alcohol con la intención de doparse para aparecer lo más animado posible en aquel extraño homenaje filial que nos disponíamos a llevar a cabo, pero quizá mis antenas psicológicas estaban demasiado extendidas. Acabamos de preparar las ensaladas y las metimos en la nevera. Tenían una pinta estupenda. El subinspector consultó su reloj.

—¿Cree que todo saldrá bien, Petra?

—Por supuesto que sí. En seguida llegarán los del catering, no se preocupe, suelen cumplir.

—Estaba refiriéndome al caso. Usted sabe que una orden de busca y captura puede tardar meses en dar resultado, si es que lo da.

—Nos encargarán otro caso mientras tanto.

—Eso es lo que me temo, y si nos dan otro caso, éste se quedará sin resolver… ¡y tan cerca del final como estamos! Sus *homeless* se quedarán sin venganza.

—Sin justicia, quiere decir. Pero no desfallezca, volveremos a recurrir a gente que haya visto a Arcadio Flores alguna vez, preguntaremos entre los parroquianos del bar de Genoveva, iremos de nuevo a Cáritas, a otras instituciones de caridad, puesto que sabemos que lo había contratado una institución. Encima ahora tenemos su fotografía, es un paso más. Aún no hemos explotado todos los cartuchos.

Suspiró y observó el techo, luego se tragó el último sorbo de martini que le quedaba en el vaso. Me miró:

—Entonces se supone que la historia tendrá un buen final.

—Tarde o temprano lo atraparemos, le doy mi palabra de honor.

—Me estaba refiriendo a la historia de mi hijo y su novio.

—Oiga, Fermín, ¿por qué no intenta centrar un poco esta conversación?, más que nada por no divagar.

—Perdone, es que me encuentro nervioso, alterado. Esto de la fiesta no sé yo si…

—Venga conmigo, prepararemos la vajilla en el salón. Luego nos arreglaremos un poco.

Me obedeció como un niño que necesitara de guía. Colocamos las copas y los platos en un extremo de la mesa alargada donde iría el bufet. Metí las flores que había comprado en jarrones distribuidos estratégicamente y, por último, encendí un par de enormes velas.

—¿Qué le parece?

—Está muy bonito, pero vaya jaleo para usted.

—Por eso no se preocupe, yo soy una mujer de mundo y estoy habituada a recibir en mi hogar.

—Eso es cierto.

—Voy a cambiarme de ropa y a pintarme los ojos. Usted podría separar los discos que le gustaría oír durante la cena.

—Música clásica, no, ¿eh?

—No, hoy mejor jazz.

Subí a mi habitación y mientras me maquillaba, oí cómo llegaban los del catering a entregar la comida, y cómo Garzón los recibía y les daba las indicaciones pertinentes convertido en un auténtico amo de su hogar. Era una situación extraña que me divirtió y que, en el fondo, resultaba sumamente agradable: alguien que abre la puerta mientras tú haces otra labor, que se ocupa de llevar las riendas en un momento dado. Sí, vivir en compañía presentaba algunas ventajas, ¿quién podía negarlo?

Bajé con un sencillo vestido rojo oscuro y el pelo recogido en la nuca, sin joyas, bien maquillada. Garzón silbó:

—Está usted como un tren.

—Es un piropo anticuado.

—Como un tren de alta velocidad, entonces.

Le sonreí con simpatía y miré su atuendo. Mientras habíamos estado trajinando en la cocina se había quedado en mangas de camisa, pero ahora volvía a lucir americana, chaleco y corbata, con lo que el fantasma de Lucky Luciano tomaba cuerpo otra vez. Me atreví a hacerle una sugerencia estética:

—¿Por qué no se queda sólo con la camisa, como antes?

—¿Estoy mal así?

—Demasiado formal.

—Pero usted se ha puesto muy elegante.

—Siempre es así en las fiestas privadas, las mujeres vamos elegantes mientras los hombres escogen un look más despreocupado.

—No lo sabía. Pues me quito la corbata y en paz.

—Espere, quítese también la chaqueta y déjese puesto el chaleco. Le prestaré un fular. No, mejor una bufanda ligera, tengo una de cheviot que le irá perfecta. Estará igualito que Georges Brassens.

—¿Seguro?, ¿no pareceré un cantaor de flamenco?

—¡No, no, qué va!, tendrá un aspecto... ¡moderno!, ésa es la palabra.

—Bueno, todo sea por la modernidad.

Con la bufanda descuidadamente caída a ambos lados de la pechera, más parecía un *chansonnier* de cabaret que un cantaor de tablao, pero como no estaba segura de que le complaciera la analogía, me limité a decirle que lucía una pinta estupenda.

—¡Tengo una hambre, inspectora!, ¿puedo picar un canapé?

—¡Ni se le ocurra!

A las nueve en punto llamaron al timbre. Hice votos mentales para que no fuera Ricard, no podría haber vuelto a soportar la tensión que se creaba al reunirse nuestro curioso triángulo. Mis plegarias fueron oídas porque se trataba del juez García Mouriños. Su voz atronadora invadió la casa por completo.

—¡Petra Delicado, la montaña hacia la que Mahoma se ve obligado a ir!

—Mahoma tampoco ha venido demasiado últimamente.

—¡Cosas del trabajo, qué le voy a contar! Pero es una vergüenza que sólo nos veamos por temas profesionales.

—Lleva usted mucha razón. Como ya no me invita al cine ni me propone que nos casemos…

—¡Hasta el propio Mahoma se hubiera cansado de recibir tantas calabazas! ¿Tiene algo de beber?

—Lo tengo todo. Sólo pida y será complacido.

El subinspector hizo su aparición. El juez le espetó:

—¡Hombre, Fermín, qué elegante! Hoy tienes un aire a lo Maurice Chevalier que te sienta muy bien.

—¡Vaya por Dios!, ¡un poco pasado de moda el tal Chevalier!

—Nada de eso, es un clásico. Cuando uno se muere y no deja de recordársele, pasa a ser un clásico, ya sabes cómo va eso.

—Para clásico hubiera preferido vestirme de romano.

García Mouriños soltó unas carcajadas de las que suelen resonar en el proscenio.

—¡Ah, este hombre siempre está protestando! ¿Ha visto usted a alguien que proteste más, inspectora?

—Vive Dios que no.

—¡Estupendo, juez, ve dándole razones a mi jefa!

—Todos estos recibimientos en plan *Bienvenido, mister Marshall* están muy bien, pero ¿es que nadie va a servirme un dedito de whisky?

Por la familiaridad con la que Garzón y el juez se trataban, pude comprender que aún debían de salir «en pandilla» con las hermanas Enárquez. Cuando estaba sirviéndole el whisky volvieron a llamar. Eran las propias hermanas Enárquez, a las que acogí con auténtica alegría. Nos abrazamos, nos besuqueamos en el mejor estilo social-femenino y me encantó comprobar que no habían perdido ni un ápice de su glamour. Vistosas, emperifolladas y cuidadas hasta en el más nimio detalle, seguían siendo un ejemplo palmario de cómo se puede vivir con eterna ilusión. Mercedes dio una vuelta apreciativa por la sala:

—¡Qué casa tan coqueta, Petra! Ya sabía que no tendrías los ceniceros a tope de colillas y revistas caídas por el suelo como los policías de las películas, pero un gusto tan exquisito se sale de lo común.

Lamenté que Ricard no estuviera presente para oír aquel comentario.

—No te fíes, lo de las películas es verdad, pero como os esperaba, todas las revistas están debajo de la cama y las colillas las he tirado por la ventana.

Beatriz se quedó mirando a Garzón:

—Fermín, ¿de qué estás vestido hoy?

El subinspector me miró con cara de odio. Dijo resignadamente:

—La idea era tener un look informal.

—¡Pues lo has conseguido! Más que informal, yo diría que es incluso un look…

Buscó la palabra sin encontrarla. García Mouriños se la brindó encantado:

—¿Deforme?

El pobre subinspector tuvo que aguantar las risas generales, si bien yo intenté moderar las mías porque empezaba a sentirme culpable. Por fortuna, en aquel momento llegó Ricard. Nunca olvidaré la expresión de su cara cuando vio a mis invitados en todo su esplendor. En seguida me lanzó una mirada irónica. Fui presentándoselos y empezó a darse cuenta de que, si bien el aspecto de todos ellos podía parecer pintoresco y su edad era algo más que mediana, se mantenían en perfecta forma verbal y su sentido del humor no permitía descanso. Aun así, cuando estaba haciendo de anfitriona en el rincón de las bebidas, se me acercó para susurrarme muy divertido:

—¿De dónde has sacado a toda esta panda? ¡Son la hostia!

Le mandé callar y servir las bebidas para que tuviera algo que hacer. La reunión se formalizó un poco y bebimos charlando en pequeños corros. Garzón me dijo al oído:

—¿Y mi puto hijo, no puede llegar puntual como todo el mundo?

—¿Quiere procurar no estar tan nervioso? Es una fiesta, no un juicio, no hace falta llegar con absoluta puntualidad, incluso es más distinguido hacerse esperar un poco.

—¡Usted y sus conocimientos de sociedad! Me ha hecho ponerme esta facha innoble y ahora todo el mundo se cachondea de mí.

—Por favor, Fermín, nadie se ha cachondeado de usted. Simplemente tiene un aspecto distinto del de siempre y eso llama la atención. Es normal.

Renegó aún por lo bajo ¿De verdad tenía tan mala apariencia? Yo lo encontraba mucho mejor que con su traje funerario, pero tantos comentarios habían acabado por hacer que me sintiera responsable. Encima, empecé a sufrir también por el retraso de su hijo. Por supuesto, como todo sufrimiento precoz, fue por completo inútil. Diez minutos después y entre disculpas de todo tipo, el hijo de Garzón y el americano hicieron su aparición. Observé al novio con mucho cuidado. Era alto, bien parecido, vestido con elegancia. El pendiente que orlaba su oreja representaba la anécdota irrelevante en un aspecto general muy poco llamativo, muy correcto. Sí era cierto que se reía continuamente, pero esa característica alegre en el trato social era más propia de su nacionalidad que de su tendencia a trivialidad alguna. Realmente, Garzón no tenía motivo para quejarse, aquel hombre distaba mucho de ser una «loca» que pudiera llamar la atención. Como parecía ya inevitable, Alfonso Garzón comentó el aspecto de su padre:

—¡Caramba, papá, te encuentro cambiado!

Garzón apretó las mandíbulas y yo le pedí a Dios que el comentario fuera clemente.

—Estás...

—¿Hecho un adefesio?

—Al contrario, te encuentro moderno. Moderno es lo que iba a decir.

Le pegué una mirada de triunfo a mi ayudante y me alejé en busca de dos copas con aire de éxito total.

Estando las hermanas Enárquez entre los invitados, no cabía temer que el encanto de la fiesta decayera. Rápidamente, tanto Mercedes como Beatriz me ayudaron a hacer de anfitrionas y se pasearon ofreciendo canapés y preocupándose de que los vasos permanecieran bien llenos. Y no sólo eso, sino algo de mucha más importancia para mí: procuraron que en ningún momento languideciera la conversación. En seguida me di cuenta de que no tenía nada de qué recelar: la fiesta prometía ser un éxito. Sólo seguía inquietándome el merluzo de Garzón, que se mostraba serio y callado como un penitente y de vez en cuando lanzaba miradas lastimeras hacia su hijo y el acompañante.

Al cabo de un rato llamaron al timbre.

—¿Esperamos a alguien más? —dije sinceramente y no por resultar graciosa. Garzón me miró con alarma.

—Debe de ser Yolanda, inspectora. ¿No me diga que se le había olvidado que estaba invitada? Yo iré a abrir.

Me eché a reír con una risa tonta que sí pretendía hacer gracia esta vez. Era cierto, me había olvidado por completo.

—Soy despistada, pero tanto…

Mentiría si dijera que la entrada de Yolanda no me impresionó. Sin uniforme ni tejanos, vestida con un traje negro muy corto, medias negras, largos pendientes, el pelo suelto y sedoso y los ojos muy maquillados, estaba espléndida. Fue entonces cuando me di cuenta de lo que era en realidad: una mujer muy joven llena de seducción y de belleza. Le sonreí y fui hacia ella:

—¡Yolanda!, ¿cómo te encuentras?

—Mucho mejor, inspectora. Hasta se me han borrado un poco las marcas de la cara.

—Llámame Petra, por favor, hoy no estamos trabajando.

El silencio que se produjo en toda la sala era de admiración. Detrás de Yolanda venía Garzón, que se comportaba como un padre orgulloso.

—Para nuevo look, el que ahora estamos viendo. ¿Se ha fijado, inspectora?

—Desde luego que sí, está preciosa.

El subinspector no le concedió tiempo a la chica ni para decir buenas noches. Se lanzó en seguida a contar su proeza: cómo una muchacha de su edad, desafiando el peligro, pedía el ingreso en la Policía Nacional a pesar de la mala experiencia vivida. Lo hizo de un modo tan enfático y reiterativo que más que un padre orgulloso empezó a parecerme un mercader de esclavos que intentaba vender la joya de su caravana. Logró que Yolanda se sintiera embarazada por la situación.

—Oiga, Garzón, ¿por qué no la deja beber una copa?

La chica me miró aliviada. La cogí por el brazo y procedí a hacer las presentaciones, pero Garzón venía continuamente detrás de mí, como si pretendiera custodiarla. Todos estaban encantados con la nueva invitada, era como el gramo de hermosura que le faltaba a nuestra reunión para convertirse en una fiesta de verdad, pero cuando nos pusimos frente a Ricard me di cuenta por primera vez de cómo miraba a Yolanda. No era la suya una mirada de admiración, ni mucho menos lasciva, estaba simplemente fascinado, transportado por la observación de tanta belleza, de tanta juventud. Sonreía levemente, como si comprobara que, después de todo, Dios aún existía. Tardó un momento en darle la mano, en salir de su estupor contemplativo. Entonces su sonrisa se hizo abierta, transparente, franca; se notaba que nacía de una fuerte corriente de placer interior. Mientras él miraba a Yolanda, yo lo miraba a él, y me quedé pasmada ante la cantidad de matices sutiles pero rotundos que demostraba su reacción. Me ensombrecí. Era como si a medida que él iba siendo consciente de aquel esplendor yo fuera notando todos los defectos y agravios que había ido dejando la edad en mí. Por un momento me vi tal como era en la actualidad: con arrugas alrededor de los ojos, la piel sin brillo, un rictus amargo en los labios. Estaba empezando a sentirme mal, no por lo que había percibido en Ricard, sino por lo que había descubierto en mí. Garzón me ayudó a salir de aquel *impasse* doloroso. Agarró a Yolanda por la mano y la puso frente a su hijo, haciendo él mismo la presentación. Yo me metí un whisky en el cuerpo con la intención de que el alcohol devorara el resto de los humores malignos que bullían en mi interior. Me hizo efecto y la segunda copa acabó de remontarme hasta un nivel aceptable, casi normal.

La fiesta estaba en su apogeo, mis invitados comían, charlaban, reían y se solazaban en estado de perfecta relajación. Todos menos el subinspector, que estaba tenso y pesado, interrumpiendo y forzando las situaciones con una tendencia que me costó un buen rato comprender.

¿Qué pretendía insistiendo una y otra vez en llevar a Yolanda hacia Alfonso, a Alfonso hacia Yolanda? Se aseguraba de que estuvieran juntos, les daba tema de conversación... Parecía una escena de anticuado vodevil, pero era real: se trataba de un último intento a la desesperada para que su hijo, sorprendido por la belleza de la joven, volviera al redil heterosexual en una conversión a lo san Pablo. No podía creerlo, pero las dudas me abandonaban a medida que Garzón se ponía pelmazo. Comprendí que nunca asimilaría tener un hijo gay y me di cuenta del dolor que eso le provocaba. Afortunadamente, nadie se percataba de lo que estaba pasando, nadie excepto el propio Alfonso, por supuesto, y quizá también Beatriz, la amante de Garzón, que intentó un par de veces rescatar a Yolanda. La tenía por una mujer de gran sensibilidad, pero después de lo que sucedió poco más tarde, advertí que también era hábil y valiente.

Mercedes Enárquez propuso bailar, era una bailonga incansable. Hubo un momento de duda para escoger pareja en medio de la animación general. Garzón en seguida se acercó a su hijo:

—Yolanda baila muy bien, te encantará.

En ese momento, Alfonso se puso serio, tensó las mandíbulas y miró a su padre con ojos coléricos. Había decidido poner punto final al torpe acoso. Sonrió forzadamente y, con gesto firme, se dirigió hacia Alfred y lo tomó por la cintura. Dijo de modo claro y contundente:

—Creo que bailaré con Alfred, tengo más costumbre.

Tras un momento de incómodo silencio, Beatriz Enárquez dio un grito que pretendía ser divertido y en dos pasos se plantó junto a ellos y le arrebató la pareja a Alfonso.

—¡Ni hablar de costumbres! Hoy es un día excepcional y a este chico guapo me lo llevo yo.

Alfred rió a carcajadas, encantado. Yo secundé la acción oportuna de Beatriz y me uní a un Alfonso un tanto estupefacto.

—Pues a mí nadie me va a quitar a éste.

En pleno desmadre generalizado, Mercedes Enárquez enganchó a Garzón y el juez García Mouriños, nada dispuesto a que una fémina le tomara la delantera, invitó cortésmente a Yolanda. Ricard quedó desubicado pero con gran capacidad de reflejos, se fue a la cocina y reapareció tras un instante amarrado melosamente al palo de una escoba, con la que empezó a danzar. Una ocurrencia muy celebrada.

Y allí permanecimos bailando felices, como si fuera el resto del mundo quien estuviera loco. Cambiamos muchas veces de pareja, hicimos baile robado, cargando con la escoba el más corto de reflejos, y los ritmos a los que nos movíamos eran cada vez más enfurecidos. Todo formaba parte de una catarsis, de una especie de ritual donde lo más importante era pasarlo bien, reírse, beber y perder un poco el sentido de la aburrida realidad. Sin embargo, por mucho que me sintiera alienada y llena de júbilo, no pude por menos de controlar la mirada de Ricard cuando estaba cerca de Yolanda. En cuanto me daba cuenta de mi despreciable vigilancia, volvía la vista hacia otra parte.

De repente, Beatriz se me acercó con cara preocupada:

—Petra, yo diría que está sonando su móvil.

—Buen oído, es verdad.

Tomé el teléfono de la mesilla en la que estaba y me fui a la cocina, donde el bosque de botellas de vino vacías empezaba a espesarse. Llevada por la euforia de la fiesta, solté un «*allô!*» lleno de afectado acento francés.

—¿Inspectora Petra Delicado?

—¿Quién es? —volví con desagrado al presente.

—¡Joder, Petra, vaya finura! Creía que hablaba con tu ama de llaves.

Reconocí en seguida la odiada voz de Fernández Bernal. ¿Qué podía querer?

—Es que en mi día de fiesta me olvido de que soy policía y hablo en francés. Porque hoy es mi día de fiesta, no sé si lo sabes.

—Sí, ya lo sé, pero hay un asunto que podría interesarte.

—¿Habéis recuperado un perro perdido?

—No, un fiambre. Y digo yo que te interesará, porque lleva un manojo de llaves colgando de un llavero como el que tienes tú.

—¿El de la caridad?

—Sí, ése tan hortera.

—¿Dónde estás?

—En el depósito.

—Voy para allá.

No estaba muy segura de que nadie se hubiera percatado de mi corta ausencia. En la sala continuaba el jolgorio. Pensé en una estrategia para salir sin armar mucho alboroto. Garzón estaba ejecutando una especie de claqué aflamencado jaleado por el resto, en especial por Alfred, que parecía loco de contento. Me puse a su lado y taconeé también como una Ginger Rogers pasada de vueltas. Luego grité:

—¡Y ahora, todos!

El estrépito de patadas que se formó tenía bastante que ver con el desfile de un ejército, pero sin tanta coordinación. Entonces aproveché el desconcierto para decir al oído de Garzón:

—Disimule, Fermín, pero voy a largarme un momento. Han encontrado a un muerto que puede ser nuestro hombre, llevaba un llavero como los de Tomás *el Sabio*.

—¡No joda, yo me voy con usted!

—Ni lo sueñe, y siga pataleando, que no quiero deshacer la fiesta. Usted se queda aquí de anfitrión, que es la despedida de su hijo. Saque los pasteles y el cava, explíqueles que me han llamado para un asunto de servicio y que luego volveré. Procure que no decaiga.

—Pero…

—¡Siga pataleando, joder, que se van a dar cuenta!

Me alejé saltando de lado, en una especie de polca ridícula, yendo a parar a la entrada. Tomé mi bolso y mi gabardina y salí. El aire me pareció refrescante. Desde el interior de la casa emergía un estruendo atronador, como el que hacen las legiones de hormigas gigantes en las películas de ciencia-ficción de serie B. Lo más probable era que se presentara la Guardia Urbana en cualquier momento.

El depósito de cadáveres es siempre deprimente, pero mucho más si acabas de abandonar una fiesta. Allí encontré a Fernández Bernal y al subinspector Sabater fumándose un cigarro en el pasillo.

—Buenas noches.

—¡*Bonsoir*, madame! —me respondió irónico mi compañero. Quise empezar bien.

—Te agradezco que me hayas llamado, Bernal. Daba una fiesta en mi casa y he venido pitando.

—¿Y los invitados?

—Se han quedado allí.

—Te encontrarás la casa destrozada.

—No creo, aligerada de whisky y poco más. Contadme qué ha pasado. ¿Dónde lo encontraron?

—La cosa no es tan fácil como «encontrar». Tenemos un testigo en comisaría. Luego si quieres hablas con él, un tipo que trabaja de vigilante en un parking. Eran las doce y acababa su turno. Bajaba por la calle Balmes para coger su moto que tenía aparcada en la plaza Molina. De repente vio a dos tíos que llevaban a otro en medio, como si estuviera borracho. No me preguntes por qué, debe de pensar que eso de vigilar un parking lo convierte en detective, pero el caso es que les dio un grito, algo así como: «¡Oigan, ¿adónde van?!», y para su asombro los dos tipos empezaron a correr y se metieron por la calle Sanjuanistas, una lateral. El muy burro fue detrás y los tíos corrieron más deprisa. Entonces el que llevaban entre los dos se les cayó, o les pesaba demasiado y lo soltaron, no lo sabe con seguridad. El caso es que se quedó tieso en la calle. El vigilante se agachó a socorrerlo y los otros escaparon a todo trapo.

—Apuesto a que eran dos hombres jóvenes y fuertes.

—Exacto.

—¿Les vio la cara?

—No, y el muerto no llevaba identificación, pero sí dos cosas encima: el resguardo de una tintorería muy bien metidito en el bolsillo interior, que os va a venir de puta madre, y un manojo de llaves con tu llavero.

—¿Cómo murió?

—Tiene un tiro en el pecho, a bocajarro. Le han sacado la bala y es una nueve milímetros corto. Ya se la han llevado al laboratorio.

—¿Le habéis tomado las huellas?

—Ya está todo listo, ahora el forense de guardia le está practicando los «primeros auxilios», algo más nos aportará. Si quieres volver a tu fiesta, yo te mantengo informada. Esta noche poco más se puede hacer.

—No, quiero echarle una ojeada al tipo, y hablar con el testigo.

—¿Crees que es tu hombre?

—Todo pinta que sí, pero tengo a alguien que lo puede

identificar, además, contamos con las huellas del muerto y mi hombre estaba fichado.

—Cojonudo. Entonces he hecho bien en llamarte.

—No podrías haberlo hecho mejor, Bernal, te lo agradezco.

Si Confucio hubiera sido policía, hubiera escrito sin duda: «Nunca digas de ningún colega que es un cabrón porque acabarás bebiendo de su mano.» Y ése sería uno de sus proverbios de mayor aplicación.

El forense de turno se hizo esperar un rato todavía. No amplió mucho los datos iniciales que le había dado a Bernal. Al tipo se lo habían cargado con un solo disparo a bocajarro en pleno pecho. Murió inmediatamente, a las doce de la noche más o menos. No tenía señales de violencia, sólo dos marcas leves bajo los brazos por haber sido arrastrado tal y como sucedió.

—¿Quieres verlo? —me preguntó Bernal.

Estaba ya rígido, con la cara color de cera, pero sus facciones no se veían alteradas. Era el hombre de nuestra ficha policial. Si se trataba del mismo a quien Genoveva daba de comer en su restaurante, ella lo reconocería sin ninguna dificultad.

—¿Vamos a comisaría?

—¿No piensas volver a tu fiesta?

—Tengo quien haga los honores por mí.

Pasé escueta revista a los objetos personales de la víctima, que estaban en el despacho de Bernal: un resguardo de una tintorería de Gracia y el manojo de llaves, con el llavero que rápidamente mi compañero había identificado. Otra comprobación interesante que deberíamos hacer sería probar aquellas llaves en el apartamento de la calle

Princesa que tan ágilmente había sido vaciado. El hallazgo de aquel muerto iba a conseguir que avanzáramos. Eso era muy esperanzador, pero justamente aquel hombre aparecía como nuestro principal sospechoso. ¿Y qué se hace cuando a tu principal sospechoso lo quitan de en medio? ¿volver a empezar? Sufrí un vahído. La muerte de un sospechoso de asesinato nunca es casual; entonces ¿quién estaba detrás de todo aquello?, ¿debíamos seguir por el mismo camino o aquel hallazgo implicaba una desviación? Estaba mareada, el deseo y la urgencia de saber me provocaban una impaciencia de difícil control. Una etapa que yo ya conocía: es completamente distinto encontrar dificultades al principio de un caso que asistir al embarullamiento de unas pruebas que teóricamente habías conseguido ordenar. De ese frenesí de la curiosidad a la absoluta desmoralización tan sólo dista un paso, y yo me encontraba a punto de darlo. El subinspector Sabater me sacó de mis meditaciones:

—Inspectora, ¿no quiere interrogar al testigo? Así le dejamos que se marche a su casa. El pobre se ha quedado dormido en la silla.

—Déjela, Sabater, la inspectora está reflexionando. El testigo que espere —terció Bernal.

—No, ¡qué más quisiera yo que tener algo claro sobre lo que reflexionar! Vamos a verlo.

El guardia del parking era feo y enormemente gordo, una especie de *freak*. Al verlo me pregunté cómo había sido capaz de correr tras los dos hombres, cómo lo había intentado siquiera. Debía de tener una gran confianza en sí mismo, una autoestima muy elevada. Era joven, unos treinta años, pero su modo de hablar y su inteligencia apuntaban a un niño de diez. No tenía malditas ganas de interrogarlo, sabía que añadiría muy poco a lo que había dicho ya, pero no hacerlo hubiera sido una descortesía hacia Bernal y Sabater, de modo que me encaré a él procurando no demostrar el más mínimo cansancio:

—Así que los pescaste, ¿eh?

—Sí —dijo muy orgulloso

—¿Te diste cuenta en seguida de que pasaba algo raro?

—Sí, lo llevaban a rastras, pero hay que estar más que borracho para que te cuelguen los pies así. Los borrachos cuando los llevan de esa manera andan un poco.

—Ya. ¿Sabías que estaba muerto?

—No, creí que le habían dado una paliza. Los tíos no iban tranquilos, miraban a un lado y a otro por si alguien los veía a ellos. En cuanto se dieron cuenta de que los seguía, empezaron a correr, yo corrí detrás, que aunque a ustedes no se lo parezca, yo corro que me las pelo. Cuando lo soltaron y el pobre hombre se cayó al suelo como un saco de patatas, ya me di cuenta de que debía de estar muerto.

—¿Los viste, les viste las caras?

—Estaban lejos.

—¿Eran altos, fuertes, atléticos, bastante jóvenes?

—Creo que sí, más altos que yo, un poco más viejos, un poco más delgados también.

Que se utilizara a sí mismo como medida complicaba las cosas, pero más o menos su testimonio resultaba fiable.

—¿Alguno de ellos llevaba un casco de moto, si no puesto, colgado del brazo?

Se pasó un minuto pensando y luego dijo con toda determinación:

—No.

—Está bien, puedes marcharte a casa. Gracias por todo, tu colaboración ha sido muy valiosa.

Salió tan contento de sí mismo como un héroe puede estarlo. Fernández Bernal me miró con ironía:

—A lo mejor Coronas quiere ficharlo para el cuerpo, ¿no?

—Pobre tipo, daba casi pena.

—Pero nos ha venido bien. ¿Por qué no te vas a descansar? No creo que los invitados estén aún en tu casa.

—Espero que no. Si están, los echaré.

—Tómatelo con calma, Petra.

—Gracias, Bernal, os agradezco que me hayáis llamado.

—¡Pero si estamos encantados, un muerto que nos quitas de encima!

Y un muerto más que caía sobre mí. Coronas también estaría encantado cuando se enterara.

Regresé a casa y vi con alarma que aún había luz en el salón. Eran las cinco de la mañana. No podía creer que ninguno de mis invitados fuera tan inconveniente como para seguir en la fiesta. Abrí la puerta y vi a Garzón, solo y medio tumbado en el sofá. Desde la considerable distancia a la que estábamos, pude oler su tufo de alcohol, y todavía llevaba un vaso de whisky en la mano. Sólo su consabida resistencia a la bebida hacía posible que su voz y su modo de hablar fueran completamente normales.

—¡Vaya, veo que se ha disuelto la reunión!

—Hola, inspectora.

—¿Qué, cómo ha acabado la fiesta?

—¿Sabe cómo acabó el rosario de la aurora?

—Mal.

—Pues esto, mucho peor.

Me senté frente a él y me serví dos dedos de whisky. Estaba derrumbado y con cara de entierro.

—¿Qué ha pasado?

—Vino la Guardia Urbana.

—¡No joda!

—De verdad. Los llamaron unos vecinos estirados que

tiene usted en la casa de al lado. ¡Total, para una fiesta que da, tampoco era para ponerse así! Porque no creo que usted dé fiestas todos los sábados, ¿no?

—¿Y qué dijeron?

—Que dejáramos de armar tanto follón. Pero Yolanda se identificó como guardia urbana y cambiaron de actitud. Los invitamos a un trozo de pastel y se quedaron un rato. Nos pidieron disculpas. Pero cuando se fueron ya no fue igual, nos sabía mal seguir con el baile y bajamos el volumen.

—Bueno, pues entonces no ha pasado nada terrible.

—No. Lo del rosario de la aurora lo digo por mí.

—¿Por usted?

—Mi hijo hizo un aparte para hablar conmigo y... en fin, ¿qué quiere que le cuente? No se guardó nada en el tintero. Me puso a parir.

—¿Puede explicarse mejor?

—Dijo que no había sabido comprenderlo, que no lo aceptaba como era, con su homosexualidad y sus sentimientos. Dijo que me avergonzaba de él, que no me veía capaz de superar mis prejuicios.

—¿Y usted qué le contestó?

—No podía contestarle nada porque llevaba razón. Dijo también que nuestra relación sería siempre superficial.

—¡Joder, Fermín, me deja de una pieza!

—Ya. Pero ¿qué vamos a hacerle?, las cosas son como son. Me pidió que hoy no los acompañara al aeropuerto. Ya ve.

—¿No intentó usted quitarle hierro al asunto?

Se tragó todo el whisky y me miró con la cara más lúcida que le he visto jamás. No estaba borracho en absoluto, debía de tener uno de esos días en los que el alcohol te proporciona clarividencia absoluta.

—Petra, ¿sabe qué le digo? Ser voluntarioso está muy bien, pero ¿a qué jugamos? Porque yo, cuando me quedo solo en la intimidad, no puedo dejar de pensar lo que pienso. Es posible disimular, pero alguien que me conozca bien se dará cuenta de que estoy mintiendo. Puedo intentar cambiar de opinión, y lo he intentado, se lo aseguro, pero no lo he conseguido. Lo máximo a lo que puedo comprometerme es a seguir intentándolo.

—¿Por qué no le ha dicho eso mismo a su hijo?

—No era el momento. Además, estaba cabreado, lo que ha hecho mi hijo es una provocación. Vale que sea homosexual, vale que en Nueva York lleve la vida que le dé la gana, pero ¿era necesario que se presentara aquí con «el sonrisas»? Podría haber tenido un poco más de sensibilidad.

—No haré comentarios sobre eso. Oiga, ¿a qué hora sale su avión?

—A las diez de la mañana, creo.

—Lo que vamos a hacer es darnos una ducha, cambiarnos de ropa y desayunar. Luego nos vamos al aeropuerto y los despedimos allí.

—¿Sin ninguna explicación?

—Exacto.

—¿Y sin dormir?

—Tenemos todo el día para dormir, es domingo.

—Vale, pero usted me contará por qué se ha largado a comisaría.

—Ésa era mi intención.

—De acuerdo, pero primero nos acabamos el whisky que ha quedado en la botella.

El whisky ya no me apetecía, pero me lo tomé a grandes sorbos mientras Garzón agotaba el suyo muy poco a poco. Estuve todo el rato deseando preguntarle si Ricard y Yolanda se habían ido juntos de la fiesta, pero logré contenerme, de modo que quedara más o menos intacta mi dignidad.

Pusimos en práctica el plan y, tras la ducha reparadora y un café casi tóxico, incluso parecíamos dos seres humanos dispuestos a comenzar la jornada dominical. De camino al aeropuerto le conté a Garzón las importantes novedades en el caso, que tuvieron la virtud de trastornarlo y no hacerle pensar en nada más. Perfecto, así la despedida de su hijo no estaría tan cargada de tensiones.

Alfonso Garzón se quedó de una pieza al vernos, pero ¡loados fueran los cielos!, sonrió. Tuvimos tiempo de tomar un café los cuatro juntos y charlar, en especial sobre la fiesta de la noche anterior, sobre los divertidísimos invitados, sobre el buen ambiente que había reinado. Pasó el tiempo a toda velocidad y llegó la despedida propiamente dicha. Padre e hijo se dieron uno de esos abrazos masculinos que implican una cierta distancia y mucha virilidad. Después, el subinspector tuvo que pasar por el trauma de que «el sonrisas» le diera dos besos sonoros como si fuera un suegro amistoso. Consiguió superar la prueba con bastante naturalidad. Por último nos dijimos adiós.

De vuelta a casa iba yo conduciendo y el subinspector se mantenía en silencio. Por fin le oí decir en voz bastante baja:

—Gracias, Petra. Esta despedida ha resultado menos dura que la anterior.

—Ha sido un placer.

—Ahora recogeré mis cosas y por fin la dejaré en paz.

—Eso también será un placer —contesté riendo.

Y así lo hizo. Entre ambos limpiamos los restos de la fiesta y, al acabar, él metió sus cosas en la maleta. Apareció en el salón preparado para la marcha, y puso cara de máxima trascendencia:

—Inspectora... no sé cómo agradecerle...

—Oiga, Garzón, el lunes lo quiero como un clavo en comisaría a las ocho en punto. Nos esperan duras jornadas. Estamos metidos en un Cristo de mucho cuidado, y Coronas no debe de andar contento.

—Descuide. Sólo quería decirle que he estado muy a gusto en su casa, y que echaré de menos sus jaboncillos y lociones de maricón.

—Ya le regalaré unos cuantos el día de su cumpleaños.

Al quedarme sola di una vuelta por toda la casa. Me parecía mentira tanta tranquilidad. Tenía varios mensajes de Ricard en el contestador automático, y lo llamé.

—¿Ya se ha ido definitivamente tu colega?

—Hace un rato.

—¡Menos mal! ¿Nos vemos esta tarde?

—No me he acostado aún, necesito dormir.

—Entonces te llamo después. Ya que estás sola otra vez, podríamos empezar a hacer planes concretos.

—¿Sobre qué?

—Planes para que pierdas para siempre tu soledad.

—¡Ah!, sí, bien, hablaremos.

—Noto muy poco entusiasmo.

—¡Estoy tan cansada!

—Es verdad, cariño, perdóname. Luego te llamo.

Era extraño que me fastidiara tanto el hecho de que alguien me llamara «cariño». No sabía por qué. Me remitía a una domesticidad llena de agradables tazas de té compartidas, pero también de rutinas absurdas, de pequeñas trifulcas, de nimias obligaciones diarias.

Debería haberme metido en la cama inmediatamente, pero quería gozar un poco de la paz que por fin se respiraba en mi casa. Era una mañana fresca y soleada. Preparé más café y, mientras lo tomaba, puse un Nocturno de Chopin. No pensaría en el caso, no pensaría en Garzón, no pensaría en Ricard, no pensaría en mí misma ni en mis deseos o reacciones. Me dejé llevar por aquella música rara, inspirada, de una hermosura salvaje, como siempre la belleza lo es.

CAPÍTULO UNDÉCIMO

Se nos acumulaba el trabajo, de modo que lo dividimos con cierta equidad. Yolanda, que volvió a la acción, fue la encargada de comprobar si las llaves del muerto abrían el apartamento fantasma de la calle Princesa. Garzón llevó a Genoveva, a quien, como supe más tarde, aquel día le tocaba cocinar lentejas, hasta el depósito de cadáveres para la identificación, y yo acudí a la tintorería con el resguardo del muerto.

Le advertí a la encargada de la tienda que era policía para evitar malos entendidos. La advertencia los evitó, pero provocó la consabida alarma general y un montón de miradas furtivas. Con un nerviosismo que ralentizaba cada uno de sus movimientos, la mujer consultó el ordenador, hasta las panaderías te sirven ahora una barra con previa consulta informática, y un rato después volvió con una americana perfectamente planchada dentro de una bolsa de plástico. No quise apresurarla ni romper su rutina para no alterarla más de lo que estaba.

—Dígame el nombre de este señor.

—Arcadio Flores, ése fue el nombre que dejó.

—¿Figura su dirección?

—Sólo el teléfono.

—Está bien, démelo.

—¿Ha hecho algo malo?

—¿Por qué pregunta eso?

—Como es usted policía…

—Podría haber preguntado si le ha pasado algo a él.

Se puso blanca como algunas de las ropas que circulaban por allí y pensé inmediatamente que debería haberme mordido la lengua antes de hacer un comentario que sólo había conseguido sumirla en la desazón que todo el rato yo había intentado impedir.

—Le aseguro que yo… lo dije porque… no sé.

—A este hombre lo han matado.

La coloración de su cara pasó al rojo intenso. Empezó a lagrimear. Una planchadora que miraba de reojo vino a socorrerla. No habían hablado, pero ya sabía quién era yo.

—Eulalia, no te agobies, tranquila, por favor.

Maldije mil veces la situación que había creado de la manera más tonta, pero ya no tenía remedio. La tal Eulalia había empezado a llorar a moco tendido.

—Eulalia, le ruego que se calme. ¿Venía por aquí con frecuencia este señor?

—Sí, algunas veces —logró farfullar—. Siempre traía americanas de buena calidad y después del invierno algún gabán.

—¿Hablaba con usted?

Se sonó ruidosamente. Su compañera le daba golpecitos en la espalda como si hubiera perdido a un ser amado.

—Un día me dijo que estaba muy guapa. Había ido a la peluquería y él se dio cuenta, pero aparte de eso…

—¿Lo vio en alguna ocasión acompañado de otra persona?

—No, siempre venía solo.

De repente titubeó y me miró por entre las rendijas encarnadas en que se habían convertido sus ojos.

—Le decía si había hecho algo malo porque un día nos dejó una chaqueta con un billete de cien euros en el bolsillo y ni siquiera se dio cuenta. Se lo tuvimos que dar nosotras y nos regaló veinte euros por nuestra honradez, para que fuéramos al bar, así lo dijo él. Entonces pensé que quien no le da mucha importancia al dinero seguramente es porque no le cuesta ganarlo, ¿no le parece?

—Eso está bien pensado, sí.

Le di las gracias y me llevé la americana, pero cuando iba a salir oí la voz doliente de la sensible Eulalia:

—Inspectora, son seis cuarenta del lavado en seco. Se lo pido porque a mí el jefe me las va a reclamar.

Regresé sobre mis pasos para pagarle y pensé en la gran verdad que había dicho sobre la correlación entre la importancia del dinero y la dificultad para ganarlo. Arcadio Flores debía de manejar cierta cantidad de pasta si iba sembrando sus bolsillos de billetes y ni siquiera lo recordaba.

En comisaría, Yolanda y Garzón me esperaban sorprendidos por mi tardanza. Pasé el número de teléfono a nuestros servicios y nos pusimos a esperar tomando café.

—¿Ha tenido alguna dificultad, inspectora?

—Las propias de la psicología humana. ¿Y ustedes?

—Una de las llaves del difunto abrió el apartamento a la perfección —respondió Yolanda.

—Deja de llamarle el difunto, nosotros empleamos la víctima o el muerto, el fiambre si estamos de buen humor. Bien, espero que otra llave abra la puerta de la dirección que nos den los de la compañía telefónica. Ahorraremos en derribos de puertas. ¿Y usted, Fermín?

—La tal Genoveva es todo un carácter.

—Me lo imagino, se pasó todo el rato preocupada por sus lentejas.

—No sólo eso, sino que cuando vio al fiambre, hoy estoy de buen humor, no se impresionó lo más mínimo, como suele suceder. Le pegó una mirada tranquila y dijo: «Éste es el tipo, que Dios lo tenga en la gloria si la gloria existe en algún lado.»

—Las mujeres del pueblo llano no se asustan por nada, sobre todo si regentan un bar. ¿Hay informe de balística?

—Todavía no.

—Y bien, ¿qué les parece?, que un presunto asesino aparezca frito no es como para ponerse a cantar de alegría.

—No. Si pudiéramos pescar a esos dos tipos que están siempre presentes en el lugar del crimen…

—Me da la impresión de que no son más que clase de tropa. Aquí estamos apuntando hacia arriba, recuerden.

—Yo me siento como apuntando en una caseta de feria, donde hay muchas dianas a la vez.

—¡Que no cunda el pánico, Garzón! La casa de la víctima, ya ven que yo no estoy de tan buen humor, tiene que darnos pistas definitivas, porque de lo contrario…

—De lo contrario, ¿qué? —preguntó una intrigada Yolanda, que asistía a la conversación como a una película de Hitchcock.

—De lo contrario el comisario nos echará del caso, y para ti será un poco pronto, ¿no, Yolanda?, acabando de entrar en el cuerpo… Oiga, Fermín ¿por qué no va a reclamar esa dirección?

—Ya iré yo —se ofreció la flamante policía.

—No, que vaya mejor el subinspector, él sabe meterles prisa.

Nos quedamos solas bebiendo café. La observé con discreción. Incluso con un atavío normal estaba muy guapa, sin arrugas, con el pelo brillante y los ojos vacíos de malicia, de experiencia y desengaños. Recordé haber ojeado mis fotos de juventud y descubrir que la mayor diferencia con la actualidad estaba en la mirada. Ahí quedan las auténticas muescas de la edad, de las desilusiones, de las batallas ganadas o perdidas. No hay cosmética reparadora para eso, ni cirugía plástica que pueda arreglarlo.

—Lo pasamos bien el sábado, ¿verdad?

—¡Jo, inspectora, vaya festorro!, sus amigos son una pasada, de verdad. Lo malo es que ayer tenía tanta resaca que no pude ni salir. Mi novio se mosqueó.

—No le dejes que se mosquee por lo que tú hagas o dejes de hacer. Acostúmbralo bien.

—Los hombres son un poco plastas, eso ya se sabe. Pero mi novio es buen tío.

—Mejor. ¿Os fuisteis a tomar otra copa con los invitados al salir de mi casa?

—¡No, qué va, no fue necesario, estábamos bien cargados ya! Su amigo el psiquiatra me acompañó a casa.

—Perfecto, mucho mejor ir con alguien a esas horas.

—Podría haber ido sola, soy policía.

La entrada en tromba de Garzón interrumpió su sonrisa encantadora. El bueno del subinspector venía pletórico y calzándose la gabardina.

—¡Andando, señoras, que los muertos se enfrían más de lo que están! Ese teléfono ha surtido efecto: tenemos dirección y permiso del juez para revisar la casa.

Casi al final de la kilométrica calle Valencia, junto al mercado de Els Encants, estaba el piso de Flores. Una de sus llaves abrió la puerta con toda facilidad. Una vaharada de olor a sándalo nos llenó la nariz. Abrí la expedición por el pasillo y nada de lo que veía me pareció destacable, era una vivienda normal, ni rica ni pobre, ni bonita ni fea. Sólo el salón, una estancia amplia de unos cuarenta metros, mostraba un cierto placer por la decoración con antigüedades. Había una tablilla medieval colgada en la pared, una pequeña virgen románica sobre una mesilla... Al principio pensé que se trataba de reproducciones, pero sin ser una experta, me di cuenta de que debían de ser originales. Garzón estaba tan sorprendido como yo:

—¡Fíjense, cuadros antiguos!, ¿no habíamos quedado en que era un hortera?

—Antes no había hortera sin su transistor, pero hoy en día tienen más cosas, compran antigüedades, sólo beben whisky de malta... pero siguen siendo horteras igualmente.

Por lo demás, la casa sí era en conjunto bastante hortera: grandes sofás coloreados y un aparato de televisión con pantalla panorámica. Nos enfundamos los guantes de látex y empezamos a fisgar: las habitaciones, la cocina... todo estaba ordenado y no presentaba ningún signo especial. Sólo al final del pasillo encontramos un pequeño cubículo donde había una mesa de despacho y un ordenador. Con gran satisfacción, observamos que en una estantería se amontonaban libros de contabilidad.

—Esto va bien. Trabajo económico para el inspector Sangüesa.

Junto a los papeles había más objetos antiguos de escaso valor: horribles jarrones del siglo pasado, un molinillo de café... Yolanda cogió una cajita muy vieja:

—Mire, inspectora, es munición.

En efecto, era una caja sin usar de balas de nueve milímetros largo.

—Interesante coincidencia. Garzón, averigüe si este pájaro tenía licencia de armas.

—No lo creo. Esa munición antigua se encuentra sin

dificultad en el mercado negro, aún quedan cajas por ahí desde la guerra civil, pero lo averiguaré.

—Podría tratarse de otra adquisición en un anticuario.

—¿Guardar balas como objeto de colección?, puede ser.

Eché una ojeada a los libros de cuentas sin entender gran cosa. Lo único que pude apreciar fue que algunos volúmenes llevaban una F en la cubierta.

—¿Qué puede significar?

—No lo sé. Quizá para Sangüesa y su gente tenga sentido. Que rastreen también en la declaración de la renta del tipo. Hay que destripar los números uno por uno.

—¿Va a poner en marcha el ordenador?

—Tampoco me serviría de mucho. Lo confiscaremos, es otro trabajo para especialistas.

—¡Qué divertido! —exclamó Yolanda—. Al final todo lo hacen los expertos y al investigador no le queda casi nada que investigar.

Garzón la fulminó con la mirada.

—Eso es lo que puede parecer, pero un montón de datos sin articular no sirven para nada.

—No se mosquee, subinspector, lo que yo quería decir es que...

—¡Señores, por favor!, ¿han comprobado el contestador del teléfono?, ¿han rebuscado en los bolsillos de las americanas?, ¿han mirado si hay agendas o dietarios? Dejemos el tema de las competencias para otro momento.

Me apliqué con la diligencia que exigía y, en vez de husmear en unos números que nada me demostraban, abrí uno por uno los cajones de la mesa. Encontré recibos de la luz y el gas, cuentas de restaurantes, propaganda de ferias de anticuarios, la tarjeta de un *brocanter* y varias facturas de autentificación de objetos allí comprados aparte del papeleo habitual en cualquier casa. De pronto, vi una nota manuscrita que me llamó la atención. Decía: «Arcadio: hoy no he podido acabar. Mañana será otro día si Dios nos da salud y alcohol.» Estaba sin firmar, pero me encontraba casi segura de que se trataba de la caligrafía de Tomás *el Sabio*. Miré de nuevo los libros contables. Podía equivocarme, pero ambas letras pertenecían al mismo hombre. ¿Tomás *el Sabio* era el contable de Arcadio Flores? ¿Ése era el «gran asunto» en el que se había metido? ¿Y cuál era el gran y sin duda sucio asunto en el que andaba Arcadio?, ¿simplemente la falsa caridad? ¡Dios!, había algo que no acababa de encajar, un tornillo que se negaba a enroscarse en su sitio. De cualquier modo, llevaba razón Yolanda, mi descubrimiento de aquella caligrafía no tenía mucho valor hasta que no lo certificaran los expertos. Iba a hacernos falta un buen batallón de ellos: informáticos, personal de cuentas, balísticos y calígrafos, sin contar con la prescriptiva recogida de huellas en el apartamento. Sí, un pobre detective no era nada, en especial si no se veía capaz de pintar un cuadro armonioso con las diferentes pinceladas de color.

Recuerdo que no tenía demasiados deseos de llegar a mi casa aquella noche. Suele ocurrirme cuando un caso se encuentra al rojo vivo y necesito datos de los especialistas para avanzar. Todo lleva su tiempo, pero ese tiempo parece infinito si puede demorar importante información. En esas ocasiones, alejarse de la comisaría da la impresión de dejar abandonadas las pesquisas, de no estar presente en el núcleo donde bulle la vida policial. Pero no es verdad, también los expertos comen y duermen, vuelven a sus casas y tienen listas de informes a los que deben ir dando prioridad. Pensé que, al día siguiente, le pediría a Coronas que me concediera un estado de máxima urgencia que lograra acortar las esperas. Eso me tranquilizó, aunque sólo en parte; había en mi ánimo algo más que me impedía desear con premura lo que suele gustarme y llenarme de paz: tomar asiento con un libro en mi salón. Debía ser sincera conmigo misma, no quería estar sola y ponerme a pensar. Estaba segura de que lo que iba a encontrar en mi mente, arrinconado por las incidencias del caso, no me complacería. Pero lo hice, soy valiente, y tampoco era lógico largarme a beber copas de bar en bar hasta quedarme atontada y sin capacidad de reflexión. No, llegué a mi casa, tomé una ducha, me preparé un sándwich y me senté con un libro en el regazo. Por supuesto, la imagen que estaba intentando eludir se presentó, era su turno, su momento de gloria. En esa imagen, en realidad sólo un recuerdo, estaba yo misma procurando quedarme a solas con Yolanda y preguntándole de modo indirecto si había estado con Ricard la noche de la fiesta. Había sucedido, no era una simple imaginación. Luego, mi mente sí se pasaba a lo abstracto y empezaba a divagar. Ricard y su mirada de admiración hacia la joven. ¿Era eso algo ofensivo hacia mí, anormal, fuera de los límites de una conducta perfectamente lícita? No, en absoluto, Ricard estaba mirando a Yolanda casi de la misma manera que la había mirado yo: constatando las delicias de la belleza y la juventud. El problema estaba en mí. Yo era quien representaba un papel muy poco lucido en aquella función. Me veía a mí misma como una mujer celosa y poco segura de su aspecto que temía que le robaran a su hombre, un hombre con fama de donjuán. Sinceramente, incluso con la gabardina arrugada yendo a trabajar un lunes, mi imagen era mejor. Me serví un dedito de whisky. Y si tenía tantos miedos era porque estaba convencida de que Ricard no me quería, no sentía una loca pasión por mí. ¿Cómo iba yo entonces a amarlo a él? Lo sé, todas esas ideas forman parte de los postulados del narcisismo más abyecto, pero ésa es mi auténtica personalidad: necesito tener buen concepto de mí misma y necesito que me amen para amar. No, en ningún caso estaba dispuesta a pasar mi vida preocupada por el deterioro de mi físico y con la duda de que el hombre amado sólo estuviera conmigo como atenuante de su soledad.

De la manera más inopinada, acababa de tomar una decisión. Si ponía los conflictos que causa vivir sola en un plato de la balanza y todo lo que acababa de pensar en la otra, el fiel se inclinaba sin duda hacia mi estado actual de soltería. Y lo que era más importante, si era capaz de pesar los sentimientos hacia Ricard como si fueran un kilo de pescado, era porque no había nada en ellos que mereciera la pena conservar.

Me tragué el whisky de un tirón. Uno tiene en su interior todas las claves de lo que quiere hacer, pero a menudo falta tiempo para conversar con la propia conciencia. Y yo había encontrado el momento ideal. Sabía que me arrepentiría de mi resolución alguna que otra vez: cuando tuviera una pena que no pudiera compartir, o una duda que deseara consultar, o una alegría intensa que necesitara partícipes, pero siempre podía llamar a un amigo, contratar a un psiquiatra o comprarme un perro. En última instancia, me quedaría a escuchar a Chopin, leer un buen libro y trincarme un vino añejo. Sin olvidar a mis queridas víctimas, esos muertos cuya desaparición yo debía aclarar y que siempre me acompañarían mientras existiera interés, odio, locura y maldad, es decir, toda la vida. Anselmo y Tomás *el Sabio*, ellos no habían tenido que luchar contra su narcisismo ni plantearse la conveniencia de la soledad, ellos vivían solos en un mundo perverso. Serían dentro de poco, si no lo eran ya, cadáveres sin nombre, presencias tenues que pasaron como soplos por una vida colectiva que apenas si se enteró de su existencia. Pensar en que yo tenía la misión de tomarlos en serio me parecía un buen motivo para seguir.

«¡Al carajo con los temores, Petra!», me dije como colofón de tales pensamientos. Y aquella expresión tan popular, bastarda y filosófica consiguió que me animara muchísimo.

El primer informe que llegó a nuestras manos fue el de balística. Así supimos que el proyectil que había matado a Arcadio Flores había sido disparado con la misma pistola que el que mató a Tomás *el Sabio* y al pobre señor Anselmo. La bala presentaba idéntico aspecto: la vaina estaba expandida y el pistón se había desplazado hacia atrás. También el metal tenía muescas y arañazos. No cabía la más mínima duda. El informe se completaba con un comentario sobre la caja de balas que habíamos encontrado en casa de Arcadio. Se trataba de balas del nueve largo para subfusil fabricadas durante la época de la guerra civil española. Podían encontrarse aún circulando por el mercado negro. La conclusión acababa con la siguiente hipótesis: «No puede descartarse que la bala encontrada en el cadáver haya sido una del nueve largo para subfusil recortada y disparada con una pistola del calibre nueve corto. De ese modo, se habría producido una sobrepresión en la recámara que habría dado origen a la expansión de la vaina y desplazamiento del pistón observados.»

Ya habíamos leído una vez todo aquello. Garzón me miró con ojos desorbitados haciendo cábalas a toda velocidad.

—El hecho de que a este tío lo hayan frito con la misma pistola que a los otros dos no impide que...

—Que no fuera él mismo quien se cargó a los mendigos. Eso simplemente vendría a significar que...

—Que lo frieron con su propia pistola.

—La cual debe de hallarse ahora en manos de su asesino.

—Es una hipótesis seria, pero no excluyente. Ese asesino pudo matar también a Tomás y a Anselmo. La pregunta es ¿por qué? En el caso de Anselmo, fuera quien fuera el asesino, el móvil está muy claro: lo vieron en nuestra compañía y temieron que se fuera de la lengua. Tomás *el Sabio* parecía dispuesto a contar algo que quisieron silenciar, pero ¿por qué se han cargado a este individuo?

—Quizá por lo mismo, para hacerle callar.

—Entonces es que existe en todo esto un tercer hombre.

—Y no precisamente un hombre secundario.

—No, ya que es quien ha quedado vivo al final.

—Suponiendo que no encontremos a un nuevo muerto en el camino y continúe la cadena.

—Así es.

Nos miramos el uno al otro contentos con nuestro dúo deductivo. Puse una mano en el hombro de Garzón:

—Subinspector, huelo un final muy cercano.

—¿Y ese final huele bien?

—A auténtica chamusquina, créame.

—Nada que usted no pueda perfumar con alguno de sus jaboncillos y lociones.

—Va a hacer falta algo más. Le propongo una visita.

—¿A quién?

—Al inspector Sangüesa.

—Es pronto aún. No creo que hayan acabado de trabajar en el informe.

—Esa visita tiene como objetivo presionar.

—Nos mandará al infierno.
—Cualquier infierno es mejor que la duda.

La primera mirada de Sangüesa fue de las que no dejan nada por decir, aunque lo dijo igual:
—¿Ya estáis aquí? ¡Eres como una mosca cojonera, Petra!
—De quien se ocupa de algo tan sofisticado como delitos económicos se espera un vocabulario mejor.
—De acuerdo, te diré que eres como un díptero testicular, si te parece más fino, pero eso no cambia las cosas: el informe no está acabado aún. Tengo a mi gente trabajando en ello a toda mecha.
Garzón no pudo reprimir una risita que yo le recriminé con un leve parpadeo. Miré a Sangüesa cara a cara.
—Sangüesa, no seas cabrón, no te estoy pidiendo el informe completo, pero tú ya tienes ideas sobre el tema y quiero que nos las comentes, sólo un pequeño adelanto.
—Tampoco «cabrón» es el vocablo ideal para una abogada y una dama.
—Está bien, te llamaré «majestuosa cabra hispánica», si te parece mejor.
Cabeceó varias veces y se echó a reír por lo bajo.
—¡Joder, Petra, joder, hay que joderse! He visto mujeres tan cabezotas como tú, pero más que tú ninguna, te lo aseguro. Venga, pasad al «saloncito» que hasta os voy a ofrecer un café.
El departamento en el que Sangüesa y su gente trabajaban era uno de los más contaminados por el humo de los cigarrillos. Su tarea requería que permanecieran largas horas sentados frente al ordenador desentrañando problemas casi siempre complejos, y eso los llevaba a fumar sin

medida. Esa falta de movilidad y exceso de concentración propiciaba también que ostentaran reputación de difíciles entre los demás policías. Pero yo tenía muy bien tomada la medida de Sangüesa y sabía que, bromeando con él, siempre tendía a aflojar su rigidez inicial. Nos hizo pasar a una pequeña sala de juntas apartada de los despachos por cristaleras y trajo para todos vasitos de café.

—Venga, vamos a ver qué puedo resumir antes de que me arrepienta y os mande al carajo.

Sacó un montón de papeles de una carpetilla y fue ordenándolos después de echarles un vistazo. En mangas de camisa y con las gafas en la punta de la nariz, parecía más viejo y cansado, pero tenía fama de ser el mejor en su campo. En seguida se orientó entre la maraña de notas y operaciones matemáticas. Murmuraba datos como si rezara y, al final, levantó la vista y dijo:

—Bueno, más o menos ya sé dónde estoy. Pero que conste que faltan verificaciones que ya he mandado hacer, de modo que todo es provisional. Si usáis estos datos para algo oficial, negaré habéroslos facilitado.

—¡Que sí, Sangüesa, no seas pesado! Sólo los necesitamos para el curso de la investigación y no saldrán a relucir hasta que no haya un informe. ¿Qué quieres, que me ponga de rodillas y lo jure ante la Biblia?

—Te libras porque no tengo ninguna biblia por aquí, que si no... pero pasemos a la contabilidad de este pájaro. Tenía un auténtico negocio llevado en toda regla sin duda por un profesional de los números. ¡Hasta hay previsiones de futuro para el plazo de un año!

—¡Tomás *el Sabio*! —soltó Garzón.

—¿Ya tenéis al culpable?

—Siga, inspector Sangüesa, sólo ha sido una exclamación.

—Vienen registradas facturas por la compra de materiales diversos, cosas tan curiosas como estampas de la misericordia, llaveros de la caridad, banderines de la solidaridad. Después aparecen las ganancias que se han obtenido por la venta de dichos objetos. Todo casa a la perfección. Más tarde nos topamos con otros conceptos: mendicidad, recaudación en iglesias, donativos, recogida y venta de ropa usada, etc. Aquí no hay inversión, todo son ganancias puras de las que se ha descontado un porcentaje variable del diez al veinte, deduzco que para pagar al personal que llevara a cabo esos trabajos.

—Asombroso.

—Lo es, sobre todo contando con que no nos topamos ni con una sola deducción de IVA, lo cual hace pensar que todo este negocio pertenece a la economía sumergida.

—Puedes llamarlo simplemente timo.

—No me atrevía a tanto, pero ya veo por dónde va el asunto. Me sorprendía que un timo tuviera una organización tan perfecta. Supongo que se trataría de toda una red.

—Creo que habíamos subestimado a Arcadio Flores.

—¿El cerebro de esto se llama Arcadio Flores? Un nombre muy bucólico para semejante cabrito. Cuando salte a los medios de comunicación que ha habido un timo a gran escala basado en la caridad, se armará la de Dios; es un tema gustoso.

—Te ruego discreción.

—¡Joder, Petra, ni que fuera un principiante! Pero agarraos, porque no he terminado aún. El punto en el que estábamos trabajando cuando habéis irrumpido aquí violentando todas las reglas son las libretas que vienen marcadas con una F. Se trata de algo muy distinto. Hay cantidades que F paga a Arcadio Flores bajo conceptos tan humanitarios como: subvención para campaña «Nadie sin turrón en Navidad», derrama para campaña «Emigrantes sin papeles» o «Materiales para dormitorios de ancianos sin techo». Son cantidades esporádicas y no muy grandes, pero durante tres años no han dejado de ingresarse. Su objetivo final desaparece en la sombra, son cantidades de las que no existen justificantes de que hayan sido empleadas en su objetivo nominal. Sin embargo, en estas cantidades sí estaba gravado el IVA.

Un silencio absoluto se extendió entre los tres.

—¿Y bien, os da eso alguna pista?

—No.

—¿Quién es F?

—Ni idea.

—Pues el enigmático filántropo señor F le daba pasta a Flores para campañas humanitarias que él nunca realizó.

—Era, pues, una víctima sistemática del timo. Quizá él se lo cargó.

—¿Crees que un filántropo anda pegando tiros por ahí?

—¿Y si la F sólo corresponde al propio apellido de Flores?

—Tan oscuro es el tema con una sola letra como con ninguna. Oye Sangüesa, ¿qué hay de la declaración de Hacienda del tipo?

—Bueno, muchachos, pues para meterme en Hacienda necesito una orden del juez que os corresponde pedir a vosotros.

—Eso está hecho. No sé qué decirte, Sangüesa, eres un crack, o como decimos en el terruño, eres el tío con más cojones de España.

—Gracias, Petra, no esperaba un piropo menos saleroso viniendo de ti. Eso no implica que la próxima vez hagáis cola como todo el mundo que espera su informe y nos dejéis trabajar en paz.

—Te lo prometo por lo más sagrado.

Le di un somero beso en la calva incipiente que hizo decir a Garzón cuando ya habíamos salido:

—Es usted capaz de cualquier cosa con tal de obtener lo que quiere.

—¿Está celoso, Fermín, quiere que le propine a usted también un ósculo en pleno frontal?

Le cogí el brazo e hice ademán de besarlo. Él se zafó entre risas mal contenidas.

—¡Suélteme!, ¿está loca?

En pleno forcejeo festivo, nos cazó Coronas, que venía de frente por el pasillo. Maldije mil veces mi arrebato de buen humor.

—¡Hombre, cuánto bueno por aquí! ¿Qué, señores, echando una canita al aire o se trata de un acoso sexual en toda regla?

Garzón, sin la más mínima dignidad, saltó en seguida:

—Estamos casi al final del caso, señor.

—Al final de su carrera, es lo que están. Llevan dos días sin escribir nada en el informe oficial.

—Han sido dos días muy duros. De hecho, señor, yo me disponía a hacerlo cuando ha surgido una urgencia.

—Ya. ¿Y usted, Petra, no tiene nada que decir?

—Pues... ya que me lo pregunta... necesitamos un permiso firmado por usted para que el juez nos dé una orden de intervención en Hacienda por la vía de urgencia.

—¿El juez, el juez que instruye su caso? ¡Pues lo tienen contento! El otro día me llamó para decirme que hace un montón de tiempo que no le pasan una mala noticia.

—Han sido momentos muy difíciles, como bien dice el subinspector, pero le aseguro que estamos enfilando el final del asunto y la orden nos resulta imprescindible, señor.

—En esta comisaría el único que parece prescindible soy yo. No haré nada por que les faciliten esa orden. A partir de ahora, todas mis intervenciones con respecto a ustedes serán muy severas, se lo juro. No se puede ir por libre sin más.

Se alejó sin decir ni una palabra de despedida. Garzón ponía cara preocupada, parecía asustado de verdad.

—¿Ha oído, inspectora?, hablaba en serio, lo creo muy capaz de putearnos. Es buena persona, pero cuando se le hinchan las narices…

—¡Bah, es un simple desplante teatral a lo Laurence Olivier!

—Le recuerdo que es nuestro jefe, que puede relevarnos del caso con el consecuente desprestigio en comisaría, que puede quitarnos las primas y dietas y dejarnos con el sueldo justito.

—No lo hará. En primer lugar, estamos trabajando duramente, y eso es lo que de verdad le importa. El hecho de que llevemos unos días más o menos sumidos en la anarquía le trae absolutamente sin cuidado. Además, la presión de los periodistas ha desaparecido, tal y como era de esperar. ¿A quién le importa que se carguen a unos cuantos *homeless* si no se trata de ningún asesino en serie ni de nada espectacular? Y nadie sabe que este último crimen está relacionado. No hay prisa.

—Entonces el bueno del comisario estaba de broma.

—No, llamarnos la atención es algo que debe hacer. Ya que nos mostramos un tanto desmadrados, él pone orden en el corral. Quiere que le imploremos su colaboración para que veamos que la jerarquía es imprescindible, y eso es justo lo que vamos a hacer.

Me miró como temiéndose lo peor.

—¿Qué se le ha ocurrido? Espero que no sea muy original.

—No tema, es el recurso más viejo del mundo. Le mandaremos a Yolanda para que le pida el mandato de urgencia. Ahora es la niña de sus ojos, no se lo negará.

Resopló y dijo como para sus adentros:

—¡Dios nos libre de las artimañas de una mujer!

—¡Protesto, Garzón!, cuando la diplomacia y el arte de la política las ejerce una mujer, entonces las llaman artimañas.

—¡Para qué habré hablado! Voy a darle su encargo a Yolanda.

—Dígale que se muestre amable, pero no pelota, que dé a entender que está informada, pero que afirme no haber accedido a los detalles, como si se sintiera un poco marginada por nosotros. Eso obligará al comisario a darle lecciones, y no hay nada que a ustedes los hombres les guste más: enseñar a una mujer, y si es joven y guapa, tanto mejor.

Se alejó murmurando y dando cabezazos. Sólo pude entender:

—¡Joder con la diplomacia femenina!

—¡Ah, Garzón! y cuando ya haya contactado por teléfono con nuestra Mata-Hari, véngase para La Jarra de Oro, le invito a un café.

—Espero que no tenga cianuro.

Lo vi largarse con cierto placer. ¡Qué hubiera sido de mí y mis devaneos teórico-críticos si no hubiera sido por el fiel subinspector! En una época en la que escandalizar resulta cada vez más difícil, contar con su capacidad para horrorizarse era toda una bendición de los cielos.

Un rato más tarde compartíamos un café bien cargado en La Jarra de Oro. Esbozó una sonrisa triunfal:

—Mi hijo me ha llamado desde Nueva York. Dice que él y su amigo lo pasaron de maravilla aquí. Le manda recuerdos y besos cariñosos.

—Supongo que es un modo de demostrar que todo sigue bien entre ustedes dos.

—Sí, eso supongo yo también.

Bebió ensimismado y despedazó el croissant. Quedamos en silencio. Mojando la pasta prosiguió con la mayor naturalidad:

—Eso no significa que yo haya cambiado de parecer. Lo acepto, pero no lo entiendo.

—No hay nada que entender, es homosexual y punto.

—Sí, pero bien podría no dejarse ver tan a las claras con ese americano.

Lo observé con cansancio:

—Es difícil hacerle cambiar, ¿verdad?

—A mi edad...

—En cualquier caso, no hay necesidad de comprenderlo todo. Utilizamos el teléfono y no sabemos en puridad cómo funciona, ¿no?

—¡Completamente de acuerdo con usted!, además, ¿por qué no podemos negarnos a entender ciertas cosas? Es una manera de ejercer nuestra libertad. Yo en la puta vida he ejercido mi libertad. ¡Bueno, pues ya va siendo hora! Lo que ocurre es que nos obligan a vivir bajo etiquetas: comprender, aceptar la diferencia... ¡tópicos!

—El de ejercer tu libertad también lo es.

—Sí, lo es. Antes se decía la libertad, ahora cada uno parece tener la suya.

Nos miramos recíprocamente, algo admirados de estar casi de acuerdo.

—¿Y si volviéramos al trabajo, inspectora?

—¡Ya que no hay más remedio!

—Le recuerdo las narices hinchadas del comisario.

—¡Por Dios, Garzón, no sea basto! ¿No tiene nada más agradable que recordarme?

—Sus deseos de vengar a los dos vagabundos. ¿O es que se ha desengañado al saber que estaban mezclados en el delito?

—No hay nadie inocente, Fermín, sólo los animales.

—¿Ha dejado de pensar que los vagabundos son los verdaderos aristócratas de la sociedad?

—Todos somos puro pueblo, sin diferencias.

—Por cierto, ¿sabe qué hice el otro día? Recompuse y pegué el jarroncito horrible de aquella anciana y fui a llevárselo a su casa.

—¿En serio? ¡No me lo puedo creer! ¿Y qué pasó?

—Nada, que llevaba usted toda la razón, me dio un coñazo salvaje y se empeñó en que fuera otro día a tomar el té con ella.

—¿Y lo hará?

—Cometí el error fatal de darle mi teléfono y mi dirección.

—Entonces va jodido.

—Eso creo. Todo sea por la generosidad. Alguna vez nosotros también seremos viejos y nos gustará que alguien venga a arreglar nuestros jarroncitos rotos. Además...

—Además, ¿qué?

—Siempre queda el recurso de mandarla al carajo si se pone pesada.

Yolanda cumplió a la perfección su cometido de intermediaria. Coronas libró el permiso de urgencia y debió de sentirse muy halagado. Tener como punto flaco a una hermosa policía recién incorporada al cuerpo en circunstancias cuasi heroicas nunca sería un deshonor. La cosa estaba cantada, el juez nos dio una orden por el procedimiento más rápido y Sangüesa, convencido por mí una vez más, antepuso nuestro caso a cualquier otra investigación y fue a meter las narices en Hacienda. Un paso más en la superación de nuestro propio aparato.

En el contestador de mi casa se acumulaban mensajes de Ricard. No podía posponer por más tiempo un encuentro con él. Lo malo era que no sabía qué decirle. Pedirle una ruptura inmediata no se justificaba en modo alguno. Debía aguardar a que él moviera ficha para saber cómo salir de aquello. Aquel hombre me gustaba, pero bien podíamos seguir como estábamos. Lo llamé.

—¡Al fin! He tenido mucho trabajo y supongo que tú también, pero empezaba a estar dispuesto a presentarme en esa comisaría tuya para raptarte.

—Te hubieran detenido. ¿Cenamos juntos?

—Paso a recogerte dentro de media hora.

—Mejor que sea una. Quiero ponerme guapa.

No se retrasó, tuve el tiempo justo para darme una ducha y arreglarme el pelo. Para que no existiera la tentación de quedarnos en casa, reservé una mesa en un restaurante libanés. Intentaba que no nos quedáramos solos.

Ricard estaba contento, tan loco como de costumbre, disperso, amable y seductor. Pidió al camarero un montón de pequeños platos con distintas especialidades y nos dedicamos a ir picoteando e intentando adivinar qué ingredientes llevaba cada una de ellas. Yo hablaba demasiado, en seguida lo noté, y alargaba cuanto podía los comentarios intrascendentes con la intención de no entrar en materia personal. Cuando me preguntó por los avances del caso le conté incluso cosas sobre las que debería haber guardado una mayor confidencialidad, mucho más de lo que en realidad a él le interesaba saber.

—Esta noche deberíamos ir a mi casa —soltó de pronto—. Te sorprenderá. Está todo limpio y organizado, ya verás. Creo que acabarás reformándome.

—Nunca me lo he propuesto.

—Bueno, la convivencia es una cuestión de pactos cuando se llega a cierta edad y experiencia. Pactaremos: yo me vuelvo más ordenado y tú no me cuentas crímenes sangrientos mientras estemos cenando un bistec.

—Lo siento.

—¡Estoy bromeando, Petra, por Dios!

—Lo sé, yo bromeaba también. ¿Lo pasaste bien la otra noche?

—Fue una fiesta fastuosa, con toda aquella mezcla antropológica: policías, jueces, señoras respetables, modernos de Manhattan... ¡me encantó! Debería haber llevado a alguno de mis pacientes para completar el panorama.

—Hablas como si se tratara de un zoológico.

—Oye, ¿te pasa algo?, estás muy picajosa.

—Nada especial, no me hagas caso, sólo estoy un poco cansada.

—Dormirás en mi casa, tratada a cuerpo de reina, con el desayuno llevado a la cama al despertar.

Le sonreí con cierto cansancio real. Apenas si nos conocíamos, no teníamos más intimidad que la que proporciona el sexo, pero él seguía empeñado en reproducir ficticiamente el grado de familiaridad que guardan entre sí las parejas largamente constituidas. Era incapaz de advertir que recreaba una situación inexistente. Estaba probablemente tan deseoso de quemar etapas hasta culminar en ese punto que llegaba a saltarse con rapidez lo que suele ser uno de los períodos más interesantes en cualquier relación prometedora: el coqueteo que perdura en los primeros tiempos, la mutua exploración, el descubrimiento de la personalidad del otro. ¿Tan solo se sentía?, ¿tanto necesitaba una relación de amistad amorosa?, ¿quién era yo para él?

Su casa había experimentado en efecto una mínima metamorfosis aparente. Los montones de revistas apiladas en cualquier parte habían desaparecido y los ceniceros se veían limpios de colillas. El resto permanecía igual: el trabajo era lo que prevalecía en el lugar: informes, libros de consulta, ficheros...

—¿Qué me dices?

—Todo en perfecto orden de revista.

—La señora de la limpieza se quedó acojonada ayer, pensaba que se había equivocado de piso. Y espera, espera y verás.

Tiró de mi mano hasta llevarme a su dormitorio. Sobre la cama había una colcha de aspecto nuevo y en el cabecero reposaba un cojín lleno de puntillas que no imaginaba dónde había podido comprar.

—¿Te gusta?, ¿a que produce una impresión hogareña?

—De lo más hogareña.

—Oye, no sé si me estás tomando el pelo o hablas de verdad, te veo tan poco entusiasmada...

Empecé a sentir una creciente exasperación.

—Vamos a ver, Ricard, decides desescombrar tu casa, renuevas la ropa y hasta compras un cojín, ¿qué se supone que debo hacer yo, saltar de alegría, ponerme a ronronear sobre las puntillas como si fuera un gato?

—Petra, son detalles que he cambiado por ti.

—Yo no te he pedido que lo hicieras.

Se cabreó.

—¡Las mujeres tenéis la habilidad de convertir en fastidiosa cualquier situación de placer! ¡No te estoy pidiendo que me pongas un diez en decoración, sólo quiero que te des cuenta de que, tras estos preparativos, hay una voluntad de cambiar, de que mi personalidad se adapte a una convivencia más de acuerdo con tus gustos!

—¿Supones que vamos a vivir aquí?

—¡No!, viviremos donde quieras, pero aquí al menos se respira un poco de paz. En tu casa siempre hay un teléfono sonando, alguien que te requiere para un caso, eso si no está tu detective gordo dando la tabarra por ahí.

—¡No es un detective gordo!

—¿Ah, no, pues qué es? ¡El típico guripa alimentado con patatas y chorizo!

Di media vuelta y me fui hacia el salón. Había perdido los nervios yo también. Ricard me seguía en plan belicoso.

—¡Estoy harta! ¿Tú crees que un amante se comporta como tú lo estás haciendo? Creí que había venido aquí para una noche de placer, y ¿con qué me encuentro?, con un tipo que me trata como a una amiga de la infancia y me enseña el cojincito cursi que compró en las rebajas. ¡Es el colmo!

—¿El cojincito cursi?

—¡Sí!, puede que Garzón sea el típico gorila relleno de grasa, ¡pero ese cojín es cursi, cursi, cursi a morir! Todo esto es absurdo. Me voy.

Recogí mi abrigo y el bolso y enfilé la salida, pero aún no me había liberado de todo mi encono, de modo que me volví hacia él y añadí:

—Quizá hay otros policías que te parecen mejor, como por ejemplo Yolanda. Ya vi cómo la mirabas el otro día.

—¿Yo, la miraba yo? ¿Es eso lo que te pasaba toda la noche, un vulgar ataque de celos?

La frase me restalló en los oídos como un latigazo ofensivo. Abrí los ojos de par en par, consciente de que salía fuego por ellos. Le hablé en voz baja rasgando las palabras con los dientes:

—El día que yo sienta celos de ti, Ricard, ese día preferiría que me arrancaran la piel antes de decírtelo.

Di el clásico portazo de bronca conyugal y eché escaleras abajo sin detenerme a llamar el ascensor. Estaba alterada y enormemente molesta conmigo misma. Entonces, cuando ya había alcanzado el tercer piso de aquella escalera vetusta y señorial, oí un grito, casi un alarido firme y cuartelario pronunciando mi nombre:

—¡¡Petra Delicado!!

Me quedé quieta, con la sangre helada, aquel tipo se comportaba como un auténtico loco. Oí cómo bajaba a toda velocidad. Cuando lo tuve delante jadeaba. Nos miramos frente a frente como dos desafiantes animales y entonces la luz automática se apagó. Sentí su cuerpo envolviendo el mío, su boca caliente bajando por mi cuello. Notaba su respiración alterada chocando contra mi pecho. Desfallecí de deseo y ya no existía en el mundo nada más que su loción de afeitar.

CAPÍTULO DUODÉCIMO

Sangüesa quería vernos con urgencia. Nos crecieron alas en la espalda. Garzón, con las suyas, parecía un Cupido voluminoso entrado en la edad de la razón.

—¡Joder, jefa, por la manera en que ha hablado el inspector, debe de haber encontrado algo sustancioso en Hacienda!

—Sabe que detesto que me llame jefa.

—¿Por qué?

—Es una horterada.

—Estamos a punto de resolver un caso con tres muertos y sólo se le ocurre decir eso.

—Nunca hay que perder las formas. Yo no lo hago jamás —mentí—. Y eso de que estamos a punto de resolver el caso lo dirá usted. Como nos metamos en un berenjenal de números y sean los números los que tienen que cantar…

—Números cantan, dice el refrán. Confíe en el inspector Sangüesa, es el mejor.

Torcí levemente el gesto. Temo los delitos económicos, donde puede que los números canten, pero es extremadamente difícil ponerles un definitivo punto final por medio de pruebas.

El informe de Sangüesa era tan contundente como fácil de entender: Arcadio Flores presentaba su declaración de la renta basándose en su salario como director técnico de la fundación Igualdad y Paz. Unas trescientas mil pesetas al mes. Todo absolutamente legal. No se podía encontrar en sus impresos ninguna referencia a las cantidades detalladas en los libros de contabilidad que encontramos en su casa. La F de las carpetas, obviamente, correspondía a la palabra «fundación».

—¡Hay que joderse! —exclamó el subinspector—. ¿Y qué coño es la fundación Igualdad y Paz?

Sangüesa nos pasó un papel.

—Aquí tenéis la dirección de la sede social y el NIF, de lo demás ya os encargaréis vosotros. Pero quiero deciros que el hecho de que ese sujeto trabajara para una fundación es muy prometedor.

—¿A qué te refieres?

—Las fundaciones son opacas fiscalmente y presentan un montón de ventajas económicas: libres de impuestos, presunción de buena fe, no hay socios, sedes a veces sólo nominales, responsables incontrolados, protegidas por el Estado, que no ejerce prácticamente control sobre ellas... En fin, que un desaprensivo podría utilizar perfectamente una fundación como tapadera para ocultar movimientos contables, impagados a la Seguridad Social o negocios ilegales.

—Increíble.

—Pues créetelo, Petra, porque es la verdad. Sólo tienen que presentar listas de inversiones en asuntos culturales o sociales, según sea la fundación, y nadie suele meter las narices ahí. Estamos seguros de que en muchas fundaciones hay abundante tela ilegal que cortar, pero como no nos ampara la ley, poco podemos hacer.

—¿Crees que esta fundación se dedica al timo?

—Las cuentas del tal Arcadio Flores podrían tener carácter personal. Es decir, el tío aprovechaba su puesto de director técnico y se montó un chiringuito por su lado.

—Ésa ha sido nuestra hipótesis de trabajo, pero ¿quién contrata como director técnico a un tío con antecedentes como timador?

—Hay tres posibilidades. Una, que el contratador no supiera nada de ese pasado. Otra, que el contratador, ya que se trata casi con toda seguridad de una fundación de caridad, quisiera darle una oportunidad al contratado para su rehabilitación.

—Y la tercera, que el contratador tuviera algo que ocultar, para lo cual le venía de perlas alguien con un pasado poco claro que nunca iría a denunciarlo a la policía.

—Tú lo has dicho, querida colega. Sólo me queda desearos suerte. Si es un asunto de fundaciones con trastienda ilegal, os va a costar demostrar nada.

—Gracias, Sangüesa, eres el absoluto *number one*.

—Olvídalo, Petra. Como diría un gilipollas: cumplo con mi deber.

Nos dejó solos y sumidos en unos momentos de confusión.

—¿Qué le parece, inspectora?

—Tiene sentido. La fundación contrata a Arcadio Flores y éste monta una red de timos de caridad.

—Y de paso se embolsa algunos donativos de la propia fundación que debería haber dedicado a los pobres.

—Cierto, pero como no es un hombre de luces excesivas, necesita alguien a su vez que le lleve el garito y las cuentas.

—Y ese alguien es nuestro primer muerto, el célebre Tomás *el Sabio*. Un hombre inteligente y racional que sabe un rato de economía.

—Cuyo único defecto es su locura y marginación. Más tarde, algo le lleva a rebelarse contra Arcadio y jura que piensa destapar todo el pastel.

—Eso le cuesta la vida. Luego, el pobre señor Anselmo paga también con su vida porque lo ven hablando con nosotros y temen que sepa algo. Todo cuadra.

—Todo cuadraría si Arcadio Flores estuviera vivo, pero le recuerdo que no es así. Hay alguien más en todo esto.

—Se impone averiguar unas cuantas cosas sobre esa fundación.

Garzón leyó por primera vez el papel que Sangüesa nos había dado.

—Mire, inspectora, la sede social se encuentra en la calle Balmes, puede ser casualidad, pero si no me equivoco, el número está cerca del cruce con Sanjuanistas, donde pillaron a los dos tipos arrastrando el fiambre de Flores.

—Yo hace tiempo que dejé de creer en la casualidad, ¿y usted?

La fundación Igualdad y Paz figuraba a nombre de Adolfo Ayguals Escudero, un próspero empresario textil de la ciudad. A título personal, había creado la tal fundación para ejercer una labor filantrópica cuya acción recayera en gente pobre y marginada. La nómina de trabajadores era sólo de tres personas: dos secretarias y Arcadio Flores.

Tardamos exactamente dos minutos en plantarnos en el despacho de la fundación, pero una de las secretarias nos informó de que el señor Ayguals no iba demasiado por allí. Nos facilitó la dirección de su empresa Textiles Ayguals, S. A., cuyas instalaciones se encontraban en una zona de oficinas de la avenida Diagonal. Ya que estábamos in situ, les hicimos unas preguntas de las cuales la primera fue: ¿No habían echado de menos al señor Arcadio Flores? La secretaria más joven, que contaba los cincuenta, una mujer con pinta de despiste y vestido pasado de moda, contestó:

—Desde luego que sí. Hace días que no aparece. Se lo dijimos a don Adolfo y nos pidió que llamáramos a su casa, pero allí no estaba. Hasta un día fuimos a visitarlo. Tampoco abrió la puerta. Como no tiene familia... pensamos que se había ido de viaje y se le había olvidado avisar. Don Adolfo nos dijo que si al cabo de cuatro días no lo habíamos localizado, que llamáramos a la policía, pero lo dijo por decir, en realidad no pensamos que le hubiera sucedido nada.

—¿Qué horario de oficina tenía?

—¿Tenía?

—Arcadio Flores ha aparecido muerto, señorita. Nosotros somos policías.

Arrastró su butaca hacia atrás y se llevó las manos a la garganta. Inmediatamente empezó a temblar. La otra secretaria, que debía de estar a punto para la jubilación, fue inmediatamente a socorrerla.

—¡Virtudes, hija, por Dios!

La abanicó furiosamente con una carpetilla de papel. Garzón, siempre al quite, llenó con agua un vaso que estaba sobre la mesa.

—Es que es muy sensible, la pobre, y como nos han soltado semejante noticia a bocajarro... hubiera sido necesaria una pequeña preparación.

Miré a Garzón.

—Hágase cargo de ella un momento, subinspector.

Tomé a la secretaria que había quedado en buen estado y la llevé del brazo hasta un rincón de la oficina.

—No se preocupe por su compañera, está en muy buenas manos, el subinspector es diplomado en primeros auxilios. Conteste usted a mis preguntas, por favor.

—Yo también me encuentro bastante alterada.

—Lo superará. ¿Puede decirme cuáles eran los horarios de oficina de Arcadio Flores?

—El señor Arcadio no tenía un horario propiamente dicho. A veces venía y a veces no. Hacía mucho trabajo de calle. Por eso no nos alarmamos demasiado al faltar unos días.

—¿Qué entiende usted por trabajo de calle?

—¡El trabajo propio de la fundación, naturalmente! Visitaba a la gente necesitada, iba a las instituciones de caridad, repartía el dinero y diseñaba las campañas.

—¿Cómo se llama usted?

—Manuela Manzano.

—Muy bien, Manuela, me gustaría que se diera cuenta de que un interrogatorio policial no es una simple conversación. No me diga lo que es correcto decir por respeto a sus jefes o a la fundación. Debe decir la verdad.

—¡Estoy diciéndole la verdad!

—De acuerdo, ¿cree que el señor Flores podría haber estado incumpliendo sus obligaciones, o le parecía su comportamiento sospechoso, digamos... fuera de lo común?

Se quedó pensando un momento. Sin duda alguna estaba pasándolo mal.

—Verá... yo no soy quién para juzgar a mis semejantes, y el señor Arcadio siempre cumplía y era muy amable con nosotras, claro que...

—¿Qué?

—A veces tenía sus rarezas y algunos amigos que...

—Hábleme de esos amigos.

—No, yo no sé nada, pero un día vinieron a buscarlo dos hombres jóvenes, rubios y con pinta... no sé, poco recomendable, que hablaban muy poco español. Dijeron que querían verlo, y en cuanto el señor Arcadio los tuvo delante se puso rojo como un tomate y bastante enfadado. Los llevó fuera de la oficina y desde aquí pudimos oír que les prohibía volver a aparecer por siempre jamás. Fue raro.

—¿Cuánto hace de eso?

—Quizá un par de meses. Y no volvieron nunca.

—¿Le contó usted eso al señor Ayguals?

—¿A don Adolfo?, ¡ni hablar, no iba a molestarlo con esas tonterías!

—¿Viene a menudo el señor Ayguals por esta oficina?

—No, nunca, tiene mucho trabajo en su empresa.

—¿No se reunían él y Arcadio Flores?

—Aquí, no, desde luego. Supongo que lo harían en el despacho de la fábrica, pero no lo sé.

—¿Qué me dice de Adolfo Ayguals?

Se tensó visiblemente y adoptó una postura digna y orgullosa.

—Don Adolfo es un santo, un santo de altar. Un hombre con su fortuna y su trabajo no suele preocuparse por los demás, y él ha montado esta fundación en la que hacemos una gran labor. Sólo tiene que ver cómo se portó con Virtudes y conmigo. Virtudes es soltera y yo soy viuda. Ya tenemos una cierta edad, y hemos trabajado toda la vida en Textiles Ayguals. Pues en vez de prejubilarnos en alguna de las reestructuraciones de personal, nos pasó a trabajar en la fundación. Pocos hombres serían capaces de una cosa así.

—Me hago cargo. Tenemos una orden de registro del local y también un permiso del juez para llevarnos una copia de la contabilidad. No se alarme, es simple rutina.

—¿Sabe algo de esto don Adolfo?

—Ahora mismo nos dirigiremos a su despacho para hablar con él, usted no se preocupe.

—Es que si no lo autoriza don Adolfo…

—Incluso don Adolfo está por debajo de la ley, señora.

Le hice una seña de marcha a Garzón, que seguía procurándole atenciones a aquella mujer sensible. Le faltó tiempo para reprocharme los conocimientos que le había atribuido.

—¿Conque primeros auxilios, eh? No era necesario decir eso.

—Seguro que lo ha hecho usted muy bien.

—Sí, le he propinado doscientos golpecitos en la espalda y a cada uno de ellos le correspondía un: «Tranquilícese.»

—No creo que se pudiera hacer mucho más.

—¿De dónde habrá sacado estas secretarias? Parecen de una campaña de empleo para la tercera edad.

—Deben de ser ideales para el ejercicio de la caridad, además, son perros muy fieles. Yo diría que están escogidas con el mayor esmero.

—¿Está pensando que el tal Ayguals…?

—Veámosle la cara. A lo mejor lleva la inocencia pintada en el rostro.

—¿Cree que algún empresario se pone esa pintura?

—No sé, pero hay que ir despacio, paso a paso. Podemos estar hablando de delitos económicos, pero lo que nos compete a usted y a mí son dos asesinatos, quizá tres.

—Eso es mucha tela para cualquier empresario.

—Es demasiada incluso para un obrero sin cualificar, subinspector.

Hicimos una inspección ocular y, aunque ya habían pasado varios días, pedimos a un equipo de huellas y rastreo que hiciera una sesión a fondo en todas las habitaciones de la fundación. Las secretarias tuvieron que transigir ante estas exigencias.

Las oficinas de Textiles Ayguals ocupaban toda la planta de un gran edificio en la Diagonal. Eran modernas y funcionales, sin nada que las distinguiera de los miles de oficinas modernas y funcionales que hay en Barcelona. Una recepcionista se encargó de asombrarse en silencio cuando nos presentamos como policías y le preguntamos por el señor Ayguals.

—¿El padre o el hijo? —respondió, sumiéndonos en el desconcierto.

—El padre, supongo. Quien sea que dirija la fundación Igualdad y Paz.

—Entonces, don Adolfo. Esperen allí, en seguida le aviso.

Nos envió a un rinconcito provisto de asientos y la vimos dar un discreto recado por el teléfono interior. Al acabar, se levantó y vino hacia nosotros.

—Estaba reunido, pero dice que los recibirá dentro de unos momentos. Pasen por aquí.

Nos acompañó hasta un despacho que poco tenía que ver con el resto de las instalaciones. Era una estancia pomposa e imponente, con muebles isabelinos y sillones de piel. Las paredes estaban cubiertas de cuadros antiguos: paisajes, marinas, algún retrato... Garzón se sentó a esperar, pero yo empecé a pasar revista a las paredes, a curiosear todos los muebles. En una mesita lateral, junto a revistas financieras, había un manojo de tarjetas. Las cogí y fui mirándolas con rapidez. Una de ellas era de Anticart, recordé esa misma galería de *brocanter* entre los papeles que habíamos encontrado en casa de Flores. Unos pasos me hicieron depositarlas en su sitio con cierta precipitación. Adolfo Ayguals apareció en la puerta, sonriente.

—¿Qué tal, señores? Discúlpenme si los he hecho esperar.

Era un hombre de unos setenta años, pinta distinguida y sonrisa cordial. Parecía cansado. Tomó asiento y me miró con curiosidad.

—Estaba admirando sus cuadros.

—Tengo una cierta afición por las antigüedades, ¿usted también?

—Me gustan, pero es una afición que no puedo permitirme.

—A veces es cuestión de buscar. No siempre las buenas piezas son caras.

—Quizá. Pero no queremos robarle su tiempo, en realidad, estamos aquí con una misión bastante desagradable. ¿Conoce usted a Arcadio Flores?

—Desde luego, trabaja en mi fundación. ¿Le ha ocurrido algo?

—Me temo que sí. Ha aparecido muerto.

—¿Cómo?

—Asesinado de un tiro.

Se cubrió la cara con ambas manos. Era una acción pésima para nosotros, que no podíamos escudriñar qué tipo de reacciones tenía. Guardamos un respetuoso silencio. Al cabo de un instante se desveló el rostro. El aspecto cansado era aún más evidente.

—No me lo puedo creer. ¿Saben quién ha sido?

—Estamos tras algunas pistas.

—Por causa de su trabajo, frecuentaba ambientes de cierta marginalidad.

—Lo sabemos. ¿Podemos hacerle algunas preguntas?

—Sí, por supuesto. Díganme.

—¿Dónde conoció a Arcadio Flores?

—Déjenme pensar… me parece que fue de modo totalmente casual, en un bar, en un restaurante… ¡en una feria de antigüedades!, eso es, no recuerdo exactamente cuál. Él es… era aficionado también.

—¿Sabía usted que Flores tenía antecedentes?

—Sí, lo sabía, sabía que había tenido algunos problemas con la ley años atrás, problemas de pequeña envergadura.

—¿Y aun así le contrató?

—Digamos que le contraté justamente por eso. Bien, no es exacto decirlo así… nos conocimos, creo que nos interesábamos los dos por el mismo objeto antiguo, y empezamos a hablar. Congeniamos. Flores era un hombre muy simpático. Yo le conté sobre los primeros pasos que daba la fundación. Le encantó conocer mi proyecto, dijo que le parecía algo que merecía la pena. Entonces se me ocurrió que, estando aún el puesto de director libre, podíamos volver a vernos en otra ocasión y hablar de nuevo.

—¿Sabe a qué se dedicaba él en esos momentos?

—Sí, me comentó que estaba como trabajador *free lance* buscando piezas de anticuario para proveer a diversas tiendas. Pero, claro, lo que yo le ofrecía era más seguro, aparte de estar más en consonancia con su sensibilidad social.

—Apuesto a que tenía mucha sensibilidad social —soltó Garzón, pero Ayguals tomó completamente en serio la ironía.

—No le quepa ninguna duda. Me contó que fue un niño proveniente de una familia muy humilde, y que eso lo marcó para siempre. Luego, cuando empezamos a hablar con más seriedad de la posibilidad de aceptar el empleo que yo le ofrecía, se sinceró confesando que había tenido algún contratiempo con la justicia.

—¿Y usted?

—Yo decidí que lo primero en una fundación que se dedica al beneficio social es no perder de vista la filosofía que impregna el proyecto. Es decir, lo apoyé y confié en él.

—¿Nunca tuvieron problemas?

—No, jamás. Llevábamos trabajando juntos casi dos años y todo fue siempre rodado.

—¿Usted controlaba las cuentas?

Se quedó un instante pensando.

—¿Las cuentas? Pues él las presentaba con toda puntualidad y…, en fin, nunca tuve ninguna queja.

—¿Pero las revisaba?

—Bueno, puede parecerles una frivolidad, pero yo no las revisaba a fondo, tengo tantas cosas que hacer… Pero siempre cuadraban, estaban bien.

—¿Se aseguraba usted de que la obra social se llevase a cabo hasta el final?

—Inspectora, por favor, yo confío en la gente que trabaja para mí. Todo funcionaba correctamente. Por lo que traslucen sus preguntas, ¿debo entender que existe alguna sospecha sobre Flores?

—Todo indica que formó una red de timos cuidadosamente escudado tras el paraguas legal de la fundación.

—¡Eso no es posible!

—Estamos seguros. Aparte de lo que él pudiera haber montado por su cuenta, creemos que también se embolsaba el dinero que su empresa le daba para invertir en la fundación.

—¿En todo este tiempo no hizo ninguna obra social?

—Algo haría, aunque poco, estamos comprobándolo.

—¡Dios!, ¿es posible? ¡Parecía un hombre cabal!

—Hay gente así, señor Ayguals, pero eso es algo que usted sin duda debe de saber, después de tantos años trabajando como empresario.

—Sí, supongo que mi edad debería haberme hecho perder toda fe en el ser humano, pero por desgracia no es así, y ahora me resulta imposible cambiar, por muchas decepciones que me lleve.

—Tanto mejor para usted. ¿Dónde celebraban las reuniones con Flores?

—Nos reuníamos muy poco, más bien hablábamos por teléfono.

—¿Dónde estaba usted el jueves día 25 a las doce de la noche?

—¿A las doce? En mi casa, naturalmente. Por causa de mi edad, procuro salir lo menos posible. De hecho, sólo voy los viernes al Liceu o al Palau de la Música. ¿Por qué?

—Simple formalidad. Pensamos que a Flores podrían haberlo matado en el despacho de la fundación, y es necesario descartar a todos los que iban a menudo por el local.

—¿De verdad pueden llegar a pensar que yo lo he matado?

—En absoluto. Señor Ayguals, ¿qué puesto tiene su hijo en la empresa?

—¿Mi hijo? Pues de momento está como supervisor general, haciéndose una idea básica del negocio para cuando tenga que sucederme.

—¿Qué edad tiene su hijo?

—Cuarenta años. Sí, ya sé lo que deben de pensar, pero somos muchos los hombres de negocios que no sabemos jubilarnos a tiempo. De cualquier modo, no creo que yo vaya a seguir al frente mucho más. Tendré que resignarme y dejar camino libre a los más jóvenes.

—¿Vive su hijo con usted?

—Sí, yo soy viudo y él está divorciado. Pensamos que sería una buena solución para los dos volver a compartir la casa familiar.

—Comprendo. En ese caso, no le importará que él nos corrobore que estaban juntos en casa el día de autos, suponiendo que él no hubiera salido.

—No lo recuerdo, la verdad.

—¿Puede decirle que venga un momento?

—¿Ahora? No tengo ni idea de dónde puede estar, quizá en alguna reunión. Si quieren pueden volver en otro momento.

—Serán cinco minutos.

—Muy bien, aunque les advierto que él de la fundación no sabe nada. Ni siquiera conocía a Arcadio Flores.

—¿Nunca habían coincidido?

—No creo. Esperen.

Llamó a una secretaria por teléfono. Le pidió que llamara a Juan Ayguals.

—Mientras esperamos, les propongo fumar un cigarrillo. No he podido dejar el vicio, aunque sé que me perjudica.

—Eso es algo común.

Tanto Garzón como yo aceptamos el cigarrillo.

—¡Sin filtro!, éste aún perjudica más —comentó mi compañero.

—Lo sé. ¿Puedo ofrecerles también un café?

En ese momento entró el hijo. Era un hombretón de casi uno noventa, con menos pelo que su padre y, desde luego con mucho menos encanto.

—¿Me llamabas?

—Estos señores son policías y quieren hacerte algunas preguntas, Juan.

—¿Pasa algo?

—Sólo queríamos saber si estaba usted con su padre en casa a las doce de la noche del jueves 25.

Reaccionó con mal humor, mirando a su padre como si aquello fuera una broma pesada.

—Oigan, pero ¿qué es esto?, ¿el día 25, en casa? ¡Y yo qué sé!

Ayguals padre se inquietó visiblemente; para hablarle adoptó un tono severo:

—Juan, han encontrado…

Lo interrumpí con un gesto de la mano.

—Es importante que nos lo diga, por favor.

Echó mano de una agenda de bolsillo y se puso a rebuscar con el ceño fruncido.

—No entiendo nada. A ver… 25… jueves…, sí, supongo que me quedé en casa. Al día siguiente tomaba el puente aéreo hacia Madrid a primera hora de la mañana. No, no salí.

—¿Y su padre también estaba en casa?

—¡Pues, bueno, sí, no sé! ¿Dónde quiere que estuviera, buscando setas en el monte?

—Juan, por favor.

—¿Alguien va a explicarme qué pasa?

—Su padre se lo explicará, nosotros ya nos vamos. Gracias por todo, señores. ¡Y gracias por el cigarrillo, señor Ayguals! Por cierto, una pequeña petición más, ¿tiene algún inconveniente en que nuestros expertos en economía verifiquen las cuentas que unen su empresa con la fundación? Supongo que usted tendrá aquí un duplicado de los libros de contabilidad de la fundación.

—No existe tal vínculo.

—En ese caso, sólo lo comprobaremos. ¿Tiene usted ese duplicado aquí?

—Lo tengo, desde luego, y no me importa que lo revisen, pero le confesaré que no me gusta que la empresa se vea implicada en nada de este asunto. En realidad, nada tiene que ver con la fundación.

—Descuide, se hará con toda confidencialidad.

—Está bien, como gusten.

Ni habíamos llegado al coche cuando Garzón disparó el primer dardo:

—Aquí hay algo que apesta. ¿Se cree usted esa versión del hombre de confianza al que nunca se piden cuentas y al que conoció por pura casualidad?

—Ni una sola palabra.

—Pues ya somos dos.

—O están ambos en el ajo o el padre encubre al hijo.

—Es evidente que no le hizo ninguna gracia que lo llamáramos.

—Ninguna.

—¿Dará la revisión de las cuentas algún resultado?

—Supongo que lo tienen todo atado y bien atado. De cualquier modo, dígale a Sangüesa que les haga una auditoría a fondo. De las de tres meses, si es necesario.

—¿Y nosotros?

—Nosotros vamos a husmear como dos viejos perros sarnosos.

—¡Vaya comparación!

—Invite a las dos secretarias de la fundación a tomar el té en comisaría.

—Oiga, inspectora, antes de tomar el té con quien sea deberíamos hablar usted y yo más extensamente.

—¿Para qué?

—Para conjeturar cuál de los dos Ayguals se ha cargado a Flores.

—De eso no diré ni una sola palabra.

—¿Por qué?

—Porque no lo sé.

—Está usted muy ocurrente.

—Todo lo que me permite la situación. ¿Qué me dice si le propongo también hacer una visita a un anticuario?

—Le diría que usted sabe algo que no sé yo.

—Es sólo un pálpito, Fermín, pero puede funcionar.

—¡Eso me ha gustado, inspectora! Usted sabe que, para mí, un pálpito suyo vale más que doce horas de investigación de Scotland Yard.

No era la primera vez que visitábamos a un anticuario para nuestro ejercicio profesional, y a Garzón seguía pareciéndole un tipo de tienda en el que no se hubiera dejado ni un céntimo por placer.

—No puedo entender que la gente valore algo por el mero hecho de ser viejo. Si es arte, de acuerdo, pero esas jofainas antiguas, esos percheros que yo he visto tirar a la basura cuando empecé a crecer…

—Imagine que se trata de personas. Usted siempre da prioridad a la experiencia sobre la juventud.

—¡Justamente!, porque las personas servimos para algo, mientras que una jofaina descascarillada no tiene más utilidad que plantificarla en un rincón.

—Pocos piensan como usted, los anticuarios suelen ser muy ricos. Tienen clientes fijos a quienes ofrecen su mercancía. Al final, como en todo, los amantes de las antigüedades forman una especie de pequeño grupo. Bueno, al menos en esta ocasión espero que sea así.

—Por cierto, ¿a qué vamos a esa tienda?

Lo miré con falsa ternura antes de soltarle una pulla monumental, pero entonces sonó mi teléfono móvil. Miré el registro: era Ricard. Lo apagué. Mi compañero, que desplegaba más antenas que el firmamento de una ciudad, no tardó ni un instante en preguntarme:

—¿Qué tal le va con el psiquiatra?

—Aún no necesito psiquiatras, pero no lo descarto.

—Sabe perfectamente a qué me refiero. ¿Se va a casar con él?

—Casarse con un psiquiatra debe de ser como cruzar el Atlántico con un profesor de natación, siempre puede resultar útil.

—De acuerdo, pitorréese si quiere. Pero no me gustaría enterarme por terceros de que se casa.

—No se preocupe, antes de pasarlo a los ecos de sociedad, hablaré con usted.

Anticart era una tienda de antigüedades situada junto al barrio gótico. La regentaba un matrimonio de mediana edad, los Salvat. Cuando supieron que éramos policías, demostraron una energía en atendernos que me pareció excesiva. En ningún momento les dijimos el motivo por el que estábamos allí, pero ellos se apresuraron a enseñarnos las instalaciones y contarnos cómo funcionaba el negocio. Probablemente pensaban que íbamos tras algún robo de objetos antiguos, alguna que otra vez habrían acudido colegas en busca de información. Al decirles que pertenecíamos a la Brigada de Homicidios, su ímpetu inicial disminuyó. Fue como si, en vez de preocuparse por una circunstancia tan poco tranquilizadora, se serenaran.

—¿Conocían ustedes a un hombre llamado Arcadio Flores?

La esposa se adelantó al marido para negar. Él se quedó callado. Comprendí que él era el flanco débil del matrimonio. Lo encaré directamente.

—Ha aparecido muerto, entre sus cosas figuraba una tarjeta de esta tienda.

Respondió la mujer, sin dar tiempo a nadie para una reacción:

—¿Y por eso deduce que lo conocíamos? ¡Inspectora, por Dios! Llevamos veinte años en este negocio, cualquiera puede tener una tarjeta nuestra, cualquiera.

—¿Las distribuyen como publicidad?

—No, pero están en los stands de las ferias a las que acudimos, y aquí mismo las tenemos, se la pudimos dar a alguien que visitó la tienda, pero…

—En ese caso, puedo mostrarles una fotografía y pueden decirme si recuerdan o no a la persona. A no ser que recuerden que no lo recuerdan.

La señora Salvat se estrujó levemente las manos, nerviosa. Saqué la foto de Arcadio, se la mostré. Ambos la miraron con aprensión.

—¿Tú lo recuerdas? —preguntó la anticuaria. El marido negó con la cabeza—. Pues no, ya ve, por aquí pasa mucha gente.

—Sin embargo, creo que este hombre les compró algunas piezas. Llevan un registro, ¿verdad?

—Lo llevamos, pero…

—¿Puedo verlo?

El hombre se acercó a mí, me hizo una indicación con la mano.

—Pase por aquí.

Nos llevó a una enorme trastienda donde había una mesa con un ordenador. Se sentó frente a él, lo encendió. Buscó un programa y entonces el subinspector Garzón le pidió que le dejara sentarse en su lugar:

—¿Me permite? Yo mismo lo haré.

La mujer empezaba a alterarse:

—Oigan, todas estas informaciones son confidenciales.

—Investigamos un asesinato, señora Salvat.

—Eso no les da derecho. Nuestros clientes son gente importante que a lo mejor han decidido invertir y…

—Si lo prefiere, podemos volver con la orden de un juez, y mientras tanto la tienda permanecerá cerrada cautelarmente. No podrán sacar nada de aquí.

El marido tomó la iniciativa por segunda vez:

—Miren lo que tengan que mirar.

Garzón siguió con su labor mientras por la habitación se extendía una tensión sorda que aumentaba por momentos.

—Aquí está —dijo por fin—. Arcadio Flores figura en su lista de clientes. Según esto, hizo tres adquisiciones en dos años: una tabla medieval y varios objetos modernistas.

—Bueno, ¿y qué? —soltó la mujer montando casi en cólera.

—Pues que pensé que no lo conocían.

—Y es verdad, ¿cree que podemos conocer de nombre o de cara a todos nuestros clientes?

—Señora Salvat, no comprendo por qué se pone tan nerviosa.

—Inspectora, entran ustedes aquí preguntando por un hombre que no nos suena de nada y, acto seguido, se ponen a meter la nariz en nuestras informaciones confidenciales, ¿cómo se pondría usted?

—Acabemos con esto, señora, ¿venden ustedes armas de fuego?

Se puso a chillar de forma histérica:

—¿Nosotros?, pero ¿qué se ha creído? Éste es un negocio respetable, ¿piensa que está en un bar de alterne?

—Repetiré la pregunta con más precisión: ¿tienen ustedes algunas armas de la guerra civil que pudieran vender a un coleccionista?

La mujer iba a ponerse a gritar de nuevo, pero su marido la tomó del brazo, la hizo callar:

—Eventualmente puede haber alguna pieza, pero son armas fuera de uso para las que ni siquiera existe munición. De todas maneras, sólo las vendemos a quien puede presentar una licencia de armas.

—¿Está seguro?

—Sí.

—¿Le vendieron una pistola Astra del nueve corto a Arcadio Flores?

—No, en ningún caso.

—¿Conocen a Adolfo Ayguals Escudero?

Se quedaron patidifusos. Yo los miraba tomando buena nota de su reacción.

—Sí, por supuesto que lo conocemos, es uno de nuestros mejores clientes. ¿Pero qué tiene que ver…?

—Nada, no tiene nada que ver; simplemente el hombre por el que preguntamos trabajaba para él. De modo que están seguros de que no vendieron ninguna arma a Arcadio Flores.

—Puede consultar nuestro listado, verá que todo es perfectamente legal.

—Sí, apuesto a que todo es perfectamente legal.

No obtendríamos ni un solo dato más de aquel interrogatorio. Salimos a la calle y miré a mi alrededor. Hacía un día espléndido. Garzón, sonriendo con plena tranquilidad dijo:

—Nunca había visto a nadie mentir tan mal.

—Cierto, forman un perfecto dúo de la mentira. Entérese de si es cierto que tienen permiso para vender armas.

—Eso está hecho. Lo que parece claro es que, con permiso o sin él, le vendieron una pistola Astra a Flores.

—La pistola que acabó matándolo.

—El problema es saber quién la tiene ahora.

—Olemos el final y no tenemos ni una maldita prueba. Odio ese tipo de situaciones.

—¿Sabe qué es lo mejor cuando se vive una de esas situaciones? ¡Largarse a comer! La invito a un menú en La Jarra de Oro.

Los sistemas del subinspector para sobrellevar la dureza, tanto del servicio como de la existencia, siempre acababan frente a un plato lleno. Pero a él parecía funcionarle bien. Lo miraba mientras daba cuenta de una fabada asturiana y me preguntaba cómo era capaz de apañárselas para seguir a flote. En el momento en que se llevaba un trozo de morcilla ahumada a la boca le pregunté:

—¿Es usted feliz, Fermín?

Dejó de masticar y clavó sus ojos amarillentos en mí.

—¿Habla en serio o se prepara para alguna ironía?

—¿No puede relajarse jamás?

—Con usted, no.

—Le ruego que me conteste sinceramente.

Rebañó las alubias con la cuchara y luego picoteó un trocito de pan, pensando intensamente.

—Pues... sí, no está mal. Tengo buena salud, buen apetito, un trabajo variado, amigos, una amante, un apartamento muy agradable... Bien es verdad que podría ser más joven, más guapo, tener más dinero... pero a estas alturas tampoco voy a llorar por lo que me falta. Creo que debo de ser bastante feliz, porque nunca me pregunto ya si soy feliz.

—A las mujeres nos han inculcado la idea de que o tienes un gran amor o te falta algo.

—Sí, y a todos, hombres y mujeres, nos han inculcado que es necesario ser feliz. Cuando mis padres eran jóvenes, eso de la felicidad era una cosa que no se estilaba. Tenían comida, tenían casa, no se les moría ningún hijo... ¡pues cojonudo!, nadie aspiraba a más. Pienso que la felicidad es un invento moderno.

—Un invento para los que no pasan hambre.

—Algo por el estilo. Y usted, ¿pasa hambre usted?

—¡Ni pizca! Yo, excepto a la televisión, me apunto a todos los inventos modernos.

Se ocultó levemente tras la servilleta para reír. Lo miré afectuosamente:

—¿Cree que yo debería vivir con alguien, subinspector?

—¿Con una amiga?

—Si no quiere hablar en serio, podemos dejarlo.

—No se ofenda, Petra, pero es que plantearlo así... Si tiene que cuestionárselo tanto, es que no ve la necesidad. Usted misma me ha dicho muchas veces que el ideal, de no existir un gran amor, es que cada uno continúe viviendo en su casa.

—El tipo con el que salgo quiere que vivamos juntos a toda costa.

—Estará muy enamorado de usted.

—Creo que no, pero le apetece vivir con alguien.

—Ya. Eso es porque a los hombres nos han inculcado que vivir solos es una especie de fracaso.

—Pues vaya mierda, ¿no, Garzón?

—¿El qué?

—Que todos vayamos haciendo lo que nos han inculcado.

—Pues sí, una mierda total. Por eso hay que hacer lo que nos pida el cuerpo, y nada más.

—Me pregunto qué me pide el cuerpo a mí.

—Le pide el segundo plato, el segundo plato y probablemente seguir como está. Además, ¿cómo me dará cobijo cuando mi hijo aparezca por aquí con su novio, si vive con alguien?

—Eso es verdad. Pero es que un día me haré vieja, Garzón.

—Sí, pero se hará igual de vieja estando sola que acompañada.

Lo observé con detenimiento. Podría haber parecido que todo aquello le resultaba indiferente, pero no era verdad. Garzón no quería que yo me liara con nadie, y no sólo por el sentido de propiedad que desarrollan todos los hombres con respecto a su entorno, sino porque deseaba que nada cambiara. Es increíble hasta qué punto nos aferramos al orden que nos rodea. Supongo que no cambiar podría equivaler a no envejecer, o quizá es sólo pereza. En cualquier caso, mi compañero no se dejó impresionar demasiado por mis problemas. Como segundo plato pidió un bistec y se lo atizó sin olvidarse de las patatas.

—No debería comer tanto, Fermín.

—Me da igual estar gordo.

—No lo digo por eso. Es que esta tarde vamos a merendar.

—¿Ah, sí?

—Con las dos secretarias añejas de Igualdad y Paz. Quiero que nos cuenten muchas cosas sobre el hijo de Ayguals.

—Saber cosas seguro que las saben, pero ¿las dirán?

—Para eso cuento con usted. Se le dan muy bien las señoras mayores.

—¡No me joda, inspectora, la que me faltaba!

Quedar en una cafetería con las dos secretarias de Ayguals me parecía un golpe maestro desde el punto de vista estratégico. Hablaríamos, nos relajaríamos, y entre comentarios sobre la santidad del patrón, aparecería la figura de su hijo. Me equivoqué sólo un poco, porque cuando ya estábamos cómodamente instalados, la mayor de ellas dijo que le hubiera encantado conocer una comisaría y que hubiéramos charlado allí.

—El subinspector las llevará un día a visitar la nuestra, ¿verdad, Garzón?

Mi subordinado me disparó con la mirada y luego farfulló con pocas ganas:

—Desde luego, será un placer.

—La suya sí debe de ser una vida llena de aventuras. ¡Habrán visto tantas cosas...! Tanto Virtudes como yo hemos trabajado toda la vida en la misma empresa, de modo que tenemos muy poco mundo.

—Cualquier lugar es bueno para ver cosas. Dicen que una empresa es como un pequeño cosmos completo.

—Es cierto que si vives con intensidad los acontecimientos acumulas muchas experiencias.

—Díganme, ¿la empresa siempre ha ido boyante?

—Bueno, ha tenido sus más y sus menos, pero hemos evolucionado bien.

—¿El futuro heredero no la venderá cuando falte el señor Ayguals?

Se miraron la una a la otra con cierta inquietud. Quizá fueran inexpertas, pero no eran tontas. La más joven me preguntó:

—¿Para eso nos han invitado a merendar, para hablar de Juan Ayguals?

Comprendí que mi bien elaborado plan podía desbaratarse con toda facilidad. Tomé la palabra con una seriedad fuera de contexto:

—Miren, ni el señor Ayguals ni su hijo están implicados en el crimen que investigamos, se lo digo con total franqueza. Sin embargo, algunas de las personas que los rodean podrían saber aspectos interesantes, cosas que nos aclararan la relación de Arcadio Flores con la fundación.

—El señor Ayguals sólo se relaciona con gente decente. ¡Pobrecito, sus amigos del círculo, algunas personas que frecuenta en las subastas de antigüedades y poco más! Desde que su esposa murió…

—¿Y su hijo?

—No sabemos qué relaciones pueda tener su hijo.

—Me lo imagino, pero sí sabrán cómo es.

—No es como el señor Ayguals.

—¿Es peor como persona?

—No lo conocemos como persona, bueno, lo conocemos poco, pero no me parecería correcto hablar mal de él.

La atajé, extremando mi prudencia.

—¡Por supuesto! Hablemos sólo del tema profesional.

Las miradas que se cruzaron indicaban que tampoco ese tema estaba exento de escollos.

—Bueno, el señor Juan se hizo cargo de la empresa hace tres años y… se ve que las cosas no funcionaron como deberían. Hubo un importante bajón y don Adolfo tuvo que volver a ponerse al frente.

Ahora la mirada significativa fue intercambiada por Garzón y por mí.

—No es fácil llevar una empresa —apuntó Fermín.

—¡Pueden estar seguros de que no!

—El pobre señor Ayguals no pudo jubilarse.

La mayor no fue indiferente a este comentario.

—El pobre no ha tenido suerte con este hijo. —Se volvió hacia su compañera y puso cara de firmeza, había tomado la decisión de hablar cayera quien cayera. Bendije mentalmente iniciativa tan oportuna.

—Juan Ayguals no es mala persona, pero ha estado demasiado mimado. Al ser hijo único... El caso es que siempre ha tenido todos los caprichos, mucho más a raíz de la muerte de su madre. Se casó con una chica guapísima, de la mejor familia, y ¿para qué?, al cabo de tres años ya estaban separados. Ni siquiera le dieron nietos a don Adolfo. Y, naturalmente, para la empresa tampoco sirvió. Dirigir una empresa exige muchos sacrificios. ¡Eso es lo que no sabe la gente joven!

Su compañera la miraba no teniéndolas todas consigo. Pero de repente, como sintiéndose partícipe de aquella pequeña rebelión verbal, de aquel arrebato de sinceridad después de haber aguantado tanto, añadió:

—Margarita tampoco le ayudó en nada, era una niña pija.

—¿Quién es Margarita? —le faltó tiempo para preguntar a Garzón.

—Su ex esposa. Seguro que se casó por amor, porque era diez años más joven que él, pero luego sólo pensaba en salir a divertirse, en comprarse ropa, en disfrutar de la vida sin más.

—¡La chica no se esperaba la que le caía encima, con un hombre indolente, bebedor...! Yo a ella no la culpo, de verdad.

Sin duda, aquélla era una conversación que habían mantenido entre ambas muchas veces desde tiempo atrás. Actuaban como si supieran exactamente lo que la otra iba a decir.

—¡Pues debería haberlo sabido antes de casarse, y no dejarse deslumbrar!

La vehemencia con que hablaba aquella cincuentona me hizo pensar que quizá alguna vez había concebido esperanzas en cuanto al heredero de los Ayguals.

—Sería interesante que habláramos con ella. ¿Ustedes tienen su dirección?

—¡Por supuesto que la tenemos, y el teléfono también! Se quedó con el piso buenísimo que la pareja tenía en la parte alta de la ciudad. Algo ha sacado en claro, por lo menos.

—Eso y la pensión que le pasa el señor Ayguals todos los meses.

—¡Y que le seguirá pasando si no se casa, que no se casará! Yo tampoco lo haría, ¿para qué aguantar a un hombre si tienes de todo y puedes vivir como una mariscala?

Lo de la mariscala fue la prueba definitiva de que aquella mujer le guardaba algún tipo de rencor. Bien, no hay nada como conocer profundamente los entresijos de la vida de alguien para encontrar razones que te impulsen a hablar sobre él. Garzón se mostraba encantado cuando salimos de la cafetería y yo también. Llevábamos en el bolsillo los datos de Margarita Llopart, y quizá ella también encontraría motivos para hablar sobre su ex marido. Sin embargo, el subinspector mantenía sus dudas sobre nuestra línea de investigación.

—Todo esto está muy bien, pero ¿de qué nos sirven en el fondo las indiscreciones de estas dos gildas y todas las que la ex mujer pueda cometer?

—¡Hombre, Fermín, ahora tenemos el móvil del crimen!

—Déjeme pensar: el hijo de Ayguals entra en la empresa como un elefante en una cacharrería, y poco tiempo después las cuentas tienen más rojo que un ejército soviético.

—Va bien.

—Entonces, para enjugar el pufo, se le ocurre lo de la fundación: no hay impuestos, puede acometer negocios sucios sin control, deja de pagar cuotas a la Seguridad Social…

—Hasta que su padre se da cuenta de por dónde van las cosas y para en seco el proceso.

—Pero el padre no ha cerrado la fundación.

—No podía hacerlo sin levantar sospechas.

—Entonces usted cree que el viejo Ayguals es inocente.

—No, indiscutiblemente él sabe lo que pasó, pero caben dos posibilidades: que no esté al tanto de toda la historia mafiosa de Arcadio Flores y sus negocios paralelos o que, por el contrario, lo sepa muy bien. En el primer caso, sólo es cómplice en un delito económico, en el segundo, lo es de un asesinato.

—Pues entonces es culpable de cualquier manera.

—No es lo mismo cometer un asesinato que encubrir a un hijo.

—¡Joder, inspectora, hay que joderse con los hijos! No traen más que complicaciones.

—No lo dirá por usted.

—Lo decía en general.

—Sólo hablan en general los filósofos.

—Los filósofos y yo. ¿Vamos entonces a por la mariscala?

—Mañana, Garzón, mañana. Hoy es muy tarde ya. Además, tengo cosas importantes que hacer. En mi vida privada, quiero decir.

—No hacía falta la precisión, cualquier cosa que tenga importancia profesional no la concibe usted sin mí.

—Ha hablado con santa verdad. Y como considero de suma importancia lo que Coronas pueda estar pensando sobre nuestra actuación, creo que será conveniente que vaya usted a redactar el informe de hoy antes de largarse a su casa.

—Me está bien empleado por hablar. Ahora me toca lidiar con el toro más fiero.

—Le aseguro que, si pudiera, cambiaría mi toro por el suyo.

Se quedó mirándome con unas ganas locas de preguntar, pero era un torero experimentado en faenas comprometidas, de modo que se contuvo y se despidió con cortesía.

Decidí llamar a Ricard desde casa. Antes de hacerlo, me miré en el espejo y me interrogué: ¿era de verdad aquello lo que quería hacer? Sí, sin ninguna duda, concluí. Y, de paso, me di cuenta de que estaba hecha una facha, con los pelos desordenados y sin ni rastro de maquillaje. En ninguna circunstancia podía permitirme acudir así a una cita importante.

—¿Ricard?

—¡Por fin! Oye, ¿hasta cuándo voy a tener que sentirme como si me hubiera tocado la lotería cada vez que contestas a uno de mis mensajes?

—Creo que deberíamos hablar. Te invito a cenar en el restaurante que prefieras.

—¿No sería mejor que cenáramos en tu casa? Yo llevo la comida.

—Prefiero un terreno neutral.

Le había dado suficientes indicios como para que empezara a entrever sobre qué iba a versar nuestra conversación. Era mejor así, no quería tratarlo como a un sospechoso al que hay que sorprender.

Me duché, me puse mi mejor vestido y me pinté bien los ojos rodeándolos de kohl. ¡Cuántas veces haría aún aquello antes de renunciar por completo a la coquetería!, me pregunté. Siempre, lo haría siempre, justo hasta el día de mi muerte. Era una importante herencia cultural que no tenía intención de abandonar. Como leer el periódico, como beber un buen vino, como saludar a un amigo. Un hábito que te mantiene dentro del sistema que conoces haciendo que te sientas más o menos segura. No se cuestiona una la función de esos hábitos; se llevan a cabo sin más renuencia. No estaba arreglándome para Ricard. ¿O sí?

Ricard estaba guapo aquella noche. Presentaba su perfil divertido de psiquiatra despistado y un poco burlón. Yo tenía curiosidad por ver qué actitud adoptaba ante lo que podía ser una despedida definitiva. ¿Disimularía como si no sospechara nada?, ¿se mostraría seductor, despechado, violento? No, violento, no; era incapaz. Un psiquiatra se domina a sí mismo. La verdad era que me entristecía perderlo de vista, pero estar en su presencia no me hizo cambiar de parecer. No había futuro para nosotros, y él no querría que siguiéramos viéndonos como amantes a tiempo parcial.

Pedimos la cena, trajeron el vino y entonces abrió los brazos de par en par, sonriendo con cara de chico travieso.

—En fin, pues usted dirá.

—¿Es eso lo que les dices a los pacientes en la primera visita?

—Más o menos.

—¿Y ya tienes idea de por dónde van a salir?

—Nunca anticipo los hechos. Espero hasta que los pacientes se han explicado a conciencia.

—Estupendo. Vamos a ver, ¿por dónde puedo empezar?

—Te recuerdo que tú no eres mi paciente. Me sufres, pero yo soy más tu enfermedad que tu médico.

Me eché a reír:

—Vaya, me lo pones muy fácil.

—No creas, puedo ser la enfermedad, pero no soy incurable.

—Ricard, yo…

Llegó el camarero y nos sirvió el primer plato. Ricard no me quitaba los ojos de encima, no paraba de sonreír.

—Yo…

—Tú has pensado que es mejor que no vivamos juntos.

—No exactamente. He pensado que será mejor que no volvamos a vernos más.

Se quedó estupefacto ante mi andanada. Yo también, no había premeditado un ataque tan radical, pero me daba cuenta de que no valían apaños intermedios en aquella ocasión. Sirvió vino en silencio, sin ninguna reacción apreciable en el rostro. Empezó a comer. Levantó la mirada hacia mí:

—Come, se te va enfriar.

—Ricard, tú has decidido que tu vida tiene que dar un giro, y yo…

—Sí, tú pasabas por delante, ¿no es eso?, de modo que te escogí.

—No hay amor entre nosotros dos, no hay pasión.

—Deberíamos revisar el concepto amor.

—Nos falta tiempo para eso, mejor revisemos el concepto pasión.

—El concepto pasión no se puede revisar, se siente o no se siente.

—Tú lo has dicho. Ya sé que soy narcisista, que estás convencido de que me impulsa a obrar mi propia inmadurez, pero, debes creerme, no funcionaría.

—Y no quieres arriesgarte a que funcione.

—No quiero arriesgarme a que no funcione. Llevo ya dos matrimonios a las espaldas, una tercera convivencia fallida sería…

—Sería, ¿qué?, ¿quién dice dónde está el límite de lo tolerable? ¿Qué puedes perder?

—Mi tranquilidad.

—Ahora sí que me has jodido, Petra. Desde que te conozco, te he visto todo el tiempo corriendo de un lado a otro en un estado de enloquecimiento total. ¿A eso lo llamas tu tranquilidad?

—¡Me has conocido en medio de un caso!

—¿Y cuándo no estás en medio de un caso?

—Hay casos más complicados que otros.

—Ya, y cuando no estás en un caso complicado, estás solucionándole la vida a ese policía gordo que te acompaña a todos lados.

—¡No me gusta que te metas con Garzón, es un amigo! Además, ¿por qué estamos hablando de mi vida, qué más te da mi vida a ti?

—Estoy pensando en compartirla contigo, ¡mira si me importa!

—Pues deja de pensar en ello porque ya te he dicho que no. ¿Qué pasa, no puedes creértelo? ¿Debo arrodillarme frente a ti y darte las gracias por darme esa maravillosa oportunidad de ser feliz?

—Eres una mujer brutal, injusta, egoísta, superficial… eres…

—Y tú eres un psiquiatra que ni siquiera sabe guardar su autocontrol, ¡no comprendo cómo nadie puede confiarte su salud mental!

Habíamos subido el tono de voz. Nos quedamos callados. El camarero retiró los platos. Ricard me miró, esta vez sí se encontraba disgustado de verdad.

—¿Volvemos a empezar como si no nos hubiéramos visto aún?

—De acuerdo. Hola, Ricard, ¿cómo estás?, por cierto, debo decirte que he decidido que no nos veamos más.

Su mirada de paciencia se transformó en mirada de furia:

—Muy bien, Petra, muy bien. Si no quieres verme, no me verás. Creo que voy a marcharme, es absurdo que continuemos cenando como si nada hubiera pasado. No voy a seguir persiguiéndote por toda Barcelona, ni dejándote mensajes a todas horas, ni durmiendo a salto de mata hoy en mi casa, mañana en la tuya, ni viendo cómo intentas huir de mí sólo porque tu ego no se ve suficientemente colmado por la pasión amorosa. Quizá lleves razón, sería un error que viviéramos juntos.

Se levantó y se fue. Nadie nunca me había hecho algo así. Llegó el camarero con el segundo y preguntó muy profesionalmente:

—¿El señor no acabará de cenar?

—El señor ha tenido que marcharse. Deje el plato en su sitio, yo me lo comeré.

Y lo hice, con una fiereza desusada, como un perro callejero, como si nunca hubiera probado ni una migaja de pan. Estaba cabreada, cabreada hasta el tuétano, hasta las mismas entretelas. ¿Yo era narcisista, sí? ¿Y qué podía decirse de un tipo que consideraba un error imperdonable la decisión de no vivir con él? Pero lo que más me jodía era la bronca en sí. Nunca había conseguido hablar con Ricard sin encresparnos en una discusión al uso. Detesto las broncas, pero mucho más aquellas que respetan los roles característicos: entre marido y mujer, novio y novia, madre e hija... ¡Dios!, ¿cómo se puede alcanzar la madurez si para todo hay que zaherirse, gritar, ponerse en guardia y lanzar un ataque?

Me castigué sin postre y pedí la cuenta. El camarero sonrió levemente y me dijo:

—Ha pagado el señor antes de salir.

—¿Cómo?, ¿y sabía el importe?

—Ha dejado el número de su tarjeta de crédito.

—Insisto en pagar yo.

—No es posible, señora, lo siento. El señor es cliente habitual y seguimos sus indicaciones.

—¡Pues yo soy policía e insisto en pagar lo que he comido como cualquier ciudadano normal!

—Lo consultaré a la dueña.

—¡Usted no consultará absolutamente nada, cobrará la mitad de la cuenta y en paz! ¿De acuerdo?

Se alejó con mi tarjeta de crédito, poniendo cara de ofendido.

Decidí llegar andando a mi casa, quizá el aire fresco me serenara. ¡Broncas, broncas...! La del camarero con el cliente también era prototípica, y la del viajero con el taxista, y la del operario que nunca acaba de reparar los grifos y al que pides explicaciones al cabo de un mes. ¡Broncas, broncas...! La miseria de la existencia normal está bien condimentada en ellas. ¡Cuánta razón llevaba yo al admirar como gente superior a los mendigos! Altivos, aristocráticos, no cogen autobuses, no pagan facturas, no se encuentran encerrados en un minúsculo mundo pequeñoburgués, y pueden tener como mayor ilusión de su vida el poseer un barco cargado de arroz. ¡Un barco cargado de arroz!, una quimera llena de promesas: paellas, risottos, arroces chinos, arroz a la cubana, dulces arroces con leche... ¡El absurdo por encima de una razón que tampoco se aplica en la vida convencional!

CAPÍTULO DECIMOTERCERO

El cabreo continuaba trabajándome la mente al despertar. Después, sentada en la cocina frente al café y al pan integral, se convirtió en simple tristeza. Lo había pasado bien con Ricard. Era un hombre al que recordaría, con el que me hubiera gustado charlar, intercambiar experiencias, acostarme de vez en cuando. Pero no, al parecer el amor consistía inevitablemente en vivir juntos compartiendo la nevera y el mal humor. Si ambos nos hubiéramos enamorado, si la pasión hubiera hecho tanta mella en nuestro corazón que no hubiéramos podido separarnos ni para dormir, entonces yo hubiera seguido considerando que la convivencia era un mal, aunque, en ese caso, un mal menor. Quizá si se lo explicaba a Ricard exactamente de aquella manera, entonces... pero no, daba igual, se saldría por la tangente asegurando que mi deseo de soledad era neurótico, o quién sabe si le atribuiría algún origen patológico aún peor. ¡Al carajo!, si volvía a la carga, intentaría despedirlo con argumentos más generales, que hicieran menos mella en su autoestima, y si no... si no, la bronca del restaurante tampoco había sido mal broche final, el noventa por ciento de las relaciones acaban justo así.

El policía gordo y entrometido —nunca le perdonaría a Ricard que banalizara de esa manera a mi compañero—

me esperaba en comisaría recién duchado y perfumado, como un petimetre en flor, y de un humor excelente, además.

—¿Ha dormido bien, inspectora?

—Como un lirón muerto.

—¡Estupendo! Ya he hablado con la mariscala y nos espera en su hogar dentro de media hora.

—Muy eficaz. ¿Qué impresión le ha causado?

—Creo que no sabía nada de que rondamos a su ex esposo, el inútil total.

—Si continúa poniendo motes a los sospechosos, va a tener que editar un diccionario para mí.

—Me gusta hacerlo. La mariscala... no me diga que no suena bien. ¿Se imagina un ejército todo formado por mujeres? Mariscalas de campo, almirantas..., y las tropas preparadas para pasar revista: todas ellas marciales, uniformadas, con las guerreras bien prietas sobre los pechos abundantes...

Me quedé mirándolo como si se hubiera vuelto loco.

—¿Qué mosca le ha picado, Fermín?

—Estoy contento. El caso se perfila por fin y el culpable me cae como una patada. Además, usted también está contenta, y ya sabe que eso siempre me llena de alegría.

Le pegué una temible mirada de través:

—Sí, estoy convencida. De todas maneras, le recuerdo que el perfilado del caso no cuenta aún con pruebas concluyentes. Y así no creo que el juez lo admita para instruirlo.

—¡Las encontraremos, florecilla mía, no sufra por eso! Encontraremos tantas pruebas que el juez no sólo instruirá el caso, sino que, sediento de justicia, se arrojará al cuello del culpable clamando venganza por sus crímenes.

Sacudí la cabeza como se hace frente a un caso imposible.

—¡Qué barbaridad, Garzón, y pensar que tengo que aguantarlo todo el día de hoy!

Reía como un niño travieso. Podía ser casualidad, pero me inclinaba a pensar que Garzón intuía lo que estaba pasando: mis dudas frente a Ricard y mi negativa final a vivir con él. ¿Tan transparente resultaba para mi compañero? Probablemente, sí. El trato diario acaba generando un conocimiento del otro que te faculta para entrar en sus más ocultos pensamientos. Eso me espantaba, y era una de las razones por las que detestaba la convivencia. Con mis dos maridos solía tener la impresión de que sabían por anticipado lo que iba a decir. ¡Una auténtica condena!, porque siempre me ha encantado sorprender.

El piso de Margarita Llopart, «la mariscala», según el alias de Garzón, era pequeño y lujoso como una caja de joyas. Muebles de diseño y cuadros de firma formaban un recinto en el que una persona podía vivir con algo más que comodidad. La ex esposa de Ayguals Jr. tenía apariencia juvenil. Alta y atractiva, según el arquetipo de su clase social: rubia teñida, labios prominentes tributarios de la silicona, vestido entre sexy y discreto..., no se la veía muy dispuesta a sonreír. Hablaba por teléfono cuando entramos y su criada nos hizo pasar al salón. Tenía la pronunciación gangosa y autosuficiente de una niña bien. Ante nuestras preguntas no se intimidó:

—¿Qué quieren que les cuente de mi ex marido? ¡Ya se lo pueden imaginar! No me extraña que esté metido en algún lío, se lo digo sinceramente. Es un hombre que no sabe lo que quiere. Nos conocíamos de toda la vida porque nuestras familias eran amigas, pero aun así, mucha gente se extrañó cuando hicimos el anuncio de nuestra boda. De lo que se extrañaban era de que yo me casara con él, claro.

—¿Puede decirnos por qué?

—Tenía fama de solterón de los que se las saben todas, y era bastante inútil. Sacar una carrera de grado medio le costó años. Era torpe, aún lo es. Pero su padre me lo vendió como un artículo de primera: será el director de la compañía, es un hombre hecho y derecho que ya ha corrido lo suyo y ahora se centrará... bueno, una bicoca. Pero luego, a la hora de la verdad, nada de nada, ¡un desastre! Un tío que sólo pensaba en beber y en dormir, ¡ni salir por las noches quería, como si fuera un santo o un viejo! Y luego, de santo, nada de nada. Yo fui aguantando como podía, pero claro, un día voy y me lo encuentro en la cama con una puta. Pero no una puta de lujo ni nada por el estilo, no, una puta de lo más tirado, de la calle Robadors y, claro, ¡hasta allí habíamos llegado! Le dije a mi madre: «Mamá, puede que el matrimonio sea sacrificio y aguantar, pero yo de aquí no paso. ¿O es que tú a papá te lo habías encontrado alguna vez en la cama con una prostituta de tercera?» ¡Claro, hasta mi madre me dio la razón!

—Y se separaron.

—¡Hombre, usted dirá! Y desde luego les aseguro que no sé en qué se ha metido ni me importa, pero la noche que les interesa yo le llamé muchas veces a casa y no estaba. Les diré también que el móvil lo tuvo desconectado toda la noche.

—Un momento, un momento... ¿usted sabe cuál es la noche que nos interesa?

—¡Pues claro, cuando mataron a ese desgraciado en la oficina de la fundación! Me lo ha contado mi suegro. Me llamó. También me dijo que a lo mejor venían a verme y que no me preocupara, que contara todo lo que tenía que contar. Es que mi suegro es un caballero, y conservamos la relación... bueno, en cierto modo, me llama de vez en cuando para saber cómo estoy y se ocupa de que la pensión se me pague puntualmente, porque si no…

—Aquella noche dice usted que llamó varias veces a su ex marido.

—Sí, y mi suegro me dijo que había salido y no sabía adónde había ido, que le llamara al móvil. Luego le llamé más tarde otra vez. Mi suegro me dijo que se iba a la cama y que iba a dejar el contestador automático puesto, que llamara cuantas veces quisiera porque él no oye el teléfono desde su habitación.

—Comprendo. ¿Recuerda qué quería decirle a su ex marido?

—¡Bah!, no me acuerdo. Ah, sí, quería hablarle de vender la única cosa que aún tenemos en común: un coche deportivo. Me habían hecho una buena oferta que, por supuesto, perdí.

—Durante su matrimonio, ¿frecuentaba su marido a gente poco recomendable, o se metió en algún asunto extraño…?

—No, ¡qué va!, con las señoritas de alterne ya tenía bastante, por lo que se ve. Era incapaz ni de levantarse de la cama antes de las doce. Aún ahora no para de preguntarme: «¿Te vas a volver a casar?» Tenía la esperanza de dejar de pagarme. Pero yo de casarme ¡ni hablar!, estoy bien como estoy.

—Tendrá que repetir su declaración ante el juez, Margarita.

—Pues lo haré, ante quien haga falta. Yo ya paso de todo, y si hay publicidad, que la haya. ¿Saben dónde está la puerta, verdad? Perdonen que no los acompañe, pero es que tengo que hacer unas llamadas y…

En la calle, el subinspector pegó un sonoro silbido:

—¡Joder, con la mariscala!

—Puede apostar a que gasta en una semana de teléfono lo que nosotros ganamos en un mes.

—¡Un negocio ruinoso para cualquier ex marido!

—Razón de más para que Juan necesitara salir del atolladero económico de la manera que fuera.

—Inspectora, ¿se da cuenta? El padre corroboró que su hijo estaba en casa. Ha intentado encubrir a su nene. Ese cabrón se va a pasar los próximos treinta años en el trullo por mucho que lo proteja su papá. Y usted habrá vengado a sus mendigos.

—¡Quién piensa ahora en eso, Fermín!, la ira y las ganas de justicia se van atemperando en los casos largos.

—Pasa como con el amor en los matrimonios largos.

—Los míos no duraron demasiado, no le puedo decir. Oiga, Garzón, ¿tiene el informe de huellas y rastreo de la oficina de la fundación?

—Sí, desde hace tres días. Encontraron lo típico: polvo y un montoncito de pelos. Están haciendo el análisis de ADN, pero hasta la semana que viene no estará listo.

—Pues llame y que se apuren, ahora tendremos otros pelos para comparar.

—Los del señorito Ayguals Jr.

—No me parece bien que se regodee tanto en encontrar a un culpable.

—Lleva razón, y una vez conocida la mariscala, hasta empiezo a compadecerle. Nunca hay que juzgar a un hombre hasta ver a la mujer que tiene al lado.

—Muy gracioso. ¿Espera que me ría?

—Al menos haga una mueca ligera.

Arrugué los labios y Garzón soltó una carcajada infantil. Nunca dejaría de jugar conmigo a la lucha de sexos, era el juego que le divertía más.

—Y ahora, ¡a buscar al guapo mozo!

—Es importante que se sienta acosado, pero debemos hacerlo con cuidado. No quiero que se nos largue a Suiza o algo por el estilo.

—¿Lo interrogamos en la empresa?

—Ni hablar, convóquelo a comisaría, no vamos a darle facilidades.

Supuse que con Juan Ayguals nos encontrábamos frente al típico caso de chico con padre potente que acaba anulando su personalidad, aunque ese arquetipo poco fuera a servirnos en la investigación. Sólo podíamos aplicarlo para dotarnos de un móvil más elaborado desde el punto de vista psicológico: el hijo quiere demostrar su valía y, para salir del atolladero en el que se ha metido él mismo, idea un plan. El plan resulta un desastre, por supuesto.

Después de saber lo poco que sabía sobre la vida y el modo de ser de Juan Ayguals, los rasgos de su rostro adquirieron una nueva significación para mí, todos me parecían determinantes: la boca carnosa de labios caídos, los párpados gruesos, ojos abotagados, pelo lacio y sin brillo alrededor de las orejas y en el occipital... sí, tenía lo que se llama un físico indolente. Tampoco sus modales eran brillantes. Nos esperaba en mi despacho y en seguida espetó:

—Creí que ya no íbamos a vernos.

—Así es la vida, Juan, imprevisible.

Garzón abrió su libreta y dirigió el interrogatorio:

—Queremos hacerle algunas preguntas.

—Pregunten lo que quieran, pero yo no he tenido nada que ver con la muerte de Flores.

—¿Recuerda dónde estaba la noche en que lo mataron?

—En casa, ya se lo dije.

—Empezamos mal, señor Ayguals. Hay alguien que

asegura haber estado llamándole por teléfono a su casa muchas veces sin recibir ninguna contestación.

—¿Quién?

—Un testigo del caso; no importa de momento saber quién.

—¿Eso dijo?, pues, bueno, sería verdad. La casa es grande y mi dormitorio no está cerca de ningún teléfono. Creo que todo esto ya se lo conté el otro día, ¿no?

—Si no le importa, es bueno que lo repita, apenas si pudimos hablar el otro día. ¿Conocía usted al señor Flores?

—¡Bah, lo había visto una vez, creo!

—¿Dónde?

—Un día que vino a la empresa para hablar con mi padre.

—No hacía eso muy frecuentemente, ¿verdad?

—Ni idea, no creo.

—¿Usted nunca iba por la fundación?

—No. Ni siquiera he visitado las instalaciones.

—¿Por qué?

—No me interesan.

Mientras los escuchaba en silencio, iban entrándome ganas de estrangular a Ayguals. Costaba sacarle cada palabra, como si hablar fuera de por sí un esfuerzo superior a sus escasas fuerzas.

—¿No le interesa nada la fundación?

—Nada.

—¿Puede ser un poco más explícito al darnos sus razones, por favor? —intervine con los nervios de punta. Me miró con un desprecio terrible.

—Oigan, a mí todo eso de la fundación me parece un enredo de mi padre. Las empresas no están para hacer caridad. Puede que él sea un santo y todo eso que dice la gente, pero yo no lo soy. Así que, por mí, todos los pobres del mundo pueden seguir apañándoselas solos.

—Pero usted no ignora que las fundaciones presentan beneficios fiscales que pueden favorecer a una empresa.

—Yo no sé nada de fundaciones. He sido director de la empresa durante dos años y ahora estoy en el consejo de administración. Pregúnteme por mi trabajo si quiere.

—¿Qué balance económico tuvo su gestión como director?

—No tengo cifras aquí.

—Díganoslo en general. ¿No es cierto que se produjeron importantes pérdidas?

Por primera vez, su mal humor, que parecía congénito, subió un punto más hasta convertirse en ira reprimida.

—¡Dos años no es tiempo suficiente para hacer valoraciones! Las empresas pasan por ciclos al alza o a la baja, y a mí me tocó uno de éstos.

—Pero su padre le relevó del cargo.

—Mi padre se puso nervioso. Es una persona mayor y a veces tiene miedo de las cosas cuando no hay motivo para ello.

Garzón estaba lanzado, controlando la situación, muy seguro de sí mismo.

—Su cese como director, ¿coincidió con el inicio de la fundación?

—Sí, me parece, no lo sé seguro. Ya les digo que a mí la jodida fundación siempre me ha traído sin cuidado. La creó mi padre.

—¿Por qué motivo?

—Pregúnteselo a él.

—¿Dónde pasó la noche del jueves día 25, señor Aygual s?

Subió bastante la voz:

—¡¿Otra vez?!, ¡no me lo puedo creer!, ¡estaba en mi casa, durmiendo, y estaba allí mi padre también! ¡¿Cuántas veces más tendré que decirlo?! Si sonó el teléfono, yo no lo oí.

—¿Y su teléfono móvil?

—Lo tenía desconectado.

—¿Conocía usted a un hombre llamado Tomás Calatrava Villalba?

—En absoluto, no sé quién es.

—¿Tiene usted contratado personal al margen de la empresa, guardaespaldas o algo así?

—No, ¿por qué?, ¿cree que debería tenerlo?

—¿Podrá facilitarnos la lista de las personas que trabajan en la empresa y en la fundación?

—A las cosas de la fundación sólo tiene acceso mi padre. ¿A quién buscan?

—Dos individuos de origen extranjero, quizá de la Europa del Este, jóvenes, altos y fuertes.

Sonrió con sorna:

—No tienen el perfil de la gente que contratamos, se lo aseguro.

—Está bien, señor Ayguals, puede marcharse.

—Espero que no vuelvan a llamarme, soy un hombre muy ocupado.

—Procuraremos no hacerlo.

Garzón me cedió el turno. Preparé la daga final con gusto, encantada de poder clavársela. Ya se había levantado e iba camino de la puerta:

—Por cierto, Juan, ¿puede darnos uno de sus cabellos?

Se volvió en redondo, una mueca le deformaba grotescamente la cara.

—¿Qué ha dicho?

—Un cabello, o una muestra de saliva, si lo prefiere. Es para una comprobación de ADN, tenemos pelos hallados en la oficina de la fundación, donde ya sabe que mataron a Flores.

—Les he dicho mil veces que nunca he estado en esa oficina.

—Sí, ya, pero se trata de una comprobación legal. Si no ha estado allí, naturalmente los pelos no serán suyos.

—¿Eso es constitucional, ir pidiendo pelos a la gente?

—Puede negarse, por supuesto, pero esa negativa constará en nuestro informe policial, que pasa a manos del juez.

—No siga, no quiero follones. Aquí tienen mi pelo. —Se arrancó uno de la cabeza de modo violento—. Tomen, ¿están contentos?, pueden hacerle las pruebas que quieran, también la de paternidad. Supongo que perder el tiempo así forma parte del sueldo que cobran.

—Y que no es muy elevado, créame.

Recogí el pelo de su mano con unas pinzas y lo metí en una bolsita para pruebas. Luego le sonreí cínicamente.

—Ya está, ahora puede marcharse.

El portazo resonó en el despacho como un auténtico mazazo. Garzón se frotó las manos:

—Ya está la cizaña sembrada.

—Lo ha hecho usted divinamente, Fermín, directo y sin perder el control. Yo he estado tentada de enviarlo veinte veces al cuerno.

—Es un tipo desagradable, ¿verdad?, y yo diría que miente.

—Por lo menos demuestra un empeño considerable en que no lo relacionemos ni mínimamente con la fundación. El único momento en que he tenido la impresión de que era sincero ha sido cuando ha preguntado por la necesidad de contratar a un guardaespaldas. Parecía asustado de verdad.

—¡Bah! Ahora sí que va a empezar a asustarse. ¿Le ponemos una discreta vigilancia policial?

—Pídale a Coronas dos hombres que se ocupen de él. ¿Está Coronas más conforme con nuestra gestión del caso?

—¡Como yo hago los informes con puntualidad…!

—Es usted un ángel de la guarda, Fermín.

—También está más conforme porque le he prometido que antes del fin de semana le entregaremos al culpable en bandeja.

—¡Coño!, ahí ha apurado usted demasiado.

—Usted también hubiera apurado si hubiera tenido delante a Coronas berreando como un energúmeno.

—Ya veo lo conforme que está.

—El jefe tendrá a su culpable, usted no se preocupe.

En comisaría me dijeron que Yolanda había preguntado por mí. No recordaba haberle encargado nada más sobre el caso, de modo que no le di demasiada importancia al recado. Sin embargo, dos horas más tarde me llamó por teléfono.

—Inspectora, me gustaría hablar con usted.

—¿Pasa algo?

—Bueno, se trata de un asunto personal.

—Pasa por comisaría, me quedaré un par de horas aquí.

Se presentó ante mí vestida de uniforme, pero no estaba pimpante y desenvuelta como siempre, llevaba pintada la preocupación en la cara. Se sentó, le ofrecí un café y, mientras lo tomaba, empezó a elaborar circunloquios que cada vez me iban despistando más sobre el objeto de su visita.

—Vamos a ver, Yolanda, ¿no será mejor que me digas lo que te pasa?

Tomó aire como si se dispusiera a ejecutar una profunda inmersión en el agua:

—Inspectora, el doctor Crespo, bueno, Ricard, el psiquiatra que usted me presentó en su fiesta, me ha pedido que salga con él.

Era algo tan imprevisto, tan sorprendente para mí que no di señales de haberlo comprendido. Ella insistió:

—Dice que podríamos ser buenos amigos, salir a cenar por ahí y... bueno, yo creo que lo que quiere es ligar conmigo.

Tragué saliva y sonreí de la manera más absurda. Sólo buscaba ganar tiempo hasta saber cómo debía reaccionar ante aquella revelación.

—¡Ah, qué bien!, ¿y?

—En fin, inspectora, yo no quisiera meterme en el territorio de los demás. Me gustaría estar segura de que ese hombre no es su novio ni nada por el estilo, segura de que usted no tiene ningún interés en él.

Sabía que los hombres a veces hacen cosas como la que Yolanda estaba haciendo conmigo: compañerismo y avisos previos ante el interés por una misma mujer, pero nunca había visto una conducta semejante entre mujeres. Encendí un cigarrillo procurando parecer natural.

—Eso quiere decir que vas a aceptar su petición...

—Es que he roto con mi novio, inspectora. Usted llevaba razón, es demasiado posesivo y demasiado bruto. Le he dicho que todo se ha acabado para siempre. No se ha conformado del todo, pero ya se dará cuenta de que es algo que no tiene vuelta atrás. Entonces... como estoy afectada... he pensado que quizá salir con otro hombre me vendría bien. Y nada de un jovenzuelo que no tiene más mundo del que hay frente a sus narices, sino un hombre maduro, experimentado, con clase.

—Entiendo.

—Claro que si usted me dice que está saliendo con él o que tiene el más mínimo interés en...

Solté una carcajada digna de una representación teatral de aficionados:

—¡Por supuesto que no! Ricard y yo hemos tenido un ligero *affaire* sentimental, pero yo misma decidí acabar.

—Me quita un peso de encima, inspectora.

—¿No es Ricard un poco mayor para ti?

—No voy a casarme con él.

—No estés tan segura de eso.

—Sería la primera sorprendida, aunque es verdad, nunca digas nunca jamás.

Se puso en pie ligera como el viento. Me sonrió de modo encantador y se despidió de mí en plan medio amistoso medio oficial. Yo le hice una ridícula señal de adiós con la mano.

En cuanto me quedé sola encendí un nuevo cigarrillo con mano temblorosa. Me sentía fatal, humillada y colérica. ¿Pretendía Ricard que me pusiera celosa? ¿Quería hacerme reflexionar sobre mi decisión de cortar? Improbable. Él no podía saber cómo reaccionaría Yolanda frente a mí. Seguramente creería que nunca iba a enterarme de sus invitaciones galantes. No, lo que había sucedido era prueba de que la razón por la que lo había mandado al infierno estaba bien fundada. Le daba igual una mujer que otra. Era algo que sabía de antemano, pero no esperaba recibir un golpe semejante en mi orgullo personal. Pero entonces, ¿qué esperaba yo después de la última noche en el restaurante: que, desesperado, se arrojara desde un quinto piso, que ingresara en un cenobio, que después de haber pasado por mis maravillosos brazos no volviera a conocer mujer? ¡Por Dios, ya era hora de que dejara de comportarme como quien guarda todos los triunfos en la mano, como la reina de Egipto, como la Venus que debe ser adorada hasta que ella levante una mano y ponga punto final! ¡Y qué absurdo modo de reaccionar frente a Yolanda! «Un ligero *affaire* sentimental», ¿dónde había aprendido ese vocabulario de fiesta social frívola? «¡En fin, Petra! —pensé—, te está bien empleado por creerte irresistible.» Aunque ése no era el máximo reproche que debía hacerme. Lo peor residía en haber siquiera contemplado la posibilidad de tener un amante fijo. Si no quería vivir con nadie, lo más prudente era dar al sexo lo que es del sexo y dejarse de cómodos planes. Concebir la aventura sin aventura era como hacer un *trekking* en coche, beber un cubalibre sin alcohol, ser monja seglar: una engañifa y una pura contradicción.

Todas aquellas consideraciones mentales me devolvieron más o menos la tranquilidad. Sin embargo, me largué a La Jarra de Oro y pedí un coñac; dicen que sienta bien cuando has recibido un impacto imprevisto.

Al regresar, el guardia de la puerta me avisó de que tenía visita. ¿Y ahora, quién coño podía aparecer ante mí, y con qué comisión?

—Es un tal señor Ayguals.

—¿El padre o el hijo?

—Debe de ser el padre, porque es muy mayor.

Lo era, y Domínguez le había hecho pasar a mi despacho en honor a su edad y dignidad, de modo que no tuve tiempo de prepararme mentalmente para saber en qué términos debía hablar con él. Lo dejé al cuidado de mi intuición y del copazo que acababa de atizarme.

—Inspectora, disculpe, sé que tiene mucho trabajo, pero…

Le rogué que volviera a sentarse, se había levantado con ademanes corteses en cuanto me vio entrar.

—Me imagino que ustedes saben muy bien lo que hacen, que tienen sus sistemas de investigación y que... perdone, inspectora, pero creo que cometen un error.

—¿Un error?

—Sé que piensan practicarle una prueba de ADN a mi hijo.

—¿Y eso le parece un error?

—Verá, inspectora, seguramente mi hijo no es un hombre demasiado brillante, es probable que incluso se haya mostrado torpe o poco colaborador en los interrogatorios, pero puedo asegurarle que no es en absoluto un asesino.

—Nadie ha asegurado que lo sea.

—A nadie se le oculta que una prueba de ADN se practica a alguien sobre quien recaen serias sospechas.

—Tómelo como si fuera una prueba exculpatoria.

—¡Vamos, inspectora, no nací ayer!

—Señor Ayguals, ¿para qué ha venido a verme exactamente?

—Conozco a mi hijo. En los últimos tiempos ha desarrollado ideas propias... pero nunca hubiera recurrido al asesinato en caso de enfrentarse con problemas, no tiene valor para eso. Se desmaya si ve un poco de sangre, créame.

—Todos los padres dicen conocer a sus hijos, señor Ayguals, y muy pocos de ellos llegan a creer nunca que sean asesinos, incluso si existen abundantes pruebas en su contra. De cualquier modo, creo que estamos adelantando acontecimientos, a no ser que... a no ser que usted sepa algo que nosotros ignoramos sobre su hijo y que crea prudente comunicarnos. Quizá haga usted algo que incluso pueda ser beneficioso para él.

—¿Está insinuando que le delate?

—¿Es que hay algo por lo que deba delatarle?

—Se trata de un modo de hablar. No se ofenda conmigo, inspectora Delicado, sólo quería pedirles que fueran justos y que no se precipitaran, pero esperaba obtener un poco más de clemencia y comprensión siendo usted una mujer. Sólo puedo añadir que, si cometen un error acusando a mi hijo sin datos suficientes, los perseguiré personalmente hasta donde me permita la ley.

Había hablado con la entereza y la decisión de un hombre fuerte. Por supuesto, puede que Ayguals hubiera envejecido, pero no podíamos olvidar que se trataba de un empresario que había creado su negocio y lo había defendido durante años por entre todos los avatares económicos. Era un hombre duro y firme que, a pesar de las circunstancias, manifestaba su naturaleza de padre frente a mí. Salió saludando con educación y orgullo. Se cruzó en la puerta con Garzón.

—¿Le ha llamado usted? —me preguntó mi compañero.

—No, ha venido a interceder por su hijo, pidiendo comprensión y jurando que no es un asesino.

—Eso es que ve mal la cosa.

—El hijo le ha contado lo de la prueba de ADN.

—Estoy convencido de que el viejo sabe cosas de su angelito que nos interesarían un montón.

—Si es así, nunca las dirá.

—¿Ni apelando a su honor?

Miré al subinspector con sorna.

—¿Usted haría algo por su honor?

—¿Yo?, ¡ni de coña!, el honor es cosa de mafiosos, pero como Ayguals es un caballero antiguo... Los caballeros antiguos son un caso especial.

—En teoría. En la práctica, ya lo ve usted, ha venido corriendo para hablar a favor de su hijo.

—Eso de los hijos se ve que tira mucho, sobre todo si tienes una herencia que dejarles. Si los proteges a ellos, es como si estuvieras protegiendo tu patrimonio.

Me miraba con cara de cachondeo.

—¿Usted no le dejará ninguna herencia al suyo?

—¡Joder, ni siquiera mi pistola le puedo dejar porque no es mía!, le dejaré la funda. No se pueden tener hijos cuando se es un pringao.

—¡Usted no es ningún pringao!, le dejará el ejemplo de sus buenas obras.

—Sí, ¡menudo ejemplo!

Nos reíamos los dos porque estábamos en plan tonto, cansados, al final de un caso que se resistía a clarificarse por completo. Nos reíamos porque existía entre nosotros la complicidad de los pringados, de los que pueden pitorrearse de cosas tan santas como el patrimonio, la herencia, el ejemplo y el honor.

—Oiga, Fermín, ¿qué ha hecho el «niño» Ayguals desde que lo dejamos solo?

—¡No se lo pierda!, ha ido a visitar a su ex mujer.

—¿Le parece sospechoso?

—No demasiado. Supongo que se da cuenta de que el círculo se cierra en torno a él y hace movimientos precipitados en todas direcciones. Muy típico de alguien acosado.

—¿Ha reclamado usted los análisis de ADN?

—Diez veces en los últimos dos días.

—Una docena de veces hubiera estado mejor.

—Los compañeros no paran de repetirme que es usted una mujer demasiado impaciente, que es incapaz de esperar su turno y que pide un trato de favor.

—¿Y usted cree que es verdad?

—Sí.

—Bueno, menos mal, eso indica que estoy haciendo las

cosas a conciencia. No hay como una crítica negativa para corroborar nuestras impresiones.

Sangüesa no pudo darme datos de interés, o al menos no los que yo hubiera querido. Al parecer, las cuentas de Textiles Ayguals no tenían fallos detectables.

—Sí, es verdad que desde hace dos años hay aportaciones de capital cuya procedencia no está bien documentada. Si quieres puedo investigar, pero no es fácil dar con la fuente de dinero. Normalmente hay empresas subsidiarias que pertenecen al mismo dueño y cuesta bastante localizarlas. En otras ocasiones pueden tener hombres de paja. Pero, en cualquier caso, una aclaración definitiva de las cuentas tardará.

—¡Joder!, ¿tantas guarradas se pueden hacer legalmente?

—Puedes apostar a que sí.

—Y luego…

—No, Petra, por favor, no vayas a decirme eso de que luego un desgraciado roba una manzana y se pasa un año en la cárcel.

—Puede que sea un lugar común, pero debes reconocer que tiene algo de verdad.

—Poco. Ahora hasta las manzanas se roban por sistemas informáticos llenos de sofisticación.

—¡Ni que lo jures, mira el tal Arcadio con sus timos a cuenta de la caridad!

—Es un buen ejemplo. En tiempos pasados le hubiera quitado la recaudación a un ciego; hoy en día, tiene detrás una fundación. ¿Qué hago?, ¿sigo con la investigación?

—Nos hace falta algo rápido, pero sigue buscando.

Tarde o temprano tu trabajo se utilizará. ¿Te ha puesto trabas el viejo Ayguals?

—Desde luego no le hace ni puta gracia que ande escarbando en su contabilidad, pero no tiene más pelotas que transigir.

—Está bien, Sangüesa, haz el informe.

Ya me había imaginado que por medio de los libros contables no íbamos a cazar a nuestra presa. Todo había sido ideado de modo cuidadoso, y si Flores no se hubiera montado su chiringuito paralelo, probablemente los líos de la fundación nunca hubieran quedado al descubierto.

Desde mi ordenador entré en el informe general del caso. Alguien había puesto interrogantes en los puntos más oscuros. Coronas, con toda seguridad. Pues, si lo que pretendía era comerme la moral, estaba fresco, llevaba más de una semana sin redactar ni una línea. Revisé el estilo del subinspector, tan florido dentro de la tradición genuinamente policial. No era ninguna mala idea que fuera Garzón el redactor de informes, utilizaba con naturalidad expresiones como: «día de autos», «individuo sin identificar» o «inspección ocular», todos ellos modismos que a mí siempre me causaban un cierto rubor.

De pronto, Domínguez llamó a la puerta y asomó su cabeza de guardia celoso de su deber por una rendija:

—Inspectora, el señor Ayguals quiere verla.

—¿Otra vez?

—Digo yo que en esta ocasión será el hijo, porque no es tan viejo como el Ayguals anterior.

—¡Pues dígalo todo de golpe, Domínguez, no le eche tanto suspense! Hágalo pasar.

¿Estaba dispuesto a confesar «el angelito»?, ¿ahí acababa nuestra investigación? Por el modo nervioso en que entró, estuve a punto de creerlo.

—Inspectora, necesito hablar con usted.

—Siéntese, Ayguals.

Empezó a largar aún antes de haberse acomodado del todo. Era como si trajera aprendida una lección.

—Mire, inspectora, la verdad es que he estado observando, enterándome a medias de cosas y…

Abrí bien los ojos cuando se calló.

—¿Y…?

—Me cuesta tener que decir esto, pero creo que es verdad que mi padre se ha metido en algo feo. No sé de qué se trata, pero tengo intuiciones. He visto cosas raras.

—¿Ve cosas raras y no sabe qué son?

—Sí, pero lo que quiero que sepa es que, sea lo que sea el asunto de mi padre, yo no tengo nada que ver. Todo el tiempo que pasé al frente de la empresa hice las cosas según la ley, sin concesiones, sin tapujos. Si hay algo sucio, a mí no me cuente entre los culpables.

Lo observé con intensidad.

—¡Vaya, su padre también ha estado hablando conmigo, pero sólo pretendía defenderle a usted! Es una actitud bien diferente.

—¿Defenderme, defenderme de qué? Yo no tengo ninguna necesidad de que nadie me defienda porque no he hecho nada.

—¿Por qué no se lo dice directamente a él?

—Le tengo respeto.

—O quizá teme que pueda enfadarse y echarlo de la empresa, ¿no?

—Todo esto no tiene nada que ver con el tema que me trae aquí. Yo no he hecho nada, inspectora, y si la empresa está implicada en algo, ese algo ha sido ejecutado a mis espaldas.

—Usted le hizo perder dinero a la empresa.

—Eso no es un delito.

—No, no lo es, pero si intentó remediarlo a la desesperada…

—Le juro que no es así, se lo juro. ¡Estoy harto de esa empresa, inspectora!, en el fondo sólo me ha servido para ganarme el desprecio de los demás. ¡Nunca era lo suficientemente bueno comparado con mi padre!

—Juan, escúcheme bien. Estamos esperando recibir de un momento a otro el informe de ADN, es su oportunidad de contarme qué pasó en realidad. ¿Sigue manteniendo que nunca pisó el despacho de la fundación?

—No he estado allí jamás, jamás.

—En ese caso, no creo que tengamos nada más que hablar.

Se levantó con un rictus de desesperación, los músculos de la cara contraídos, la frente sudorosa, los ojos cargados de nubes.

—Nunca van a creerme, está claro. Sólo espero que se demuestre la verdad.

Salió de mi despacho exhibiendo una mezcla de dignidad herida e indefensión. Cogí un cenicero de mi mesa y lo tiré con furia a la papelera. Su auténtico destino final debería haber sido la cabeza de aquel patético cuarentón. ¿Cómo era capaz de presentarse frente a mí exhibiendo estúpidos complejos familiares no resueltos, acusando indirectamente a su padre, pidiendo comprensión? ¿Por qué no había salido de la órbita familiar que tanto parecía incomodarle? ¡Joder!, lo que debería haber hecho era enfrentar al padre y al hijo en una especie de careo, contarle al viejo Ayguals cómo su retoño se desmarcaba de cualquier cosa que él hubiera podido hacer. En fin, ¡al carajo!, impartir justicia divina no me correspondía a mí. Saqué el cenicero de la papelera, lo recoloqué en su lugar y me dispuse a largarme. Tomaría una ducha y una copa, orden de actividades que suele funcionar cuando necesito cierta paz inducida.

De camino a mi casa, al volante del coche me dio por pensar en plan negativo. Todos los caminos de aquel juego dirigían en línea recta hacia Textiles Ayguals, de eso no cabía duda. Pero ¿y si la clave del asunto no estaba en el padre ni en el hijo, sino en alguien de su entorno: una de las dos secretarias fieles, la ex mujer de Juan? De ser así, no nos encontrábamos al final del caso, y cabía la posibilidad de que pasaran meses antes de aclararlo. Me horroricé. El orden de actividades sería el mismo al llegar, pero en vez de una copa me tomaría dos.

Aparqué cerca de la esquina y caminé apretando el paso. Entonces, desde las sombras, alguien me llamó:

—Inspectora Delicado, no se asuste, por favor.

Me volví y toqué la pistola en mi bolsillo. Tenía frente a mí a un joven con la cabeza muy rapada. ¿Volvía la pesadilla de los skin heads?

—¿Quién es usted? No se acerque ni un paso más.

—Inspectora, ¿no me reconoce?, ¡soy yo, Sergio!

—¿Y quién demonio…?

—¡Sergio, el novio de Yolanda!

—¡Por todos los demonios, ¿qué haces aquí?!

—No, inspectora, perdone, verá. Yo no tengo su teléfono, pero sabía dónde vive porque seguí a Yolanda cuando vino a su fiesta, por eso he esperado hasta que llegara, pero no quiero molestarla.

—¿Por qué no has ido a comisaría?

—Es que quería hablar con usted en privado.

Renegando por lo bajo, abrí la puerta y encendí la luz. Pude verlo con claridad. Sí, lo recordaba, más o menos lo recordaba: alto, fuerte, hombros anchos y jersey ajustado al torso sin un gramo de grasa, cara de no tener ni otro gramo de cerebro bajo el cráneo de tipo romano.

—Bueno, pasa. ¿Qué es lo que ocurre?

—¿No me deja que me siente, inspectora? No soy un delincuente.

Me quedé mirándolo y suspiré:

—Sergio, estoy cansada. He tenido un día muy malo hoy... Pero está bien, de acuerdo, te doy un cuarto de hora para decir lo que tengas que decir. Siéntate.

De sobra imaginaba de qué quería hablarme.

—Inspectora, no sé si lo sabe, pero Yolanda me ha dejado.

—No sabía nada —mentí.

—Se ha largado con otro, un tío que es médico.

—¿Médico?

—Un psiquiatra. Un tío viejo, bueno, quiero decir mucho mayor que ella.

Me pregunté hasta dónde llegaba su información. Lo observé en silencio, dejándolo hablar.

—Para mí que es un tío que sólo quiere aprovecharse de ella, ligar y luego dejarla tirada, pero ella está encoñada, con perdón. Dice que es un hombre muy culto y muy amable, y no un bruto como yo. Me dedico a colocar toldos en terrazas y balcones, no soy médico, pero me gano la vida muy bien.

—A lo mejor eso no tiene demasiada importancia para ella.

—¿Ah, no?, ¡pues bien que se pavonea ahora de que sale con un hombre que tiene pasta y estudios!

—A lo mejor ya no estaba a gusto contigo. Hoy en día, las mujeres nos hemos vuelto exigentes.

—Puede que yo tenga mucha boquilla, pero a la hora de la verdad, ella siempre hacía lo que le daba la gana.

—Siento lo que ha pasado, Sergio, pero en cualquier caso es algo en lo que no tengo nada que ver. De modo que no creo que nos conduzca a ninguna parte seguir hablando.

—Usted tiene mucha influencia sobre Yolanda, inspectora, se ha hecho policía por usted.

—Eso es absurdo.

—¡Es la pura verdad! Un día me dijo que usted era la mujer que más admiraba en el mundo.

—Se referiría a lo profesional.

—No. Ella dijo que usted tenía clase y cultura, y que era guapísima.

—Tampoco veo que nada de esto tenga nada que ver con…

—¡Sí tiene, desde luego que tiene!, porque lo que yo le quiero pedir, por favor, es que hable con Yolanda, que le haga pensar un poco para que se dé cuenta de que está equivocada yéndose con ese hombre que no la quiere ni nada. Es por su propio bien, para que nadie le haga daño, bueno, y también por mí. Dígale que vuelva conmigo, que yo… bueno, que yo soy capaz de una burrada si la pierdo, que…

Se interrumpió violentamente y miró al suelo, supuse que para evitar que los ojos se le llenaran de lágrimas. Observé sus tupidas pestañas negras, la nariz recta y bien formada, los labios carnosos. Se puso una mano en la cara, una mano fuerte surcada de venas marcadas.

—Nunca nada es tan terrible como puede parecer, ¿sabes?, eso es algo que he aprendido con la edad. A veces, la vida te reserva compensaciones imprevistas, o te demuestra que no hay mal que no venga por un bien. De todos modos, será mejor que te calmes un poco. Voy a buscar un par de cervezas, no nos sentarán mal.

A la mañana siguiente me despertó un timbrazo telefónico incisivo y helado como una daga:

—¿Inspectora Petra Delicado?

—Soy yo, ¿quién habla?

—Hola, Petra, soy Juan Sánchez, teniente médico de la policía científica. Me han dicho que tenías mucha prisa por conocer unos datos.

—Y la tengo, dime, ¿qué hay?

—Luego te paso el informe y lo comentamos, pero de momento quisiera que supieras que sí, que los pelos hallados en el supuesto lugar del crimen y la muestra que trajiste tienen el mismo ADN.

Musité un «gracias» y colgué sin dejar acabar a mi compañero. Empecé a vestirme y llamé a Garzón.

—Garzón, prepare inmediatamente un dispositivo policial para detener a Juan Ayguals. Dígales a los hombres que lo vigilan que le impidan cualquier movimiento.

—¿Coincide el ADN?

—¡Positivo! Le espero en comisaría.

No tomé una ducha ni me preparé café, aunque ambas cosas me hubieran hecho más falta de lo habitual. Llegué a comisaría y Garzón ya había preparado a un par de guardias y había pedido la orden del juez, que estaba en camino.

—¿Nos vamos? —pregunté sin darle ni los buenos días.

—Hay una dificultad —respondió con cara de apuro—. Los hombres que seguían a Juan Ayguals dicen que en su casa no está.

—¡¿Cómo?!

—Se pasaron toda la noche delante de su domicilio, esta mañana sólo vieron salir al viejo Ayguals, como todas las mañanas, pero el hijo no salió. Cuando usted me llamó les pedí que entraran en su casa y la chacha les dijo que no estaba allí.

—¿Y dónde cojones está?

—Debió de salir subrepticiamente durante la noche, o aprovechando el paso del camión de la basura… algo así.

—¡Que lo han perdido, vamos, en una palabra! ¡Esto es la hostia, Garzón, la hostia en verso! ¿Cómo se puede ser tan inepto? No sé quiénes llevaban el tema, pero le aseguro que a ese par de mamones les va a caer un expediente de los de joderse vivos.

—No se ponga así, inspectora, que estas cosas pasan hasta en Scotland Yard.

—¡Ni a un guardia jurado de sucursal bancaria le pasa una cosa así! ¿Cómo se puede trabajar con gente tan burra?

—Ya se sabe, a veces hay fallos que…

—¿Por qué coño los defiende?, ¿es que los escogió usted?

—¿Yo?, a mí no me meta, inspectora, fue Coronas personalmente el que les asignó este servicio.

—¡Pues se lució, el muy cabrón!

—La van a oír, inspectora.

—¡Que me oigan, a ver si alguien se entera de una puta vez de que los buenos policías no crecen en los árboles!

—Vale, inspectora; aparte de decir todos los tacos que sabe, ¿se le ocurre qué podemos hacer?

—¡Pues ir a Textiles Ayguals, naturalmente! El jodido viejo sabe con toda seguridad dónde está su hijo.

—¡Creí que no iba a decirlo nunca, vamos allá!

—Oiga, Garzón, y no me subestime.

—¿Cómo?

—Conozco muchos más tacos de los que acaba de oír. No descarte que suelte todo el repertorio antes de que acabe el día.

Cabeceó aparentando paciencia, soltó una carcajada a la que puso sordina la tensión del momento.

La arribada que hicimos a Textiles Ayguals fue propia del Séptimo de Caballería. Dejamos soldados y caballos en la recepción, y entramos en las oficinas de la empresa sólo mi subordinado directo y yo. Por descontado, Adolfo Ayguals nos recibió sin tardanza alguna, la cosa no estaba para bromas.

Yo iba lanzada y estaba hecha una furia, entramos en su despacho y ataqué:

—Señor Ayguals, venimos a por su hijo. Va a ser acusado de la muerte de Arcadio Flores. Ha desaparecido de su domicilio y no vaya a decirme que no sabe dónde está porque no voy a creerle.

Su venerable cara acusó un impacto notable. Balbuceó:

—Cuando me desperté esta mañana mi hijo ya se había marchado, pensé que estaría en la empresa, y cuando llegué...

—¡Basta ya, basta!, ¿no ve que está cogido por los cuatro costados?, ¿no se da cuenta de que las pruebas científicas están señalando a su hijo con el dedo? Si se niega a decirnos dónde está, me veré obligada a implicarlo como cómplice.

Garzón intervino oportunamente haciendo de policía bueno. Reconocí su voz impostada de comprensión:

—Señor Ayguals, sea razonable, sabemos perfectamente qué tipo de sentimientos unen a un padre y a un hijo, pero, de verdad, si nos dice dónde está, le hará un gran servicio. Puede que sea el único modo de ayudarlo. La muerte de Flores pudo ser accidental después de todo, o incluso en propia defensa, pero si su hijo es declarado prófugo, no existirá ninguna circunstancia atenuante que pueda hablar a su favor.

El rostro del anciano, cansado, surcado de arrugas y dolor, perdió tensión de pronto, se aflojó.

—Mi hijo es un desgraciado, ésa es la única verdad. No ha tenido suerte en la vida, no ha sabido hacerlo o quizá fuimos su madre y yo los que no supimos educarlo convenientemente.

—Díganos dónde está, se lo ruego —insistió Garzón con voz dulce.

—Está en las afueras, en Vallvidrera. Tenemos una casa allí.

—Escríbanos la dirección.

La mano le temblaba cuando tomó la pluma. Viendo su caligrafía, me di cuenta de lo viejo que era. Cuando acabó se quitó las gafas y se tapó la cara con ambas manos. Garzón tuvo tiempo para decir:

—Gracias, ha hecho usted lo mejor para su hijo, lo mejor para todos.

Añadió «pobre viejo» a mi oído cuando bajábamos la escalera rumbo a la calle.

—¿Nos acompaña a Vallvidrera, inspectora?

—No. Tráiganlo a mi despacho en cuanto lleguen, iré preparando el interrogatorio y haciendo las diligencias judiciales.

—Será rápido, estamos cerca.

Al abrir la puerta de mi despacho todo me pareció vagamente desconocido. Estaba desorientada, sentía mareos. Recordé que no había desayunado. Demasiadas emociones para no haber tomado café. Descolgué la gabardina que acababa de colgar. Irme un cuarto de hora a La Jarra de Oro no entorpecería los trámites finales. Pero justo cuando iba a salir un joven de unos treinta y tantos, aspecto agradable y gafas de intelectual entró como Pedro por su casa.

—¿Petra Delicado?

—Sí, ¿quién es usted?, ¿quién le ha autorizado a entrar?

—Soy Sánchez, Petra, de la policía científica. Hemos hablado antes por teléfono o, mejor dicho, antes me colgaste el teléfono.

—¡Ah, bueno, lo siento!, iba a tomar un café, ¿me acompañas?

—No puedo, si casi me he escaqueado para venir, me espera un mogollón de trabajo. Lo que pasa es que ya sabes que tenemos órdenes expresas de no anticipar datos sin antes entregar el informe y comentarlo con quien lo solicitó. Me salté las normas por hacerte una gracia, y luego me cuelgas el teléfono.

—Sí, es que lo que me dijiste tenía mucha importancia para el caso.

—¡Pero no puedes hacer nada sin antes hablar conmigo!

—Eres bastante nuevo en la policía, ¿no? Te quedarías acojonado de saber la cantidad de cosas que se hacen sin cumplir estrictamente las ordenanzas.

—Eso no impide que siga estando mal hecho.

—De acuerdo, llevas razón. Pero no me sueltes sermones, por favor, está siendo una mañana horrorosa. ¿Para qué has venido?

—Te traigo el informe.

Me alargó unos papeles, los tomé.

—Perfecto, y si ahora no te importa...

—Léelo. Tienes que leerlo delante de mí, puedes necesitar aclaraciones.

—¡Joder, cómo sois los de la científica! Vale, vamos a ver...

Empecé a leerlo sin sentarme ni pedirle que se sentara.

—¿Sabes, Petra? Había algo curioso en los primeros pelos que nos diste.

—¿Los que se encontraron en el lugar del crimen?

—Sí. Resulta que me costó prepararlos para el análisis porque estaban llenos de una sustancia pegajosa por fuera, completamente sucios. Miré de qué se trataba y justamente era lo contrario.

—¿Lo contrario?

—¡Sí, no estaban completamente sucios, sino completamente limpios porque la sustancia era jabón.

Me quedé mirándolo a la cara con perplejidad. Seguía hablando pero yo ya no oía lo que me decía. De pronto busqué mi bolso con la mirada, lo cogí y me marché a toda prisa.

—Lo siento, pero tengo que irme. Ya te llamaré.

—¡Eh, Petra, un momento!, ¿pero adónde vas?, ¿será posible?

Lo oí decir mientras me alejaba:

—Puede que los de la científica seamos especiales, pero los maderos estáis de atar, en serio.

Don Adolfo ya no estaba en Textiles Ayguals cuando volví. Su secretaria me dijo que se había marchado a las oficinas de la fundación. Estaba tan nerviosa que dejé mi coche y tomé un taxi para llegar. No descartaba tener un accidente.

Las dos secretarias ancestrales me recibieron locas de contento, como si mi visita tuviera un carácter social. Procuré quitármelas de encima.

—He venido a ver al señor Ayguals, tengo mucha prisa en hablar con él. Luego charlamos un rato, ¿de acuerdo?

—¡Por supuesto! Voy a decirle a don Adolfo que está aquí.

Un instante después Adolfo Ayguals me recibía sentado en su imponente mesa de la fundación. Parecía relajado. Sonrió:

—¡Petra!, ahora nos vemos con mucha asiduidad, ¿no es cierto? Siéntese, por favor. ¿Quiere tomar un café?

—Me apetece un café, señor Ayguals, pero no sé si procede que lo pida.

—¿Por qué?

—Porque he venido a detenerle por el asesinato de Arcadio Flores.

—¿Sola o ha traído más policías con usted?

—Sola.

—Claro, no hace falta mucha gente para detener a un viejo como yo.

—Eso espero.

—No se preocupe lo más mínimo, me portaré bien. De todos modos, insisto en que tomemos ese café. Me apetece muchísimo y a mi edad no es bueno privarse de nada.

Pidió café por el interfono. Me observó con sonrisa beatífica.

—¿Puedo saber por qué se me detiene?, ¿cuáles son las pruebas que hay contra mí?

—Alterar los indicios de un asesinato es algo difícil de hacer. Usted intentó inculpar a su hijo, señor Ayguals. Los cabellos que se encontraron en este mismo despacho tras el crimen estaban cubiertos de jabón. Alguien los puso ahí, nadie se pasea por el mundo con la cabeza llena de jabón, de modo que ese alguien debía de estar en el entorno de Juan, debía de ser alguien que tuviera la facilidad de coger los pelos del lavabo de su casa y trasladarlos aquí, alguien, en definitiva, que viviera con él.

—¡Muy bien, Petra, muy bien, sobresaliente! ¡O mejor: matrícula de honor! Les ha costado, pero al final han dado con la solución, y todo por un fallo tonto, la verdad.

Entró la secretaria con una bandeja. Me guiñó un ojo y salió. Ayguals se puso a servir el café como si tal cosa.

—¿Le pongo un poquito de leche? ¡Mire, hasta nos han traído unos croissants! ¡Esas chicas piensan en todo! Llevan un montón de años conmigo y nunca he tenido que llamarles la atención por hacer algo mal. Son de oro puro, créame.

Me bebí el café de un trago. Le dirigí una sonrisa forzada:

—Señor Ayguals, creo que deberíamos marcharnos.

—¿Adónde?

—A comisaría.

—¡Ah, no, inspectora!, antes tengo que hablar con usted, contárselo todo, darle nombres y fechas…

—Si va a hacer alguna confesión, debo advertirle que tiene derecho a que esté presente su abogado y…

—No, Petra, escúcheme. Más tarde declararé ante el juez, ante el papa, ante el mismísimo Dios, si es necesario, Él se apiadará de mí. Pero primero insisto en hablar con usted aquí y ahora.

—Está bien, adelante.

—Todo empezó por culpa de mi hijo, como usted bien debe de suponer. Ese chico es un desastre, engendrarlo sí es algo que no me perdonará Dios. Hace dos años creí llegado el momento de que se pusiera al frente de la empresa y pasar yo a un lugar secundario, ocuparme de nuevas ideas, echarle una mano si era necesario… pero él no me pidió ayuda en ningún momento, ¡ah, no, se creía muy listo, muy suficiente! El caso es que su gestión fue absolutamente ruinosa. Para que yo no me enterara, fue ocultando las cuentas y no dio a nadie ninguna información. No piense que hizo nada ilegal, ¡no!, él para arruinar una empresa no necesita de ningún artificio, le sale de modo natural. Para cuando me di cuenta, ya era demasiado tarde. Había un agujero fastuoso en la contabilidad, como uno de esos agujeros que están en la estratosfera. ¡Toda una vida de esfuerzo a punto de ser tirada por la ventana! Terrible, ¿no? Para saber lo terrible de la situación, debería saber lo que significa la empresa para mí. La empresa es más que un hijo, más que una familia, más que mi propia vida. Puede parecerle exagerado, incluso monstruoso, pero es así, ¿qué voy a hacerle yo?

»Bien, pues no tuve más remedio que volver a coger las riendas de la situación y relevar a ese bastardo, que por desgracia no lo es. Si anunciaba públicamente la circunstancia financiera en la que nos encontrábamos, era el final: créditos bancarios que se suspenden, clientes que dejan de serlo... el final. Entonces pensé en la fundación. Una fundación bien administrada era un buen sistema para superar un bache. No soy un hombre de chanchullos, se lo crea o no, pensaba en dar a la fundación un carácter fraudulento sólo hasta que fuera necesario, después continuaría de modo absolutamente legal. Para eso necesitaba un hombre de paja para que fingiera estar llevando a cabo unas acciones benéficas que no se producían en la realidad y para que diera la cara. La ley no exige mucho más. Ahí estaba el punto flaco del plan. Tenía secretarias, local, abogados que me asesoraban, pero ¿cómo confiar en alguien completamente honrado para semejante trabajo sucio? La casualidad me dio la solución. Conocí a Arcadio Flores en Anticart, una tienda de antigüedades. Era un tipo curioso: hablador, bastante chalán, con una mezcla extraña de hombre de mundo y hortera. Le encantaban las antigüedades, fíjese usted, pero sólo podía permitirse comprar baratijas. Entablé conversación con él, tomamos café... no tardó en salir la circunstancia, que él no ocultaba, de que había estado en la cárcel una vez. Pensé que había encontrado a mi hombre. Lo invité a cenar y le expuse el plan. Le encantó, trabajaba a salto de mata, y tener un buen sueldo, ser director de una fundación eran palabras mayores para él.

»Todo funcionaba bien. Parecía dispuesto, espabilado y absolutamente de fiar. Nunca se me hubiera ocurrido, nunca, se lo aseguro, jamás, que pensara montarse una organización paralela basada en el timo. No tuvo bastante con las ventajas que le ofrecí, su lado cutre y timador era más fuerte de lo previsto. Para colmo, buscó su propio hombre de confianza en un mendigo que, al parecer, era economista y le llevaba las cuentas y la organización. ¿Puede usted creerse algo semejante, inspectora?, ¿cómo se puede ser tan torpe cuando uno parece normal? Pero así resultó la verdadera naturaleza de Arcadio Flores, con ese nombre ya debería habérmelo barruntado, pero no lo hice, no. De hecho, no me enteré de ninguna de sus maniobras hasta que un día se presentó en mi despacho y me pidió una reunión especial. Empezó a contarme cosas que no tenían sentido aparente hasta que las comprendí y comprendí que nunca me las hubiera contado a no ser que hubiera ocurrido lo que ocurrió: el mendigo, que estaba como una chota, se había rebelado por alguna razón, y se disponía a hablar con la policía para destapar el pastel. En ese mismo momento acabé de captar en qué consistía el pastel. Me puse como una furia, pero Flores permaneció absolutamente tranquilo. Necesitaba dinero extra para contratar a un par de matones, inmigrantes ilegales del Este sin escrúpulos ni permiso de residencia, y para comprar una pistola. Pensaba darle un susto al mendigo que lo disuadiera de su propósito. Por supuesto le dije que no, me subí por las paredes, le aseguré que lo denunciaría. En ese punto me miró con suficiencia y me soltó la verdad: yo me encontraba implicado en el asunto y, si se me ocurría denunciarlo, quien hablaría sería él.

Me sirvió más café. Yo estaba tan abstraída en sus palabras, tan pendiente de sus más mínimos gestos que no dije ni una palabra.

—¿Por qué no se come un croissant, inspectora? Mis secretarias se van a sentir ofendidas si ni siquiera los tocamos. Y yo le aseguro que, en las presentes circunstancias, no voy a probar bocado.

Más por permitir que siguiera contando que por sentir hambre, cogí la pasta y empecé a dar cuenta de ella como si estuviera famélica. Ayguals sonrió al verme.

—Bien, ¿por dónde íbamos? ¡Ah, sí, la pistola y los matones! Le di el dinero, inspectora, ¿qué otra cosa podía hacer? Me aferré a la idea absurda de que no iba a utilizarlos para matar. Yo mismo compré la pistola en Anticart, una Astra de la guerra civil. Por cierto, venden las armas sin licencia, empapélelos. No existía munición del nueve corto, pero los matones del Este sabían a la perfección que recortando el nueve largo la cosa se podía arreglar. Antes de que se me olvide, inspectora, voy a escribirle aquí los nombres de esos malhechores, soldados de fortuna los dos, y la dirección donde puede encontrarlos. Están en uno de mis apartamentos en Alella, esperando a que las cosas se calmen para huir.

Tomó un papel y escribió con su letra titubeante, me alargó la nota manuscrita.

—Déjeme hacer una llamada —le dije dejando a un lado el croissant—. Será mejor que pase estas señas a comisaría para que vayan ya a detenerlos. No podemos arriesgarnos a que desaparezcan.

—¡Muy buena idea, es verdad!

Tomé mi móvil y di las instrucciones para que saliera una patrulla inmediatamente. Adolfo Ayguals esperó con una sonrisa de calma y satisfacción.

—Bien, prosigamos. Ahora viene la parte peor, porque obviamente el susto que le dio Flores a su mendigo fue letal. Cuando lo leí en los periódicos se me cayó el alma a los pies. Un hombre asesinado con el arma que yo mismo compré y por los sicarios que yo había pagado. Aquel cretino de Flores tenía aires de grandeza, no quería ser un simple timador, sino un jefe de la mafia. Necesitaba por supuesto a los sicarios, ya que él era incapaz de matar directamente. Pero en todo aquello prevalecía su estilo cutre por encima de todo: ¡aquella estúpida historia de los skin heads disfrazados, el bate de béisbol...!, ¡qué horror, tenía más ambición que talento! Me equivoqué con él, un fallo lo tiene cualquiera. Empezó a darme miedo la dimensión que todo aquello estaba tomando, pero nada podía hacer. Pensé que la cosa acabaría allí, pero Flores ya estaba desmadrado. Creyó que ustedes le pisaban los talones y que otro mendigo, llamado Anselmo, se disponía de un momento a otro a soplarles cosas que Tomás *el Sabio* le pudo contar. Volvió a pedirme dinero para que los matones le dieran un nuevo «susto». Esta vez yo no podía argumentar ante mi propia conciencia que no sabía en qué consistía el «susto». Era el momento de tomar una decisión y levantar las cartas del juego, acudir a ustedes y confesar la verdad. Sólo que ya había dos asesinatos en aquella lista enloquecida, ¿cómo admitir algo tan terrible si al fin y al cabo yo no había apretado el gatillo? Sin embargo, no podía dejar a Flores suelto por más tiempo, matando gente, paseándose con aquellos dos quinquis por todas partes y sangrándome económicamente a la menor oportunidad. Si continuaba en este plan, era cuestión de días que nos atraparan. Entonces sí tomé una decisión. Cité a Flores en este despacho de madrugada y le pedí que trajera a sus dos «guardaespaldas». No sospechó nada. Se sentó ahí, justo donde usted está. Le pedí que me dejara ver la pistola. Me la dio, ajeno a cualquier sospecha. Entonces, sin mediar ni una sola palabra, disparé contra él. Si le digo que no lo tenía planeado, no me creerá. Entraron atropelladamente los sicarios que esperaban fuera y les ordené que sacaran el muerto de aquí y lo abandonaran en un descampado. A partir de ese momento, las órdenes las dictaba yo. No tuvieron el más mínimo inconveniente, les daba exactamente igual, su jefe era quien pagara. Les di dinero y las llaves de mi apartamento. Cuando las cosas estuvieran tranquilas, los haría salir y les daría más dinero para que pudieran escapar del país.

»Por desgracia, los cazaron arrastrando al muerto en plena calle, ¡qué barbaridad! Aun cuando uno cree que en Barcelona reina la calma absoluta, siempre hay testigos dispuestos a complicar la vida a los demás. De cualquier modo, si hubiera citado a Arcadio en cualquier otro sitio, lo hubiera hecho escamarse. A partir de ese instante ya era cuestión de suerte, y de confiar en que la policía española fuera tan torpe como cualquier cuerpo de policía del mundo. Pero no es así, ustedes tardaron, pero lo hicieron bien. Se me ocurrió entonces implicar a mi hijo, él parecía ser el objetivo principal de su investigación. ¿Le horroriza este detalle más que cualquier otro de los que acabo de contarle, inspectora?

—A mí no me horroriza nada, señor Ayguals. Me limito a cumplir con mi trabajo.

—Me alegro. No es bueno juzgar cuando no se conocen todos los motivos de una persona. ¿Sabe cuál fue mi motivo? ¡La empresa, inspectora, la empresa! No estoy dispuesto en ningún caso a dejarla en manos de mi hijo. Eso significaría su lenta decadencia, la bancarrota, el descrédito, algo que no puedo consentir. Yo no he fracasado. Prefiero regalarla a los pobres y que todo el mundo lo sepa. Como de hecho me dispongo a hacer. He variado mi testamento. A mi hijo no puedo desheredarlo, por ley le corresponde una tercera parte de mi capital. Y eso es lo que recibirá cuando yo muera. He dispuesto que la empresa se ponga en venta y que los beneficios se dediquen a obras benéficas. ¡Bueno, de ese modo por fin ejerceré la caridad! Espero que gracias a ello Dios me perdone los pecados cometidos.

—Para implicar a su hijo recogió varios de sus pelos de la ducha y los trasladó a este despacho. ¿Es así? Usted sabía que él se ratificaría en afirmar que nunca había pisado este despacho porque era la verdad.

—Correcto, inspectora. Ese maldito jabón la ha puesto sobre mi pista. Y la verdad es que casi me alegro, sinceramente. Estoy cansado, estoy abrumado por la magnitud de los hechos. No me veía con ánimos de soportar el proceso de detención de mi hijo, los interrogatorios... y luego continuar, y continuar, ¿hacia dónde, inspectora, hacia dónde? Todo ha perdido sentido ya. Estoy arrepentido, escandalizado por mi propia capacidad para hacer daño.

Bajó la vista y se quedó con la cabeza caída. Toda la animación que había presidido su relato desapareció. De repente, vi ante mí a un viejo abrumado, solo, sobrepasado por la vida y sin un lugar donde refugiarse. Haciendo un esfuerzo, me miró con ojos turbios.

—Sólo falta una prueba que complete mi confesión: el arma del crimen. La llaman así, ¿verdad?

Abrió un cajón y sacó la pistola, me la mostró. Instintivamente eché mano a la mía.

—Déjela sobre la mesa, señor Ayguals, con mucha suavidad.

—No tema, inspectora, no voy a dispararle. Ya es suficiente con lo que ha pasado, suficiente. Ahora todo se acabó. Es bonita, ¿verdad?, una arma de la guerra civil, cuando se mataba por ideales y no por dinero. Pero todo eso también quedó atrás, acabó.

Dirigió el cañón hacia su boca y, sin que yo pudiera hacer ni un solo movimiento para impedirlo, disparó. Entonces fue como un hermoso fuego artificial que estallara en el cielo: rojo, brillante, intenso. Su sangre y su cerebro salpicaron por completo las paredes, los muebles, mi propia cara. Me quedé absorta mirando el espectáculo, sin pensar, sin reaccionar. Notaba su sangre caliente que me bajaba por las mejillas. Un olor indefinible se extendió. Entraron las dos secretarias. Una de ellas se puso a aullar como un animal herido. No paraba, enlazaba un lamento con el siguiente hasta que su grito parecía la sirena de una alarma, un extraño ritual más propio de alimañas que de una mujer. La de más edad se acercó al cadáver de Ayguals y rodeó el guiñapo sanguinolento que había sido su cabeza con las manos. Empezó a susurrar:

—Don Adolfo, por Dios, don Adolfo, ¿qué ha hecho?, ¿por qué?

En ese momento entró Garzón con dos guardias. Se dirigió directamente hacia mí. Con su cuerpo robusto me impidió la visión del cadáver. Me tomó de los brazos:

—Vámonos, inspectora, salgamos de aquí.

—Atienda a esas mujeres.

—Sólo están histéricas, otros lo harán.

Me llevó hasta el lavabo. Abrió el grifo. Hizo que me inclinara y me lavó la cara. El agua fresca me devolvió la respiración.

—¿Está bien, inspectora, se encuentra bien?

De repente, algo se desmoronó en mí y empecé a llorar. Garzón me abrazó. Su cuerpo, que era torpe y rechoncho, emanaba, sin embargo, un consuelo caliente, una gran seguridad.

—Llore todo lo que quiera, Petra.

—¡Sí, pues vaya plan! —solté con enfado.

—¿Vaya plan, qué?

—Llorar.

—Pues, entonces, llore y proteste a la vez. Seguro que usted sabe hacerlo.

Bendije a Fermín Garzón.

EPÍLOGO

Coronas no nos felicitó, por supuesto. El caso había tardado en resolverse, yo no había redactado los informes con puntualidad ni había ido a hincarme de rodillas ante su persona pidiendo perdón por tal cantidad de equivocaciones. Para colmo, el asesino se me había suicidado ante las propias narices, lo cual suele considerarse un fallo garrafal en medios policiales. El objetivo era entregarlo a la justicia, y si podía ser, con la cabeza entera. Garzón restaba importancia a todas estas circunstancias:

—Un caso resuelto es un caso resuelto, y si encima el cabrón del asesino da muestras de arrepentimiento, pues tanto mejor.

—Aquí las muestras han sido demasiado contundentes, ¿no le parece?

—Cada cual obra según su conciencia, y contra eso nada se puede hacer.

—Me temo que el comisario no sea tan fatalista.

—¿Qué esperaba, una condecoración?

—No, pero me siento culpable.

—Pues olvídese. Los casos se resuelven como buenamente se puede, tampoco estamos actuando en una película. Además, usted ha vengado a sus mendigos, ¿no?

—Una victoria pírrica. No ha quedado vivo ni el apuntador.

—Eso pasa en las buenas tragedias.

—Ni William Shakespeare escabechaba a tanto personal.

—Oiga, inspectora, ¿qué quiere, que nos pongamos a darnos golpes de pecho? Yo le prometí a Coronas que le serviríamos al culpable en bandeja, ¡y bien que lo hemos hecho, convenientemente troceado, además!

—Eso es de mal gusto, Fermín.

—De acuerdo, lo retiro. ¿Nos vamos a comer?

—¡¿A comer?!

—O a cenar. Eso es lo que tradicionalmente hacemos tras un caso resuelto, ¿no?

—No sé si tengo el estómago para comidas.

—Pida vegetales. ¿Qué día es hoy?

—Viernes, ¿por qué?

—¿Quiere que vayamos al restaurante de Genoveva? Durante este mes, los viernes me parece que toca menestra.

—¿Es que ha vuelto por allí?

—Voy algún día suelto a comer. Genoveva tiene unas manos maravillosas para la cocina tradicional. Además, me trata muy bien.

—Por eso ha engordado, yo creí que era el estrés por la investigación.

—¿He engordado?

—Le estaba tomando el pelo, Garzón.

—Para no variar.

El restaurante de Genoveva estaba extraordinariamente animado. Trabajadores con mono llenaban las mesas, y Genoveva se movía entre todos ellos con la gracia de un ánade en un lago cristalino. Le contamos el final del caso, todo, exceptuando el suicidio de Adolfo Ayguals, que no era apto para la hora de comer.

—¡Hay que ver, ¿eh, señores?!, gente con posibles y con educación que son capaces de traicionar a quien sea necesario, de matar, de atacarse entre padres e hijos. En el fondo, ¡qué bien estoy yo aquí con mi familia y mi negocio! Tranquila, sabiendo que las cosas no me van mal, día y medio de descanso a la semana. ¡Soy feliz, en serio, soy feliz!

—¿No hay nada que le hubiera gustado y que no haya podido hacer, Genoveva? —le pregunté.

Se quedó mirando al techo, embobada, enjugándose las manos ya secas en el delantal.

—Pues... de jovencita mi madre siempre me decía: «Me gustaría que fueras dama de la Cruz Roja para que estuvieras en una mesa petitoria con otras señoras de sociedad. Bien vestida, elegante, enjoyada, y encima haciendo caridad para los necesitados.» Mi madre, la pobre, no tuvo ni la mitad de suerte que yo en la vida.

—Pero ése era un sueño de su madre, no suyo. ¿Usted no los tuvo nunca?

—¡Bah, los sueños... los sueños son para fracasados, y yo no lo soy!

Dio un airoso cabezazo y sonrió:

—Tengo natillas de postre, señores, naturalmente, hechas por mí. Van a ver lo que es bueno.

Se alejó entre sus famélicas huestes como una generala visitando a las tropas.

—¿Ha visto lo que ha dicho? —señaló Garzón.

—Supongo que es verdad. Todos los fracasados tienen sueños y los exitosos tienen aspiraciones.

—No sueñan con barcos cargados de arroz.

—Jamás.

—¿Y usted, inspectora, tiene en algún rinconcito su barco cargado de arroz?

—No sé, me hubiera gustado ser bióloga, vivir en la selva entregada al estudio de alguna especie animal.

—¡Joder, qué aburrimiento!

Me eché a reír.

—¿Y usted, Fermín? Cuénteme su barco cargado de arroz.

—¡Puaf!, no soy de muchos barcos, ni de muchas aspiraciones tampoco. Cuando era pequeño soñaba que la ciudad se quedaba sin habitantes y yo me metía en todas las pastelerías. Pero era mientras estaba dormido, cuando me despertaba sabía que me correspondía un pastelito de crema algún domingo y un poco de turrón en Navidad. En seguida me conformaba, ¡a ver qué iba a hacer!

—Por ningún sueño vale la pena luchar demasiado, cuando ya lo has conseguido deja de hacerte ilusión. Lo bueno sería que la vida te lo regalara sin tú despeinarte.

—Es verdad.

Me llamaron por el teléfono móvil. Contesté.

—Sí, ven a buscarme. ¿En qué dirección estamos, Garzón?

El subinspector la sabía de memoria, me la dijo, colgué. Se quedó mirándome con curiosidad. Seguimos charlando, pedimos café. Un rato más tarde entró Sergio. Se acercó hasta nosotros, me besó en los labios. Saludó a Garzón.

—He dejado la moto mal aparcada, ¿vas a tardar?

—Salgo en seguida.

—Te espero en la esquina.

Tardé un momento en mirar a Garzón. Al hacerlo lo encontré con la boca abierta, como si fuera una alegoría de la Sorpresa.

—¿Ése no es el novio de Yolanda? —dijo señalando en la dirección por la que Sergio se había marchado.

—Ya no lo es.

—¿Le ha birlado el novio a Yolanda?

—No es tan sencillo, algún día se lo contaré.

—¡Pero, Petra, ese chico no le va nada a usted!

—Es algo temporal. Hemos quedado en vernos diez veces, diez veces nada más, luego desapareceremos el uno para el otro. ¿Ha probado a hacer algún trato de ese tipo? ¡Es genial!, da la sensación de estar en una de esas películas antiguas en las que los amantes saben que la guerra va a separarlos o cosas así. Resulta muy emocionante.

—¿Películas antiguas? No entiendo ni una sola palabra.

—Hay veces en las que uno debe inventarse la realidad, subinspector, hacerla frívola y llevadera.

—Sigo sin entender.

—¿Echar una cana al aire le suena de algo?

—Eso sí que me suena.

—Pues dejémoslo así. Bueno, me voy, ese muchacho hortera e impetuoso debe de estar impaciente.

Le di dos sonoras palmadas en la espalda a mi compañero y lo dejé, con la boca entreabierta aún. Llegué hasta donde Sergio estaba, me puse el casco que me tendió y subí a horcajadas en la moto, sujetándome a su musculosa cintura. Cuando pasamos por delante del local de Genoveva, allí estaba Fermín Garzón en la puerta, como un rechoncho poste estupefacto. Lo saludé y Sergio tocó el claxon, y aceleró haciendo un ruido infernal. El subinspector soltó una enorme carcajada y se golpeó la pierna con la mano. Entonces fue como si reaccionara por primera vez, corrió varias zancadas tras de nosotros y gritó riendo:

—¡Adiós, Petra, adiós!

Imaginé lo que debía de estar pensando.

AGRADECIMIENTOS

A Esther Bartlett y Comic, educadores sociales pertenecientes a la Asociación para la Acción Crítica, que me han brindado importante información sobre fenómenos sociales tan cercanos como desconocidos.

A José M.ª Rodríguez-Ponga, abogado, quien me dio datos tan inquietantes sobre el mundo de las leyes que llegaron a inquietarlo a él mismo.

A Agustín Febrer Bosch, experto en armas de fuego, quien, como siempre, me apabulló con sus conocimientos regalándome su sabiduría.

A todos ellos, la constatación pública de su generosidad y ayuda inestimable.

Impreso en CPI (Barcelona)
c/ Torrebovera, s/n (esquina c/ Sevilla), nave 1
08740 Sant Andreu de la Barca